fünf

Johannes Böhme

DAS UNGLÜCK SCHREITET SCHNELL

Roman

Für Wolfgang

A War

There set out slowly, for a Different World,
At four, on winter mornings, different legs …
You can't break eggs without making an omelette
–That's what they tell the eggs.

Randall Jarrell

Emil
Es gibt ebenso viel Schönes als Hässliches in der Welt,

Gerhard
Es war zu grausam. Zu grausam, sage ich.

Emil
hab ich mir sagen lassen

Gerhard
Viele Nächte lag ich wach

Emil
noch leben wir

Rudi
Wenn ich bewusst eine letzte Minute haben sollte,

Emil
wenn auch mit Kohldampf

Rudi
dann werde dankbar an den Tag denken,

Emil
und Läusen auf dem Bauch

Rudi
an dem ich Dich kennengelernt habe

Emil
wir können ja gar nicht baden gehen, ausgeschlossen

Gerhard
Die dümmste Frage, die man mir je gestellt hat

Emil
Deiner, bis ans Ende

Gerhard
Warum habt ihr nicht einfach aufgehört?

Meine Großmutter war eine eigenwillige, unglückliche Frau, lange bevor sie ihr Gedächtnis verlor. Ich war 14 Jahre alt, als sie starb, und ich weiß noch, dass es mir schwerfiel, ihren Tod als etwas anderes als eine Erleichterung zu begreifen.

Es hatte damit angefangen, dass sie die Aluminiumschalen, in denen Zivildienstleistende ihr Essen brachten, einfach in den Garten schmiss. Sie wiederholte sich, wieder und wieder. Sie servierte verschimmeltes Essen und schien es nicht mal zu bemerken. Langsam, aber sicher ging ihr Gefühl für Zeit verloren. Sie kehrte fünfzig, sechzig Jahre zurück und redete vom Krieg, immer wieder vom Krieg. Sie erklärte, hochernst, dass sie nicht noch einen mitmachen würde. Dass sie lieber »in die Aller gehen« werde, als so etwas noch einmal zu durchleben. Die Aller ist der recht gemütliche Fluss, der durch Celle fließt. Es fiel schwer sich vorzustellen wie sie, eine hervorragende Schwimmerin, dort ertrinken wollte. Sie fing an, von Uniformen zu schwärmen und Militärparaden, die, wie wir alle natürlich wussten, unter Hakenkreuzbannern stattgefunden hatten; eine Schwärmerei, die sie sich, solange sie bei sich gewesen war, immer verkniffen hatte. »So schick« seien die Wehrmachtsuniformen gewesen. Gefühle, die sie lange versteckt gehalten hatte, kamen hervor, vorgetragen mit einer Unschuld, zu der nur sehr junge und sehr alte Menschen fähig sind. Und immer wieder holte sie zwei dicke Leitz-Ordner hervor, in denen sie, sorgsam nach Datum sortiert, Liebesbriefe abgeheftet hatte, die mehr als fünfzig Jahre lang immer gelblicher, immer dunkler, immer unlesbarer geworden waren, und die, je mehr sie nur noch in der Vergangenheit lebte, ihr wichtigster Besitz wurden.

Es war die Feldpost von Hermann Bartens, den Mann, den sie an einem Oktobertag im Jahr 1937 geheiratete hatte.

Meine Oma hat diese Briefe geliebt. Und sie haben sie gequält. Sie hat sie immer wieder rausgeholt, hat Kommentare daneben geschrieben, Gedanken notiert oder Zeitungsartikel dazugeklebt. Und sie hat immer wieder damit gedroht, sie zu vernichten. Wochenlang standen sie neben dem Ofen im Keller, als warte sie nur noch auf den richtigen Moment, um all dieses Papier endlich den Flammen zu übergeben.

Kurz darauf rang sie meinem Vater erneut das Versprechen ab, sie nach ihrem Tod sicher aufzubewahren. Sie war mit keiner seiner Zusicherungen je zufrieden.

»Ihr interessiert euch doch gar nicht dafür«, sagte sie. »Niemand tut das.«

Ihr Geist zerfiel, sie pinkelte im Krankenhaus in einen Putzeimer, sie irrte in einer Dezembernacht im Nachthemd durch verlassene, vereiste Straßen, und sie vergaß uns, nach und nach. Erst erkannte sie mich und meine Schwester nicht mehr. Dann meinen Vater, ihren Sohn. Und als sie an einem sehr warmen Augustmorgen einen Herzinfarkt bekam und kurz darauf starb, war es, wie erwähnt, auch eine Erleichterung.

Zurück blieben die Briefe. Sie wanderten auf unseren Dachboden, zwischen die ausrangierten Teile einer Märklin-Eisenbahn und einer Diasammlung, vor der 25 Jahre lang niemand mehr eingeschlafen war.

Die Ordner sind schwer, obwohl das Papier dünn ist und brüchig. Sie rochen süßlich, als ich sie das erste Mal hervorholte. Staub stieg auf und tanzte im Nachmittagslicht. Oben auf lag ein kleiner Zettel, A5, auf den Hermann neun vierblättrige Kleeblätter gezeichnet hatte, ein kleiner Wald aus grünen Glückssymbolen. Außerdem ein nach unten gedrehtes Hufeisen und ein rotes, mit Buntstiften sorgfältig ausgemaltes Herz. Die Kopfzeile sagte so viel und verschwieg doch noch mehr: 5. Januar 1943, Stalingrad, »Liebstes Annchen«.

***

Es ist ein eigentlich unbedeutendes Detail, dass meine Großmutter in dem Moment, wo sie diesen Brief bekam, 29 Jahre alt war. Sie war so alt, wie ich es jetzt bin.

29, so viel weiß ich inzwischen, ist ein merkwürdiges Alter.

Es ist ein Alter, in dem man sich selbst langsam kennenlernt. Es ist ein Alter, in dem die Dinge anfangen, rigider zu werden. Es ist eine Zeit, in der sich, unmerklich zunächst, dann immer deutlicher, die Konturen eines Lebens herausbilden, in der ein Blick auf die Welt entsteht, in der Gewohnheiten Form annehmen – und in der Ängste Gestalt bekommen, die uns, wenn wir Pech haben, für immer begleiten.

Ich habe meine Großmutter, solange sie gelebt hat, nie wirklich durchschaut. Ich habe ihre Merkwürdigkeit nicht einordnen können, ihre Marotten fand ich anstrengend. Ihre Ängste schienen jeglichen Kontakt mit der Wirklichkeit verloren zu haben und im freien Raum zu schweben wie entkommene Heliumballons.

Ich habe nicht sehen können, woher all das kam. Dass es um Hermann ging, immer noch. Um den Autor der Briefe vom Dachboden.

***

Von Slawjansk in der Ostukraine bis Wolgograd im Süden Russlands, das früher Stalingrad hieß, sind es zu Fuß etwa 580 Kilometer. Und wenn man diesen Weg im August geht, dann ist es heiß, das Gras vertrocknet, der Himmel oft hellblau und der Horizont eine unbewegliche Linie. Schließlich kommt man an einen Hügel, eine flach ansteigende Anhöhe, die sich aus der Steppe hebt: der Majew-Hügel.

Laut einer Legende ist es das Grab des Mamai, eines Emirs der Goldenen Horde. Mamai führte mit seinen mongolischen Reitern Krieg gegen die russischen Herrscher in Moskau. Er verlor den Krieg, dann den Thron und als Letztes, auf der Krim, sein Leben. Und was blieb, war eine Fiktion: Dass man ihm, dem Verlierer, an der Wolga ein riesiges Grab gebaut habe.

Hermann wird diese Geschichte nicht gekannt haben, als er den Hügel das erste Mal gesehen hat. Hat er dennoch ein Unwohlsein gespürt, als er ihn aus der Steppe ragen sah? Hat er das Zeichen gesehen, dass er darstellte, nach Hunderten Kilometern Graslandschaft, flach wie das Meer an einem windstillen Tag. Als Zeichen, dass hier etwas enden würde.

Die Wochen vorher war sein Infanterieregiment durch Ofenhitze – über 50 Grad heiß wurde es an einigen Tagen im Juli – gegen diesen russischen Horizont angerannt, der jeden Fortschritt zu verschlucken schien. Einige unter ihnen verglichen das Gras, das im Wind hin und her wog, mit dem Meer. Nichts gab dem Auge Halt. Ab und zu tauchten Dörfer auf, in denen die Brunnen vergiftet waren. Und die Gespanne wankten auf den miserablen, von Regen ausgewaschenen Straßen hin und her, wie Schiffe in schwerer See.

Als er in Stalingrad ankam, wird er die Steppe noch gerochen haben, trocken von der Sommerhitze. Und den Schweiß der Männer neben ihm, ungewaschene Körper, die im letzten Monat fast jeden Tag 40 Kilometer am Tag gelaufen waren, manchmal mehr. Sie trugen 25 Kilo Ausrüstung auf dem Rücken: Stahlhelm, Mauser-Gewehr, Schaufel, Zelt, Feldkocher, Rasierer, Nadel, Faden, Seife und ein Päckchen Kondome.

Und da war bereits ein anderer Geruch, der Geruch, der entsteht, wenn eine Stadt eine Woche lang mit Fliegerbomben eingedeckt wird. Er wird eine Stadt gerochen haben, die in Flammen gestanden hatte.

Oben auf dem Mamajew-Hügel, in Gräben und Tunneln, hinter Gewehren, Bajonetten, Granaten und Mörsern, warteten die Soldaten der Roten Armee, in ihren Herzen Gefühle, die der Dichter Alexej Surkow kurz vorher so beschrieben hatte:

Mein Herz ist hart wie Stein,
meine bösen Erinnerungen
sind ohne Zahl,
mit diesen meinen Händen
habe Ich
die Leichen von Kindern aufgehoben.
Ich hasse sie zutiefst
für diese Stunden schlafloser Düsternis.
Ich hasse sie, weil in einem Jahr
meine Schläfen weiß geworden sind.
Die Preußen haben mein Haus besudelt,
ihr trunkenes Gelächter
bringt mich um den Verstand.
Und mit diesen meinen Händen
möchte Ich jeden von ihnen erwürgen.

***

Hermann war im Urlaub gewesen und stieß gerade in dem Moment zu seiner Kompanie, als der erste große Angriff auf das Zentrum der Stadt und den Mamajew-Hügel begannen. Am 29. August, etwas mehr als zwei Wochen vorher, stieg Hermann in Hannover in den Zug. Um 23.55 Uhr fuhr er ab.

Meine Oma brachte ihn zum Bahnhof in Celle. Ihr Vater begleitete sie, damit sie nicht alleine durch die Dunkelheit zurückgehen musste. Sie haben in dieser lauen Spätsommernacht am Gleis gestanden. Sie hielten sich aneinander fest und ließen los. Sie hat sich die genauen Abfahrtszeiten seiner Züge auf einem Zettel notiert und ihr Leben lang aufbewahrt. 23.55 Uhr ab Hannover Richtung Berlin, am 31.8. um 14 Uhr Ankunft in Kowel, am 1.9. um 23.45 Uhr Ankunft in Charkow, am 3.9. um 20 Uhr Einfahrt in Slawjansk. Als habe die Genauigkeit der Ankunftszeiten, ihre Ordnung und Regelhaftigkeit etwas tröstendes gehabt.

Hinter ihnen lagen einige wenige warme Augusttage. Zwei, vielleicht drei Wochen, in denen er Urlaub vom Krieg hatte und zu ihr gekommen war. Meine Großmutter hat nirgendwo aufgeschrieben, was sie in dieser Zeit zusammen gemacht haben. Vielleicht haben sie das Faltboot rausgeholt, mit dem sie so oft unterwegs waren? Vielleicht haben sie aber auch einfach in der Sonne gelegen und die Ruhe genossen? Er redet in seinen Briefen nur von der »viel zu kurzen schönen Zeit«.

Nach dem Abschied saß er 38 Stunden in einem Zug, der brütend heiß gewesen sein muss. Eine Metallröhre voller schwitzender, nervöser Männer, die langsam durch Deutschland, Polen und die Ukraine kroch. In Slawjansk schlief er eine Nacht am Bahnhof. Früh am Morgen, gegen halb vier, stand er auf und nahm einen Zug, der ihn über Konstantinowka nach Woroschilowgrad brachte.

Und ab da, für die letzten 450 Kilometer, ging es in erbärmlicher Langsamkeit durch die Steppe des Donbass und weiter nach Osten. Es ging voran auf schwankenden Gefährten: mal auf einem Laster, mal auf einem Panzer.

Am 9. September, vier Tage bevor der große Angriff auf Stalingrad begann, saß er in der flachen Graslandschaft, 60 Kilometer vor der Stadt, mitten im Nirgendwo und hatte Zeit genug, ihr einen dreiseitigen Brief zu schreiben, wie hundselend es alles war: »Die Sonne ist sehr heiß. Sie hat uns ausgedörrt. Nachts ist es dafür sehr kühl, besonders, wenn man draußen schlafen muss. Gestern Morgen fand ich die erste Laus wieder. Bei diesem, Deinem Gedenken, plagen mich die Biester von Fliegen. Diese gibt es hier in solchen Massen, dass zu ihrer Bekämpfung die ganze Weltproduktion von Fliegenfängern nicht ausreichen würde. Der Staub ist Tag für Tag der gleiche. Glücklich ist der, der das nie erlebte.«

»Eine Wüste«, schrieb er, »ist bestimmt schöner, gewiss auch angenehmer.« Kein Ort war zu sehen, kein Mensch, die Sonne brannte ihnen die Haut in durchsichtigen Fetzen von den roten Körpern. »Der Staub nimmt kein Ende. Es ist fast nicht auszuhalten. Heute fuhr ich über den Don. Noch etwa 60 Kilometer bis Stalingrad. Vielleicht bin ich in drei Tagen wieder beim Regiment. Es soll böse aussehen.« Er wusste noch nicht viel, aber so viel wusste er bereits.

Zwei Tage später hockte er immer noch am selben Platz, schlief im Freien, aß sich satt am »hervorragenden Mittagessen«, das man ihm servierte, verlor komplett den Überblick über die Wochentage.

Für ihn waren Geräusche der erste Sinneseindruck der Stadt: die Motoren der Bomber über ihm, die zu Hunderten in Richtung Stalingrad flogen. »Es erfüllte ein ständiges Dröhnen und Platzen von Bomben die Nacht.«

Die deutschen Bomben, die in der Ferne explodierten, erreichten ihn, als dumpfes Grollen. Die sowjetischen Bomben, die in seiner Nähe niedergingen, waren ein unglaubliches Vibrieren bis in die Kammern seines Herzens hinein.

»Nun sieht man stündlich dem Ernste der Jetztzeit ins Auge«, schrieb er ihr. Und er schien, wenn ich ihn richtig verstehe, damit den Tod zu meinen. Das, was keine Zukunft hat, nur Gegenwart, und dann nicht mehr ist.

***

Die Beziehung meiner Großmutter zu Hermann begann im Winter 1935. Sie hatten sich bei einem Stenografie-Kurs kennengelernt, wo ihre bescheidenen Träume sie zusammengeführt hatten: Sie wollte Sekretärin werden, er Polizist. Sie träumten vom Klang der Schreibmaschinen, von sauberen Räumen mit Menschen, die gestärkte Hemden tragen, von Behördenbriefen und Zeugenprotokollen. Sie träumten von einem besseren Leben.

Sie hatte bald eine Stelle gefunden, er musste noch fünf Jahre in der Armee bleiben. Er ist dann nie Polizist geworden. Bereut hat er es wohl trotzdem nicht, den Kurs gemacht zu haben.

Er war ein vorsichtiger, schüchterner Verehrer. In seinem ersten Brief an sie vermied er jede unbedachte Distanzlosigkeit. »Wertes Fräulein Oberschmidt« ist sie für ihn. Und er fragt ganz brav: »Zum Donnerstagabend darf ich Sie wohl ins Kino einladen? Gegebenenfalls bitten Sie doch Ihre werten Eltern in meinem Namen, Sie fortzulassen. Welchen Film wir uns ansehen, dürfen Sie bestimmen. Vielleicht darf ich Sie auch anrufen, wenn Sie mir Ihre Telefonnummer angeben? Es wäre nach meinem Dafürhalten ganz geschickt, Fräulein Oberschmidt.«

Fräulein Oberschmidt ging gerne mit ihm ins Kino. Sie hat ihn sofort gemocht. Von da an schrieben sie sich fast jeden Tag Briefe oder redeten am Telefon. Auch wenn er sie noch für einige Wochen mit ausgesuchter Vorsicht siezte.

Einen Monat später entzündete sich ihr Blinddarm. Sie kam mit starken Schmerzen ins Krankenhaus, ihr Bauch wurde aufgeschnitten, der Blinddarm entfernt, und das erste, was ihr nach der Notoperation in den Kopf kam, war er. Sie war besorgt, dass er ihr erzwungenes Schweigen falsch auslegen könnte, als Ablehnung, Überdruss, Desinteresse. Sie musste ihm Bescheid geben, dass sie im Krankenhaus lag. Dass sie deshalb keine Briefe beantworten konnte und auch nicht ans Telefon ging. Sie musste sich überwinden und ihrer Mutter von dem Feldwebel erzählen, den sie kennengelernt hatte. Ihre Mutter rief bei ihm in der Kaserne an. Sie erzählte ihm von den Bauchschmerzen, den heftigen Krämpfen und der Hektik, mit der sie ins Krankenhaus gebracht wurde. Und er wusste, wenn Frau Mama ihn anrief, dann: meinte sie es ernst. Er war, auch wenn es etwas komisch war, überglücklich.

»Es war mir doch ein wenig bange, das muss ich gestehen«, schrieb er ihr, »das Sichgutbefinden von dir, ließ mich wieder etwas dreister aufatmen.« Und im Gewirr all diese Emotionen: dem Schrecken, der Sorge, der Freude, zeigte er das erste Mal Zärtlichkeit. »Und nun, du kleiner Patient, schlafe recht schön süß und Gute Nacht.«

Die Formulierung »Kleiner Patient« war insofern komisch, weil meine Oma fast 1,75 Meter groß war und damit größer als die meisten Männer, mit denen er jeden

Morgen in der Kaserne beim Appell stand. Aber da hat Hermann meine Großmutter wohl schon nicht mehr ganz klar gesehen.

Er schrieb noch etwas leichtfertig einen Satz dahin, der im Nachhinein ganz schwer wurde: »Ja, Anny, es heißt: Das Unglück schreitet schnell.«

***

Nach drei Tagen merkte er erst, wie ungewohnt es bereits war, sie nicht mehr jeden Tag zu sehen. Sie ging ihm nicht aus dem Kopf. Er musste um fünf Uhr morgens zu einer Schießübung, es regnete in Strömen, ihm war kalt, er lag im Dreck und dachte an sie. Er saß am Fenster seiner Celler Kaserne, an einem kleinen hölzernen Schreibtisch, während draußen der Regen gegen die Scheibe prasselte, und dachte an sie. Er war hin- und hergerissen, ob er sie im Krankenhaus besuchen sollte, und brachte dann doch den Mut nicht auf. Er überlegte, ob es möglich wäre, einen Moment abzupassen, an dem sie alleine wäre in ihrem Krankenzimmer, einen Moment, an dem niemand sie stören würde. Er rang mit seiner Schüchternheit. Er fragte sich, was sie wohl gerade mache, obwohl sie in ihrem Krankenhausbett nur eine übersichtliche Auswahl an Freizeitbeschäftigungen hatte: Schlafen, Essen und Lesen. Er setzte an, ihr einen Brief zu schreiben, wusste aber nicht so recht, was er sagen sollte, außer dem Offensichtlichen, wie toll er sie fand. Er saß ewig vor dem leeren Papier, schrieb »Süße Anny,« oben links hin, wurde unterbrochen von einer Göring-Rede im Radio, die er »schwungvoll« fand, und raffte sich dann spätabends doch noch auf und schrieb den Brief zu Ende.

***

Als sie sechs Wochen später aus dem Krankenhaus entlassen wurde, teilte er ihr mit: »Es war eine lange Zeit, die du dort gelegen hast. Währenddessen bin ich ein ganz anderer Mensch geworden.« Er sei abends nicht mehr ausgegangen, habe immer nur auf seiner Stube in der Kaserne gesessen. Er sei ganz einsam gewesen seither. Sie lud ihn für den Sonntag, den Tag ihrer Entlassung, zu sich nach Hause ein. Sie lebte da immer noch bei ihren Eltern zusammen mit ihrem jüngeren Bruder Heinz. Aber Hermann, so sehr er auch wollte, sagte ab. Er, der Halbweise, hatte Angst. Davor, sich dumm anzustellen. Davor, nicht genug zu sein. Davor abgelehnt zu werden. Er schrieb es weniger offen: »Du weißt ja meine Bange oder wie du ganz recht sagtest, meine Schüchternheit. Ich weiß mir keinen Rat.« Aber wenn sie es sich wirklich, wirklich wünschte, dann würde er doch kommen. Dann würde er seine Ausgehuniform anziehen und mit Blumen vor ihrer Haustür stehen, die langsam dünner werdenden Haare mit Pomade zurückgekämmt. »Anny, Du schreibst, wie es wird, ich vertraue mich Dir an, es wird sich Deine Meinung dann schon auf meine übertragen und decken.«

***

Wir wissen nicht, ob er am Ende den Mut aufgebracht hat und hingegangen ist. Aber er muss ihre Eltern schnell davon überzeugt haben, dass es ihm ernst war. Denn anders ist es nicht zu erklären, dass sie keine drei Monate später alleine mit dem fremden Soldaten auf eine mehrtägige Kanutour fahren durfte, mit nichts dabei als einem Zelt, das so klein war, dass sich die Haare ihrer Arme berührt haben müssen, wenn sie auf dem Rücken nebeneinander lagen.

Von der Heide wehte der Duft von trockenem Sommergras herein, und es hätte wohl übermenschlicher Selbstbeherrschung bedurft, in diesem Moment die geltenden Anstandsregeln zu wahren. Die waren ihnen zwei Jahre vor ihrer Hochzeit bereits egal.

Er hat auf diesem Ausflug seine Kamera mitgenommen und Bilder gemacht, die er ihr danach in ein kleines Fotobuch geklebt hat, das nur ein wenig größer war als ein Deck Karten, mit einem gewebten grün-weißen Stoffeinband und einer Lederschnalle. Ein Bild von sich selbst in Wehrmachtsuniform klebte er ganz vorne rein: die dunkelblonden Haare in der Mitte gescheitelt, die Seiten ausrasiert, flankiert von sehr großen, sehr abstehenden Ohren. Und darin: das Gesicht eines kleinen Jungen, Stupsnase, volle Lippen, weiche Gesichtszüge, die nicht zu seinem wirklichen Alter zu passen schienen. Er war auf dem Foto 28 Jahre alt.

Meine Oma trug Weiß, immer nur Weiß. Im Faltboot eine kurzärmlige Bluse, die sie bis zum obersten Knopf zugeknöpft hat. Vor dem Zelt eine Hose, ein Jäckchen und auf den kleinen Tisch mit dem Abendessen legte sie ein weißes Deckchen. Dass ihre helle Kleidung dreckig werden könnte, vom braunen Wasser des Flusses, von Erde und Gras, war nicht wichtig, solange er sich nur noch mehr verliebte.

An den Streben ihres Zeltes – der Stoff in grünem Militärtarn – brachte er Luftballons an. Und sie lächelte ein

Lächeln in die Kamera, das ich an ihr so nie gesehen habe.

***

Der Gegenstand, vor dem ich mich in ihrem Haus immer am meisten gefürchtet habe, war ihre Puppe. Sie saß aufrecht in der Mitte eines teegelben Louis Philippe-Sofas in ihrem Wohnzimmer. Sie hatte dunkles Haar, das etwas wirr aussah, weil meine Oma es selbst geschnitten hatte. Sie trug ein rosa Kleid, das meine Oma gestrickt hatte, und lächelte ein starres, heiteres, auf eigenartige Weise wissendes Lächeln. Sie durfte nicht berührt werden. Am liebsten hatte meine Oma es, wenn wir sie vom Wohnzimmertisch aus bewunderten, vom anderen Ende des Raumes.

Wenn die Erwachsenen den Raum verließen, fand ich es schwer, den Blick abzuwenden. Die Puppe hatte etwas Hypnotisches, dem man sich nicht zu lange aussetzen wollte.

Wenn wir ankamen, servierte meine Oma als Erstes Kaffee und Kuchen, den sie fast nie selbst buk, sondern immer von der Konditorei Müller um die Ecke besorgte: Buchweizentorte und Mohrenköpfe, die auch in den 90er-

Jahren noch so genannt wurden. Der Kuchen wurde mit silbernen Tortenhebern verteilt, und anschließend richtete sie die Puppe auf, wie eine Krankenpflegerin einen katatonischen Patienten. Es sah aus, als gucke die Puppe auf den Tisch, auf die weiße Spitzentischdecke, auf die Keksdose aus Porzellan. Sie sollte sich, so erklärte meine Oma, nicht so einsam fühlen auf ihrem Sofa. Manchmal stellte sie ihr ein kleines Tellerchen auf ihr kleines Tischchen. Oder kämmte ihr die verschnittenen Haare ganz vorsichtig mit einem beigen Kamm.

Die Puppe hatte meine Oma als Kind von ihren Eltern geschenkt bekommen, und sie war, wenn man so will, ihre treueste Begleiterin. Sie war aus Porzellan, hergestellt in der Manufaktur der Puppenmacherin Käthe Kruse. Als meine Oma 10 oder 11 Jahre alt war, kurz nachdem sie die Puppe bekommen hatte, fiel sie auf den Boden. Sie kam mit dem Gesicht zuerst auf. Das Porzellan des Kopfes zersprang. Die kostbare Puppe hatte ein Loch im Schädel. Einen neuen Kopf bekam sie nicht. Sie behielt die Puppe trotzdem. Fast 50 Jahre trug sie dieses Ding mit zerschmettertem Schädel herum. Dann entschied sie sich schließlich doch noch einen neuen Kopf zu kaufen, den sie aber nie so schön fand wie den alten Käthe-Kruse-Kopf. Es war ein ungenügender Ersatz für etwas anderes, das unwiederbringlich dahin war.

Mit dem Puppenkopf fing die lange Liste von Dingen an, die meine Oma verlor, die ihr zerbrachen, die kaputtgingen.

***

Hermann war ein Nachzügler, der Jüngste von drei Geschwistern. Der Vater war Schlosser. Er starb 1914 an einer Lungenentzündung, als Hermann sechs Jahre alt war.

Dem Vater blieben so wenigstens die Schützengräben des Ersten Weltkrieges erspart.

Hermann wuchs, auch wenn er Anny davon nie viel erzählt hat, in Armut auf. Er war ein vaterloses Arbeiterkind. Die Kleinstadt, in der groß wurde, war ein prekärer Ort, auch wenn sie nicht so aussah. Freden war umgeben von Hügeln. Durch das Tal schlängelte sich ein Fluss, der mit seiner verlässlichen Gemächlichkeit schon 15.000 Jahren vorher einer Gruppe Rentierjäger ein Gefühl der Sicherheit gegeben hatte, sodass sie sich hier niedergelassen hatten, als der Kontinent noch weit und leer war.

Als Hermann klein war, ragten 16 große, gemauerte Schornsteine über der Stadt auf, deren dunkler Ruß die Versicherung war, dass es hier, in diesem kleinen Tal, genug Arbeit gäbe, selbst wenn man sich dabei jedes Gelenk im Körper kaputt machte. Im Kalibergwerk »Hohenzollern« hauten die Männer mit freien Oberkörpern in 800 Metern Tiefe die Salze aus steil ansteigenden Flözen. Die Sylvinit-Steine, die sie nach oben brachten, hatten den Farbton von Pampelmusen oder entzündetem Fleisch. In den Glashütten Schildhorst und Westerberg verflüssigte man den Quarz-Sand der Gegend in riesigen Schmelzöfen und goss ihn auf langen Tischen zu Flachglas. Und im Fredener Kalkwerk zerkleinerten sie den Kalkstein in einer Brecheranlage und brannten ihn danach bei 1200 Grad. Das Tal schwitzte, aber es kam über die Runden. Kurz nachdem Hermanns Vater gestorben war, kam erst der Krieg und nach dem Krieg die Wirtschaftskrise und bald darauf gab es kein Kali-Bergwerk, keine Glashütten und auch kein Kalkwerk mehr.

Mit 20 Jahren, an einem Junitag, fuhr Hermann weg aus dem Tal, in dem er aufgewachsen war, in dem ihn nichts mehr hielt. »Ich habe so etwas wie ein Elternhaus

erst durch dich, mein Liebling, kennengelernt«, schrieb er Anny später einmal. Er ging alleine. »Vorwärts durch eigene Kraft«, war sein Motto.

Und so ging er dorthin, wo seine Kraft gebraucht wurde und man sich nicht viel drum scherte, dass er arm war und Halbwaise. In einem Wehrmeldeamt der Reichswehr unterschrieb er einen Verpflichtungsschein über 12 Jahre.

Das Entlassungsdatum, das auf dem Schein steht, den man ihm nach einigen Wochen in der Kaserne in Senne bei Paderborn aushändigte, war der 2. Juni 1940.

***

Der Mann, den meine Oma sieben Jahre später kennenlernte, gehörte nie ganz ihr. Die Armee bestimmte den Rhythmus seiner Tage, sie setzte ihm sein Essen vor, sie legte ihm die Kleidung hin, sie gab ihm sein Bett und seinen Schreibtisch, und sie bestimmte, wo er wohnte.

Das Heer hatte ihr in Celle einen Mann geliehen und es nahm ihn ihr wochenweise wieder weg. In den drei Monaten nachdem sie aus dem Krankenhaus entlassen worden war, dünn und blass, mit einer pinken Narbe auf dem Bauch, hatten sie sich so oft es ging gesehen. Sie hatten fast jeden Abend Spaziergänge an der Aller und durch den Französischen Garten gemacht. Sie hatten jeden Sonntag zusammengesessen, bei Kaffee und Kuchen. Sie hatten sich an die Anwesenheit des anderen gewöhnt, bis sie sich nur noch dunkel erinnern konnte, wie es davor gewesen war. Und dann musste er das erste Mal weg.

Für einige Wochen wurde er nach Munster in der Heide in ein Lager gebracht, das so weit weg von allem war, dass man dort während des Ersten Weltkriegs mit chemischen Kampfstoffen experimentiert hatte.

In den ersten Tagen ohne sie schien die Sehnsucht über alles, was Hermann erlebte, einen Schleier zu legen. Die ganze Welt nicht mehr ganz so fest wie sonst: »Anny, alles zieht an mir vorüber. Schon heute beim Mittagessen war es der Fall. Stärker und ausgeprägter wird es, wenn man alleine ist und an nichts weiter zu denken braucht. In Gedanken bin ich immer bei Dir.«

Am ersten Samstag ohne sie ging er um acht Uhr ins Bett, schlief bis um zehn, frühstückte, ging wieder auf seine Stube, machte einen vierstündigen Mittagsschlaf, aus dem er erst um 18 Uhr wieder aufwachte, als draußen im Hof Marschmusik gespielt wurde. Den Abend saß er vor dem Radio, hörte zu, wie Max Schmeling den baskischen Schwergewichtsboxer Paolino Uzcudun vermöbelte, und schrieb dann noch einen dreiseitigen Brief an sie.

***

Was mochte sie an ihm? Ohne ihr Oberflächlichkeit unterstellen zu wollen: Sie mochte wohl, wie er aussah. Sie mochte, wie austrainiert er war, wie muskulös, wie schlank, immer einer der Größten auf jedem Foto.

In einem der ersten Briefe schrieb er ihr von einem Tag, an dem er um Mitternacht aufgestanden war, um dann 25 Kilogramm Marschgepäck 54 Kilometer weit durch schüttenden Regen zu schleppen. Er lässt es klingen, als wäre das nichts gewesen. Als hätte es ihm einen

Heidenspaß gemacht. Es war natürlich auch die Angeberei eines etwas unsicheren, frisch Verliebten.

Aber dennoch: Er scheint am Ende dieser Gewalttour nicht total am Ende gewesen zu sein. Er hatte noch die Kraft, ihr am selben Abend drei eng beschriebene Seiten zu schicken.

Es ist auch auf den Bildern nicht zu übersehen, die kräftigen Schultern, das deutlich sichtbare Spiel von Trizeps und Bizeps, wenn er die Paddel der Boote aufhob, die sehnigen Muskeln an den Waden, die Abwesenheit von Fettgewebe am Bauch; der Muskel-Tonus, der auch wenn er einfach nur dasaß andeutet, dass hier etwas sehr Kraftvolles im Leerlauf ruhte.

Auf den Camping-Fotos ließ er sich, wann immer es ging, oberkörperfrei oder im Feinripp-Unterhemd fotografieren. In einem Bild liegt er auf seinen Ellenbogen gestützt im Gras, eine Hand auf der Hüfte, das Unterhemd sitzt so tief, dass man seine Brustwarzen sieht, und die ausdefinierte Brustmuskulatur gibt in der Mitte das knöcherne Brustbein frei. Er guckt in die Ferne. Hinter ihm spiegeln sich die Eichen im Wasser.

Was immer meine Großmutter an ihm gefunden hat, es hatte *mit Sicherheit* mit diesem Körper zu tun.

***

Es war kein Zufall, dass sie sich als junge Frau einen Mann suchte, der nie ganz verfügbar war, der nicht einfach bei ihr einziehen konnte, der wochenlang weg war, in anderen Kasernen und »im Manöver«. Vielleicht war das ganz im Gegenteil eine Wahl, die ihrem Distanzbedürfnis entgegenkam.

Diese Sonntagsspaziergänge vor der Abfahrt zu irgendeiner Übung am Montag waren glückliche, intensive Momente. Er in Ausgehuniform, ohne Säbel, aber mit Schirmmütze, Lederhandschuhen (obwohl ein leichtes Schimmern auf seiner Stirn verriet, dass es für Handschuhe viel zu warm war), schimmernde Doppellitzen auf dem Kragenspiegel, Schulterklappen in Silber-Weiß, wo die Felduniformen sonst nur schmutziggrauen Klappen zuließen. Und auf der Brust aufgestickt der Adler und das Hakenkreuz.

Sie in einem cremefarbenen Kleid aus leichtem Stoff, das an ihrem Körper bis zu den Knöcheln fließt, ein weißes Jäcken gegen den Wind und Perlenohrringe als Reflektoren für die Sonne. Unter einem kleinen, weißen Hütchen quillt ihr dunkles, braunes Haar hervor, von dem er in seinen Briefen so hartnäckig behauptete, dass es blond sei.

Dass er in wenigen Stunden gehen musste, hat diesen Tagen eine besondere, sirrende Helligkeit gegeben, wenn sie zwischen blühenden Rosensträuchern, Trauerweiden, Lindenalleen zum Denkmal für Caroline Mathilde gingen, jener englischen Prinzessin, die ihren Thron als Königin von Dänemark verlor, weil sie eine Affäre mit dem Leibarzt des Königs angefangen hatte. Den Leibarzt köpfte und vierteilte man. Und Caroline Mathilde wurde nach Celle verbannt wurde, wo sie im Alter von 24 Jahren plötzlich starb.

Einmal schrieb er ihr, nachdem sie schon zwei Wochen getrennt waren, dass er am Wochenende allein gewesen sei, weil alle anderen mit dem Zug nach Celle gefahren seien. Man habe ihn auch gefragt, ob er nicht mitkommen wolle. Er war lieber dageblieben »Die Zugverbindung ist gar nicht schön, vor allem die Rückfahrt, und da bleibe ich besser hier.« Und: »Auch will ich Dich nicht in Deiner vielen Arbeit stören.«

Statt sie zu sehen, ist er lieber in die Heide gefahren und hat nach den ersten violetten Erikablüten gesucht. Die legte er dann sauber gepresst in seinen nächsten Brief.

Die Sehnsucht war ihnen manchmal schöner als die Erfüllung.

***

Völlig unempfindlich war sie gegenüber den Phasen seiner Antriebslosigkeit dann doch nicht. Als er wieder einmal weg war für einige Wochen, wurde in Celle Schützenfest gefeiert. Er hatte beschlossen, das Wochenende nicht zu kommen und stattdessen in der Kaserne in Munster zu bleiben. Am Tag des Festes liefen überall in der Stadt Soldaten in Ausgehuniform herum, in laut bellenden Männergruppen oder einzeln, mit Mädchen im Arm. Und irgendwann entdeckte Anny in dem Trubel eine Gruppe, welche die weiß umrandeten Schulterklappen der Infanterie trug. Es waren Soldaten aus seinem Regiment. Und als sie das sah, diese jungen Männer mit ihrer überbordenden guten Laune, packte sie doch die Wut. Wieso waren die da, er aber nicht? Wieso tanzten die und sie nicht? Und als sie ihm am nächsten Tag einen Brief schrieb, hat sie das sehr spitz vermerkt: die vielen Infanteristen im Ort.

Seine Antwort war kleinlaut und nicht besonders überzeugend. »Es ist oft so, dass wir Soldaten uns manches entsagen müssen. Oft ist das sehr schwer. Ich wäre auch viel lieber bei Dir gewesen, mit dir zum Schützenplatz gegangen und hätte da mit Dir getanzt. Aber es war wiederum auch ganz richtig, wenn ich der Umstände gedenke. Es hat natürlich Überwindung gekostet.«

Sie scheint sich mit diesem Verweis auf eine etwas abstrakte, nicht näher erläuterte Notwendigkeit zufriedengegeben zu haben. Und so fanden sie – wie nebenbei – das Muster, nach dem sie ihr merkwürdig instabiles Beisammensein geordnet haben: die Unwägbarkeit als Prüfung verstehen, die Trennung als Test, die Entbehrung als etwas, das am Ende belohnt würde.

***

Die Arbeit, die sie in dieser Zeit so beschäftigt hielt, war übrigens ein Posten als Sekretärin beim Stahlhelm. Jener Organisation, die als Zusammenschluss der Frontkämpfer des Ersten Weltkrieges begonnen hatte, die bald jüdischen Veteranen den Beitritt verweigerte und die ihrer eigenen Auflösung so bereitwillig, ja fiebrig vor Freude, entgegenmarschierte, als 3000 von ihnen sich mit Fackeln in der Hand in die lange Reihe brauner Hemden einreihte, die am 30. Januar 1933 in Berliner Winterkälte an Hitler und Hindenburg vorbeiparadierten, als die Demokratie ihr Ende fand.

Irgendwann zwischen August und November 1935 verlor sie ihre Arbeit. Der Stahlhelm wurde aufgelöst. Die Nazis hatten für ihn keine Verwendung mehr. Er war überflüssig geworden.

Natürlich kann es sein, dass es nur ein Job war, dass sie einfach Geld verdienen wollte; dass ihr der ganze Ernst-Jünger-Militarismus des Stahlhelms eigentlich egal war.

Aber als sie mehrere Jahrzehnte später starb, fand mein Vater einen Artikel vom Tag der Machtergreifung Hitlers auf ihrem Dachboden, sauber ausgeschnitten und aufbewahrt, wie einen besonders schönen, seltenen Schmetterling.

***

Das Merkwürdigste an seinen Briefen aus den ersten gemeinsamen Monaten ist seine kuriose, häufig ganz beiläufig geäußerte Unfähigkeit, richtig hinzuschauen. Als hätte er eine permanente Halluzination gehabt, die aus seiner großen Frau mit dunkelbraunen Haaren eine kleine Blondine machte.

»Immer habe ich an Dich denken müssen, was sie, die kleine Anny, wohl macht, wie es ihr wohl geht. Das waren auch früh meine Gedanken und auch jetzt augenblicklich wieder.«

»Zu gerne hätte ich in den Wochen meines Hierseins Dich mal wiedersehen mögen und mit Dir geplaudert und Dein blondes Haar gestreichelt.«

Sie scheint sich gegen diese Verleugnung ihres wirklichen Aussehens nie gewehrt zu haben. Ganz im Gegenteil, sie hat in dieser Idealisierung ein Liebeszeichen gesehen. Sie *beide* glaubten, dass man die Realität durch ausreichend halsstarrige Interpretationen schon zurechtbiegen kann. Und vielleicht hatten sie damit für einige Zeit sogar recht.

***

Wenn er einmal bei ihr war, konnte er sich oft kaum losreißen. Jede Minute war dann kostbar, jeder mögliche Aufschub wurde ausgenutzt, und wenn er schließlich spätabends kurz vor zwölf in die Kaserne zurückfuhr, um vor der Sperrstunde zurück zu sein, wenn er mit seinem Fahrrad über verlassene, dunkle Straßen hetzte und den Geruch von Tannennadeln, nassen Wiesen und feuchtem Torf vom nahen Goosemoor einatmete, dann ging das Fahren so leicht, als wäre er den normalen menschlichen Begrenzungen schon gar nicht mehr unterworfen. Als hätte sie ihm jede Schwere abgenommen.

***

Die nächsten Jahre scheinen, so weit das möglich ist, sehr glückliche gewesen zu sein. Sie machten Ausflüge mit ihrem Faltboot, auf der Werra, der Böhme, der Aller und der Oertze. Sie schwammen in Flüssen, besichtigten Schlösser und Burgen, sie gingen wandern in den Hügeln, die seinen Heimatort einschließen, in Trachtenkleidung, mit Kniesocken und Wanderstab, und sie besichtigten das Grab von Hermann Löns im Tietlinger Wacholderhain bei Walsrode, wo einige Jahre vorher ein großer tonnenschwerer Findling für Löns, den Heide-Dichter, hingewuchtet worden war, der von sich selbst einst sagte, dass er stolz darauf sei, dass man bei seinen Büchern nicht zu denken brauche. Löns starb 1914 bei einem Sturmangriff auf französische Stellungen nahe der Zuckerfabrik von Loivre an der Marne durch eine Kugel ins Herz. Hermann posierte neben dem Quader in einem weißen Feinripp-Unterhemd.

In Woltershausen, bei einer Rast, die sie bis in die Demenz nicht vergaß, pflückte er kleine Blumensträuße für sie von einer Wiese. Und wenn er sich bückte, dann konnte sie die Konturen seiner Muskeln bewundern, die an seinen Oberschenkeln hervortraten wie Weißbrotlaibe.

Abends baute er das Zelt auf, während sie das Essen in Campinggeschirr aus Aluminium kochte. Oft nahmen sie ein Grammophon mit, stellten es vorne auf den Bug und ließen sich einfach treiben, während irgendein Sänger von Mädchen im Hafen sang, die zwar nicht treu seien, aber schön.

Zurück in Celle, musste sie zu ihren Eltern, er in sein Zimmer in der Kaserne. Und wenn sie danach alleine in ihren Betten lagen, ohne den anderen, das Licht aus war und sie die Augen schlossen, dann strahlten die Tage, die sie zusammen verbracht hatten, gleich noch viel heller, als sie eh schon gewesen waren. Alles war dann von einer Tiefe und Schönheit, die sie selbst nicht ganz erklären konnten. In den Briefen findet man nur einen

Widerhall von Gefühlen, die nie ganz artikuliert werden konnte.

***

Als sie kurz vor ihrer Hochzeit seinen Geburtsort Freden besuchte, fuhr er zwei Tage eher hin und ging in die waldigen Hügel, auf den Selter, wo er den ganzen Tag wilde Himbeeren für sie sammelte. Sieben Pfund fand er. Mit einem prall gefüllten Korb voller kleiner, heller Früchte, deren roter Saft an den Rändern klebte, kam er am Abend zurück. Er ging durch das hohe, duftende Gras. Seine Beine waren ganz leicht, liefen wie von selbst den Hang hinab. Es war ein heißer Sommertag gewesen, und in seinem Kopf verschmolzen die Farben der Beeren mit ihrem Gesicht. Er stellte sich vor, wie sie aussah: »Jetzt solltest Du schöne rote und ganz dicke Pausbacken haben«, schrieb er ihr. »Die Luft ist ganz herrlich dafür.« Sie hatte niemals Pausbacken. Ihr Gesicht war lang und schmal, mit einem spitzen Kinn und einem undurchdringlichen, verträumten Lächeln. Sie neigte nicht zu roten Wangen.

***

Am 2. Oktober 1937 heirateten sie in der mittelalterlichen Kirche in Groß-Hehlen. Über die Zeremonie hat meine Oma später kein Wort verloren, über das anschließende Fest auch nicht. Sie hat nie erzählt, wer eingeladen war, wie viele Gäste da waren und wer ihre Brautjungfern waren. Nur dass sie in dieser kleinen Kirche geheiratet hat, die aussieht wie aus einem romantischen Stich – Backstein und rote Ziegel, gerahmt von Rhododendren und einer Trauerweide –, hat sie in ihrem Fotoalbum vermerkt.

Es gibt ein Foto von den beiden am Tag der Hochzeit. Er in Ausgehuniform, Waffenrock mit Portepee und Abzeichen auf der Brust, sie mit einem Kranz im Haar und einem etwas merkwürdigen weißen Schleier, der ihr wie zwei Zöpfe von den Ohren absteht. Sie beide gucken etwas schüchtern, etwas überwältigt in die Kamera, die Lippen leicht verkniffen zu einem Lächeln.

Als Aussteuer bekam sie von ihren Eltern versilbertes Besteck: kleine Löffel, Messer, Gabeln, Saucenkellen und Kuchenheber. Sie bekam Geschirr für einen Schrank, Gläser aus Kristall, Sektschalen, Sherrygläser, Cognacschwenker, bemalte Porzellantassen, Milchkännchen, Dosen für den Kandiszucker und bestickte weiße Taschentücher, die mein Vater heute zu Rechtecken gestapelt aufbewahrt, ohne Aussicht darauf, sie je zu benutzen oder sich von ihnen trennen zu können.

Sie zogen nach der Hochzeit nicht in eine gemeinsame Wohnung. Er wohnte weiterhin in seiner Stube in der Kaserne und kam nur am Wochenende vorbei. Und auch ein Kind bekamen sie in den nächsten fünf Jahren nicht. Über den Grund dieser ungewöhnlich langen Kinderlosigkeit, hat sie später nie ein Wort verloren.

***

Einen Fortschritt gab es aber doch: Nach der Hochzeit zog sie bei ihren Eltern aus, in eine Wohnung in der Spichernstraße 11, ganz in der Nähe der Kaserne, und für einige Zeit muss sie versucht haben, dieser Ehe dort ein provisorisches Zuhause zu geben, für kurze, zu früh beendete Abende und Wochenenden, die in einem Wimpernschlag vorbei waren.

Sie hängte Bilder auf, kaufte kleine Porzellanfigürchen und Schälchen für den Kandiszucker. Bevor er kam, schlug sie im Schlafzimmer die Federdecken auf. Und wenn er die Wohnung betrat, roch es oft nach frisch gebackenem Kuchen, nach heißer Butter und karamellisiertem Zucker.

Wenn der Kuchen aufgegessen, der Kaffee getrunken, die Sahne vom Teller gekratzt war, haben sie in diesem Wohnzimmer eng beieinander gesessen, ihre Körper umschlungen und die Zeit verflog, ganz schnell, ganz leicht, ganz unbedacht.

***

In dieser Zeit saß sie noch nicht den ganzen Tag alleine zu Hause. Das kam erst sehr viel später. Damals machte sie sich jeden Morgen zurecht, um ins Landratsamt zu gehen, wo sie als Sekretärin arbeitete. Sie zog sich einen langen Rock und eine Bluse an, sie aß ihr Butterbrot mit Früchtegelee und ging zu Fuß durch die Gassen der Altstadt zur Arbeit.

Sie war immer stolz darauf, dass sie schnell und absolut fehlerlos tippen konnte. Wenn sie an einer Schreibmaschine saß, dann war von der Unsicherheit, die sie sonst zeigte, nichts mehr zu spüren. Für einige Zeit hatte das Leben dann eine klare Kontur; 21 Zentimeter zu 29,7 Zentimeter, die mit Buchstaben gefüllt werden mussten. Mit Texten, die von anderen erdacht und vorformuliert worden waren. Zunächst: Briefe, Berichte und Anordnungen ihrer Vorgesetzten. Dann, nach dem Krieg: Examensarbeiten und Doktorarbeiten der Referendare vom Oberlandesgericht Celle, die Unterlagen der Celler Commerzbank und die Korrespondenz eines Rasierklingenherstellers.

Wenn Zufriedenheit für sie einen Sound hatte, dann das metallische Schnalzen des Typenhebels; das Kling-Rutsch-Geräusch beim Sprung in eine neue Zeile; das Rattern beim Einlegen einer neuen Seite weißen Papiers.

Sie ist immer Sekretärin geblieben, diejenige, welche die Fehler der Männer korrigierte, ihr Chaos zusammenhielt, ihr Versagen kompensierte. Sie hat selbst in der Feldpost von Hermann Bartens die Rechtschreibfehler nachträglich mit einem Stift berichtigt.

Das gehört sich so.

Dass sie auf makelloser Orthografie in Briefen bestand, die unter Lebensgefahr, über zerschmetterte Körper hinweg, zu ihr geflogen waren – dass ihr das weder absurd noch kleinlich erschien –, war ihre Art zu leugnen, dass etwas gänzlich aus dem Ruder gelaufen war.

Margareta
So habe ich diese letzten Tage

Grete
Ein Soldat und Blumen,

Margareta
nur in schwacher Erinnerung.

Grete
das ist so etwas besonders Hübsches

Margareta
Es war ein hässlicher, regnerischer Maiabend.

Grete
Wir fürchten doch alle

Margareta
Ich habe nicht einmal mehr weinen können

Grete
sie würden im Kriege verroht

Margareta
dazu bin ich viel zu abgestumpft,

Grete
Die Blumen beweisen das Gegenteil.

Margareta
müde und verzweifelt.

Als Kind hatte ich einen Albtraum, der immer dann kam, wenn ich fieberte. Meine Eltern legten mich, wenn ich krank war, mit einer Wolldecke auf das schwarze Ledersofa im Wohnzimmer, wo sie mich im Blick hatten. Über dem Sofa hatten meine Eltern einige Jahre vorher eine Leinwand von der Größe einer Esstischplatte angebracht, die sie aus Bali mitgebracht hatten. Es war mit Kiefernholz eingerahmt, und die größte Figur des Bildes, das nur so wimmelte vor merkwürdig mandeläugigen Gestalten mit gefalteten Händen, war ein *Leyak*, ein Dämon.

Der *Leyak* hatte scharfe Zähnen, die schief aus seinem Unterkiefer herauswuchsen, grotesk geweitete Pupillen, wie Renaissancefrauen mit Belladonna-Augen, und eine Zunge, die sich aus seinem grauen Leichengesicht bis hinunter auf den Boden schlängelte. Vor ihm stand ein See in Flammen. Und von links und von rechts gingen Krieger aufeinander zu, ihre Augen vor Aufregung geweitet, ihre Speere in der Armbeuge festgeklemmt. Andere hatten lange Finger, mit denen sie Pfeile aus ihren Köchern zogen.

In meinem Fieber wanderte der *Leyak* von der Leinwand in den Raum. Seine Zunge wand sich, spaltete sich, aus einer Zunge wurden fünf, sieben, neun. Ich träumte von Umarmungen, die mir die Luft nahmen, die sich schwer auf meine Lungen legten und mich langsam erdrückten. Um mich herum waren lauter fahlgraue Menschen, die gierig aufeinander zugingen. Sie offenbarten mir etwas, das ich eigentlich nicht wissen konnte.

***

An dem Tag, an dem ihr erster Enkel, an dem ich geboren wurde, lag Anny im Krankenhaus und hatte Angst.

Sie war einige Tage zuvor gestürzt und hatte sich einen Wirbel angebrochen. Aber das war nicht der Grund für ihre Angst. Sondern etwas anderes beschäftigte sie: Dass sie jetzt nicht mehr wichtig wäre. Dass man sie vergessen würde, nun da dieses Kind da sei. Dass sich niemand mehr um sie kümmerte. Sie jammerte, wie alleine sie sei.

Ich war einen Monat zu früh gekommen, als Notfallkaiserschnitt, blau am ganzen Körper, lag ich in einem Brutkasten, in den Schläuche hinein- und hinausführten, wie Adern durch eine Hand. Es gab nichts Mickrigeres, Schutzbedürftigeres. Aber sie, sie fühlte sich bedroht.

In ihr lebte eine Angst, die sie nie aussprechen konnte, nie teilen konnte. Das Gefühl, dass ihr die Kontrolle aber ins Leben in wenigen Momenten entgleiten könnte, wenn sie nicht aufpasste.

***

Noch einen anderen Albtraum hatte ich im Fieber immer wieder. Dieser war so abstrakt, dass es mir auch heute noch schwerfällt, überhaupt zu sagen, was ihn so furchterregend gemacht hat.

Vor mir stand ein Regal mit dem Fernseher und den Buchrücken von 20 Brockhausbänden aus den 1960ern. Und irgendwann, wenn ich vor Fieber zitternd eingeschlafen war, verschoben sich in meinem Kinderkopf die Dimensionen des Raumes.

Ich hatte das Gefühl, dass die Zimmerdecke über mir abhob, dass das Bücherregal mit den Brockhausbänden nach hinten wegflog, in dieses Dauergrau des norddeutschen Himmel, dass der Raum riesengroß wurde, eine Kathedrale aus Raufasertapete über mir, und ich in all dem kleiner und kleiner.

Und jede Entgrenzung des Raumes wurde von einem Gefühl unglaublicher Angst begleitet, als ob *ich selbst* dieser Raum wäre, als ob ich selbst mich in der Entgrenzung verlöre.

Und am Ende stand eine kalte, endlose, leblose, fragende Weite und dann das Aufwachen.

***

Ich habe mich als kleines Kind bei ihr immer sehr wohl gefühlt. Ihr Haus war damals ein etwas schräger, verzauberter Ort. Der Keller war voller Einmachgläser, in denen saure Kürbisse schwammen und Mirabellen in Zuckerwasser, die ich, wenn es gut lief, mit Vanille-Pudding zum Nachtisch essen durfte. Ihr Wohnzimmer war komplett mit einer neobarocken Tapete ausgestattet, auf der sich Akanthusblätter wie die geöffneten Hände eines Bittstellers nach oben wanden. Auf den Tischen standen Nippes-Hasen, ein kleines Fläschchen Underberg, bunte Eierlikörgläser in Orange und Grün sowie ein Porzellangefäß mit kandiertem Zucker, aus dem ich mir heimlich Stücke klaute und in die Wange schob, wenn niemand hinguckte.

Das Kinderzimmer meines Vaters sah aus, als hätte er es als 12-Jähriger einfach verlassen und vergessen die Abenteuerromane mitzunehmen.

Und der Garten hatte die Aura einer Lichtung in einem Märchenwald, mit dunklen Tannen, dichten Rhododendren und einem überbordenden Mirabellenbaum, mit den süßesten Früchten, die ich je gegessen habe. Und unten, am Boden, machten sich die Wespen über die zu früh gefallenen Mirabellen her, die den Rasen bedeckten, wie die Opfer einer epischen Schlacht.

***

Einige Erinnerungsfetzen, in loser, nichtchronologischer Reihenfolge: Die Umschläge von Karl-May-Büchern, »Winnetou« und »Durchs wilde Kurdistan«, ein Mann steht auf einem Berg, mit einem lässig hinter die Schultern geklemmten Gewehr.

Kleine Spielfiguren aus Gips, ein Indianerhäuptling mit Adlerfedern auf dem Kopf.

Eine nach Keller riechende Decke auf trockenem Spätsommergras.

Der schwere Duft ihres Parfüms, Tosca; Patschuli, Bergamotte und Narzisse.

Der rote Plastikball mit weißen Punkten drauf, ein Marienkäferball, den sie extra für mich gekauft haben muss.

Hilflose Verzweiflung, als der Ball einmal in der Krone eines Baumes hängengeblieben war, in absolut unerreichbarer Höhe, nach der Demonstration eines Torwartabstoßes.

Die zwei alten Badmintonschläger, die gegilbten Federn des Balles und wie er gegen das Blau eines Sommernachmittags seine Parabeln zog, jeder Schlag ein Gleichnis.

Vielleicht sogar sie, mit dem Schläger in der Hand und einer erstaunlich geschmeidigen Bewegung aus dem Handgelenk. Aber möglicherweise ist dies nichts weiter als die Einbildung eines Geistes, der erinnern möchte.

Ich hätte schwören können, dass es drei Mirabellenbäume in ihrem Garten gab. Nein, es gab nur den einen.

***

Aber was für ein Baum das war, die Mirabelle. Im Frühling, mit weißen Blüten, sah er aus wie ein riesiger Stiel Zuckerwatte. Über den Sommer wuchsen aus diesen Blüten kleine blasse Kügelchen, die sich langsam dunkler färbten, bis sie das tiefe orange Gelb hatten eines Bernsteins, den man gegen die Sonne hält, oft versetzt mit einigen roten Flecken Sonnenbrand. Der Baum war so hochgewachsen, dass die schwer behangenen Äste bis vor die Fenster im zweiten Stock des Hauses wuchsen.

Sie hat diesen Baum nie gemocht. Sie hat es irgendwann aufgegeben, die Früchte zu ernten, weil es ihr zu mühsam wurde. Sie hat immer wieder gesagt, dass er ihr zu groß geworden sei, dass die Früchte doch sowieso am Baum verrotteten, weil niemand sie pflücke. Und wenn sie besonders schlecht gelaunt war, dann kündigte sie an, dass sie ihn auf die Größe eines Bonsai-Baumes zurückschneiden wollte. Fertiggebracht hat sie es dann doch nie. »Es ist nichts Gutes an diesem Baum«, hat sie einmal gesagt.

Am liebsten waren ihr die Rhododendren-Büsche (unter denen sie später, als sie sich selbst vergaß, die Aluminiumverpackungen ihres Fertigessens versteckte) und ein Blumenkübel im Vorgarten, aus hellen Kieseln in die Form eines geflochtenen Korbes geklebt, in den sie ein paar Geranien pflanzte, die in der Steinmasse des Kübels ganz klein und verloren aussahen.

Es war fast so, als ob sie das Sprießen und Blühen, das Saftige, Zuckrige, das überbordende Leben der Mirabelle nicht ertragen hat. Das Summen der Bienen auf der Suche nach Nektar, das Flackern der Schmetterlinge zwischen den Blättern, die Käfer auf den Ästen und die Wespen auf den Früchten. All dieses lustvolle Leben. Was sollte sie damit?

***

Das erste Mal, dass mir ihre Seltsamkeit aufgefallen ist, war an einem Weihnachtstag, an dem wir bei ihr zu Besuch waren. Als es bereits dunkel war, saßen wir oben bei ihr in der Küche, wo wir die Geschenke auspackten, während sie uns Abendessen servierte: dunkles Brot, eingelegten Kürbis, saure Gurken und Salami. Oder vielleicht aßen wir auch aufgewärmtes Essen aus Aluminiumschalen, das sie Pilotenessen nannte, welches aber tatsächlich von den Mitarbeitern eines Pflegeservices vorbeigebracht worden war.

Mein Geschenk war ein Cowboyhut mit einem Sheriffsstern drauf und zwei metallisch glänzende Spielzeug-Revolver. Ich riss das Geschenkpapier, mit nur mühsam beherrschter Geduld, sauber an den Tesastreifen auf. Ich setzte mir den Cowboyhut auf und auf einmal huschte eine Unzufriedenheit über ihr Gesicht.

Und mitten in meine Freude hinein erklärte sie, dass der Hut gar nicht dazu da sei, ihn aufzusetzen. Stattdessen solle man ihn lieber noch etwas bewundern, diesen schönen Hut.

Und zu meinem unendlichen Entsetzen stand sie auf, nahm mir die Sheriffsinsignien ab und legte sie auf den Tisch, damit wir den Hut alle gemeinsam betrachten könnten, wie ein chinesisches Tischfeuerwerk.

Was dann folgte, war erwartbar und vielleicht der wahre Zweck dieser bizarren Forderung: Mein Vater erstritt, unter heftigen Worten, die Herausgabe des Hutes, das Abendessen wurde in gespannter Stimmung eingenommen, sie weinte in ihrem Zimmer, als wir abfuhren, und in mir hatte sich etwas festgesetzt: ein Misstrauen ihren Launen gegenüber, ein Argwohn gegen ihre Großzügigkeit, eine Ahnung, dass man ihr nicht ganz vertrauen könne. Ein Gefühl, das danach nie wieder ganz verschwunden ist.

Dass all dies die Symptome eines großen Unglücks waren, habe ich nicht verstanden: Dass ihre Wirklichkeitsferne nur in großer, kaum fassbarer Einsamkeit gewachsen war; dass ihre Halsstarrigkeit ein Weg war, jede Nähe zu anderen Menschen zu sabotieren; dass es ein Anzeichen monströser, unkontrollierter Ängste war.

***

Seit Tagen höre ich immer wieder dieses alte Lied. Und ich frage mich ob sie es gekannt hat:

Ade, nun zur guten Nacht
Jetzt wird der Schluss gemacht
Dass ich muss scheiden

Im 18. Jahrhundert war »Ade, zur guten Nacht«, eine Wendung, die man sagte, wenn man für immer Abschied nahm – eine Formel für Sterbende, für Totgeglaubte, für Menschen, die in den Krieg zogen oder aufs Schafott stiegen.

Das hat deine Schönheit gemacht.
Die hat mich zum Lieben gebracht,
mit großem Verlangen.

Das Lied bricht mir nun schon seit drei Tagen – und ich kann gar nicht sagen wieso – das Herz.

***

Natürlich hat sie es gekannt. Jeder kannte dieses Lied damals.

Die Worte haben für uns einen unwahrscheinlichen Klang bekommen. Die Schicksalsergebenheit, die es ausdrückt, scheint aus weiter Ferne zu kommen. Ihnen aber waren sie ganz nah.

Aus Hermanns Jahrgang starb jeder fünfte Mann.

Aus den Jahrgängen ab 1915 und bis 1924 war es jeder dritte.

Aus dem Jahrgang 1921 kamen 39 Prozent nicht mehr zurück

Johannes
Überall blühte der Flieder

Ernst
Wolken von Maikäfern schwirrten über den Waldwegen

Werner
Brücken, Pontons, große Granat- und Bombentrichter,
Strohgehöfte,

Ernst
oder kreisten um die schon fast kahlen

Werner
Ruisdael und van Gogh und der Krieg

K.
Die Gewitterwolken rabenschwarz, an den Rändern durch
die Sonne blutigrot gefärbt

Ernst
Apfelbäume an der Landstraße.

Hans
Die Luft ist voll von Verwesungsgeruch,

K.
und dazwischen grünaufleuchtend die Schwefelwolke über
einer brennenden Fabrik

Hans
der süßlich in der Nase haften bleibt.

Als Hermann am Abend des 1. September 1939 an Anny schrieb, da waren bereits mehr als 1000 Bewohner der polnischen Kleinstadt Wielún tot, ihre Häuser »zerschmettert und fortgeblasen« von den Bomben deutscher Stukas; »wie Fischgräten« sahen die kohlenden Ruinen aus; aus den Steinhaufen ragten »zerdrückte Betten«, so der deutsche Kreisleiter einige Tage später. Und die Menschen, die in diesen Betten geschlafen hatten, als die Bomber kamen, ohne Vorwarnung, ohne Ankündigung, verströmten nun, in der Spätsommerwärme, einen »süßlichen Geruch«.

Am Abend verdunkelte sich Celle. »Die alte Heidestadt war finster, und die Menschen bewegten sich wie Zauberwesen in einem Minimum an Licht«, schrieb Ernst Jünger, der an diesem Tag in der Stadt war, in sein Tagebuch. »Wie schwerelose Tänzer glitten Menschen auf Rädern durch die Dunkelheit.«

Und Hermann versuchte in Hannover aus kleinen Zeichen und dem Geflüster auf den Gängen zu erraten, ob er nun, nach 11 Jahren als Soldat, tatsächlich in den Krieg müsste. »Es wurde ja schon gestern gesagt, wir können fort«, schrieb er ihr. »Ich glaube aber nicht daran. Sind wir doch heute noch an Ort und Stelle.«

Er beruhigte sie und sich mit mantrahaften Wiederholungen und unhaltbaren Interpretationen von Dingen, die außerhalb seines Gesichtsfeldes lagen: »Du darfst Dich nicht ängstigen, es wird alles wieder gut werden.«

»Wenn weiter nichts eintritt, dann werden wir alle die längste Zeit weg gewesen sein.«

»Nochmals, mein Lieb, nur Mut und Gottvertrauen, dann wird alles werden.«

»Auf Wiedersehen!«

»Heil Hitler!«

»Auf Wiedersehen, mein Goldchen!«

***

Eine Woche später schickte er ihr einen Heidezweig und einen Brief, den er im Schein einer Taschenlampe geschrieben hatte, weil sie in der Kaserne alle Fenster abgedunkelt hatten. Er teilte ihr mit, dass er morgen fortmüsse. »Wohin weiß ich nicht.«

»Nun mach Dir nicht die geringsten Sorgen um mich, mein Herzchen.«

»Bleibe mir gesund und munter.«

»Nun keine Bange, mein Lieb.«

»viel 100.000 Mal innigst geküßt«

»Gute Nacht – Auf Wiedersehen!«

»Heil Hitler!«

***

Auf dem Welfenplatz in Hannover, vor dem roten Backstein der Artilleriekaserne standen sie, ihr Gepäck auf dem Rücken, in langen Reihen, die Schweißperlen vom Marsch in die Stadt noch auf der Stirn. Das Gebäude wie ein dunkler, schweigender Zyklop, dessen gieriges Auge sie vom Hauptportal her anstarrte. Und vielleicht hat, während sich über der Stadt ein neuer Tag erhob, der eine oder andere an das alte Reiterslied gedacht:

Morgenrot, Morgenrot,
leuchtest mir
zum frühen Tod.

Auf dem Weg zum Bahnhof waren überall Menschen, die meisten Frauen, in einer merkwürdigen Stimmung zwischen Euphorie und Sorgen, zwischen Küssen, Umarmungen, Tränen, zusammengezogenen Stirnfalten, »Heil

Hitler!« und letzten gemeinsamen Zigaretten. Fast alle hatten ein Begleitung mitgebracht: die Mutter, einen Bruder, eine Schwester, die Verlobte, die Ehefrau, nur für Hermann war niemand gekommen. Er stand alleine, etwas verloren inmitten dieses Chaos aus Zuneigung und Angst. Anny war in Celle geblieben. Und jemand anderen hatte er nicht.

Dann fuhr der Zug ab und es dauerte nicht lange, bis die Soldaten merkten, dass sie nicht nach Osten fuhren, sondern nach Westen, nicht nach Polen, sondern Richtung Frankreich ging es.

***

Es begann für ihn mit einem Krieg, der keiner war. Ein Krieg, der zwar offiziell erklärt worden war, in dem aber niemand ernsthaft versuchte zu töten; ein Krieg aus Scheinoffensiven, die nach einigen Tagen hastig wieder zurückgenommen wurden; ein Krieg, in dem die Soldaten in ihren Bunkern hockten und große Schilder für den Gegner aufhängten: »Wenn ihr nicht schießt, schießen wir auch nicht«: ein fragiler, nervöser Zustand der Stille.

Wie zwei große Krokodile lagen die Heere da, unangenehm dicht beieinander, und beäugten sich aus kleinen, faulen Augen im Schutz dicker Panzerungen.

Hermann kam in einen Wald in der Eifel, guckte von einem sanften Hügel nach Belgien rüber, hoffte, dass er weder Hügel noch Wald je verteidigen müsste, und ärgerte sich darüber, dass sie ihm acht lange Tage nicht schrieb.

»Wann kann ich wohl mit einigen Zeilen von Dir, mein Herz, rechnen?«

»Nun schreibe mir auch bald. Die Post geht doch schnell.«

»Oft, ja täglich, habe ich bisher auf ein Lebenszeichen von dir gewartet, aber immer vergeblich.«

»Es geht mir wirklich gut, mein Herzlieb.«
»Mach Du Dir auch nicht die geringsten Gedanken um mich.«
»Viele Kilometer trennen uns, aber die Post ist doch gnädig.«
»Ich hoffe bald von dir zu hören.«
»herzliche Grüße und Küsse«

***

Er blieb den Winter über in der Eifel, machte Spaziergänge durch verschneite Wälder und glaubte allen Ernstes, dass der Krieg vorbei sei, als man ihm im Februar sein Gewehr abnahm und ihn in den Harz schickte.

In Gernrode war es für einige Tage wie im Urlaub. Die Männer seiner Kompanie machten Wanderungen durch den verschneiten Harz, von denen sie mit nassen Socken wiederkamen. Einige Frauen mieteten sich ein Zimmer im Hotel Stubenberg, einer pastellfarbenen Villa am Berghang, um dichter bei ihren Männern zu sein. Anny und Hermann konnten sich das nicht leisten.

Es gab Bouillon schon zum Frühstück, Kuchenpausen, geschmierte Brote, Bier aus der Flasche und glitschige Wege aus Eis und Matsch hoch zu Steinspitzen der Gipfel. Es war eine verzauberte, etwas düstere Gegend, von der die Menschen sich erzählten, dass hier einst Riesen gelebt hätten. Bei den Gebrüdern Grimm heißt es: »Sechzigjährige Eichen rissen sie«, die Riesen, »samt den Wurzeln aus und fochten damit. Was sich entgegenstellte, wurde mit Keulen niedergeschlagen und die Weiber in Gefangenschaft fortgeschleppt, wo sie Tag und Nacht dienen mussten.«

Es ist wohl keiner von ihnen auf die Idee gekommen, die Geschichten von den Riesen als Parabel zu lesen, auf irgendetwas, was sie selbst betraf. Als eine mögliche Spielart des Menschen, die sie dabei waren, zu verwirklichen.

Hermann war lediglich ganz verzaubert von der verschneiten Landschaft, die sich vor ihm auftat, als er aus dem Zug stieg. »Vom Krieg nichts zu merken«, schrieb er. Und beschrieb eine Wanderung, die sie gemacht hatten, von Stubenrode durch den Bodekessel hoch zur Rosstrappe, an der angeblich ein Riese einst sein Unglück fand, als er von dort in die Tiefe gestürzt war.

»Es wäre herrlich gewesen, wenn du hättest dabei sein können. Aber, Annchen, die Tour machen wir auch mal, wenn nur erst der dumme Krieg vorbei ist.«

***

»Eine neue Woche hat begonnen. Wie viele werden noch so an uns vorübergehen? Wann hat dieses nur ein Ende? Ich habe es ja so über«, schrieb er ihr zwei Tage später.

***

Kurz darauf bestieg er wieder einen Zug, der ihn auf den Truppenplatz in Bergen brachte, keine 25 Kilometer von Celle, von ihr entfernt. Hier bekam er ein neues Regiment – das 518. Infanterieregiment – und eine neue Division – die 295. Infanteriedivision, »die Stolze« genannt –, ein neues Gewehr und die Feldpostnummer, die er bis zum Schluss behalten sollte: 19029C.

Und wenn er aufmerksam war, wenn er genau hinschaute, dann hat er bemerken müssen, dass man nun mehr mit ihnen vorhatte als Wartepartien, als Zeitung lesen im Bunker, als Sonntage mit Kotelett und Rotkohl,

Kaffee und Kuchen, als Ski fahren und wandern in sanften mitteldeutschen Landschaften.

Es gab eine Routine, die er schon kannte: das Waffenreinigen von 10.30 Uhr bis 11 Uhr, die Schießübungen von 14 bis 16 Uhr, das Putzen der Schuhe und Flicken der Hemden von 16 bis 17 Uhr.

Aber dann waren da Übungen, die auf größeren Ehrgeiz hindeuteten; die Einweisung der Unteroffiziere in die »Minen der Feindstaaten«, die Stoßtruppausbildung im »Überwinden von Drahthindernissen«, die Ausbildung am Flammenwerfer und Vormittage, die darauf verwendet wurden, den »Durchbruch durch Sperren« und den »Kampf um bewaffnete Stellungen« zu üben.

Sie übten Angriffe auf Winsen an der Aller. In der menschleeren Gegend um Belsen probten sie mit scharfer Munition in den Maschinengewehren und echten Granaten in den Artilleriegeschützen, die bei jeder Salve die Welt ein klein bisschen zu verrücken schienen.

Und um wirklich jede falsche Vorstellung von der Ernsthaftigkeit dieser Übungen auszuräumen, musste Hermanns Regiment im April die Schlauchboote gerade zu dem Zeitpunkt herausholen, wo die sonst so gemütliche Aller Hochwasser führte, welches das sonst 15 Meter breite Flüsschen in einen 150 Meter breiten Strom verwandelt hatte. Der Fluss wurde mit 3000 Mann, mit Geschützen und Essen und Pferdegespannen überquert, auf Ponton-Brücken und mit vollbesetzten, wackligen Gummibooten.

Man bereitete sie also auf Dinge vor, die in dieser Umgebung nur mit größter Anstrengung vorstellbar wurden: auf die Maas, die Oise, die Aisne, die Marne und die Seine. Auf den Dnestr, den Dnepr, den Don und die Wolga.

Ein Offizier notierte selbstzufrieden am Ende der Übungen, dass nun »bei allen Soldaten das Vertrauen zu ihren Waffen und ihrer Wirkung gestärkt« sei.

***

Glaubten sie an Zeichen und Omen, ans Schicksal, an eine Prädestination, die sich ihnen in kleinen und großen Andeutungen offenbarte? Wenn es so war, dann mussten sie nicht lange suchen.

Das Truppenabzeichen, das die Soldaten der 295. Infanteriedivision gewählt hatten, waren zwei gekreuzte Pferdeköpfe, die an den Giebelschmuck der dunklen, reetgedeckten, niedersächsischen Bauernhäuser erinnerten, in denen so viele von ihnen aufgewachsen waren. Ihr Wappentier war das Pferd.

Und im Frühjahr 1940 wurden die Pferde krank. Es fing an mit Eiter, der den Tieren aus den Nüstern lief. Dann stieg das Fieber. Und an ihrem Hals, direkt unter dem Kiefer bildeten sich dicke, tennisballgroße Schwellungen. Die Tiere röchelten und stöhnten, bekamen keine Luft. Und nach einigen Tagen kippten sie tot um.

Die Druse war im Futter von Trog zu Trog gewandert, von Wassereimer zu Wassereimer, von Soldatenhand zu Soldatenhand. Sie hatte an den Fingern geklebt, mit denen sie die Tiere getätschelt hatten, an den Sätteln, auf denen sie gesessen hatten, an den Gerten, mit denen sie sie gezüchtigt hatten, und den Äpfeln, die sie unter ihre Mäuler gehalten hatten.

Es kam ein Tierarzt, der aber sehr bald auch nicht mehr weiter wusste. Die Tiere starben und starben, und es schien kein Ende zu nehmen. Bald waren es mehr als eintausend braune, schwarze, weiß, kalte, tote Leiber auf sandigem frühlingshaften Heideboden. Sie gruben jeden Tag Löcher für die Leichen.

Und weil es die Pferde waren, die ihre schweren Geschütze schleppten, die fahrenden Lazarette und Bäckereien, die Funkanlagen und Feldherrentische, saßen sie fest, wie Pollen nach einem Bienensterben. Sie waren eingeplant für die Invasion Norwegens. Dort fielen nun andere an ihrer statt sein.

Sie hatten viel Zeit, die Landschaft um ihr Lager zu bewundern, die, wie ein Hauptmann schrieb, eine »märchenhaft herrliche Heidelandschaft mit sehr freundlichen Bewohnern und vielen Naturschönheiten« sei. Zwei Jahre später sollte dort, wo sie auf den Krieg warteten, das Konzentrationslager Bergen-Belsen eingerichtet werden. Aber schon bevor die SS den südlichen Teil des Lagergeländes im April 1942 übernahm, begann dort das Töten. Bereits im Dezember 1941 starben nach wenigen Wochen die ersten 14.000 sowjetischen Kriegsgefangenen, weil man sie unter freiem Himmel und mit kaum etwas zu essen einfach sich selbst überließ.

***

Anny und Hermann machten noch einmal Spaziergänge, in Uniform und weißem Kleid durch den Celler Schlosspark und über die Pfennigbrücke zu den Dammaschwiesen, über allem eine Nervosität, eine Ahnung, dass es dabei nicht bleiben würde.

Und auf der Aller machten die ersten Schwanenküken ihre ungelenken Schwimmversuche im trüben Flusswasser; winzige lebende Versprechen: Dass das, was klein und hässlich ist, sich verwandeln kann, in etwas Großes und Schönes. Dass es nur etwas Geduld bräuchte, damit aus einem aschfarbenen Ei ein Schwan wird.

Und nur einige Pessimisten summten damals im Geheimen ein Liedchen, welches die NSDAP 1935 aus den Liederbüchern gestrichen hatte:

Zogen einst fünf wilde Schwäne,
Schwäne, leuchtend weiss und schön.
Sing, sing, was geschah?
Keiner ward mehr gesehn.

***

Als sie endlich in Bergen-Belsen in die Züge stiegen und Richtung französische Grenze fuhren, lagen die Wolken tief. Mit einem Ruck setzten sich die schweren Waggons in Bewegung. Sie hatten ihre Waffen, wie es im Bericht heißt, »glatt und reibungslos« verladen, die langen, tonnenschweren Artilleriegeschütze, Haubitzen, Mörser, Flak- und Panzerabwehrkanonen sowie die Potzen zum Munitionstransport, außerdem Bäckereiöfen, Schlachtbänke, Feldpoststationen und Lazarette. Sie hatten diese Kleinstadt verstaut und ruckelten irgendwo zwischen Heide und Eifel, als etwas passiert, was in dem Bericht der Offiziere unglaublich kühl vermerkt wird, geradezu als Nachgedanke zu dem reibungslosen Verladen: »Durch Heißlaufen einer Achse entstand ein Wagenbrand. Infolge des Fehlens einer Notbremse waren die Soldaten dieses Wagens gezwungen, während der Fahrt abzuspringen. 40 Mann fielen dem zum Opfer. 24 wurden verletzt, 6 schwer.« Nach diesem Bericht über einen Unfall mit 40 Toten, die, so scheint es, die Wahl hatten, in ihrem Waggon zu verbrennen oder sich beim Abspringen vom Zug das Genick zu brechen, heißt es weiter: »Wetter: bewölkt.«

Oder bezog sich die Wendung »zum Opfer fallen« lediglich darauf, dass sie aus dem Zug abspringen mussten? Es erscheint irgendwie zu fantastisch, dass 40 Tote eines Zugunglücks derart kalt abgearbeitet wurden.

***

Es war ein langsames Hineingleiten in den Krieg. Es fing an mit Frauen, die ihnen vor der niederländischen Grenze Essen zusteckten, während Kinder in weißen Wochenendhemden am Wegrand winkten.

Die ersten Tage waren wahnsinnig öde. Sie hatten immer die Fersen des Vordermanns vor Augen. Der Rucksack fraß sich mit jeder Stunde mehr in den Kapuzenmuskel, das Gewehr wurde mit jedem Schritt unhandlicher und schwerer und die Waden müde und krampfig.

Nach einem halben Tag waren sie an der Stelle bei Maastricht, wo die Niederlande und Belgien aneinandergrenzen entlang des Albert-Kanals, der dort einige Jahre vorher schnurgerade in die hügelige Landschaft hineingesprengt worden war.

In einen Hügel am Albert-Kanal hatten die Belgier eine der größten Befestigungsanlagen der Welt gefräst. Mehr als 1250 Soldaten sollten, 50 Meter tief in den Stein eingegraben, an zwei von drei Seiten von Wasser umgeben, und ausgestattet mit riesigen Artilleriekanonen, mit Flakgeschützen und Maschinengewehren hinter tonnenschweren Eisentoren verhindern, dass deutsche Soldaten den Kanal überquerten. Die Festung galt als uneinnehmbar.

Als die Deutschen angriffen, waren kaum 700 belgische Soldaten in der Festung, der Rest war krank oder im Urlaub. Die Belgier wunderten sich erst, dass sie kein Motorengeräusch hörten, nur die Kanonen der Niederländer auf der anderen Seite des Flusses, die auf etwas im Nachthimmel schossen. Kurz darauf sahen die Belgier die Silhouetten von elf Segelflugzeugen in der Dunkelheit, aber da war es schon zu spät.

Die Wehrmacht landete mit 86 Mann auf der Festung. Sie zerstörten die großen Kanonen mit Hohllade-Sprengsätzen, erschossen die Besatzungen der Maschinengewehre und Flakgeschütze, die auf einen solchen Angriff nicht vorbereitet waren. Der Rest der belgischen Soldaten saß orientierungslos im Bauch der Festung. Sie hatten nicht verstanden, dass es so wenige Deutsche waren, und irgendwie vergessen, dass sie so viele waren. Nach nur einem Tag gaben sie auf. Der deutsche Offizier, der die Kapitulation der belgischen Soldaten in der Festung entgegennahm, soll, ganz ohne Ironie, gesagt haben: »Ich gratuliere Ihnen zu ihrem Mut. Aber einer muss im Krieg besiegt werden.«

Acht Tage später stand Hermann vor dieser Festung. Es war ein heißer Tag, der Schweiß lief ihm die Stirn herunter und brannte in den Augen. Eine zerstörte Brücke lag im Wasser wie der Kadaver eines Wales, von dem niemand weiß, wie man ihn jetzt wegbekommt. Und Hermann machte Fotos von dieser etwas unwirklichen, menschenleeren Aussicht, aus unterschiedlichen Perspektiven (vom Hügel aus, vom Fluss, mit einem schwitzenden Kameraden im Vordergrund).

***

Sie marschierten durch Belgien, auf die Champagne und die alte Königsstadt Reims zu, und je weiter sie marschierten, desto deutlicher wurden die Anzeichen dessen, was sie erwartete.

Die ersten Tage schliefen sie in Betten, die ihre unfreiwilligen belgischen Gastgeber ihnen machten, es gab Kaffee zum Frühstück, Schokolade gegen die Unterzuckerung beim Gehen, abends ein Bad und frische Handtücher. Die Sonne schien, und sie machten 50 Kilometer am Tag. Abends schlachteten sie Kälber und Hühner. »Ich esse kräftig«, schrieb er ihr, nachdem sie Belgien schon fast hinter sich hatten, »damit man die Strapazen nicht an mir merkt.«

Auf einem Foto, das Hermann in diesen Tagen gemacht hat, stehen drei Generationen einer belgischen Familie, auf der Veranda eines herrschaftlichen Hauses; der alte Patriarch in schwarzem Anzug, Krawatte, Taschenuhr; die kleine Tochter in weißem Kleid; ihre Mutter, schön und schlank, mit verschränkten Armen und kaltem, unerschrockenem Blick in die Kamera. Auf die Rückseite des Fotos hat irgendjemand aus dieser wohlhabenden Familie einen Satz in kunstvoller Zweideutigkeit geschrieben: »Der Friede ist das höchste Glück. Möget Ihr alle wieder gesund in Eure Heimat kommen.«

»Die Leute sind sehr freundlich zu uns«, schrieb Hermann an Anny.

Sie wunderten sich, dass die Geschäfte nicht geschlossen hatten; dass sie Kaffee, Schokolade, Seife, Stoffe kaufen konnten, und ärgerten sich, dass auf dem Vormarsch kein Platz war für einige Meter feinen Antwerpener Stoff.

Dann bald, sehr bald, kamen die ersten Bilder der Zerstörung. An einer Dorfstraße waren alle Dächer abgedeckt. Die Häuser waren geplündert worden, das Mobiliar zerschlagen, zersprungene Weinflaschen säumten die Straßen.

Er marschierte durch die Wallonie, vorbei an Liège und Namur, nach Süden. Sie hielten in verlassenen Dörfern, die Ver und Patignies hießen und wo, in den verlassenen Werkstätten der Handwerker, halb fertige, gewebte Leinwände in den Webstühlen standen. In Sécheval in den französischen Ardennen war keine Menschenseele zu sehen. Die Häuser waren leer und verdreckt von den Plünderern, die mit sich mit allem, was ihnen wertvoll erschienen war, davongemacht hatten. Hermann schlief vor einer Bauernscheune im Zelt, weil er den Schmutz nicht aushielt. »Mir ist es jetzt schon, als würde ich jeden Tag vor Dreck umkommen.« Er entschädigte sich abends mit Kalbsleber und »herrlichstem Wein«.

Er weigerte sich darüber nachzudenken, was die Verwüstungen mit ihrem Vormarsch zu tun hatten. Die Eroberten hatten das Chaos, so dachte er, gänzlich über sich selbst gebracht: »Es ist wirklich schrecklich, wie der Belgier und auch der Franzose in ihrem Land gewütet haben. Überall ist geplündert worden. Wie hätten sie wohl bei uns geräubert? Es wäre eintausend Mal toller geworden. Hätten diese Mordbrenner das nicht lieber auf der anderen Seite des Rheins gemacht?« Er glaubte mit jedem Meter, den sie in zurücklegten, mehr daran, dass sie im Recht waren. Die Zerstörungen bestätigten ihn darin.

Einmal kam ihnen ein Lkw mit gefangenen französischen Soldaten entgegen, und das war fürs Erste alles, was sie von der französischen Armee zu sehen bekamen. Der Krieg war für sie das Dröhnen der Flugzeugmotoren über ihrem Kopf, die in Wellen nach Westen zogen und deren Geräusche sie begleiteten, wie ein tiefer Tinnitus.

Später sahen sie die ersten Flüchtlinge: eine Familie, die alles, was sie besaß, auf zwei Kutschen geladen hatte und kleinere Reste auf einen Fahrradanhänger mit sich führte. Ihre sechs Kinder saßen im Straßengraben, auf dem Boden, so als wollten sie sich ganz klein machen, damit diese unheimliche Macht – der lange, nicht enden wollende Zug junger, arroganter Gesichter – vorbeizöge, ohne ihnen etwas anzutun.

Sie kamen vorbei an vier toten Schimmeln, die in einem Viereck auf der Straße lagen, neben ihnen die Reste der Kutsche, die sie gezogen hatten. Fetzen lagen im Kreis verteilt, im Graben einer Lindenallee. Ein zerstreutes Leben, in geplatzten Koffern.

An einem Straßenrand warteten zwei zerschossene mittelschwere französische Panzer, mit riesigen Aufreißungen in den Metallkuppeln, die jemand sauber am Straßenrand geparkt hatte.

Im Schatten einiger Bäume war die Erde umgegraben, neun saubere Rechtecke, darauf frisch gepflanzte Blumen und graue Stahlhelme, wie groteske Setzlinge.

Und in seinen Briefen schrieb er ihr die üblichen Beschwörungen:

»Es geht mir gut. Mache Du, mein Herz, dir keine Sorgen und Gedanken um mich.«

»Ich freue mich schon auf unseren Sieg und unser Wiedersehen.«

»Der Krieg könnte eigentlich nach alledem nicht mehr lange dauern. Dann bin ich ja auch wieder bei Dir.«

»Mach Dir keine Sorge, es geht uns allen recht gut«

Drei Wochen und drei Tage marschierten sie, ohne dass etwas passierte.

Ernst
Die Motorhauben der schweren Wagen führen seltsame Maskottchen:

Johannes
Links am Wege lag eine zerschossene Irrenanstalt.

Ernst
grobe Holzschuhe, erbeutete Stahlhelme, glotzende Gasmasken

Johannes
Am Tag zuvor, als ich Posten am Wege stand, waren zwei Irrsinnige angekrochen gekommen.

Ernst
und elegante Puppen, denen der Fahrtwind die rosa Seidenröcke über die Köpfe schlägt.

Johannes
Als sie mich sahen, bekreuzigten sie sich, schrien: »Le diable!«

Ernst
Oft drückte ich mein Gesicht gegen die Fensterscheiben

Johannes
sanken auf die Knie

Ernst
und sah dann in den Zimmern gedeckte Tafeln mit Tellern und Gläsern,

Johannes

und fingen mit erhobenen Händen laut an zu beten.

Ernst

doch keine Gäste

Werner

Eine wunderbare und sehr berühmte Kathedrale steht allein
unversehrt in der zerstörten, vernichteten Innenstadt,

Hans

Gefühle, so bunt und wunderlich wie nie zuvor
überkommen einen,

Werner

wie ein Schiff auf Trümmern schimmernd

Hans

auch der gefährliche Gedanke frei zu sein

Was hat sie gemacht in dieser Zeit? Wie hat sie das ausgehalten, alleine in dieser Wohnung, die eigentlich für zwei gedacht war, umgeben von den Artefakten einer Ehe, die immer etwas flüchtiges gehabt hatte? Wie oft saß sie bei der Arbeit vor ihrer Schreibmaschine, starrte einfach nur vor sich hin und ließ den Zirkelgedanken der Sorge freien Lauf? Nach wie vielen Tagen ohne Brief wurde das Warten auf den Briefträger zur Qual? Wie real wurde die Vorstellung in der Dunkelheit warmer Sommernächte, dass er sterben könnte?

***

»Es ist mir ja, als ob ich im Manöver wäre«, schrieb er ihr am 2. Juni. »Nur die zerschossenen Ortschaften und die verscharrten Franzosen erinnern an den Krieg.« Das liebliche, verwaiste französische Dorf, in dem er sich befand, hatte einst 700 Einwohner gehabt. Von denen waren noch 20 geblieben, die in ihren Bürgerhäusern mit weißen Fensterläden ausgeharrt hatten, welche, wie Hermann anmerkt, »bis auf das Plündern« ganz unversehrt geblieben seien.

Und dann erinnerte er sich, dass an diesem Tag seine 12-jährige Dienstzeit in der Armee abgelaufen wäre. Dass er nun eigentlich hätte frei sein sollen. »Ich male es mir plötzlich aus: Zivil, Kragen, Schlips, Mantel, Hut und keine Kommissstiefel mehr. Nun sitze ich in fremdem Land und kann nicht einmal ein Wort mit dir wechseln.«

In diesen Briefen war keine Kriegslust, keine Euphorie, kein Hass, kein Drang ins Weite und Unendliche. Da war einfach ein Mann, der nach Hause wollte.

***

Die Nacht war dunkel und kalt für Juni, als sie an die Front kamen. Es roch nach feuchtem Gras, nach Giersch, Ginster und Brennnesseln und dem Grün der Blätter.

Ein Soldat aus Hermanns Division schilderte, wie sie um ein Uhr nachts ihre schweren schwarzen Stiefel anzogen und wie sie etwas länger als sonst prüften, ob sie richtig saßen. Weil ein lose gebundener Schuh ein wochenlanges Martyrium bedeuten konnte, in dem rotgeränderte, bleiche Blasenabdrücke anschwollen, größer wurden, irgendwann durchsichtige Flüssigkeit in den Socken lief und jeder Schritt zur Qual wurde.

Während sie sich im Dunkeln die Schnürsenkel banden, mit einer fast heiligen Gründlichkeit, wie Mönche bei der Herabrufung des Heiligen Geistes auf die Gaben, hörten sie schon den Rhythmus der Kanonen – Feuer, Stille, Einschlag, Feuer, Stille, Einschlag, Feuer, Stille, Einschlag.

Dann ging es raus auf die Straße, in die hektische Nacht, eine Kleinstadt, Nordfrankreich, enge, kleine Häuser, selbst das Rathaus hatte nur ein Stockwerk, überall der Klang der Stiefel auf Kopfsteinpflaster. Und dann war da auf einmal dieses Summen, erst kaum zu hören. Immer lauter und lauter, wie eine Hornisse an der Ohrmuschel. Eine Unruhe erfasste sie.

Direkt über ihnen leuchtete plötzlich ein grelles, grünliches Licht auf. Ihre Gesichter unter den Helmen sahen bleich und kränklich aus, Phantome, die ertappt in den Nachthimmel starrten, auf das brennende Magnesium, das an einem Fallschirm über ihren Köpfen baumelte. Sie rannten los, in den Schatten, unter Bäume und Hauseingänge, bloß weg von diesem Licht, in die Dunkelheit. Sie kauerten sich zusammen, schwiegen und warteten auf eine Bombe, die nie fiel. Das Summen verschwand. Der

Fallschirm verbrannte mit einem letzten Flackern. Es umgab sie eine Nacht, die nun umso schwärzer war.

In einem dunklen Wald, in dem 25 Jahre vorher schon einmal deutsche Soldaten gegen französische gekämpft hatten, saß ein Soldat mit Stahlhelm und schlief, das Gewehr im Schoß. Am Horizont sahen sie gelbe Lichter in kleinen Mulden, die kurz aufzuckten, und kurz darauf ein rotes Glühen, das die Erdkrümmung aufleuchten ließ. Sie warteten ganz taub vor Aufregung auf den Morgen.

Als es hell wurde, lag durchsichtiger Tau auf ihren Uniformen. Sie fanden alte, verrostete Gewehre von dem anderen Krieg, die den eigenen so ähnlich sahen: Mauser-Repetiergewehre, Nussholz, der hervorstehende Bolzenhebel, der nach jedem Schuss nach oben gelegt und zurückgerissen werden musste, um eine neue Patrone in die Kammer zu drücken. Und dann zerriss der Morgen mit einem Kreischen. In der Ferne platzte die Erde auf, in großen, schwarzen Erdfontänen. Und die Luft sang das erste Mal vom Zorn.

***

Der Krieg blieb an diesem Tag für Hermann etwas, das als Spiel gewaltiger Kräfte am Horizont tobte. Als Grollen in der Ferne, als Kreischen der Sturzkampfbomber, als schwarzer Rauch über den sanften Hügeln der Champagne. Sein Regiment blieb in der Reserve. Es griff in die Kämpfe nicht ein. Niemand aus seiner Kompanie wurde verwundet, niemand starb. Sie hoben sich auf, für etwas, das für sie noch keine Kontur hatte, für einen dunklen Schatten, der sich aus der Zukunft auf sie zuschob.

***

Die Stukas sahen von Weitem ein bisschen aus wie Falken mit paralysierten Unterleiben. Das Fahrwerk dieses kleinen, einmotorigen Flugzeugs konnte nicht eingezogen werden. Die Ingenieure hatten dort Sirenen angebracht, die im Wind des Sturzflugs vor dem Bombenabwurf zu heulen anfingen. Kaum jemand, der dieses Geräusch gehört hat und über sich einen Flugzeugschatten gesehen hat, hat dieses Heulen je vergessen.

An die Stukas hat Hermann auch später immer mit großer Wärme zurückgedacht. An meine Großmutter schickte er später aus Russland eine Postkarte mit drei Sturzkampfbombern im Formationsflug und daneben notierte er: »Unsere besten Freunde«.

***

Drei Soldaten gingen am 11. Juni in der Dämmerung hinab in einen Wald, der am Rand der Aisne lag. Im Halbdunkel des Waldes standen sie auf einmal vor Löchern in der Erde, in denen schimmernde Patronenhülsen lagen, verlassene Stellungen für Maschinengewehre. Ein »Geisterwald« sei das gewesen, schrieb einer der Soldaten später. Dann sahen sie eine Grube, nur halb ausgehoben, und neben der Grube lauter Leichen, deutsche Soldaten, die jemand in der Eile des Vormarsches einfach liegen gelassen hatte.

Sie kamen als andere Männer zurück ins Freie.

***

Ludwig Wittgenstein schrieb im *Tractatus logico-philosophicus* über das Sterben: »Der Tod ist kein Ereignis des Lebens. Den Tod erlebt man nicht.« Der Tod bedeutet den Toten nichts. Es sind die Lebenden, die ihn erfahren. Sie sind es, die den Schwindel fühlen, die Leere, die Traurigkeit, wenn das große Rätsel vor ihnen liegt im Schatten der Bäume, unter dem Wiegen der Äste, dem Rascheln der Blätter und dem Knistern der Nadeln; schwarze Stiefel, weiße Haut unter feldgrauem Stoff, Anthrazit im Mondeslicht, feuchte, schwarze Erde, geronnenes Blut. Und das Metall ihrer Gürtelschnallen reflektierte in die Nacht: Gott mit uns. »Die zeitliche Unsterblichkeit der Seele des Menschen«, schreibt Wittgenstein, »das heißt also ihr ewiges Fortleben auch nach dem Tode, ist nicht nur auf keine Weise verbürgt, sondern vor allem leistet diese Annahme gar nicht das, was man immer mit ihr erreichen wollte. Wird denn dadurch ein Rätsel gelöst, dass ich ewig fortlebe? Ist denn dieses ewige Leben dann nicht ebenso rätselhaft wie das gegenwärtige?«

Wir wissen nicht, ob die Toten dem Rätsel entkommen. Die Lebenden tun es nicht.

***

Am 13. Juni schrieb Hermann an Anny, nachdem er wohl das erste Mal gesehen hatte, was Krieg sein kann, ganz schlicht: »In großer Eile von hier, unserem Weitermarsch. Es geht mir gut.«

In der darauffolgenden Nacht liefen sie, ohne anzuhalten. Die Champagne leuchtete die ganze Nacht über, als stünde sie kurz vor dem Sonnenaufgang. Hermann erinnerte sich später an den unglaublichen Anblick von Châlons-sur-Marne, »die Stadt, durch die wir marschierten des Nachts und die so herrlich brannte und die ganze Gegend erhellte.« Die vier gotischen Türme der Wallfahrtskirche Notre-Dame-en-Vaux warfen flackernde,

Hunderte Meter lange Schatten. Das Zentrum der Stadt, entlang der Rue Jean Jaurès und der Rue Léon Bourgeois war von den Deutschen angezündet worden, aus Rache für den hartnäckigen Widerstand eines französischen Leutnants, der bis zum Letzten aus den Fenstern des Rathauses geschossen hatte.

Nie waren sie dichter an den Kräften, die diesen Feldzug entschieden hatten. Nie spürten sie ihren Hauch so deutlich. Heinz Guderians Panzertruppen hatten die Stadt nur wenige Stunden vorher angezündet.

Und Hermann verlor trotz aller Ehrfurcht vor dem Schauspiel doch das Praktische nicht aus den Augen: aus den Straßen der brennenden Stadt klaute er ein nagelneues Fahrrad. »Ich brauchte es nur zu nehmen. Gerade als wartete es auf mich.«

***

Zu diesem Zeitpunkt waren die ersten deutschen Soldaten bereits kampflos in Paris eingezogen. Die Kapitulation folgte einige Tage später. Der Krieg war für sie nichts weiter gewesen als ein wochenlanger Spaziergang, mit entzündeten Sehnen, geschwollenen Zehen und nie berührten Munitionsbeuteln.

Ist zumindest einigen von ihnen in diesen schwitzigen Sommertagen in den Sinn gekommen, dass es zu einfach war? Dass Erfolg ein Fluch sein kann? Dass Siege ins Verderben führen können? Wer von ihnen hielt es noch mit solcher Dialektik?

***

Sie waren trotzdem den Rest des Junis weitermarschiert; immer weiter nach Süden. In einem Dorf mit dem unaussprechlichen Namen Blismes, 100 km entfernt von Dijon hielt Hermann schließlich an. Es gab ein paar niedrige Häuser aus Natursteinen. Wein wuchs an ihren Wänden hoch. Und zwischen den Hügeln flüsterten die Bäche den Landsern zu, dass doch kein Krieg nicht nottat.

»Die Franzosen sind ganz klein und sehr freundlich uns gegenüber«, schrieb er ihr. Er, der sonst nichts kannte, als stickige Kasernenstuben, enge Betten, Zimmer, in denen die Ausdünstungen anderer Männer jeden Atemzug patinierte. Und noch davor die enge Stube der Mutter, wo in zugigen Räumen Steckrüben gekocht wurden unter niedrigen Decken; er lag nun in den weichen Betten eines französischen Landhauses.

Er wurde zum Hauptfeldwebel befördert. »Froh bin ich darüber, aber für Dich bin ich doch weiter der Feldwebel.« Wenn er alleine war in der Villa, in der sie für einige Tage unterkamen, dann saß er da in der stillen Kühle alter Steine, wusste nicht so recht, was er mit sich anfangen sollte, und wurde ganz nachdenklich: »Du kannst hier auf jeden kleinen Berg gehen«, schrieb er, »und immer liegt Dir die Welt zu Füßen. Das ist etwas, was mir eigentlich rätselhaft wirkt«, schrieb er.

Er projizierte seine Euphorie in die sanften Anhöhen, die satten Wiesen, den hohen Himmel hinein.

***

Nach kaum fünf Tagen hatte er genug von der Landschaft: »Hier ist nichts anzufangen«, schrieb er. »Diese Ruhe regt mich bald auf. Kein Flugzeug, nichts, gar nichts belebt den Himmel.« Auch die Wälder kannte er nun gut genug. Sie hatten sie oft genug durchkämmt, auf der Suche nach den letzten Resten der französischen Armee. Die Tage dehnten sich, hitzeflimmernd, im leichten Rausch des erbeuteten Rotweins und vor den gesenkten Blicken der anderen. Sie verfielen in die Langweile verwöhnter Kinder, die nicht wissen, was sie mit einem geklauten Spielzeug anfangen sollen.

Dann kam, nach kaum einer Woche auch schon der Befehl, wieder alles einzupacken. Sie marschierten die gleiche Richtung zurück, die sie gekommen waren.

***

Sie schlief in diesen Tagen unruhiger als er. In Celle wurden nachts alle Lichter ausgemacht, alle Fenster abgedunkelt, und an mondhellen Nächten schauten die Bewohner der Stadt angstvoll in den Himmel. Mehrmals jede Woche heulten die Sirenen auf. Dann konnte Anny die britischen Bomberverbände sehen, die an Celle vorbeizogen. Sie hörte die Motoren der Maschinen, leise, aber deutlich, wie man eine Wespe am anderen Ende eines Raumes summen hört. Die Frauen der Spichernstraße liefen dann in ihren Keller und horchten und hörten das Blut in ihren Schläfen lauter pochen als die Kolben der Flugzeugmotoren. Und dann passierte: nichts. Die Bomben waren für andere Orte bestimmt. Im Mai sah sie das Glühen der brennenden Raffinerie in Misburg. Im August schimmerte der Horizont ganz leicht von den Feuern in Hannover. Und im Februar sah sie, was 220 Bomber anrichten können, als die Hannoveraner Oststadt in Schutt und Asche gebombt wurde. Bis in den März hinein fiel in Celle nie eine Bombe. Meine Oma hat es dennoch fast verrückt gemacht. Sie fand es oft unmöglich, aus dem Keller herauszukommen und sich einfach wieder hinzulegen und einzuschlafen. Sie hat bis in die Morgenstunden wach gelegen, mit rasenden Gedanken und einem Hass auf alles Englische in ihrem Herzen.

Johannes
Wir leben wie Gott in Frankreich und dann ein richtiges Bett,

Erwin
Ein Litter Wein kostet nur 30 Pfenig.

Johannes
wenns auch ein Kinderbett war

Erwin
Mit einem Litter hat man schon größten Brand.

Johannes
in einem Kinderheim.

Erwin
Eine Flasche Bir kostet 20 Pfenig

Johannes
Im Keller liegen 7 tote Marokkaner

Erwin
Wir könen Essen so viel wir wollen.

Ernst
Am Vormittag war eine Frau von etwa dreißig Jahren im Haus und suchte Hilfe,

Erwin
Die gefangenen Franzosen müssen uns ja auftragen, bis wir Sat sind.

Ernst

um ihren Mann auszugraben

Erwin

Ich habe es viel schöner wie daheim.

Ernst

Sie sagte sie, sie würde den Toten mit den Händen aus dem Boden scharren, um noch etwas von ihm zu sehen.

In schmerzenden Märschen durchquerten sie Frankreich ein zweites Mal. Sie brauchten weniger als zwei Wochen. In Ault, einer kleinen Stadt in einer Senke der normannischen Steilküste, blieben sie. Hermann hat dort, wie so viele andere, erst richtig verstanden, was es heißt, gut zu leben.

Da war das Haus, in dem er wohnte, eine efeubewachsene zweistöckige Jugendstilvilla. Ein Balkon mit steinernen Arabesken im ersten Stock. Mit hellen, großen Schlafzimmern und Schaukelstühlen, in denen es sich so leicht einnicken ließ.

Da war das Essen. Ganze Schweine wurden gebraten, 90 Kilogramm schwer, Birnen im Schlafrock serviert, Schollen gab es, Wolfsbarsch, Kabeljau und Petermännchen, Bratkartoffeln, Nusstorten mit Schlagsahne, zwischendurch Croissants und drei geschlagene Eier zum Frühstück.

Auf langen Verdauungsspaziergängen schaute er den Wellen des Atlantiks dabei zu, wie sie in weißem Schaum an der Steilküste brachen. Er hielt lange weintrunkene Mittagsschläfe, tief eingesunken in die weichen Sessel, die schwarzen Soldatenstiefel auf dem Essenstisch. Er ließ sich als Feldwebel von seinen Gefreiten warme Bäder einlassen und las Romane in der Badewanne. Ihr schickte er Sardinen in Öl, Osterglocken, Rahm, Butter und Milch nach Hause, kaufte Stoffe für sie in Paris, bis sein Geld weg war, und versprach ihr gleich noch mehr, sobald er neues hätte: einen Silberfuchspelz, Stiefel und einen Mantel aus Fohlenfell. Am Ende schaffte er es doch nur, einige Meter Stoff zu kaufen, die sie anscheinend etwas hässlich fand, aus denen er sich später dennoch von einem Celler Schneider einen gefütterten Mantel machen ließ. Er lebte so gut, dass er bald nicht mehr wusste, was er in seinen

Briefen noch schreiben sollte. Also schrieb er Sätze wie diese:

»Wieder ist ein Tag rum.«

»Das Wetter ist immer noch das gleiche.«

»Hier geht ein Tag wie der andere dahin.«

Und wenn ihm allzu langweilig wurde, nahm er sein Gewehr, setzte sich in den Garten und schoss auf Sperlinge, die sich in Staubbädern das Gefieder putzten, mit kleinen schnellen Kopfbewegungen, bevor sie zerplatzten wie Kirschen im Regen. Nur ein handbreiter Fleck blieb dann übrig aus Blut und Federn und Knochen, Testament des großen, bewaffneten *Ennui*.

***

Einmal schickte er ihr eine kleine Lektürenotiz, von einem der Bücher, die er in der Badewanne und im Garten liegend gelesen hatte: »Aus den *Räubern«,* schrieb er, »werde ich nicht recht klug.« Woran hat er sich gestört? Was war ihm fremd?

»Ein Kind wars, noch frisch und gesund, das lag auf dem Boden unterm Tisch, und der Tisch wollte eben angehen, – Armes Tierchen, sagt ich, du verfrierst ja hier, und warfs in die Flamme.«

Ahnte er nicht bereits, wozu Männer fähig sind?

»Stelle mich vor ein Heer Kerls wie ich, und aus Deutschland soll eine Republik werden, gegen die Rom und Sparta Nonnenklöster sein sollen.«

Waren *sie* nicht diese Kerls?

»Treuloser, wo sind deine Schwüre? Vergißt man Wunden so bald? Da wir Glück, Ehre und Leben in die Schanzen schlugen für dich, da wir standen wie Mauern, auffingen wie Schilder die Hiebe, die einem Leben galten, – hubst du da nicht deine Hand zum eisernen Eid auf, schwurst, uns nie zu verlassen, wie wir dich nicht verlassen haben?«

Kannte er nicht Loyalität wie diese – die Loyalität zu einer Mörderbande?

»Blut! war mein erster Gedanke, Blut! mein letzter.«

Hatte er nicht bereits genug von der Mordlust gesehen, um zu verstehen?

***

Manchmal verrät sich in den Briefen seine Verlorenheit, wenn er etwa alleine ins Kino ging und sie dabei in der stickigen Dunkelheit des Kinosaals vor seinen Augen schwebte, wie er schrieb. Wenn er sich gierig nach ihren Briefen sehnte. In der Ungeduld, die ihn erfasste, wenn sie einige Tage nicht schrieb – und wie lautstark er sich dann beklagte. Es kommt durch in seinem vergeblichen Optimismus: »Dann bin ich auch bald mit dem Krieg fertig und für immer bei Dir. Ich denke, es wird sich nicht mehr allzu lange hinziehen.« Und in den langen Abenden, in denen er nichts anderes machte, als Mandeln für sie zu schälen. Zweieinhalb Kilo hatte er sich besorgt, die er Mandel für Mandel aus ihrer braunen Hülle drückte und auf einem großen Haufen stapelte, als blasse, elfenbeinfarbene Steine: Seinen Liebesbeweis, den er ihr mitbrachte, zusammen mit 500 Gramm Kaffee, 200 Gramm »wunderbarem Kakao« und 600 Gramm weißer Wolle, als er für einige Tage im Winter zu ihr kam.

***

Sie war eigentlich nie krank. Sie hatte nie Fieber, nie Schnupfen, keine Halsschmerzen, keine Grippe. Sie hat später, als ältere Frau, 40 Jahre lang keinen einzigen Tag im Bett gelegen. Aber im Februar 1940 fing sie zu husten an, als er gerade zu Besuch war. Dann fuhr er weg, und der Husten wurde schlimmer.

Als er nachts am Bahnhof abfuhr, brachte sie ihn nicht zum Bahnhof. Selbst als ihr Vater ihr anbot, sie auf dem Rückweg durch die Dunkelheit zu begleiten, lehnte sie ab. Vielleicht spürte sie bereits die Schwäche, die sie befallen sollte. Vielleicht hat sie aber auch einfach den Abschied nicht ertragen.

Sie kam nicht aus dem Bett, als er in einem Zug Richtung Amiens saß und auf einer unbequemen Holzbank versuchte einzuschlafen. Sie fühlte sich immer schwächer, als er in einem französischen Hotel Wurststullen aß und Bier aus der Flasche trank. Und sie wusste, dass sie einen Arzt brauchte, als er in Woincourt in den Bus stieg, der ihn an die Küste brachte. Sie hustete schwer und heftig. Nach einigen Tagen hielt sie, schwach, wie sie sich fühlte, ihre einsame Wohnung nicht mehr aus und zog zu ihren Eltern. Dort stand sie mehr als drei Wochen lang nicht mehr aus ihrem Bett auf.

Es war fast so, als versuchte ihr Körper sich von etwas befreien, das ihr schon lange die Luft abschnürte und das sie einfach nicht verlassen wollte, so sehr sie auch keuchte.

»Am liebsten würde ich all das Unangenehme für Dich empfangen«, schrieb er ihr in einem Brief und ahnte nicht, wie schnell ihm sein leichtsinniger Wunsch nach Krankheit an ihrer Statt gewährt werden würde: Zwei Wochen nach dem Abschied, als es ihr langsam etwas besser ging, wurde Hermann in ein Lazarett in Rouen gebracht, mit einer Krankheit, die er in keinem seiner Briefe benannt hat. Er schrieb ihr nur, dass »zehn finstere Tage« hinter ihm lägen.

***

In dieser Zeit landeten das erste Mal einige britische Bomben in Celle, die ziellos und zufällig abgeworfen worden waren, von einer Bombercrew auf dem Rückweg ins Vereinigte Königreich, die es versäumt hatte, die gesamte Ladung am Ziel detonieren zu lassen. Es gab ein paar demolierte Fensterscheiben und Hauswände, dort, wo die Stadt ihre Brücke über die Aller schlägt: in der Hehlentorstraße sowie in der angrenzenden Schuhstraße und am Nordwall. Verletzt oder gar getötet wurde niemand. Und so vergaßen die Celler schnell wieder, dass die dicht bebaute mittelalterliche Innenstadt an diesem Tag einem Unglück nur sehr knapp entkommen war.

***

Das unangenehmste Ereignis von Hermanns Zeit in Frankreich war seine Versetzung ins Landesinnere, weg vom Rauschen des Atlantiks, in ein kleines, normannisches Dorf namens Clais; in den Stall einer französischen Bauernfamilie, die nicht einmal elektrisches Licht hatte, sodass er seine Briefe abends bei Kerzenlicht schreiben musste. Über seine Gastgeber, die sich die deutschen Soldaten im Haus mit Sicherheit nicht ausgesucht hatten, bemerkte er lediglich, dass sie weder anspruchsvoll noch »böse« seien: »Mit mir meinen sie es gut.«

Er hasste seine Verbannung in dieses Dorf mit kaum 350 Einwohnern, einstöckige Bauernhäuser, flache Felder rundherum. Und dann regnete es auch noch ohne Unterlass. Er empfing diese Ungerechtigkeit mit der Ergebenheit eines Mannes, dessen Haus durch Blitzeinschlag in Flammen aufgeht: Im Bewusstsein höherer Mächte, die er nicht beeinflussen kann, aber nicht ohne Indignation.

Zunächst gab er sich noch Mühe, der Tristesse Ausdruck zu verleihen: »Gestern hatten wir mal wieder schöne Stunden, den ganzen Tag herrlichsten Sonnenschein. Heute ist es schon wieder vollkommen anders. Aus dem Wetterloch bläst es kalt und rau und wirft dicke Regentropfen gegen die Scheiben.«

Im März wurden seine Beschwerden immer lakonischer. Mit jedem dieser deprimierenden normannischen Regentage ein Stück mehr. Der Matsch nahm ihm nach und nach jede Lust an den Worten. Einige Tage später schrieb er nur noch: »Es sollte heute Sonntag gewesen sein. Ich habe davon nichts gemerkt. Hier ist es einfach trostlos.« Oder ein anderes Mal: »Das Wetter ist immer noch das gleiche. Der Boden ist völlig aufgeweicht.« Schließlich: »Es gibt hier nichts Neues, nur miserables Wetter.«

Im Frühling pflanzten sie 800 Salatpflanzen, von denen die meisten im Regen ertranken und der Rest von Schnecken gegessen wurde.

An den wenigen schönen Tagen aßen sie ihr Mittagessen an einem kleinen Café-Tisch, der eigentlich etwas zu

klein war, in der Sonne des Vorgartens ihres Hauses, vor der Kulisse blätterloser Apfelbäume, die ebenso sehnsüchtig auf wärmere, sonnigere Tage warteten wie sie.

***

Es gab noch andere Vorfälle, die seine Herrenmenschen-Sorglosigkeit durchbrachen. Dinge, die in seiner Nähe passierten, die ihn nicht direkt betrafen, von denen er aber gehört haben muss. Kleine Eintrübungen am Rand seines Gesichtsfeldes.

In Abbeville spielten deutsche Soldaten an einem erbeuteten französischen Panzer herum. Einer von ihnen löste einen Schuss aus der Kanone. Und auf einmal lagen ein toter Mann und ein zerfetztes Pferd am Boden.

An einem Julitag eröffnete ein Flugzeug der Royal Air Force das Feuer auf badende deutsche Soldaten. Einen Soldaten traf die Kugel des Maschinengewehrs im Oberschenkel, er wurde schwer blutend an den Strand getragen.

Zwei Männer fielen während eines Herbststurms ins Hafenbecken von Dieppe. Nur einer wurde wieder aus dem Wasser gezogen.

Ende Oktober fing ein Stall Feuer, 109 Pferde verbrannten. Der verantwortliche Soldat brachte sich drei Tage später selbst um.

Ein Mann entschlief in seiner Unterkunft, weil er den Ofen nicht im Auge gehabt hatte. Ein Unteroffizier tötete sich beim Waffeputzen selbst.

Ein Pionier versuchte sich die Kehle mit seinem Taschenmesser durchzuschneiden, weil er, wie es im Kriegstagebuch der Division heißt, »schlechte Nachrichten von zu Hause« bekommen habe. Er schaffte es nicht.

Als der Winter vorbei war, bestiegen sie einen Zug, der nach Osten fuhr. Zu welchem Zweck, ahnten sie vielleicht. Gesagt wurde es ihnen nicht.

Ingeborg
In der Nacht träumte ich von dem Geliebten.

Marianne
Mein Bruder,

Ingeborg
Er war wieder so müde und sprach kein Wort mit mir,
aber er war da,

Marianne
die Hälfte meiner Tanzstundenherren,

Ingeborg
und ich war nimmer allein.

Marianne
die Hälfte der Jungs meines Schuljahrgangs,

Ingeborg
Ich dachte, es hätte aus dem Wald wieder gerufen

Marianne
alle Freunde meines Bruders

Gerda
Weißt Du, ich bemühe mich sehr, heiter und

Marianne
fast alle meine Vettern

Gerda
vergnügt zu sein

Marianne
»gefallen«.

Ingeborg
Die Bäume warfen Schatten und das Gras stand hoch,
durch das ich ging

Marianne
Ich mag diesen beschönigenden Ausdruck nicht

Ingeborg
Meine Seele schreit nach Dir, es ist wie ein schriller
Geigenstrich,

Gerda
Ich bin doch auch nur eine kleine Frau voll Sehnsucht
und Wünschen.

Ingeborg
bevor die Saite reißt.

Wann genau Anny begann sich von anderen Menschen zu entfernen, lässt sich nicht mehr bestimmen. Zu schleichend war ihre Vereinsamung. Zu viele, die dazu etwas sagen könnten, sind längst tot. Und der Rest erinnert sich mit der Unsicherheit derjenigen, die ein Protokoll interpretieren müssen, dessen Seiten fortlaufend nur einem Text überschrieben wurden, bis sie nahezu unlesbar geworden sind. Aber irgendwie begann es wohl im August 1967.

***

Den letzten Mann in ihrem Leben verabschiedete sie mit einem Brief.

Der Mann, mein Großvater, war bereits tot, als sie ihn schrieb. Karl lag beerdigt auf dem Friedhof in Altencelle, unter einem Berg schwerer Blumenkränze, weißer Nelken und schwarzer Schleifen. Die Traueranzeige war längst gedruckt mit einem dieser Texte, wie sie unter bedächtiger Mithilfe eines Bestatters formuliert werden, ohne Verdrucksthet, was gewisse, inzwischen in Verruf geratene Auszeichnungen betraf: »Gott nahm aus dieser Zeit in die Ewigkeit, nach (…) einem erfüllten Leben, meinen geliebten Mann, herzensguten Vati, (…) Kreisamtsmann i. R. Karl Böhme, Hauptmann der Reserve, Inhaber des Eisernen Kreuzes I. und II. Klasse und anderer Auszeichnungen, in tiefem Schmerz, Anny Böhme, geb. Oberschmidt«.

Sie schrieb ihm zweieinhalb Monate nach seinem Tod eineinhalb maschinengeschriebenen Seiten und eine halbe in einer unsteten Handschrift in blauer Tinte. Die Katastrophe musste in Papier und Tinte eingeschlossen werden. Um so etwas wie eine Erinnerung zu bewahren, bevor sie sich auflöste, die Konturen verlor, bis sie schließlich nur ein Schatten war und ein paar alte ernst-dreinblickende Fotos.

Der Brief war die Beschreibung des 6. Augusts 1967, des letzten Sonntags, den mein Großvater zuhause verbracht hat. Als er bereits wusste, dass ein bösartiger Tumor in seinem Magen wucherte, bei dem es keine Chance auf Heilung gab.

Es gab »Spargelsuppe mit Kalbsknochen gekocht, Kalbsschnitzel, Sahnesoße, Bohnengemüse, Kartoffelbrei, Pudding«. Sie schrieb, dass er noch mit Hunger gegessen habe und sie für das Essen lobte, das »so lecker nach französischer Küche« aussah. Dann legte er sich hin für einen Mittagsschlaf. Und als er aufwachte, wusste er, dass es nun nicht mehr lange sein würde. Als Anny den Tisch mit Filterkaffee, Kaffeesahne und Käsekuchen gedeckt hatte und ihn rief, wollte er nicht mehr aufstehen. Liegen bleiben, einfach liegen bleiben war sein größter Wunsch.

Als er sie kennenlernte, da hätte er sich mit ihr am liebsten ins Auto gesetzt und wäre weit, weit weggefahren. Er war ein alter, leidgeprüfter Mann. Er hatte im Krieg seinen einzigen Sohn verloren. Und als er selbst zurückkam im Jahr 1945, war seine Frau an Leukämie erkrankt. In jenen Monaten, in denen die ganze Welt aufatmete, wurde sie immer schwächer, bevor sie schließlich starb. Er fing, ohne dass er sich über dieses Schicksal je sonderlich beklagt hätte, mit 55 Jahren ganz alleine ein neues Leben in einer neuen Stadt an. Es war spät, aber er raffte sich noch einmal auf.

Er nahm sich eine 25 Jahre jüngere Sekretärin zur Frau. Und weil er ein gradliniger Mann war, hat er ihr klar gesagt, was er ihr bieten könne: Entweder eine Familie. Oder große Reisen. Die Welt sehen. Sie wählte das Kind. Reisen, das war nicht ihrs. Sie bekam einen Sohn, einen Spitzdach-Neubau mit Garten und Urlaube in Berchtesgaden und an der Ostsee. Und er, er tat seine Pflicht, wie er sie sein ganzes Leben getan hatte, bis zu jenem Augusttag, an dem er tatsächlich noch einmal seinen Bademantel anzog, tapfer Kaffee in sein schmerzendes Inneres schüttete und sein Stück Käsekuchen bis zum letzten Krümel aufaß. Nach diesem letzten Triumph des bürgerlichen Rituals über die Schwäche des Körpers legte er sich hin und stand nicht mehr auf.

Sie steckte ihm ein Fieberthermometer unter die Zunge. Das Quecksilber erstarrte bei 38,3 Grad. Eine Fahrt ins Krankenhaus mit dem fiebrigen Geruch von Sommergras in ihrer Nase. Auf der Aller glitten Ruderboote dahin, deren Ruderblätter auf dem Wasser auf und ab federten, mit geisterhafter Unbeirrbarkeit. Menschen, die sich bewegten wie nimmerkaputtbare Uhrwerke.

Und die Radiosender spielten wie zum Hohn *All you need is love* rauf und runter in diesem Sommer.

Nothing you can do, but you can learn how to be you
in time
It's easy
All you need is love

Sie saß stundenlang neben ihm am Krankenhausbett, während er versuchte, einen Schluckauf loszuwerden. Hicks, hicks, hicks, ging es, vier Stunden lang mit der Unregelmäßigkeit von Tropfen aus einem kaputten Wasserhahn. Auch die makelloseste Selbstkontrolle konnte ihm die Gewalt über sein Zwerchfell nicht zurückgeben. Die erste Morphiumspritze, die in sein Blut gepresst wurde, war seine Erlösung und ihr Zusammenbruch.

»Ach, wie schön«, sagte er.

Sie fing an zu weinen und konnte auch Stunden später, als sie wieder zu Hause war, gar nicht mehr aufhören damit. Die nächsten Tage hat sie ihn gefüttert, mit Fisch und Kartoffelbrei, sie hat ihn zur Toilette gebracht und am Fenster gestanden, als er im Morphiumnebel entschwand und sich draußen ein Sommergewitter entlud. Sie hat ihn ein letztes Mal im Arm gehalten, auf Zimmer 13 des Celler Krankenhauses, während es langsam Abend wurde, der Raum dunkler, die Schatten länger, bis es schließlich ganz finster war und die Spritze anfing zu wirken und er einschlief.

Er wachte nach der Umarmung nicht mehr richtig auf. Sie fuhr immer noch jeden Tag hin und weinte sich auf dem Weg im Beifahrersitz die Augen aus.

»Bis er sich am 18. August 1967 in den ewigen Schlaf hineinschlief«, wie sie schrieb. »Ich danke für die stete Verehrung! Du warst sehr vornehm! Wir aber müssen nun sehen, wie und vor allem dass es weitergeht. Dein Annchen Böhme.«

***

Im gesamten Brief benutzt sie dieses eigenartige Kinderkosewort für ihn. Sie nennt ihn »Vati«. Selbst der Tod hatte die letzte Distanz zwischen ihnen nicht überwinden können. 17 Jahre lang hatten sie zusammengelebt und doch nie ganz zueinander gefunden. Auf Spaziergängen ging er oft 20 Meter vor ihr. An den Sonntagen schickte sie ihn in die Kirche, damit er für ihrer beider Seelenheil betete. Sie selbst blieb zu Hause, hörte Radio und genoss es, alleine zu sein. Wenn er mit dem Sohn zur großen Celler Hengstparade ging, wo die Deckhengste auf dem Rasen des Niedersächsischen Landesgestüts von Reitern mit weißen Handschuhen und roten Kavallerieuniformen vorgeführt wurden, als wäre das 20. Jahrhundert nie passiert, saß sie lieber allein im Garten.

Sie hatten Streitigkeiten wie das Zischen eines Eiswürfels auf einer Herdplatte, wenn ihre Hitze auf seine Kälte traf. Ihre Vorwürfe, die sie oft schon am Frühstückstisch servierte. Die er mit langer, harter Stille antwortete. Er, der sich auch durch ihr Schluchzen und die Tränen, die ihr auf die Schürze tropften, nicht erweichen ließ, bis sie verheult nach draußen stürmte, ihr Fahrrad nahm und davonfuhr, mit schlackerndem Lenker und wehendem Rock. Oft kam sie erst abends wieder. Sie tat dann so, als wäre nichts geschehen. Als bemerkte sie nicht seine Erleichterung, dass sie tatsächlich wiedergekommen war. Dass sie nicht weggerannt war, wie sie es manchmal, in der größten Wut, angedroht hatte.

Er wusste ja, wozu sie fähig war. Sie hatte Urlaube über den Haufen geworfen in ihrer Wut. War einfach zu Hause geblieben. Hatte ihn wegfahren lassen mit dem Jungen. Und hatte ihn zu solcher Verzweiflung getrieben, dass der alte Mann flehende Briefe von der Ostsee und aus Berchtesgaden schrieb, in denen er mit der Reue eines sehr viel jüngeren, verliebten Mannes um Vergebung bat und darum, dass sie nachkomme in den Urlaub.

Sie waren ein zu ungleiches Paar, waren es immer schon gewesen. Zwei Menschen aus unterschiedlichen Generationen, die unwahrscheinlicherweise Zuflucht beieinander gefunden hatten.

Sie verbannte ihn auf sein Zimmer, wenn sie arbeiten wollte, was er nicht verstand: Im Wohnzimmer ihres kleinen Hauses verdiente sie etwas Geld damit, dass sie die Examensarbeiten angehender Juristen vom Celler Oberlandesgericht abtippte. Wenn sie arbeitete, erfüllte das

Knallen der Tasten das ganze Haus. Es wurde lediglich für einige Momente unterbrochen, wenn sie sich eine Zigarette ansteckte. Sie rauchte nur bei der Arbeit. Immer Astorzigaretten. Zigaretten, die auf diffuse Art eine Verbindung zur Welt der Hochadligen versprachen, die *vornehm* waren. Vor ihr saß dann irgendein gut gekämmter Referendar im gebügelten Hemd, der ihr seine juristische Abhandlung diktierte. Und mein Großvater schmollte im ersten Stock über ihren Eigensinn. Und wunderte sich wohl auch, wieso sie so unbedingt ihr eigenes Geld verdienen wollte.

Sie stritten sich, weil er zu viele Zigarren rauchte, zu wenig Gemüse aß, nach seiner Pensionierung zu spät aufstand (um 9 Uhr); weil er sich weigerte einen Kühlschrank zu kaufen; weil er keine Waschmaschine haben wollte, sodass sie ganze Tage im Waschkeller verbrachte, wo sie seine Wäsche über der Flamme des Ofens in einem engen, feuchten Raum schrubbte. Mit hochrotem Kopf, zu gleichen Teilen aus Zorn und Anstrengung, kam sie abends die Kellertreppe hinauf, um die Wäsche auf die Leine im Garten zu hängen. Sie besaß kein Bügeleisen oder Bügelbrett, und so verbrachte sie im Anschluss noch einen Nachmittag in der Heißmangel, wo die Wäsche glatt gewalzt wurde. Sie litt unter dem Getratsche der anderen Frauen, die dort warteten, bis sie an der Reihe waren. Sie wollte dort nicht sein.

Und er weigerte sich, auch nur darüber nachzudenken jene Geräte zu kaufen, die ihr das Leben leichter gemacht hätten (Und natürlich dachte er nicht einmal daran, selbst Hand anzulegen, in diesen Dingen.)

Sie träumte von hochhackigen Schuhen, und er weigerte sich, welche zu kaufen, weil er nicht wollte, dass seine Frau ihn überragte, wenn sie ausgingen.

Weder ein Auto, wie die Nachbarn es hatten, noch einen Fernseher wollte er ihr zugestehen. Sie hat jahrelang einen tiefen Groll mit sich getragen, weil er nicht aufhörte an den Wertvorstellungen des preußischen Leutnants festzuhalten, der er einst gewesen war. Karl, der Amtmann, mein Großvater, hatte von Anfang an vielleicht eher zur Bewunderung aus sicherer Entfernung getaugt.

Sie hat kleine Siege errungen: Sie kaufte sich Pumps und einen Fernseher, beides gegen seinen erklärten Willen und von ihrem eigenen Geld. Und sie schuf sich ihr eigenes Reich. Sie hat einen Schreibtisch, eine Nähmaschine und alte Munitionskisten auf den Dachboden getragen. Alles, um etwas Unerreichbarkeit zu schaffen; eine Trennung durch eine wackelige Holzleiter und eine lebensgefährliche Luke, die nur von einem kleinen Haken davon abgehalten wurde, denjenigen, der sich hier hochwagte, wieder hinabzustürzen. Er wusste es besser, als ihr nachzusteigen.

Sie verbrachte dort ganze Nachmittage in trockener, leergeatmeter Luft, in der Brechung der Staubteilchen vor einem kleinen Dachfenster, im Duft des Dachstuhlholzes. Und vielleicht hat sie dort auch manchmal jene dünnen, zerbrechlichen Papierseiten hervorgeholt, die in einer der hölzernen Munitionskisten lagen. Hat heimlich ein paar Seiten gelesen, bis sie langsam vor ihren Augen verschwammen, und danach noch eine halbe Stunde an einer Küchenschürze genäht, bis sich ihre Schleimhäute wieder beruhigt hatten.

Als er tot war, brauchte sie den Dachboden nicht mehr. Auf dem kleinen Schreibtisch sammelte sich eine fingerdicke Staubschicht. Sie strickte und nähte nun in ihrem Schlafzimmer, wo sie ihre Ankleidepuppe und ihre Singer-Nähmaschine in einer Ecke aufstellte. Die Briefe wanderten hinab ins Erdgeschoss, zurück in ihr Leben.

Sie war nun frei, sich in lange unterdrückte Erinnerungen zu stürzen, wie eine frisch geschlüpfte Motte, die Glück und Erfüllung im Licht eines Glühbirnendrahts sucht.

A.
Da ist es mir sehr schwer geworden, auch mit Religiosität an meinen Mann zu denken

Hildegard
Du, wir haben das gar nicht erfasst

A.
Also man könnte sagen: Gott, es ist unverschämt von dir, dass du das tust.

Hildegard
Weißt, die waren ja sowieso fort, die sind einfach nimmer gekommen

A.
Finde ich auch gar nicht unmöglich, das zu sagen.

Hanne
Ich bedauere mich jetzt gar nicht

Marianne
Keinem kann ich sagen, wie leer es in mir ist.

Hanne
obwohl man immer wieder denkt

Marianne
»Gefallen für Großdeutschland« steht auf dem Brief

Hanne
wie wäre es gewesen

Marianne

Mein Gott, wie ein Hohn kommt es mir vor. Wo? Wann?
Hat er gelitten?

Hanne

ein Leben zu zweit?

Maria

Mein persönliches Leben hört jetzt auf, schrieb ich an
eine Freundin

Hanna

ich war zweimal verlobt

Maria

Ich trauerte, wenn mich niemand sehen und hören konnte.

Hanna

ich hatte die jungen Männer noch nicht einmal meinen
Eltern vorgestellt,

Maria

warum sollte ausgerechnet ich Mitgefühl erwarten oder gar
verlangen

Hanna

wie schon alles zu Ende war

Maria

Also weinte ich nur nachts, wenn ich wusste, dass die Kinder
tief schliefen

Margarete
zwei Freunde gefallen in der Zeit

Maria
Wenn ich schreien musste, presste ich mir ein Kissen in den Mund

Margarete
Dann habe ich gesagt:

Maria
und die nächtlichen Wanderungen durch die Wohnung dauerten auch nach dem Krieg

Margarete
So, jetzt ist es aus

Maria
noch manches Jahr.

Margarete
Jetzt bleib ich für mich

Es war nicht so, dass nach Karls Tod niemand mehr bei ihr vorstellig geworden wäre. Es gab noch mindestens einen, der seit Langem gut versteckte Gefühle für sie gehegt hatte. Herr R., ein Doppelkopfpartner meines Großvaters. Er war wie mein Großvater im Landratsamt angestellt, ein schlagfertiger, geschiedener Mann mit Schmiss im Gesicht, der seit dem Krieg in einem alten Bauernhaus etwas außerhalb der Stadt wohnte. Und auch wenn Herr R. voll Sehnsucht gewesen sein muss, so hat er meine Großmutter doch immer mit makelloser, distanzierter Höflichkeit behandelt. Keine Zweideutigkeit kam ihm über die Lippen. Nichts, was seine wahren Gefühle verriet.

Er offenbarte sich lediglich in seinem Bestreben ihr nah zu sein: Er ging ab und zu, wie zufällig, die Straße vor ihrem Haus entlang in der Hoffnung, sie im Garten zu treffen. Und er war da, wenn sie Hilfe brauchte. Als einmal ein Windstoß ihre Haustür zugestoßen hatte und sie verzweifelt und ausgesperrt vor ihrem Haus stand, rief sie ihn mit dem Telefon der Nachbarn an. Er kam vorbei, mit seinem VW-Käfer. Mit seinem Körper spannte er eine Brücke zu einem offenen Fenster, indem er sich mit den Händen am Fensterbrett festhielt und mit den Füßen am Eisengeländer ihres Hauseingangs verkeilte. Ihr 16-jähriger Sohn, der aus der Schule nach Hause kam, kletterte über seinen erstaunlich kräftigen Rücken hoch, wie eine Spinne über ein Netz, das tragfähiger ist, als es aussieht.

An den Wochenenden holte er sie manchmal für lange Ausflüge in seinem Auto ab, wobei er jedes Mal ganz selbstverständlich ihren Sohn mitnahm. Sie fuhren in den Harz und in die Birkenwälder an den Hängen des Deister. Und auf einem dieser Ausflüge, in einem einsamen, unbeobachteten Moment, hat er ihr den Vorschlag gemacht, den er ihr schon so lange machen wollte. Er schlug ihr ein neues Leben vor. Sie lehnte ab. Sie brauche nicht noch einen alten Mann, hat sie später gesagt. Sie hatte genug. Er ist danach nicht mehr vorbeigekommen, hat ihr nur noch ab und zu Karten aus dem Urlaub geschickt, in den er mit einer anderen Frau, einer Lehrerin, gefahren war.

Und sie begriff, dass sie gewisse Dinge nun selbst machen musste: Sie kaufte sich einen gebrauchten VW-Käfer, der monatelang nur in der Auffahrt stand, während sie ihren Führerschein machte.

***

Es war nicht schön aber das ist frisch gewonnene Unabhängigkeit selten. Sie war eine schreckliche Autofahrerin; nervös und übervorsichtig und selbstgerecht – »dann müssen die anderen eben auch langsam fahren«, hat sie immer gesagt.

Ihr erstes Auto, einen gebrauchten VW-Käfer, kaufte sie, noch bevor sie den Führerschein geschafft hatte, auch um sich selbst vor allem Zaudern, jeder Mutlosigkeit zu bewahren, mit der Faktizität eines Autos in der Auffahrt, das sie zum Lernen zwang.

Nach 50 Fahrstunden hatte sie sich immer noch nicht zur Prüfung angemeldet. Sie war selbst später, als sie etwas sicherer fuhr, eigentlich immer überfordert damit, einen Wagen durch den Verkehr zu steuern. Sie würgte ihn ab, sie fuhr 30, wo 50 erlaubt war, und war froh, wenn sie in weniger als zehn Zügen eingeparkt hatte.

Diejenigen, die sie im Auto gesehen hatten, neigten dazu, sehr grundsätzliche Fragen über Autonomie und Fahrzeuggebrauch zu stellen, über Gemeingefährlichkeit im Autoverkehr und ab wann man einem Menschen sinnvollerweise den Führerschein verweigern sollte.

Sie aber war fest entschlossen. Als sie sich endlich zur Prüfung anmeldete, bestand sie beim ersten Mal.

Kurz darauf verkaufte sie den Käfer wieder. Das Getriebe hatte sich zu häufig und unter lauten Schmerzensschreien beschwert, wenn sie die Kupplung bediente. Sie gab auf und kaufte sich ein neues Auto, wieder einen Käfer, diesmal mit Automatikschaltung. Und als ihr der zu mickrig wurde, einen resedagrünen Audi 80 – ein Grün, wie eine Wiese am Ende des Winters – mit beigen Sitzen, Schonbezügen aus Lammfell und Plüsch über dem Lenkrad.

Sie fuhr in einer Haltung, die andere nur bei dichtem Nebel und Starkregen einnehmen: verkrampfte Hände auf 10 und 2 Uhr, die Knöchel ganz weiß, der Oberkörper weit vorgelehnt, das Gesicht nur wenige Zentimeter vom Lenkrad entfernt, so dicht wie möglich an der Windschutzscheibe. Als müsste sie dringend mehr sehen, besser sehen.

Immer hielt sie das Gaspedal unter dem Geschwindigkeitslimit, egal wie sehr die anderen hupten, egal wie sie tobten, ihre Hände in gespielter Frustration nach oben warfen, sich an die Stirn tippten und lichthupten. Sie kroch zu ihrem Ziel.

Es war fast so, als hätte sie Freude daran, andere mit ihrer Unfähigkeit zu quälen. Als genieße sie es, vollkommen unbeirrt wütende Blechkolonnen anzuführen, Abbiegerspuren durch ihre Zögerlichkeit zu blockieren und ganze Straßenspuren ihren Einparkversuchen zu opfern.

Da war etwas von der heimlichen Freude desjenigen, der bei der Geburtstagsfeier stolpert und die Torte mit

Wucht an die Wand schmettert. Anders ist es nicht zu erklären, dass genau das ihre liebste Beschäftigung wurde: Sie fuhr weg.

***

Im gerade neu eröffneten Heidepark Soltau ließ sie sich vor einem Maisfeld fotografieren, in beigem Rock und einer roten Bluse mit Schleife und kleinen Marienkäferpunkten. Ob sie die »Floßfahrt«, die »Monza-Piste« oder die »Wichtelhausenbahn« ausprobiert hat, ist nicht überliefert.

Sie spazierte durch die Heide bei Schneverdingen, Müden an der Oertze und Bispingen.

Im Berggasthaus Ziegenbuche in Bad Münder am Deister trank sie Kaffee auf grauen Plastikstühlen des »Modell Europa«.

In Fallingbostel machte sie halt unter Buchen, deren Blätter so orange leuchteten, dass sie in Flammen zu stehen schienen.

Sie fuhr nach Salzgitter, Bevensen, Gifhorn und ins Künstlerdorf Worpswede, wo einzig eine Vorgartenhecke mit einem Bogen aus roten und weißen Blüten ein Foto rechtfertigte.

Sie aß Erdbeerkuchen neben einem Pfau vor einer weißen großbürgerlichen Villa, mit drei Stockwerken und rotem Ziegeldach in Bad Salzuflen.

Sie fuhr in den Geburtsort von Münchhausen, nach Bodenwerder an der Weser, wo sie der ganz in Weiß gekleideten Besatzung des Ausflugsdampfers »Wappen von Bodenwerder« beim Ablegen zuschaute.

In Hankensbüttel sah sie die Marderstation an einem kalten, wolkenlosen Ostertag und ein paar frischgeschlüpfte Schwanenküken auf dem See.

In Schieder-Glashütte blickte sie auf einen nagelneuen, unendlichen trostlosen Stausee, der jünger war als ihr Auto.

Die grünspanüberzogene 26 Meter hohe Statue des Arminius im Teutoburger Wald fotografierte sie nur von hinten, als könnte sie dem germanischen Krieger nicht in die Augen sehen.

Ist ihr hier, wenn auch nur ganz flüchtig, in den Sinn gekommen, dass 2824 Kilometer weiter östlich eine Statue stand, nicht aus Kupferplatten, sondern aus Betonblöcken, die ebenfalls ein Schwert in den Himmel reckte, eine Frau, die den Arminius um fast 60 Meter überragte, das Gesicht zur Wolga?

Am Elbufer in Hitzacker blickte sie mit leichtem Schaudern über die Elbe hinweg auf die DDR; der realexistierende Sozialismus nichts als unscharfe Baumkronen am Horizont.

In Haffkrug, Scharbeutz und Cuxhaven schaute sie aufs Meer.

In Kellenhusen stand sie im Mai ganz alleine in einem jungen Wald im Halbschatten eines sonnigen Nachmittags und war ganz verzaubert von einem Feld blühender Buschwindröschen; kleine, weiße Blüten, wie winzige Puppenköpfchen auf einem dunkelgrünen Bett.

In Niederhaverbeck traf sie drei Freundinnen und schnitt sich selbst hinterher aus dem gemeinsamen Foto heraus.

Eine Zeit lang nahm sie Menschen mit auf ihre Ausflüge, die sie wohl als ihre Freunde bezeichnet hätte: Frau Kisse und ihr alleinstehender, immer makellos gekleideter Sohn, der auf den Fotos Pilotensonnenbrille trägt und eine rote Krawatte, die so kurz und breit ist, dass sie heute nur noch Clowns anziehen würden; Friedel Thies, die

Ex-Freundin ihres Bruders, die eine große Ausnahme unter ihren Bekannten war, weil sie jünger war als sie – eine schlanke Frau mit Pagenschnitt in der Farbe gerösteter Makronen; Frau Harenberg, die sie nie fotografiert hat; Frau Kulick, die sie nach irgendeiner Irritation aus dem gemeinsamen Bild geschnitten hat; und die alte Lehrerin Frau Fewson, die ganz zerbrechlich und am Stock vor ihrem Fachwerkhaus in Heinum, bei Gronum an der Leine, steht, wo Anny sie besucht hat.

***

Während sie durch Niedersachsen tourte, fuhren ihre Bekannten nach Canyamel auf Mallorca, Bajamar auf Teneriffa, Funchal auf Madeira, nach Sydney und Kapstadt. Und ein befreundetes Paar reiste nach Ziemia kłodzka – ins ehemalige Glatzer Ländchen – in Polen, um den Geburtsort des Mannes zu besuchen und den Schmerz, eine Wunde zu lindern, die Jahrzehnte vorher aufgerissen worden war.

Sie selbst hätte niemals daran gedacht, in die Stadt zu fahren, aus der ihre Trauer kam. Sie hätte selbst sehen können, was er gesehen hatte: die Steppe von Schnee bedeckt, die Wellen, die sich kräuseln auf der Wolga in einem Wintersturm, die Tannen, die sich am Mamajew-Hügel vom Fluss wegbiegen, und die Rentierspuren auf dem Eis.

Sie hat von der Wolga immer mit der Ehrfurcht geredet, die für schlechte Omen und grausame Gottheiten reserviert sind. Nie im Leben hätte sie sich vorstellen können, diesem Ort nahe zu kommen, ihn zu betreten. Zu eng war er verknüpft mit der Vorstellung einer Auflösung, einer vollständigen Desintegration, eines Verschwindens.

Es war ein verfluchter Ort, den sie versuchte, so gut es ging, aus ihrem Kopf zu verbannen.

***

Sie hat immer eine Schwäche für Wellensittiche gehabt. Sie mochte, dass sie klein und bunt waren und zumindest im Prinzip intelligent genug, um sprechen zu lernen. Ihre Vögel aber haben nie ein Wort gesagt.

Einer war weggeflogen, als das Fenster offen war, der Vogel hatte noch etwas im Mirabellenbaum gesessen, als wollte er sich verabschieden. Dann flog er davon und kam nicht mehr zurück.

Es war ohnehin ein händelsüchtiges Tier gewesen. Es hatte nach Fingern gehackt, hatte kleine Gesten guten Willens, wie etwa die Öffnung des Käfigs mit tagelangen Fluchten von Gardinenstange zu Gardinenstange gedankt und mit vollgekackten Wohnzimmertischen.

Die nächsten zwei Wellensittiche waren noch bissiger, noch unmöglicher einzufangen, und auch sie sprachen kein Wort. Sie starben, als mein Großvater vergaß die Klappe am Dauerbrandofen zu schließen. Als sie von einem Abendessen zurückkamen, kam ihnen die Hitze beim Öffnen der Tür entgegen wie das Wasser durch eine gesprungene Aquariumwand. Drinnen glühte der Ofen und die Wellensittiche lagen leblos auf dem Käfigboden.

Vielleicht hat sie deshalb später niemandem ihre Vögel anvertrauen wollen. Bei längeren Urlauben nahm sie den Vogelkäfig immer auf dem Beifahrersitz mit.

Auch bei jener Fahrt nach Meran, die wohl die weiteste Fahrt war, die sie je unternommen hat. Sonst hatte sie Niedersachsen eigentlich kaum verlassen, war immer im Bekannten geblieben, dort wo man Deutsch ohne schweren Dialekt sprach, in Heidelandschaften mit Fachwerkhäusern und Bratkartoffeln in jedem Restaurant. Nun traute sie sich zum einzigen und letzten Mal hinaus.

Die 900 Kilometer lange Strecke bis Südtirol fuhr sie alleine, mit ihrem Vogel neben sich. Und einem Gefühl, wie ein Tier, das sein Element verlässt: verwundbar, hypersensibel, aufgeregt.

Möglicherweise ist es deshalb zu jenem Vorfall gekommen, irgendwo in einem der Bergdörfer, bei einem Spaziergang, als sie einem Bauernhof zu nahe kam.

Auf einmal war da dieser große Hund, Hecheln, Knurren, das Trommeln der Pfoten auf der Erde. Dann ein Schlag, der sie zu Boden riss, und auf einmal war das Tier über ihr, ein dunkler Schatten und ein übler, fauliger Geruch.

Sie hatte, nachdem sie beim Arzt gewesen war, wegen der Bisswunde, niemanden, den sie anrufen konnte. Sie saß zitternd auf ihrem Hotelzimmer. Sie hat in diesem Moment unter dem Hund etwas verstanden, das sie lieber nie gewusst hätte. Danach hat sie sich nie wieder so weit weg gewagt, hat sowieso fast alles eingestellt, was sie mit allzu großer Unsicherheit konfrontierte.

Sie nahm ihren Wellensittich-Käfig und fuhr heim.

***

Es gab schon früher Anzeichen einer tiefen Verstörung, einer Beschädigung, einer Dunkelheit.

Man sieht es auf den Fotos, die sie von ihrem Garten gemacht hat. Da ist eine Eigenheit des Blickes, die nicht ganz geheuer ist. Da sind Fotomotive, die nur Sinn ergeben, wenn man sich Geister in sie hineindenkt, abwesende Personen, Schatten früherer Leben.

Leere weiße Holzstühle im Halbschatten, die unerklärlicherweise mit Sitzpolstern für drei Leute ausgelegt sind, obwohl keine Gäste da sind. Eine weißlackierte Holzbank, die vor ein Blumenbeet gerückt wurde, ein geflochtener Korb voller Äpfel, aber kein Pflückender weit und breit, ein ungedeckter Gartentisch mit rot-weißer Tischdecke, in länger werdenden Schatten und untergehender Sonne. Die dunkle Silhouette einer Tanne auf ihrer Hauswand. Und unscharf eine schwarze Katze, die auf einem weißen Tisch sitzt.

Dann zwei Seiten weiter ein Foto von derselben schwarzen Katze, eingesperrt in einen länglichen Drahtkäfig, der aussieht wie eine Fischreuse.

***

Es hatte Gerüchte gegeben, als die Katze verschwand. Felix hieß sie. Ein zierlicher Kater, mit schwarzem Fell. Er gehörte der Konditorfamilie, den Müllers, direkt um die Ecke.

Deren Tochter, Renate, war mit fünf, sechs Jahren, die beste Freundin meines Vaters gewesen. Wenn Renate kam, gab es Erdbeermarmeladenbrote, eine sehr tolerante Spiel-Aufsicht vom Gartenstuhl aus, und ab und zu bürstete meine Oma Renate das blonde Haar und bedauerte vielleicht etwas, nie eine Tochter bekommen zu haben.

Sie hat diese Nachmittage im Garten mit zwei fröhlichen, gut erzogenen Kindern später verklärt, verkitscht bis zur Unkenntlichkeit. Sie hat noch Jahrzehnte später Sätze, Phrasen, Sprachfehler der Kinder wiederholt, obwohl jeder am Tisch diese Anekdoten Hunderte Male gehört hatte, sie in- und auswendig kannte. Das: »Du siehst aus wie ein Engel«, das mein Vater als Fünfjähriger gesagt hatte, als Renate die Haare gebürstet wurden. Renates altkluger Satz, dass sie nicht mehr mit meinem Vater spielen wolle, weil sie ein Jahr älter und »jetzt ein Schulkind« sei. Dass mein Vater einmal gefragt hatte, ob Pferde »auch Milch aus dem Po geben wie Kühe«. Oder dass er darum gebeten hatte, seine nassen Hände schnell abzutrocknen, »weil sie sonst rosteten«. Und manchmal nannte sie meinen erwachsenen Vater unter peinlichem Schweigen aller am Tisch, »Dottgang«; die Verballhornung von Wolfgang, die er als Dreijähriger für sich selbst benutzt hatte.

Die Vergangenheit bekam bei ihr ein Eigenleben, es war nicht einfach nur das, was einmal war. Es wurde zum Ordnungsprinzip all dessen, was folgte. Sie formte die hoffnungslos sentimentale Vorstellung, dass mein Vater und Renate, die beiden kleinen Kinder aus ihrem Garten, eines Tages heiraten würden. Sie holte selbst als mein Vater längst seinen 40. Geburtstag gefeiert hatte, immer noch regelmäßig ihren beigen Kamm aus der Tasche, um ihn zu kämmen.

***

An dem Tag, an dem die Katze verschwand, heiratete Renate einen groß gewachsenen Informatiker. Meine Oma war eingeladen, genau wie meine Eltern, die damals noch unverheiratet und kinderlos zusammenlebten.

Es wurde eine große Bauerndiele gemietet, es gab Spargel und Braten, eine Kapelle und eine spektakuläre Hochzeitstorte.

Und meine Oma war so gelöst, wie sie es Jahre zuvor und danach nicht mehr gewesen ist.

Auf dem Hochzeitsfoto sitzt sie als stolze Matriarchin in einer Seidenbluse, die ein bisschen an die Farbe der

Heide in voller Blüte erinnerte: Mauve-Lila. Vor ihr mein Vater, der in seinem enggeschnittenen grauen Anzug, mit Vollbart und langem, dunkelbraunem Haar aussieht, als wäre er gerade 15 Jahre zu spät aus den Abbey Road Studios gestolpert auf der Suche nach John, Paul, Ringo & George.

Sie hat getanzt an diesem Abend, das erste Mal seit Langem, Polka quer durch den Saal, die Augen feucht, die Wangen rot vor Wein und Aufregung, zu Liedern mit zweifelhaftem Liebesverständnis:

Und sagt sie dann noch Nein ists mir egal/denn ich wart' nicht auf ein andern Mal/ich nehm' sie einfach in den Arm/ und sage ihr mit meinem Charme/Rosamunde, schenk mir dein Herz.

Sie gab für einige Stunden ihre kleinen Gemeinheiten auf; ihre Tendenz, die, die sie liebte, bloßzustellen, mit spitzen Bemerkungen über ihre Haare und peinlichen Erinnerungen an eine Kindheit, die lange vorbei war.

Für kurze Zeit war sie nichts als eine zufriedene, ältere Frau, die eigentlich nicht viel im Leben hatte, über das sie sich beklagen konnte.

***

Der Kater der Müllers war einige Wochen vorher bei ihr aufgetaucht. Sie hatte ihn angelockt. Sie stellte ihre halb leeren Teller auf die Terrasse.

Und hat sich dabei wohl ausgemalt, wie idyllisch das wäre, wenn sie dort sitzen könnte, auf ihrer Terrasse, während ihr ein, zwei Katzen um die Beine schlichen und sich ruhig neben sie auf die Polster setzten, wo man sie streicheln könnte.

Der Kater kam, er aß schmatzend von ihren Tellern. Er wurde dicklicher. Er kam immer öfter. Und wenn sie auf der Terrasse saß, dann miaute er und schnurrte und bettelte um mehr. Er saß nicht still. Er wurde ihr lästig.

Andere hätten aufgehört die Katze zu füttern. Sie kaufte einen Käfig, und der Rest lässt sich nur erahnen, durch den Kommentar, den sie handschriftlich, unter das letzte Foto mit dem Kater im Käfig geschrieben hat.

Der Kater ist auf dem Bild nicht mehr als ein schwarzer Schatten, seine Augen nicht zu erkennen ein Häufchen Fell, das sich in der linken Ecke des Käfigs so klein macht, wie nur irgendwie möglich. Sie hatte einen cremefarbenen Sonnenschirm aufgespannt, der ihn vor der Mittagshitze schützen sollte – ein merkwürdig fürsorglicher Akt, angesichts ihrer mörderischen Intentionen. Unter dem Bild steht:

»Tragisches Ende meiner Wildkatze, doch es musste sein.«

Als ließe sich ihre Schuld lindern, indem sie sich schriftlich zu ihr bekannte.

Es musste sein.

***

Ich stelle mir vor, wie sie den Kater im Käfig in ihr Auto lud, in den Kofferraum. Wie sie aus der Stadt hinausfuhr am frühen Morgen eines sonnigen Samstages, an dem die Straßen noch leer waren. Auf den Bäumen kullerten die Tropfen der Nachtfeuchte hinab. Fuhr sie in einen Wald hinein, wo niemand es hörte, wenn der Kater fauchte und jaulte? An einen kleinen See vielleicht, über dem am frühen Morgen Nebelschleier standen? Hat sie ihn ertränkt in seinem Käfig, so dass nur ein Gluckern übrig blieb und die Sauerstoffblasen, die für einige Zeit noch an der Oberfläche platzten, bis es still war? Hat sie ihn vergiftet, mit einer zerbröselten Pille, die sie in das Essen tat, das sie ihm in den Käfig reichte? Wie tötet man eine Katze, wenn man nicht die Nerven hat, sie zu erschlagen? Nahm sie den leeren Käfig wieder mit als alles vorbei war? Und was hat sie gefühlt? Erleichterung? Scham?

***

Die Welt stand für sie unter einem nie ganz widerlegten Dämonie-Verdacht. Sie glaubte an die Macht zerbrochener Spiegel, geschenkter Messer und schwarzer Katzen von links nach rechts. Sie hielt rote Haare für ein Hexen-Zeichen, weswegen sie die Kopfhaut meines Vaters nach seiner Geburt mit Zitronenöl einrieb. Mein Vater bekam dunkelbraune Haare – und einen feuerroten Bart. Sie fühlte sich verfolgt von Augen, die nicht da waren. In ihr Haus ließ sie Buntglasfenster einbauen, damit niemand hereinschauen konnte. Sie erwartete praktisch jeden Tag, jede Nacht, dass jemand bei ihr einbrechen würde. Nur auf die Idee, dass sie selbst etwas anderes als eine harmlose, *gute*, alte Frau war, ist sie nie gekommen. Aus einer Zeitung hat sie einmal ein total verunglücktes, bis zur Unkenntlichkeit verfälschtes Tolstoi-Zitat ausgeschnitten, das sie säuberlich aufbewahrte: »Nur die leben, die Gutes tun.«

Manfred
Als das erste Stichwort durchkam, neulich Abend,

Hans
Mädchen in farbenfrohen, hübschen Trachten

Manfred
gab es mir doch einen kleinen Ruck.

Hans
sangen Lieder – schwermütig und eigenartig

Manfred
Du weißt ja, wie lange ich schon versuche,

Hans
Gott sei Dank, verging der wunderschöne Frühlingstag,

Manfred
in Großräumen zu denken.

Hans
ohne dass der Abmarschbefehl eintraf

Als Hermann am 19. April 1941 mit dem Zug Deutschland durchfuhr, versuchte er aus seinem merkwürdigen, wie zufällig hingeworfenen Weg ein Ziel, eine Richtung, eine Intention zu erraten. Erst zogen die kahlen Eichen des Münsterlandes an ihm vorüber; eine wartende Landschaft mit geschlossenen Knospen. Am Rheinufer bei Rüdesheim stand in der Ferne das Niederwalddenkmal, bei dessen Einweihung 1883 der Kaiser einem Attentat nur deshalb entkam, weil die Terroristen es nicht geschafft hatten, ihre regennassen Zündschnüre zum Brennen zu bringen. Der Kaiser war weg, Germania stand weiter da, zehn Meter hoch, mit der Krone Karls des Großen in der Hand, Eichenlaub auf dem Kopf und dem Reichsadler auf der Brust. Und vielleicht wird Hermann aus der Distanz die zwei Figuren gesehen haben, die am Fuß der großen Statue standen: zwei Engel. Einer hält ein gezogenes Schwert, der andere einen Ölzweig mit ausgestrecktem Arm. Nebeneinander standen sie, als hätten sie das gleiche Recht gehabt, obwohl dem längst nicht mehr so war. Er überquerte erst den Rhein und dann den Main, fuhr in einem langen Bogen durch Würzburg, Bamberg, Kulmbach, Reichenbach und Plauen nach Sachsen.

Wie ein Kind, das von einem nicht ganz vertrauenswürdigen Fremden an die Hand genommen wird, zog es ihn erst unmerklich und durch nicht ganz zu erklärende Umwege immer eindeutiger Richtung Osten, Richtung Polen. Er fuhr durch Görlitz, dann ging es nach Niederschlesien, durch Breslau, schließlich über die ehemalige polnische Grenze nach Katowice und Krakau und irgendwann, nach zwei oder drei Tagen Reisen, nach denen sein Körper wund war vom billigen Holz der Zugbänke und sein Kopf ganz stumpf von den verflossenen Landschaften, gab es endlich den Befehl, in Dębica auszusteigen.

Sie gingen zu Fuß in einen Wald hinein. Hohe Kiefern mit dünnen Stämmen auf sandigem Boden. Ab und zu ein paar Birken, die bleich um kleine Seen zusammenstanden, und Trauerweiden, mit hängenden Köpfen über schmalen Bächen. Es regnete kalt. Die Wege waren schlecht. Die Fahrzeuge mit den schweren Waffen blieben im Schlamm stecken.

Und dann tauchten vor ihnen Zäune und Holzbaracken auf, die von Männern mit schwarzen Kragenspiegeln bewacht wurden. Hinter dem Zaun abgemagerte Männer und Frauen, die an unfertigen Baracken zimmerten, Telefonleitungen verlegten, im Wald mit Spaten Gräben ausschaufelten. Die eilig ihre Hüte zogen, als die deutschen Soldaten an ihnen vorbeimarschierten. Aber die ihren Blick gesenkt hielten; die keine Erwiderung erwarteten.

***

»Regen und wiederum Regen«, schrieb er. »Noch kein Tag ist vergangen, an dem es nicht von morgens bis abends goss.« Mehr als eine Woche lang hatte ein schwerer, bleierner Wolkenhimmel über ihnen gelegen. Hatte das wenige Licht, das zwischen den Weißkiefern hindurchkam, noch trüber gefärbt. »Hier besteht die Welt nur aus Regen«, schrieb er ihr. In seiner Hütte hatte er ein Bild von ihr auf weißen Büttenkarton geklebt und über sein Bett gehängt und stellte sich vor, sie könnte ihn sehen. »Wir sitzen in einer fürchterlichen Einöde. Rings um uns nur Sumpf.«

Andere Dinge, die er gesehen haben muss, bleiben in seiner Tristesse-Beschreibung unerwähnt.

»Es gibt hier gewiss keine Sonne. Oder wir sind es nicht mehr wert, dass sie uns bescheint.«

***

Der 1. Mai 1941 im SS-Truppenübungsplatz Ostpolen begann heiter und sonnig, sodass Hermann mit einigen anderen einen Rundgang durch das Lager machte, der lange dauerte, ihn weit führte, aber nicht weit genug, um moralisch zentrale, sich aufdrängende Fragen zu stellen. Am Ende des Tages versuchte er ihr einen Brief zu schreiben. Aber er brachte nichts aufs Papier, kein einziges Wort. Der Tag endete wiederum in Regen, und er ging schlafen. Am gleichen Tag erschoss sich der Schütze Rühmann aus dem Nachbarregiment. Der Grund sei, wie es im Tagebuch der Division hieß, seine »Schwermütigkeit« gewesen. An Anny schrieb Hermann später von einer gewaltigen Stumpfheit, die ihn an jenem Tag überkommen habe.

***

Er träumte von:
»Wanderungen in heimatlichen Wäldern«;
Nachmittagsspaziergängen in der Sonne, mit »halber Hose, ohne Jackett«, durchs Neustädter Holz;
den Glocken am Sonntagmorgen »in Freden auf den Klippen sitzend«;
einer »Büchse Fleisch oder Wurst«;
»Butter, Eier und Sahne«;
ihrer Geburtsfeier und davon, dabei zu sein, wenn die Blumen, die er ihr bestellt hatte, an der Tür überreicht würden;
einem Kino, in dem »Ohm Krüger« lief, jener deutsche Propagandafilm, den Goebbels mit den Worten bedacht hatte: er sei zum »Rasendwerden«;
einer Fortbildung in Hannover vielleicht;
ihrer Wohnung;

einem Besuch von ihr: »Für kurze Zeit würdest du es hier bestimmt nett finden.«

***

Anny hat nur drei von mehreren Hundert Briefen aufbewahrt, die sie ihm im Laufe des Krieges geschrieben hat. Die Briefe, die übrig geblieben sind, scheinen eher zufällig überlebt zu haben, nicht weil sie einen besonderen, sentimentalen Wert für sie hatten. Sie schildert in ihnen alltägliche Begegnungen, sie deutet eine Fehde im Landratsamt an, sie erzählt von ihren Eltern, sie schildert eine Beerdigung, und im Mai 1941 ihre Geburtstagsfeier, ihren 27., der trotz seiner Abwesenheit ein glücklicher Tag war: Als sie ins Büro kam, hatten ihre Kollegen bereits einen Strauß aus roten Tulpen und weißen Narzissen auf ihren Schreibtisch gestellt. Fräulein Hillebrecht schenkte ihr ein kleines Porzellanfigürchen. Aschenputtel und die Tauben, welche im Märchen halfen die Linsen zu ordnen, »die Guten ins Töpfchen, die Schlechten ins Kröpfchen«. Ein Bild davon, wie einfach es war, die Welt zu ordnen, wenn man nur reinen Herzens war. Die Tauben beließen es in der Version der Brüder Grimm nicht beim Linsensortieren. Sie picken auch den Stiefschwestern die Augen aus. Die Frauen ließen am Nachmittag die Arbeit ruhen und setzten sich zum Kaffee um einen Tisch zusammen, der mit bunten Servietten gedeckt war. Irgendjemand brachte Kuchen herein. Ein Herr, der mit dem Nachnamen Windel gestraft war, kam ebenfalls dazu. Und als sie fertig waren, stand ein Blumenhändler im Türrahmen und brachte ihr einen rosa Nelkenstrauß, der von *ihm* kam. »Ach, mit einem Mal wurde mein Geburtstag erst richtig schön«, schrieb sie. »Eine größere Freude hättest du mir gar nicht machen können – es sei denn du hättest mich mit deinem Besuch überrascht, was ich immer noch gehofft hatte, aber …« Abends kamen ihre Eltern und einige Freunde zu ihr in die Wohnung, »obwohl ich gar niemanden eingeladen hatte.« Sie aß mit ihnen die Buttercreme-Torte von Kaffee Langner. Sie zählte ihm die Blumensträuße auf, die am Ende des Tages auf ihrem Tisch gestanden hatten, ein Paradies auf Holzbeinen: »1 Geranie, 1 Fleißiges Lieschen, 1 Eisgewächs in blau, einen Vergissmeinnicht-Strauß und einen Goldlackstrauß.« Und dann schrieb sie diese merkwürdige Frage hin, die so abwegig erschien angesichts all dieser Zuneigung, die ihr entgegengebracht wurde: »Hab ich das überhaupt verdient, dass ich so bedacht wurde?«

Das Gefühl undefinierbarer Schuld, das so viele aus ihrer Generation gerade in den Momenten größter Freude befiel, war ihr nicht fremd. Das, was später geschah, sollte ihr Misstrauen gegenüber Momenten allzu puren Glücks, nur weiter verstärken.

***

Immer wieder machten sie sich gegen Mitternacht fertig, schnallten Rucksäcke und Gewehre um und gingen hinaus in die Wälder. Sie wateten stundenlang durch Sümpfe hindurch. Sie wurden ins kalte Wasser geschickt, das ihnen in die Stiefel lief, die Gewehre über ihren Köpfen, und verfluchten ihre Kommandeure, die sich diese Sinnlosigkeit ausgedacht hatten. Sie paddelten in stiller Ernsthaftigkeit in Schlauchbooten über nachtdunkle Flüsse und Seen. Sie erhellten die Nacht durch das Feuer aus Artilleriekanonen, durch kurze Blitze aus Karabinern und ratternden Maschinengewehren. Sie gruben sich ein in den sandigen Boden, der voll mit den Nadeln der Kiefern war. Sie fragten sich, wieso so viel nachts trainiert wurde und wieso dabei Männer an diesem abgelegenen Ort auftauchten, die sich sonst in ganz anderen Sphären bewegten: Carl-Heinrich von Stülpnagel, der Oberbefehlshaber der 17. Armee, ein Mann mit schwerem Mantel, schmalen Lippen und Habichtsaugen, besuchte ihr Waldlager gleich zwei Mal. Er ging einige strammstehende Formationen ab, und an einem warmen, regnerischen Tag sah er den Soldaten dabei zu, wie sie mit den Panzerabwehrkanonen in den Wald feuerten. Und eigentlich musste man nicht besonders weit denken, um zu erraten, welchem Zweck diese Übungen dienten.

Mit Oberst Korfes ritt Stülpnagel später noch die verbunkerte Grenze ab. Und etwas muss dort im Wald, in der frischen, feuchten Frühlingsluft an seinem Gewissen gerührt haben. Der General redete offen. Er glaube, dass der Angriff sie alle ins Verderben stürzen werde, sagte er dem Oberst. Der Oberst behielt es für sich. Für Hermann und all die anderen, die im Wald im Regen lagen, blieb es bei einer sehr viel diffuseren Ahnung. Beim Gefühl, dass sich bereits etwas mit Unerbittlichkeit in Bewegung gesetzt hatte.

***

Sie beschlossen, so lange wie möglich wegzuschauen, wie jemand, der an den Abgrund tritt, seinen Blick in die Ferne richtet und nicht auf die Kante. Sie besoffen sich mit »einer Tonne Bier«, sie sangen im Wettstreit zwischen den Zügen der Kompanie, weil alles Kampf sein musste, auch die Lieder. Irgendwoher hatten sie ein kleines Äffchen, das sie an einer Kette mit sich führten. Vor ihrer Holzhütte richteten sie sich einen Vorgarten ein, den sie mit Birkenstämmen abzäunten, als wären sie immer noch in ihren niedersächsischen Kleinstädten. Hermann

hörte viel Radio, Volkslieder, Hitlerreden (»Waren seine Worte nicht wie immer allgewaltig?«) und auch die erstaunliche Meldung, dass der Stellvertreter des Führers, Rudolf Hess, in einem Anflug geistiger Umnachtung mit einer Messerschmidt nach England geflogen war, und dort festgenommen worden war (»Was soll das nur wieder bedeuten?«). Alles war weit weg und doch so nah: ein Spiel indifferenter Gottheiten, mit unklaren Motiven, die sie beglücken oder zerbrechen konnten. An den Sonntagmorgen ging er zum Feldgottesdienst unter freiem Himmel und betete die Kontingenzerfahrung klein. Er bat sie, keine Zigaretten mehr zu schicken: »Weißt du, bei den großen Mengen an Zigaretten raucht man wie ein Schlot, und das ist doch gar nicht gesund.« Die einzige Nachlässigkeit, die Hermann sich leistete, waren die Nickerchen am Schreibtisch, wenn ihn die Müdigkeit nach den Nachtübungen überkam. Er wachte Stunden später über einem angefangenen Brief auf, mit den Abdrücken seiner Uniformärmel im Gesicht.

***

Versteckt wurde der Sadismus in diesem Wald nicht.

Die zwei großen Garagen, die man mit vierstöckigen Hochbetten vollgestellt hatte, lagen neben der Kaserne, nicht weit entfernt von der Wohnung des Lagerkommandanten, gegenüber der Gärtnerei.

Hermann konnte die Pfiffe hören, welche die Gefangenen morgens um fünf Uhr weckten. Er und die anderen konnten sehen, wie mehrere Hundert abgemagerte Menschen aus den Garagen auf den Vorplatz eilten, hastig angezogen, mit fahrigen Bewegungen und kleinen Schüsseln in der Hand. Wie sie darauf warteten, dass man ihnen ein Stück Brot gab und ein bisschen warmen Kaffee. Sie konnten sehen, dass die meisten ihr Brot herunterschlangen, mit großem Hunger. Und wie klein die Brotstücke waren.

Am Tag sahen sie die kleinen Gruppen, die an den Schießständen arbeiteten und die im Wald und den Sümpfen Gräben anlegten, die keinen Sinn zu haben schienen. Abends begleitete sie das Bild dieser Menschen, die zurückkehrten von der Arbeit, mit müden, schweren Gliedern, die Augen leer vor Erschöpfung. Einige der Gefangenen saßen danach im Freien vor der wässrigen Suppe, in der Gerstengraupen und Rüben schwammen und ganz selten mal eine Kartoffel, und schafften es nicht einmal, den Löffel zu heben.

Während die Wipfel der Kiefern immer längere Schatten warfen, wie dürre Geister mit Wasserköpfen, mussten sie sich auf dem Lagerplatz in Rechtecken aufstellen. Nie waren die Rechtecke gut genug. Die Wachmänner fanden immer einen ungeraden Winkel. Mit Schlägen wurden sie hin und her gescheucht; unter der grausamen, von den SS-Männern aufrechterhaltenen Illusion, es gäbe da etwas zu *begreifen*, etwas zu *verstehen*, als würde es tatsächlich aufhören, wenn man sich nur endlich *richtig* hinstelle.

Danach wählten die Wachen zwei Gefangene aus. Man stellte sie in die Mitte des Platzes. Und befahl ihnen sich bis zur Bewusstlosigkeit zu prügeln. Die meisten weigerten sich nicht. Sie hatten die Chance, der Gewalt durch Gewalt zu entkommen. Wer nicht schlug, wurde gleich verprügelt. Wer zu nachgiebig zuschlug, auch. Sie mussten sich dann auf den Boden legen, wo Peitschenhiebe und Stiefeltritte auf sie prasselten, bis sie ohnmächtig wurden.

Wenn das Knallen auf der Waldlichtung endlich verstummt war, der Körper schlaff, das Blut rot und klebrig im Sand, wurde ein weiterer Gefangener in die Mitte gerufen, der singen musste. Und wenn ihm die Stimme versagte, wie sie es musste, vor dieser Kulisse, dann lachten die Zuschauer. Als einer aufgerufen wurde, der eine schöne Stimme hatte, wurde er unterbrochen und aus dem Kreis gejagt.

***

Für kurze Zeit würdest du es hier bestimmt nett finden.

***

Es gibt ein Bild, das Hermann in dem Lager gemacht hat, von einem alten Mann, der einen dreiteiligen Anzug trägt mit Hut. Sein helles Hemd hat er bis oben zugeknöpft. Seine Füße stecken in Gummistiefeln, seine Hose ist voll mit Dreck bis an die Oberschenkel. Seine Garderobe ist die eines Mannes, der keine Ahnung hatte, was ihn erwarten würde, als er morgens das Haus verließ und nicht mehr wiederkam. Eine Armbinde aber trägt er nicht, wie die Juden des Lagers sie umbinden mussten. Ganz hager ist er, ein angegrauter Schnauzer legt sich über sein ernstes Gesicht. Er blickt selbstbewusst, fast trotzig in die Kamera. Was dieser Mann in einem Lager der SS zu suchen hatte, verrät das Foto genauso wenig wie Hermanns Briefe, in denen er nicht ein Wort zu dieser Begegnung verliert.

***

Hat er das Unbehagen gespürt in diesem Wald? Hat er sich jemals erschrocken, wenn die Schatten der Kiefern, Fichten und Birken komisch fielen in der Dämmerung? Hat er sich jemals verirrt auf einem seiner Spaziergänge, bei einer Übung, hat er nur für einen kleinen Moment diese Angst gespürt, die denjenigen ergreift, der in der Gleichheit der Baumstämme seinen Weg verloren hat? Wurde ihm manchmal ganz kalt im Herzen, wenn der Wind von den Baumkronen wisperte? Haben die Geräusche des Waldes ihn manchmal nachts aufschrecken lassen; das Geraschel der Waldmäuse und Eidechsen, das Grunzen der Wildschweine und der verstörende Ruf der Schleiereule, die klingt, als hätte der Wind sich verschluckt? Wurde er jemals durch die Schreie aus den Garagen geweckt, die immer dann begannen, wenn der Sturmbannführer Hans Proschinsky die Gefangenen mitten in der Nacht weckte, um sie mit seiner Reitpeitsche zu verprügeln? Hat er die Schüsse überhören können, die ab und zu von den Baustellen kamen?

»Ein kleiner Vorgarten unter den Tannen vor unserer Unterkunft, abgezäunt mit Birkenstämmchen, gibt dem allen ein wunderschönes Gesicht. Ich wollte, du könntest dir das alles mal ansehen.«

Manfred
Es ist ja doch ein eigenartiges Gefühl,

Klaus
Wir liegen in einem Birkenwäldchen

Manfred
drüben laufen russische Grenzsoldaten

Klaus
schlafen in Zelten

Manfred
Bauern arbeiten auf dem Felde

Klaus
In der Luft liegt schon etwas Unbestimmtes

Manfred
und dabei zu wissen,

Klaus
Die Nacht haben wir gar nicht geschlafen.

Manfred
in wenigen Stunden braust der neue Blitzkrieg darüber hin.

Am befohlenen Tag würden sie ebenfalls in einem Wald sein. Eine Hügelkette würde sanft vor ihnen ansteigen.

In den Tälern würden sie Flüsschen rauschen hören und ihre Stiefel in schmatzenden Sümpfen steckenbleiben. Es würde noch dunkel sein, wenn sie losgingen. Der Wald würde sie schützen vor verfrühten Blicken und sie verwirren mit seiner Dichte. Wie ein Kind würden sie sein, dass sich eine Decke über das Gesicht wirft, um Gespenst zu werden.

In »schmalen, festgeführten Keilen« sollten sie vorgehen, damit sie sich nicht verlören. Zwei große Gruppen würden nebeneinander vorangehen, zwei Regimenter, 3000 Mann stark, die Hügel hinauf.

Schon nach wenigen Hundert Metern würden vor ihnen die ersten unnatürlichen Umrisse auftauchen, grau und mit schattigen, zusammengekniffenen Bunkeraugen, bei deren Auftauchen sie ein Stoßgebet lossenden würden. Dafür, dass die Scharten sich nicht zur falschen Zeit öffnen mögen. Dass sie ruhig und still und schlafend blieben.

In großer Eile sollten sie vorangehen.

Nach einigen Kilometern würden die großen Bunker vor ihnen am Hang auftauchen, bis zu den Gewehröffnungen in der Erde eingegraben, wie Nilpferde, bei denen die Augen aus dem Wasser ragen und der schwere Körper nichts als ein Schatten ist.

Vor ihnen das, was die Sowjets die Molotow-Linie nannten: die hastig errichtete Hauptverteidigungslinie der sowjetischen Grenze auf ehemals polnischem Boden. Der Befehl würde sie vor zweigeschossige Bunker führen, deren Öffnungen kaum zu sehen sein würden in der Dämmerung, versteckt hinter Büschen und Zweigen, verhüllt vom Schatten der Bäume.

Wenn man sie sähe im falschen Moment; wenn tatsächlich jemand wach wäre an diesem Morgen hinter den schweren Luken; dann wäre alles nur noch ohrenbetäubendes Tackern, 500 Mal in der Minute und Kugel, Kugel, Kugel hinaus in Fleisch und Holz und den schummrigen Morgen. Dazu aus den Kuppeltürmen die schweren Granaten, die mit hellem Pfeifen lauter würden; und Explosionen, bei denen Lungen und Trommelfelle zerplatzen.

Dann müssten sie ganz nah herankommen, an den Beton, die Kasematten, die schweren Eisentüren. Und man würde den Beton aufsprengen müssen, wie einen Schädel mit einer Axt oder brennendes Öl in seine Öffnungen spritzen, man müsste das Außen nach innen kehren, und es würde Tote geben, so oder so.

Aber davon stand in den Befehlen und Berichten der Offiziere nichts. Dort hieß es, dass man durch »rücksichtsloses Draufgehen der unteren Führer«, den »Wald durchstoßen« solle, dorthin, wo die »Abhänge und Täler von selbst abfallen« und das »Gelände übersichtlicher wird«; um »die Vereinigung nach vorwärts im Feinde« zu suchen. Um ihn auf den Hügeln und dahinter »zu schlagen und zu vernichten«.

***

Sie legten sich Fiktionen zurecht, um ihre Überlebens- und Fluchtinstinkte zu unterdrücken. Wörter, Sätze, Phrasen, Geschichten disziplinierten sie, wo eigentlich die Angst den Körper regiert, mit Schweiß und Zittern und Scheiße.

Da waren die Abstraktionen der Offiziere, die aus dem Krieg eine Geometrie machten, in der Räume »durchstoßen« wurden, Linien »durchdrungen« oder »gehalten«, Gegner »umfasst« und Keile »vorgetrieben« wurden. Es wurde über »Massen- und Tiefenbildung« der Truppen gesprochen, über die »lineare Frontausdehnung« im »russischen Raum«.

Es gab eine eigene ganz und gar abstrakte Metaphorik, bei der das Sterben passierte, während »vorgegangen« wurde, der Feind »geworfen«, »geschlagen« oder »vernichtet« und Orte »genommen« wurden, und die nur ein unklares Bild der Kämpfe zuließ, wie ein Mord, der durch eine Milchscheibe beobachtet wird.

Der Krieg wurde als Charaktertest herbeigesehnt. Unter Lebensgefahr, so dachten viele, wurde etwas vom Innersten transparent. Es ließ sich so einfach sehen: Die einen »behielten die Nerven«, wenn »es knallte«. Sie blieben ruhig. Sie verloren diesen fast suizidalen Stoizismus selbst im Angesicht unpersönlicher, wahlloser Zerstörung nicht. »Schneidig« waren sie oder »ein kaltes Eisen«, »vom alten Schlag«. Diejenigen, die aus nachvollziehbaren Gründen Angst und Schrecken befiel, »zeigten« Nerven. Sie »flogen am ganzen Körper«, »Angstschweiß« trat ihnen »auf die Stirn«, sie waren »aus dem Häuschen«, und sie redeten »irres Zeug vor sich hin«, wie die Männer in ihren Briefen und Tagebücher notierten. Von denen, die derart traumatisiert waren, dass sie schon bei entferntem Gefechtslärm von einer unkontrollierten Panik befallen wurden, sagte man abfällig, dass sie »mit den Nerven runter« seien.

Einige behielten einfach den haltlosen Optimismus eines Spielers bei, der mit frischem Geld am Tisch sitzt: Briefe wurden aus Maschinengewehrstellungen und Panzergräben geschrieben, in denen es um Felder und Häuser ging, die gekauft werden sollten, Urlaube wurden herbeifantasiert, Auswanderungen in eroberte Gebiete in Erwägung gezogen. Und das Ende des Krieges war immer nur wenige Wochen entfernt. Ihr Optimismus war resilient: Er verließ sie auch dann nicht, als die ersten Tausend von ihnen tot auf polnischem Waldboden lagen.

Sie alle lebten für eine Weile nach einer eigenartigen Dialektik, in der alles gut werden müsse, weil alles so schwer sei.

Sie verhängten den Tod mit Worten: »Gefallen auf dem Feld der Ehre«, hieß es in den Beileidsbriefen. »Den Heldentod« seien sie gestorben, für »Führer, Volk und Vaterland«. Wie sauber, wie klar, dieses Wort klingt: »gefallen«. Wie ein Baum, der umknickt. Wie verlogen war es, dieses Wort, für die Tode, welche diese Männer in den Lazaretten starben. Ihnen wurde die Überhöhung versprochen, eine Geschichte, die man über sie erzählen würde, hinterher; eine Fiktion, sicher; aber eine gute.

Sie sollten sie nicht bekommen.

***

Im Lager besorgte er ihr einen Pelz. Es war ein Fuchsschwanz, und wahrscheinlich war es derjenige, den die Motten im Schrank meiner Eltern erledigten: ein dichtes, graues Fell, zu einer Stola geschnitten. Die Pfoten hatte man drangelassen. Die Krallen lagen beim Tragen auf der

Brust, wie eine Schärpe. Sie hat einmal erwähnt, dass der Pelz »aus dem Osten« käme. Und nach dem Krieg wusste sie nicht so recht, was sie mit ihm anfangen sollte. Getragen hat sie ihn nie. Er war ihr nicht ganz geheuer. Es sah zu eindeutig nach dem wilden Tier aus, der er einmal gewesen war. »Ich trage doch kein Tier um den Hals«, sagte sie.

Aber dennoch war er für sie auf eigenartige Weise unersetzlich. Niemand durfte ihn tragen, sie empfand schon ein Unbehagen, wenn jemand ihn anfassen wollte. Nur anschauen sollte man ihn, wie ein Körperteil, das als Reliquie aufbewahrt wird – heilig und unheimlich zugleich. Irgendwann verflog der Zauber des Pelzes. Ihr Sohn durfte den Fuchs schließlich sogar für seine Wildwest-Verkleidung benutzen: Er klemmte ihn sich unter den Winnetou-Federschmuck, sodass es aussah, als hätte er lange Haare.

Dann wiederum schien sie sich für ihren Mangel an Pietät zu schämen. Sie nahm den Pelz an sich, legte ihn in einen nach Naphthalin riechenden Schrank und machte sich berechtigte, quälende Sorgen, dass die Motten ihn zerfressen würden. Dass der Pelz vor ihren Augen zerfallen würde, bis nur noch Fellfetzen da wären und sein graubrauner Glanz ganz stumpf und das alles nichts weiter wäre als ein Fall für die Tonne.

***

Hermann unternahm tatsächlich einen Versuch, sich dem Schlachten zu entziehen. Schon in Frankreich schrieb er immer wieder davon, dass er gerne »zur Schule« nach Hannover wolle. Was genau er dort lernen wollte, erwähnt er nicht. Aber es ist gut möglich, dass er mit diesem Lehrgang größere Hoffnungen verband als nur ein paar Wochen ganz in ihrer Nähe. In Hannover befand sich eine Heeresfachschule, an der die Beamten der Wehrmacht ausgebildet wurden. Die Militärbeamten wurden zum überwältigenden Teil aus alten Soldaten rekrutiert, die wie Hermann ihre 12-jährige Dienstzeit abgeleistet hatten und nun einen ruhigen, übersichtlichen Schreibtischplatz herbeisehnten. Der Weg dahin führte über die Kurse und Abschlussprüfungen der Schule in Hannover.

Im März, noch in der Normandie, vertrösteten seine Vorgesetzten ihn. Mitte Mai machte man ihm beim Essen wieder Hoffnung. Bald sei es so weit. Aber ein Datum gab man ihm nicht. Er freute sich trotzdem schon darauf, endlich die »von Dir hübsch eingerichtete Wohnung« zu sehen, und fügte vorsichtigerweise hinzu: »Hoffentlich wird meine Freude nicht getrübt.« Aber eigentlich erwartete er, dass er noch am nächsten Tag abreisen würde. »Ich glaubte ja bestimmt, schon heute bei Dir zu sein«, schrieb er ihr, deutlich gedämpfter, drei Tage später. Seine Sachen hatte er schon gepackt, aber in den Zug gestiegen, war er immer noch nicht. Nach zwei weiteren Tagen des Wartens: »Mit meiner Schule ist immer noch nichts Genaues raus.« Am 22. Mai erinnerte er sich an den Einmarsch in Belgien genau ein Jahr vorher und daran, wie sie »immer auf Post, auf ein Lebenzeichen von mir«, gewartet hatte. »Ja, es ist sehr schwer, ich weiß das wohl.« Am 25. Mai brannte die Sonne, er saß im Schatten einiger Bäume: »Hinter den Tannen habe ich Schutz gesucht und gedenke Deiner.« Und ärgerte sich über seinen Optimismus: »Glaubte ich doch ganz bestimmt, als es wieder durchkam mit der Schule, ich würde nun abrutschen. Nun sind schon wieder viele Tage seitdem verstrichen.«

Es war sein letzter Brief aus dem Lager. Kurz darauf, weniger als einen Monat bevor sein Regiment die Molotow-Linie überqueren sollte, um in der Sowjetunion einzufallen, fuhr er für einen achtwöchigen Lehrgang nach Hause.

Hugo
Als die ersten Sonnenstrahlen über den Horizont krochen,

Hans
Die Stellungen bezogen wir in fast lautloser Stille

Hugo
beleuchteten sie am blauen Himmel ein Wolkenkreuz.

Hans
es war 3.15 Uhr

Hugo
Zunächst rot und rosa schwebte das Wolkenkreuz

Hans
und ein paar Augenblicke später war ein Getöse

Hugo
hoch über uns wie ein Symbol.

Hans
Alle Waffen schossen Trommelfeuer

Helmut
Ein Wort von Walther von der Vogelweide kommt mir in den Sinn

Hans
Von russischer Seite vernahmen wir nicht einen Laut

Helmut
»Herr Gott, lass mich in deinem Schutze gehen … «

Heinz
Die Infanterie ging in Gruppen vor,

Ernst-Günter
Durch Kornfelder, bunt von Mohnblumen, Vergißmeinnicht und Kornraden

Heinz
ihre Stahlhelme hoben sich vor dem aufsteigenden Licht ab.

Ernst-Günter
Es ist ein schönes Gefühl, mit ausgebreiteten Händen

Heinz
der erste tote deutsche Soldat im Heidekraut

Ernst-Günter
zwischen den Halmen zu schreiten.

Heinz
mit zerschmettertem Gesicht.

Ernst-Günter
Mit weißen Wolken streichen die Geschosse der Granatwerfer in die Höhe.

Walter
Wir sollten nichts mehr vermuten

Ernst-Günter
Unten im Tale brennt ein Gehöft.

Walter
mit unserem kleinen Verstand,

Ernst-Günter
Über den Höhen schwarze Wolkenschleier.

Walter
wir sollten nur noch von einem bedingungslosen

Ernst-Günter
Alles ist schwer begeistert.

Walter
Vertrauen erfüllt sein.

Die Angriffsbefehle reisten langsam, sie nahmen sich ihre Zeit. Am 31. Juli 1940 redete Hitler das erste Mal vor seinen Generälen von seinem Entschluss, Russland anzugreifen. Am 18. Dezember 1940 gab es Gewissheit, als das Oberkommando der Wehrmacht, die »Weisung 21« für den »Fall Barbarossa« erhielt. Von den Oberkommandos der Wehrmacht und des Heeres, der Luftwaffe und der Marine gingen die Befehle weiter an die Generäle, welche die Armeegruppen befehligten. Dort besprachen die ersten Generalstabsoffiziere, die Stellvertreter der Kommandeure, wie die Befehle auszulegen seien. Sie nahmen sich Zeit dafür.

Und so kamen die Befehle erst am 20. Mai 1941 um 13 Uhr zusammen mit General Stülpnagel in das SS-Lager im polnischen Wald, wo sie den Stabsoffizieren der 295. Infanteriedivision erklärt wurden. Man wies ihnen einen Abschnitt der Front zu, 16 Kilometer lang. Man gab ihnen ein Ziel für den ersten Tag vor: die Hügelkette Roztocze, die schweren Bunkeranlagen auf dem fast 400 Meter hohen Wielki Dział, die Straße, die von den Schwefelquellen in Nemyriw in die nahe gelegene Kleinstadt Rawa-Ruska führte und das kleine Walddorf Nowiny Horynieckie, wo auf einer Waldlichtung, umstanden von einem dichten Buchenwald, eine kleine Kapelle mit einer Marienstatue aus Lindenholz stand. Angeblich hatte dort am 12. Juni 1636 der Wald zu leuchten begonnen. Eine mysteriöse, weiß gekleidete Frau mit einem blauen Tuch war aus dem Wald erschienen. Sie hatte drei Kinder getroffen und eine grasende Kuh, denen sie wenig Konkretes mitzuteilen hatte, außer dem Rat, häufig in den Wald zum Beten zu kommen. Dann, so die Mutter Gottes, würde der Krieg ihre Dörfer verschonen. Darüber, was dort 305 Jahre und 10 Tage später am Fuße der

Hügel – allen Betens zum Trotz – auftauchen würde, schien die Mutter Gottes gänzlich im Dunkeln zu sein.

Am 1. Juni sagte man den Soldaten, dass sie ihre Sachen packen sollten, ohne ein Wort über den Grund zu verlieren. Es war warm, das Wetter gut, und abends verabschiedeten sie sich mit großem Zapfenstreich, mit Fackeln, Paradeuniform und Stechschritt aus dem Waldlager. Die Kapelle spielte Beethovens Yorkschen Marsch, und die SS paradierte mit ihnen. Die Totenköpfe auf ihren Uniformen leuchteten im Fackellicht wie weiße Knöpfe. Und mancher mag sich der Illusion hingegeben haben, dass sich die Dunkelheit, die an diesem Ort ihr Zuhause hatte, durch ein paar Takte mutig gespielter Piccolo-Flöte und Trommelwirbel zurücklassen ließe.

Die nächsten Tage marschierten sie immer nachts und versteckten sich am Tag unter dichten Baumkronen. Man sagte den Soldaten erst abends, wo sie die Nacht durch hinmarschieren sollten. Erst regnete es und sie froren in der Nässe, dann war es so trocken, dass der Staub ihnen Augen, Nasen und Ohren verstopfte. Am 13. Juni erreichten sie ihr Lager in einem Wald bei Płazów an der Demarkationslinie zur Sowjetunion, wo der Boden feucht war und abends die Mückenschwärme im Licht tanzten, bevor sie sich auf sie stürzten.

Alle Fahrzeuge fuhren nun nachts mit Tarnbeleuchtung. Der Funkverkehr wurde bei den Übungen eingestellt. Und weil dies ein deutscher Überfall war, wurde noch einmal ausdrücklich auf das Merkblatt »Verkehrsregelung und Marschdisziplin im Armeegebiet« hingewiesen.

Am 16. Juni wurden die Anführer der Kompanien in den Angriffsplan eingeweiht. Alle Offiziere wussten nun Bescheid. Sie bekamen die Umschläge ausgehändigt, die sie auf das Stichwort »Barbarossa« öffnen sollten und in denen eine vorbereitete Ansprache von Hitler zu finden war sowie mehrere Blätter, die am Vortag des Angriffs an die Truppen verteilt werden sollten und die Anweisungen enthielten, die weder mit der Haager Landkriegsordnung noch der Genfer Konvention in Einklang zu bringen waren.

Am 17. Juni verteilte der Ia, der Erste Generalstabsoffizier der Division, ein »Merkblatt für den Angriff« an seine Offiziere, eine Anleitung für den Kriegsfall mit einer Gruppe Anfänger. Die Erfahrung habe gezeigt, »dass in der Aufregung des ersten Kampfes die Schützen entweder ihr Gewehr überhaupt nicht verwenden oder das ruhige und sorgfältige Zielen und Schießen vergessen«. Die Soldaten sollten von dieser »guten Waffe« sofort »ausgiebigsten Gebrauch machen«.

Aber letztlich wussten auch die Offiziere nicht, wie diese ganz und gar durchschnittlichen Männer darauf reagieren würden, wenn man sie mit weniger als 12 Stunden Vorwarnung das erste Mal in ein Feuergefecht schicken würde.

Zur Beruhigung der Nerven kam am 18. Juni eine riesige Artilleriekanone in ihrem nassen Wald an, in drei Teile zerlegt. Die Kanone wurde auf Ketten gesetzt, mit denen sie im Lauftempo durch den Wald fahren konnte, wobei sie Fahrrinnen tief wie ein Bachbett hinterließ. Ihre Geschosse waren mehr als eine Tonne schwer und bestanden aus Sprengstoff, der in Beton eingefasst war. Ohne einen Kran waren sie überhaupt nicht zu bewegen. Die Granaten sollten quälend langsam durch die Luft jaulen, in fast eine Minute dauernde Kurven, bevor sie in einem Gebiet aufprallten, dass die Männer, welche diese Waffe bedienten, nur ungefähr bestimmen konnten.

Am Nachmittag des 21. Juni wurden alle Soldaten in ihren Kompanien zusammengerufen. 12 Minuten nach drei Uhr begannen die Offiziere die Briefumschläge zu öffnen, die sie aufbewahrt hatten für diesen Tag. Die Siegel wurden gebrochen.

***

Es verselbstständigte sich bereits etwas, während die Bataillons- und Kompaniekommandeure vor den Soldaten Hitlers Angriffsbefehl verlasen.

»Soldaten der Ostfront«

»Ostfront«, es gingen Linien aus, schon von diesem einen Wort, das sie das erste Mal hörten, die sich wie Schienen in die Zukunft zogen – in einer geraden Linie auf den Horizont zu.

»Von schweren Sorgen bedrückt, zu monatelangem Schweigen verurteilt, ist nun die Stunde gekommen, in der ich zu Euch, meine Soldaten, offen sprechen kann.«

Die meisten lauschten stumm und gefasst. Und bei einigen machte sich sogar eine merkwürdige Heiterkeit breit, eine Erleichterung, dass nun alles klar sei.

»Es stehen rund 160 russische Divisionen an unserer Grenze. Seit Wochen finden dauernde Verletzungen dieser Grenze statt.«

Nichts davon war wahr. Und doch folgte alles einer Logik, die sie bereits kannten und die den Anschein der Folgerichtigkeit einnahm, dem sich viele von ihnen nicht entziehen mochten.

»In diesem Augenblick, Soldaten der Ostfront, vollzieht sich ein Aufmarsch, der in Ausdehnung und Umfang der größte ist, den die Welt je gesehen hat.«

Ludwig Wittgenstein hat einmal geschrieben: »Die Regel, einmal mit einer bestimmten Bedeutung gestempelt, zieht die Linien ihrer Befolgung durch den ganzen

Raum.« Er hatte das Bild von den Linien im Raum allerdings gleich eingeschränkt: »So kommt es mir vor – sollte ich sagen.«

»Das Schicksal Europas, die Zukunft des deutschen Reiches, das Dasein unseres Volkes liegt nunmehr in eurer Hand.«

»Wenn ich der Regel folge, wähle ich nicht. Ich folge der Regel blind«, schrieb Wittgenstein. Sie ergaben sich ganz und gar den Linien, die der Befehl in der Ferne bereits gut sichtbar zog. Sie waren sich, so dachten sie zumindest, ihrer Sache sicher.

***

Die Männer der 295. Infanteriedivision zogen am Abend schweigend in Richtung Grenze durch den Wald.

Ihr General wartete in der Nacht neben seinem Telefon darauf, dass der Angriff abgeblasen werde. Um Mitternacht hatte er noch Hoffnung. Um zwei Uhr nachts wusste er, dass kein Anruf mehr kommen würde.

»Also, der Tanz beginnt«, sagte er und stand auf.

Auf der Türschwelle drehte er sich noch einmal um und fügte hinzu: »Der Totentanz.«

Dann ging er hinaus.

Hermann schlief währenddessen etwa 1050 Kilometer weiter westlich in einem Bett in einer engen Celler Straße in der Blumlage, während die Sonnenwendensonne langsam die Welt mit Licht flutete für den längsten Tag.

***

Was er verpasste:
Den Grenzpfahl, der in einen nassen Graben geschmissen wurde, die ersten Leichen gleich daneben.

Tote sowjetische Offiziersschüler, die man in ihren Waldstellungen überrascht hatte: glatte, bartlose, erbleichte Gesichter.
Bilder einer Stellung, in die eine Artilleriegranate eingeschlagen war, verrenkte Körper neben dem verbogenen Metall der Geschütze.
Ein riesiger verlassener Bunker, in dem acht unberührte, nie abgefeuerte Geschütze standen.
Die zwei Riesenkanonen, *Karl*, von denen eine schon auf dem Weg im Wald stecken blieb und nicht mehr zu bewegen war.
Das Donnern der zweiten Kanone, unter deren Abschüssen die Hügel selbst zu vibrieren schienen, alle fünfzehn Minuten ab acht Uhr morgens.
Wie *Karl* nach 16 Schüssen kaputtging.
Das Ratsch-Bum, Ratsch-Bum. Ratsch-Bum der sowjetischen Artilleriegeschosse, die auf sie zuflogen.
Die gesenkten Blicke der Artilleristen, die sich nicht trauten anzusehen, was ihre Granaten in einer sowjetischen Stellung angerichtet hatten.
Ein Fahrradschwadron auf einer verstaubten Straße; schwer beladene Männer mit Stahlhelmen, die sich im Morgengrauen die Hügel hochquälten.
Jubelnde Meldungen des Armeekommandanten bereits um 7 Uhr morgens: »Überraschung des Gegners anscheinend völlig gelungen. Feind in Quartieren überrascht. Bewegliche Abteilungen vor die Front. Kühnes Draufgehen verspricht Erfolge.«
Währenddessen war der erste unvorsichtige Spähtrupp an einem Waldrand ins Freie getreten. Ein Maschinengewehr ratterte los. Die Männer pressten sich an den Boden, so fest sie konnten, und kamen weder vor noch zurück.

Ein ganzes Regiment, das ängstlich im Wald wartete.
Die Soldaten, die hinaus auf die Lichtung traten und 250 Meter von Erdhügel zu Erdhügel sprangen, mit Sprengstoff an ihren Körpern und Granaten, die an ihrem Gürtel klackerten, auf die zwei schmalen Augen der Bunker zu.
Die Geschosse, die nur mit viel Glück über sie hinweg- und an ihnen vorbeiflogen.
Die drei Staubfontänen der Explosionen, die es brauchte, um den Stahlbeton aufzureißen.
Die Explosionen der Handgranaten. Das Brüllen des Flammenwerfers, der in die Öffnung gehalten wurde.
Die Schreie.
Die Gesichter der verwundeten sowjetischen Soldaten, »denen man die furchtbaren Stunden ansah, die sie hinter sich hatten«, wie ein deutscher Soldat sich erinnerte.
Der sowjetische Kommandant, der seinem Untergebenen in die Brust schoss, als der die Kapitulationsaufforderung übersetzte.
Die Leiche des Kommandanten nach seinem Suizid, in einer dunklen Ecke des Bunkers.
Die vierzehn jungen, sowjetischen Soldaten, die erblindet waren, als ein Flammenwerfer ihre Gesichter und Körper verbrannt hatte, und deren Entstellungen die deutschen Ärzte bis an ihr Lebensende nicht vergessen sollten.
Die unglaubliche Distanz, mit der über all das geredet wurde: »Stolz und glücklich sind wir, dass es uns gelungen ist, dieses Werk zu erobern«, so beschrieb einer von ihnen sein Innenleben nach der Eroberung der ersten Befestigungen.
Die Panik bei Nacht.
Die Panik, dass Panzer auf den Hügeln auftauchen würden.

Die Panik, dass die »Russen durchgebrochen« seien und schon längst in ihrem Rücken stünden.
Die 18 Toten und 57 Verwundeten der ersten zwei Tage, in denen sie es nicht schafften, die Bunkerkette zu überwinden.
Die 169 Toten, 220 Verwundeten und 31 Männer, die am dritten und vierten Tag verschwanden, in einem dichten Wald.
Die sieben Vermissten, die nur noch tot gefunden wurden.
Die drei russischen Gefangenen, die auf dem Verbandsplatz mit einer Maschinenpistole niedergeschossen wurden.
Die Ruhe der vierten Nacht und des fünften Tages, als die Gewehrschüsse aus dem Grün der Wälder verebbt waren. Als das Laufen begann.

***

Am Morgen des Angriffs hörte Hermann zusammen mit Anny die Fanfaren im Radio: Blech, das mit dem Horst-Wessel-Lied begann und nahtlos in die Préludes von Liszt überging. Dann die Streberstimme von Joseph Goebbels, der Hitlers Kriegserklärung vorlas, als würde er einer Welt voller Minderbemittelter die undurchsichtigen Gedanken eines Mystikers offenbaren.

Alle hörten Hitlers Worte, niemand hörte sie ihn selbst sagen.

Der Rest des Tages bestand aus dunklen, nur halbherzig verdrängten Gedanken. Meine Oma hat es nie verstanden, der Welt ohne Blinzeln entgegenzublicken. Sie hat das Hässliche im Leben nie sehen wollen, hat sich in Floskeln, Allgemeinheiten, ins Vage und Ungefähre, ins Kitschige und Sentimentale geflüchtet.

Und so wird sie wohl auch an diesem Tag alles getan haben, um an seine Sterblichkeit, seine Verwundbarkeit nicht denken zu müssen.

***

Von den ersten Toten in seiner Kompanie hat Hermann erst mit einigen Wochen Verspätung erfahren. Er saß an den Tagen, an denen sie starben, um halb neun »tapfer auf der Schulbank«, wie er Anny in einem kurzen Brief aus Hannover schrieb. Er ahnte vielleicht, dass in den Stunden im Klassenzimmer Menschen verloren gingen, die er ausgebildet hatte, mit denen er in Zelten und Baracken Zimmer geteilt hatte und deren Fotos er in seinen Alben aufbewahrte.

Über seine Unterrichtsstunden in Hannover schrieb Hermann nur wenig. Das, was er schrieb, deutete an, dass er sich fehl am Platz fühlte: »Es geht recht stramm. Einen Berg von Arbeit, nein, Du machst Dir keinen Begriff. Diese Berechnungen sind nicht einzuhalten.«

Welche »Berechnungen« er genau meinte, ist nicht klar. In seiner Überforderung war er jedenfalls nicht alleine. Bis spät in den Abend saß er am Schreibtisch, ging oft erst gegen Mitternacht ins Bett und kam ganz müde am Wochenende bei ihr an. Am Ende war trotzdem alles umsonst. Sie schickten ihn im August an die Front. Einen Abschluss ließen sie ihn nicht machen.

Was immer er in Hannover gemacht hatte, es blieb unvollendet.

Ingeborg
Heimlich und leise

Hilde
Nach getaner Arbeit habe ich mir

Ingeborg
steigt die Sehnsucht herauf,

Hilde
Dein liebes Bild betrachtet

Ingeborg
und ich schaue über die weiten grünen und braunen Felder,

Hilde
Darf ich Dir

Ingeborg
weiter zu dem dunklen Wald

Hilde
noch mal sagen,

Ingeborg
aber mein Blick möchte noch weiter ziehen,

Hilde
wie unsagbar

Ingeborg
in ganz ferne Lande,

Hilde
lieb ich Dich habe?

Ingeborg
dorthin, wo Du bist

Wenn ihre Liebe eine Landschaft hatte, dann war es die Heide, die Celle umgab. Die Heide war von Anfang an der Ort gewesen, in den sie flüchteten, um frei zu sein, für ein paar Stunden, einen Tag, eine Nacht. Es war die Landschaft, in die er sich zurücksehnte aus dem Krieg. Es war die Landschaft, die sie später alleine durchfuhr, in ihrer Einsamkeit.

Die Südheide umfasst Celle von zwei Seiten, wie eine Zange. Es ist eine karge, sandige Gegend. Die sich aber im Spätsommer in ein Meer aus blassen lila Wellen verwandelt, wenn die Heide blüht. Es riecht dort im Sommer nach trockenen Nadeln, nach Wacholder und wildem Zimt. Und wenn die Sonne untergeht, dann gibt es ein ganz eigenes Licht mit einem Mauve-Lila-Stich.

»Ulenflucht« – Eulenflucht –, so nannten die Bauern in der Heide die Zeit, »wenn der Tag müde hinter schwarze Wälder sinkt und die Nacht heraufschwebt«.

Die Bewohner Celles waren schon lange fasziniert von dieser Landschaft, die so leer war, fremd und nah zugleich. Junge Liebespaare zogen hierher, um nackt in die Bäche zu steigen und einen Nachmittag unerhörter, unbelauschter Freiheit zu erleben.

Die Richter und Verwaltungsangestellten kamen mit Kutsche und Sonntagsanzug und fanden, dass diese Landschaft ein gutes Bild für ihren eigenen Charakter sei: ein Abbild ihrer Bodenständigkeit, ihrer Unkompliziertheit, ihrer Natürlichkeit, ihrer *Deutschheit*.

Der manisch-depressive Hermann Löns flüchtete sich hierher nach Erniedrigungen, und machte aus der Heide eine Landschaft, die immer ein Bein in der Welt der Träume hatte.

»Weiße Falter wehen über die bunte Wiese hin wie stille Gedanken durch laute Stunden.«

»Der leise Wind ist scharf und spitz; er rauscht in den Hofeichen, raunt in den Fuhren an der Brücke, raschelt in den Birken an der Straße.«

»Ein Stern versinkt im schwarzen Moor; ein Eulenruf verhallt im Raunen der Krüppelfuhren; das fahle Gras im Quellgrunde flüstert ängstlich, der Born singt ein dunkles Lied, ein Lied ohne Worte.«

»Streichende Erpel quarren, die Poggen grölen lauter, die Rohrsänger schwatzen lebhafter, die Heidlerche steigt singend zu den Sternen.«

»Dichte, langwallende Nebelschleier verhüllen morgens ihres Prunkgewandes Pracht; langsam, als schäme sie sich der eigenen Herrlichkeit, legt sie einen Schleier nach dem andern ab.«

***

Heidezweige waren die kleinen Vergewisserungen ihrer Liebe. Er suchte ihr die erste blühende Heide, die noch schwer zu finden war im spätsommerlichen Grau des Bodens, als er im Munsterlager war. Aus der Försterei Höfen in der Eifel und aus der Vahrenheide vom Exerzierplatz der Hannoverschen Garnison schickte er ihr Erika. Sie schickte ihm ein Stück der letzten blühenden Heide in den Krieg nach, damit er daran riechen konnte und den schwachen, zarten Geruch einatmen konnte und das kümmerliche Pflänzlein fühlen konnte, das an den trockenen Boden vor ihrem Zelt erinnerte, als sie das erste Mal nebeneinander geschlafen hatten. Es war die Pflanze, die untrennbar mit weißen, frischen Kleidern verbunden war, mit dem Geruch der Zeltplane, mit Ameisen auf den Decken, dem Blöken der Schafe, mit Weltvergessenheit, dem Ruf der Eulen, den Sternen und dem Sonnenuntergang davor.

***

Dort, wo die Heide wächst, standen einmal dichte Wälder. Dann kam der Mensch. Und die Wälder wurden niedergebrannt, um Platz für die Felder zu machen. Schafe, Kühe, Pferde und Schweine knabberten an den Ästen der Jungpflanzen, und als der Wald gelichtet war, da merkte man, dass die Böden ganz sandig waren und kaum etwas wuchs.

Nur die Heidepflanzen, die wuchsen trotz allem. Also ließ man kleine Schafe, die sich wundersamerweise von den mickrigen Pflanzen ernähren konnten, darauf grasen. Die Heidschnucken bissen die kleinen Bäume kaputt, und die Stämme, die überlebten, sahen verkrüppelt und geisterhaft aus.

Der Mensch ist erfinderisch, nirgendwo mehr als in der Zerstörung. Die Erde gab so wenig her, also begannen die Bauern die gesamte obere Erdschicht, mit Wurzeln, Pflanzen und allem herauszustechen, sechs Zentimeter tief. Dann trug man die blassen Erdbrocken in die Ställe und ließ die Heidschnucken darauf scheißen. So bekam man etwas Dünger für die Felder, auf denen Roggen wuchs, so lange, bis die Böden nicht mehr konnten. Man pflanzte Sandhafer und Buchweizen, die auch auf kargen Böden gediehen. Und wenn selbst die genügsamsten Pflanzen nicht mehr wollten, dann wartete man einige Jahre.

In der Heide wanderten Dünen. Der Boden wurde hart wie Stein. Und leben konnten nur wenige davon, weshalb die Höfe so weit auseinanderstanden und die

Landschaft leer blieb. Aber sah das nicht alles romantisch aus, diese lila blühende Steppe mit ihren verkrüppelten Bäumen im Nebel?

Ausgerechnet Hermann Löns, den die Nationalsozialisten so verehrten, dass sie seine Knochen – oder vielmehr das, was sie dafür ausgaben – extra in Frankreich aus einem Massengrab herausschaufelten und im kargen Heideboden neu beerdigten, schrieb vielleicht den wahrsten Absatz über die Heide: »Ich will dahin gehen, wo die Heide so wunderbar voll, so tief rosig blüht. Aber ich will es lieber lassen. In der Nähe sieht sie aus wie alle Heide; da ist das Fahle, das Braune, das Graue stärker als das Rosenrot; nur aus der Ferne sieht sie so schön aus.«

***

In Celle sammelte der Heimatverein bald Bilder von »Charakterköpfen der Südheide«, um zu beweisen, was nicht zu beweisen war: Dass sie Teil einer überlegenen *Rasse* seien, die dieser Landschaft entsprungen waren. Sie wollten nicht nur in die Landschaft hineinlesen. Die Landschaft sollte in *sie* zurücklesen. Entdeckten Anny und Hermann in der Heide also mehr als flüchtige Schönheit für einige blühende Tage? Sahen sie in ihr sich selbst? Oder vielmehr: etwas von dem, was sie gerne gewesen wären? Ging mit den Spaziergängen auch der Anspruch einher, Teil jenes Archetyps zu sein, den ein Celler Heimatkalender in den 1920ern so beschrieb: »Fest im Heimatboden verwurzelt, unkompliziert, stark, vielleicht allzu stark dem Irdischen verhaftet, nur schwer bereit, die Schwingen über den engen Bezirk und des Alltags Sorgen zu erheben.«

Während sie in jenem Sommer noch einmal Wochenende für Wochenende in die Heide gingen oder zur Schäferei ins Neustädter Holz, einem kleinen Gasthaus im Wald, umstanden von zweiundzwanzig Huteichen, zog Hermanns Division nördlich an Lemberg vorbei, nach Osten durch Złoczów, Tarnopol und Winniza. In Uman kesselten sie Hunderttausende ein und blieben einige blutige Tage. Dann bogen sie nach Norden ab und erreichten Belaja Zerkow am Ros, einem Seitenarm des Dnepr, der breit und flach kein Hindernis war.

Reinhold
Der Krieg ist anders als in jedem Buch,

Udo
Wir stoßen auf keine feste Front

Reinhold
Als wir vorgestern Feldwebel von Koppelow zu Grabe trugen,

Udo
Rings zeigen sich Wälder voller Russen

Reinhold
merkte ich besonders,

Udo
Die riesigen Gebiete,

Reinhold
wie grausam dies alles ist,

Udo
welche die Panzer längst durchstoßen haben,

Reinhold
was uns angetan wird.

Udo
bleiben feindbesetzt

Reinhold
Und was wir tun.

Udo
Wir nächtigen wie Mumien in helle Decken eingewickelt,

Reinhold
Wie man am Dasein hängt,

Udo
die Gesichter vor Myriaden von Mücken geschützt

Reinhold
wenn man es entrinnen sieht,

Udo
Die Bevölkerung flieht in die Wälder

Reinhold
wie Wasser zwischen den Fingern.

Udo
Unsere Marschdisziplin versagt

Dass Hermann nicht wusste, was ihn erwartete, als er an einem Augustabend in seinen Zug Richtung Osten einstieg, war der glücklichste Umstand dieses Tages.

Wenn er gewusst hätte, was die Ärzte der Wehrmacht in ihren Berichten schrieben, dann wäre jede Ruhe dahin gewesen. Schon diese erste Nachtfahrt wäre ihm endlos geworden. Er wäre an den Schemen von Bäumen, von Wiesen und Häusern vorbeigehuscht, und tausend Geister hätten ihn bestürmt. Sie taten es nicht.

Die Ärzte hatten die Wirkung des Krieges auf den weichen, kleinen, menschlichen Körper präzise, ohne Scham, ohne Auslassungen, ohne Schonung erfasst. Sie beschrieben seine Durchlässigkeit gegenüber den ganz kleinen und ganz großen Dingen, den langsamen und den schnellen. Sie dokumentierten ihre große Machtlosigkeit; Menschen, die mit löchrigen Eimern in einer Flut standen.

Das liebste, simpelste, machbarste für die Chirurgen war die Gewehrkugel, die glatt durch den Körper hindurchglitt. Sie hinterließ lediglich einen Kanal, der etwa acht Millimeter breit war, der vorne reinging und hinten raus, und alles dazwischen war sehr vorhersehbar: kaputt.

Die Dumdum-Geschosse der Roten Armee gingen selten glatt hindurch. Die Patronenhülle platzte beim Aufprall auf den Körper oft auf. Die Ärzte fanden dann ein kleines Loch da, wo die Kugel eingedrungen war, und auf der anderen Seite eine Masse zerfetztes, blutiges Fleisch.

Wenn Kugeln auf Knochen und Gelenke trafen, dann zersplitterten sie immer. Die Hülle zerplatzte, und das Metall faltete sich im Körper auf, wie Figuren beim Bleigießen an Silvester.

Wenn sich die Wunde entzündete, wartete man ein paar Tage und hoffte auf Besserung. Wenn sich nichts besserte, wurde amputiert. Bei großen Wunden geschah die Amputation gleich und ohne Zögern.

Das hastige Gesäge müder, überarbeiteter Ärzte in den Feldlazaretten musste oft später einige Zentimeter weiter oben wiederholt werden.

Bei Wunden, die »Kalibergröße«, also etwa acht Millimeter, überschritten, machten die Chirurgen eine »totale Ausschneidung« der Wunde, was genau das ist, wonach es klingt: Sie schnitten in unverletztes Fleisch, um das zerfetzte restlos herauszutrennen. Sie operierten großzügig. Die Chirurgen wussten, dass die Entzündungen der Wunden oft tödlicher waren als die Verletzungen selbst.

Kaum etwas fürchteten die Chirurgen so sehr wie Bauchschüsse. Ohne Behandlung starben die Männer in jedem Fall. Wenn operiert wurde, meistens auch. Ihre Wunden entzündeten sich an ihrer eigenen Scheiße. Die Chirurgen versuchten die Bauchhöhle irgendwie sauber zu kriegen: Sie wuschen sie aus oder tippten sie vorsichtig mit Tupfern ab.

Wenn Kugeln das Gesicht trafen, dann retteten die Ärzte, was zu retten war: Es gab Spezialisten, die sich um zertrümmerte Ohren, Augen, Kiefer kümmerten. Wenn das Gesicht komplett entstellt war, zum Beispiel durch ausgerissene Wangen, dann wurden die klaffenden Höhlen im Gesicht mit Hautlappen geschlossen, indem sie Haut von anderen Teilen des Körpers transplantierten, selbst wenn dadurch die Gefahr einer Infektion anstieg. Die meisten Chirurgen hatten Verletzungen, wie sie Kugeln im Gesicht hinterlassen, vor dem Krieg nie gesehen. Sie waren schlecht darauf vorbereitet.

Es gab Männer, die überlebten mit Kopfschüssen, in denen der Schädelknochen splitternd nachgegeben hatte.

Die Ärzte desinfizierten dann die Wunde, verschlossen das offen liegende Gehirn und hofften auf das Beste. Bei Gehirnverletzungen operierten die Chirurgen lieber gar nicht als falsch.

Es gab Schüsse in die Brust, bei denen Luft durch die Wunde in den Brustkorb drang und gegen die Lunge drückte, die sich nicht mehr ausdehnen konnte und kollabierte. Der Soldat lief blau an, rang um Atem, drohte zu ersticken. Die Chirurgen improvisierten dann ein Ventil aus einem Gummirohr, über das ein Kondom gestülpt wurde, das dann in die Wunde gesteckt wurde. Es war hässlich und schmerzhaft, aber es funktionierte.

Das Musterbeispiel eines unkomplizierten Organs waren die Hoden. Selbst komplett zertrümmert heilten sie meistens gut ab.

Ein Chirurg erwähnte, wie viele Glückspilze er traf, denen Kugeln einfach durch den Hals geflogen waren, ohne Halsschlagader, Luftröhre, Speiseröhre, Kehlkopf oder Wirbelsäule zu treffen. Manchmal passierte das selbst im Bauch: eine Kugel, die den Darm, den Magen, Leber, Milz und all die anderen Organe verfehlte. Wem die Kugel sauber durch den Körper geflogen war, der bekam etwas Desinfektionsmittel und einen Verband und konnte sich glücklich schätzen.

Die Splitter von Handgranaten waren meistens gefährlicher als Gewehrschüsse. Selbst wenn die Wunde äußerlich nur klein aussah, fanden die Chirurgen dahinter meistens Höhlen verletzten Fleisches, in denen der Splitter, rau und stumpf, gewütet hatte.

Die Wunden der Phosphorbomben leuchteten im Dunkeln nach und brannten weiter, lange nachdem das Flugzeug, das die Bombe abgeworfen hatte, wieder am Horizont verschwunden war.

Die Schrapnelle der Artilleriegranaten, »drehten, rollten und wälzten« sich im Körper, wie ein Chirurg bemerkte, und wo sie das taten, lösten sich Körperteile bis zur Unkenntlichkeit auf.

Die Detonationen der Fliegerbomben waren so stark, dass Menschen starben, selbst wenn nichts die Haut durchdrungen hatte. Ihre Organe fingen zu bluten an: Das Gehirn, die Lunge, die Milz, Leber, Niere, der Magen, die Harnblase.

Die Wirkung von Sprengfallen beschrieb ein Chirurg so: »Das Bild war bei allen Fällen ganz gleichartig: Abreißung eines Fußes oberhalb der Knöchel, wobei meist ein Hautlappen vom Fußrücken erhalten blieb. Desgleichen waren die vom Unterschenkel zum Fuß führenden Sehnen an ihren Ansatzstellen an den Fußwurzelknochen abgerissen und hingen bis zu 20 cm Länge am Unterschenkelstumpf.«

Wenn Minen detonierten, brachen manchmal Männer zusammen, denen nichts zu fehlen schien. Erst als man genauer hinsah, fand man am Kopf winzige Wunden, durch die Splitter in den Schädel eingedrungen waren und die im Gehirn stecken geblieben waren.

Panzer hinterließen brutale Quetschungen, wenn sie über Soldaten hinweggerollt waren: Arme und Beine, die zweidimensional geworden waren. Erstaunlicherweise schienen diejenigen, die von einem Panzer überfahren worden waren und überlebt hatten, nicht traumatisierter als andere Verletzte.

Wer es bis in einen Operationssaal geschafft hatte und die Behandlung eines komplett überforderten Chirurgen überlebt hatte, der sich nie hätte träumen lassen, einmal vor den Folgen eines solchen Gemetzels zu stehen, für den fing der Leidensweg oft erst an.

In den Feldlazaretten gab es so gut wie nie genug frisches, sauberes Wasser. Die Chirurgen wuschen sich ihre Hände stundenlang in den gleichen Schüsseln. Waschwasser »für die Bakterienaufschwemmung« wurde mehrfach verwendet. Die eitrigen Verbände von ungewaschenen Gehilfen gewechselt und in dreckige Eimer geschmissen, die nach einigen Stunden einen unglaublichen, süßlichen Verwesungsgeruch verströmten. Wenn ein Eimer voll war, traten die Helfer die Verbandsreste einfach platt und trugen die Reste von Blut und Eiter unter ihren Stiefeln durch den Raum. In den Operationsräumen waren so viele Keime, dass selbst die Chirurgen schmerzhafte Geschwüre und Entzündungen in ihren Nagelbetten bekamen.

Die zerquetschten Muskeln, die Höhlen und Buchten im Körper, all das, was das Metall durchdrungen hatte, fing manchmal schon nach fünf Stunden an sich zu röten und heiß zu werden. Nach einiger Zeit begann dann etwas Merkwürdiges mit der Haut zu passieren: Sie knisterte, wenn man sie berührte, wie wenn man einen Schneeball zusammendrückt. Die Haut nahm die Farbe von gekochtem Rindfleisch an. Und aus der Wunde lief eine schwarze Flüssigkeit, die übel roch.

Wenn man den Patienten retten wollte, musste fast immer amputiert werden. Und zwar »weit im Gesunden«, dort, wo das Fleisch eine »frische rote Farbe« und wo »die Interstitien keine grünliche Ödem-Flüssigkeit mehr« enthielten.

Gasbrand wurde die Entzündung genannt: wegen der Gase, die sich unter der Haut bildeten, die einen brennenden Schmerz verursachten. Und als ob das Experimentiermaterial der Front nicht bereits komplett ausreichend gewesen wäre, fing der Chirurg Karl Gebhardt im Sommer 1942 damit an, Frauen im KZ Ravensbrück zu verletzen, ihnen Holz und Glasscherben unter die Wunden zu legen und ihre Gasbrandentzündungen mit Sulfanomiden zu behandeln. An einem Frühsommertag im Jahr 1948 sollte er dafür in Landsberg am Lech an einem pechschwarzen Galgen baumeln.

***

Die glücklichste aller Verletzungen war der Ermüdungsbruch: Mittelfußknochen, die der Anstrengung durch die Märsche nicht gewachsen waren, bekamen kleine Risse, die so stark zu schmerzen anfingen, dass jedes Gehen unmöglich wurde. Meistens traf es ausgerechnet die Jüngsten in den ersten Marschtagen. Es gab keinen eleganteren Weg, um die Begegnung mit dem Tod für einige Wochen hinauszuzögern. Für diese Art des Glückes war Hermann sowohl zu alt als auch zu austrainiert.

***

Es war Dienstag, als er in Hannover die Eisentreppen des Zuges nach Warschau hinaufstieg. Seine schwarzen Stiefel ließen das Metall singen, rumpelten den Flur entlang, bis er wieder einmal auf einer harten Holzbank saß.

Zum Abendessen aß er die Butterbrote, die sie ihm geschmiert hatte. Sie fuhren die Nacht hindurch. Der Zug war voll bis auf den letzten Platz. Er schlief im Sitzen. In Posen leerte sich das Abteil, und er konnte sich lang machen. Am frühen Morgen fuhr der Zug aus Versehen an Warschau vorbei, 100 Kilometer in die falsche Richtung, bevor jemand den Fehler bemerkte. Um fünf Uhr morgens beim ersten Glimmen am Horizont fuhren sie in den

Hauptbahnhof ein, dessen abstrakte Linien aus der Ruinenlandschaft der Stadt auftauchten, wie der Grabstein für ein fremdartiges Lebewesen mit stringenterer Logik. Langsam enthüllte die Sonne den Sandstein und die hellen Kacheln. Zum gleichen Zeitpunkt verließ das Polizeibataillon 304 »Chemnitz« die Stadt auf Fahrrädern und zog mit kräftigen Tritten über die sandigen Straßen der Vororte Warschaus hinweg, ihre Karabiner auf den Rücken und in den Köpfen frische Erinnerungen an die Genickschüsse, die sie in Krakow geübt hatten.

Hermann aß am Bahnhof eine Erbsensuppe mit 200 Gramm Jagdwurst, machte einen Spaziergang durch die zerschossene Stadt und aß abends im Café Adria, wo die Menschen zwischen weißgedeckten Tischen tanzten, das Essen so teuer war wie nirgendwo sonst in der Stadt und wo die polnische Bevölkerung nicht durch die Tür durfte.

***

Von Warschau bis Lublin fuhr er im Speisewagen, wo er Gänsebraten zum Mittag aß, mit Kartoffeln und Weißkohl und als Nachtisch einen Vanillepudding, der fast ausschließlich aus Gelatine bestand und ungenießbar war. In Lublin wurde der »schöne Speisewagen« abgekoppelt. »Es war schade drum.«

Dann ging es über Chełm nach Kowel mit einem Munitionstransport und Tausenden Artilleriegranaten als Begleiter. Die vierte Nacht schlief er in einem Viehwagen auf Strohgarben, in totaler Dunkelheit. Um ihn herum waren das erste Mal nur Fremde. Draußen zog Wolhynien vorbei; eine Landschaft ohne Hügel, Felder mit Weizen, Roggen und Gerste, strohgedeckte Häuser, die aussahen, als schliefen sie außerhalb der Zeit. In den dichten Wäldern waren die Wolfsrudel nach dem Kriegssommer fett. Sie zogen mit ihren Welpen den deutschen Soldaten hinterher. Die Bienenstöcke waren geplündert worden, die Elchherden verschwunden. Und in den Flüssen wurde mit Sprengstoff gefischt.

»Die Landschaft ist immer gleichbleibend. Große, große Flächen reihen sich aneinander. Pferde- und Kuhherden, hoch an der Zahl. Nur einige Stellen sind es, an denen man die Spuren des Krieges vernimmt. Die Landschaft bietet ein Bild des größten Friedens.«

In Poworsk kursierten Gerüchte von Partisanen in den Wäldern, welche den kleinen Ort umgaben. Die Straßen waren ungepflastert, die meisten Häuser abgebrannt. Sie waren aus Holz gewesen, das schnell Flammen gefangen hatte, als die ersten Granaten einschlugen.

Und Hermann gab preis, dass er ahnte, was bald geschehen würde. »Es wimmelt noch von Juden«, schrieb er. »Es sieht trostlos aus.«

Noch.

Als er am gleichen Abend die Stadt verließ, tat er in einer eigenartigen Wendung so, als wäre es seine eigene Entscheidung gewesen. Als hätten dies nicht andere für ihn entschieden. »In Poworsk waren acht Prozent Juden, und in gleicher Höhe war alles kaputt. Da konnte ich nicht übernachten.« Es ist das erste Mal, dass er jenes Gefühl preisgibt, jene Ablehnung, die ihm vielleicht einfach so natürlich erschien, dass er es nicht für nötig hielt, sie in den Briefen der sechs vorangegangenen Jahre zu erwähnen: sein ganz und gar durchschnittlich temperierter, etwas pedantischer Antisemitismus. Woher hatte er diese Zahl? Die acht Prozent? Hatte er sie sich einfach ausgedacht, nachdem er ein paar Meter in den Straßen spaziert war? Oder basierte sie tatsächlich auf einer Erfassung?

War die Zahl der erste Schritt in einer Abfolge von Handlungen, die zum Rande eines Grabens führten?

***

Im fast komplett zerstörten Berditschew blieb er eine Nacht. Er schlief auf Stroh und badete, nach sechs schwitzenden Tagen im Zug in einem Schaumbad. »Wer weiß, wann es dir wieder geboten wird, so sagte ich mir. Also runter mit dem Dreck. Es war aber auch wirklich Dreck.« Er schlief gut und tief, obwohl es sehr warm war – ganz ungestört von der Vergangenheit genauso wie der Gegenwart.

Die Vergangenheit war: die Hochzeit von Honoré de Balzac, der in Berditschew seine große Liebe, die Gräfin Ewelinsa Hańska geheiratet hatte, bevor er nach Paris zurückkehrte und starb. Die Geburt Joseph Conrads als Józef Teodor Nałęcz Konrad Korzeniowski, der später meinte bis in den Kongo fahren zu müssen, um das Herz der Finsternis zu finden. Die Lehre des chassidischen Rabbis Levi Jizchak, der Gott in der Ekstase fand und der selbst bei der Beerdigung seines eigenen Sohnes in Verzückung getanzt haben soll. Als man ihn fragte, wieso er sich so merkwürdig verhalte, antwortete er: »Eine reine Seele hatte man mir übergeben, eine reine Seele erstatte ich zurück.«

132 Jahre nach dem Tod des Rabbis, im Sommer 1941 konnte man in Berditschew die Reinheit der Seele schon mit festem Schlaf verlieren.

In den Synagogen und Gebetshäusern der Innenstadt waren die ersten bereits in Tallit und Zizit verbrannt worden. Die abgefackelte Zuckerfabrik roch auch Wochen später noch nach Karamell. Im Innenhof des Klosters der

Unbeschuhten Karmeliter, das etwas außerhalb der Stadt lag, umgeben von dicken, unüberwindbaren Backsteinmauern, waren wenige Tage zuvor tiefe Löcher gebuddelt und wieder zugeschüttet worden. Und in der Lederfabrik schwammen die Toten in Bottichen mit gerbendem Akazienharz. Den ganzen Tag und die ganze Nacht rollten Viehwaggons durch den Bahnhof der Stadt. Aus den Öffnungen im Stahl schauten Gesichter hinaus. Sie waren so »vollgepfercht«, wie Hermann schrieb, »dass kaum Luft zu holen« war. Aus den Waggons kroch ein Geruch in die Stadt, von Durchfall und Urin und Leichen in der Augustsonne.

Es war heiß und sonnig am nächsten Morgen. Hermann aß Rotwurst und Schinken mit ukrainischem Brot. Und fuhr weiter nach Osten. »Am liebsten«, schrieb er »würde ich wieder zurückfahren.«

***

Die letzten Kilometer auf dem Weg zu seinem Regiment saß er vorne im Führerhäuschen einer schwarzen Dampflokomotive. Am Himmel zogen Stukas in Richtung des Dnjepr und Kiew. An einem Mittwochmorgen, nach acht Tagen Reise, kam er endlich in Belaja Zerkow an. Den letzten Teil des Weges ruckelte er mit einem Lkw über Straßen voller Schlaglöcher aus der Stadt heraus, durch Maisfelder. Um acht Uhr abends kam er bei Menschen an, die er kannte. Leutnant Freise, sein Vorgesetzter, begrüßte ihn und wünschte ihm eine Gute Nacht, bevor er sich im Zelt schlafen legte.

Es war jetzt alles dunkel, bis auf das Licht des Suchscheinwerfers der Flakbatterie am Flughafen, der die Wolken abtastete. Der Mond war nur eine winzige Sichel.

Um ihn herum wog sich der Mais im Wind. Nicht weit entfernt standen ein paar kleine Häuser, ohne Stromanschluss, ohne fließendes Wasser, die zwischen den hohen Halmen fast ganz verschwanden, wie eine Hallig in der Flut. Die Soldaten sagten ihnen, dass sie voller Läuse seien.

Schlafen tat er fast gar nicht in dieser ersten Nacht. Als er aus seinem Halbschlaf erwachte, regnete es in Strömen.

Vom Krieg, von der Front, war noch nichts zu sehen.

***

Hermann trat ein in die große Trostlosigkeit, die in Belaja Zerkow von den einfachen Soldaten bis hoch zu den Offizieren alle spürten.

Selbst bei Oberst Helmuth Groscurth, dem schmallippigen, pflichtbewussten Bremer Pastorensohn, ging die Selbstdisziplin verloren. Er schrieb in einem Brief, er kümmere sich nicht mehr »im Geringsten« um das Kriegstagebuch. Und er fragte sich sehr ernsthaft, wieso er sich mit der Dokumentation dieses Krieges überhaupt anstrengen sollte: »Wer soll sie später lesen?«, fragte er. »Die Wahrheit« könne es »sowieso nicht enthalten«, schrieb er.

Was meinte Groscurth mit diesem Satz? Weil die Wahrheit nicht an das Oberkommando in Berlin geschickt werden konnte? Weil die Wahrheit dort zwar verstanden, aber niemals ausgesprochen werden durfte? Oder hatte er grundsätzlichere Zweifel: Daran, ob man diesen Krieg überhaupt darstellen könne? Ob er eine Wahrheit habe, die sich in Worte fassen ließe? Ob die Sprache nicht versage an diesem chaotischen Nebeneinander von Massengräbern, Schützengräben, Panzerkolonnen, Artilleriedonner, Stukageheul, Pferdewiehern, den Salven der Erschießungskommandos, Lisztserenaden, Spiegelei, sauren Gurken und französischem Champagner, Durchfall und Übelkeit, dem Geruch von trockenem Gras, Wacholder, verbranntem Holz und Leichen, die niemand beerdigt hatte? Ob man nicht Jahrhunderte damit verbringen könnte, die Sinneseindrücke dieser Jahre zu ordnen?

***

Jeden Abend hörten die Soldaten in Belaja Zerkow Gewehrfeuer. Immer ab 18 Uhr.

Hinter einer Mauer und einem Eisentor an der Kaserne gingen Männer und Frauen hintereinander her, neun in einer Reihe. Sie hatten ihre Hände auf die Schultern derjenigen gelegt, die vor ihnen gingen. Sie waren ein Wesen mit achtzehn Beinen, das langsam auf ein Loch im Boden zuging. Vier Meter tief war es. Sie schwiegen auf dem Weg vom Tor zur Grube. An der Grube warteten 18 Männer mit Karabinern und aufgesetzten Bajonetten. Niemand weinte. »Sie gingen gefasst und ruhig in den Tod«, beschrieb ein Soldat, der durch das Eisentor hindurch zuguckte. Sie stellten sich an die Grube, guckten hinab und knieten sich hin. Die Männer legten ihre Gewehre an. Sie waren etwa fünf Meter entfernt. So dicht, dass die Uniformen der Schützen voller dunkler Flecken waren am Ende des Abends. Die Menschen fielen nach vorne, in die Grube. Sie folgten ihren Schädeldecken, die vorweg geflogen waren. Immer neun fielen auf einmal. Und wenn alles vorbei war, ging ein Untersturmführer an den Rand der Grube und schoss hinein. Die Soldaten sagten, er gebe »Fangschüsse«; als handele es sich um angefahrene Eber im Graben einer Landstraße.

Mehrere Wochen lang waren abends, kurz bevor die Dämmerung begann, in Belaja Zerkow die Salven zu hören.

***

Das kleine zweigeschossige Haus lag am Ortsrand, etwas abseits der Hauptstraße. Ein kleiner, etwa 50 Meter langer Weg führte dort hin. Vor dem Haus stand ein Ukrainer mit einem Gewehr. Von hier kam ein Geräusch, das in der gesamten Nachbarschaft zu hören war: ein unerträgliches Gewimmer, Weinen, Schluchzen, Schreien, stundenlang, ohne Unterlass.

Eine Kompanie aus Hermanns Division hörte zu, einen Abend lang und die ganze Nacht. Am nächsten Morgen hielten sie es nicht mehr aus. Sie gingen zu dem Haus herüber. Sie betraten es, ohne dass jemand sich ihnen in den Weg stellte. Sie gingen eine Holztreppe hinauf, ins Obergeschoss. Dort lagen in zwei kahlen Räumen, dicht gedrängt, 90 Kinder. Die Jüngsten waren wenige Monate alte Babys, die auf dem Boden lagen; die ältesten waren sechs, sieben Jahre alte Erstklässler. Niemand hatte die Windeln der Babys gewechselt, niemand hatte den älteren eine Toilette gezeigt. Die Fenster waren geschlossen. Der Boden war mit Kot und Urin bedeckt. Viele Kinder hatten keine Hosen an, nur kleine, verdreckte Hemdchen. Auf ihren Beinen saßen wie riesige Leberflecke die Fliegen, die in Schwärmen durch den Raum flogen. Einige Babys hatte man auf die Fensterbänke gelegt, wo sie unglaublicherweise nicht heruntergefallen waren. Die »größeren Kinder«, damit meinte der Militärpfarrer, der hinzukam, diejenigen, die älter als zwei Jahre waren, »kratzen den Mörtel von der Wand und aßen ihn«. Sie hatten seit Tagen nichts gegessen, nichts getrunken. Die Kinder wimmerten ohne Unterlass.

***

Die Entscheidungen, die Besprechungen, die Streits, die nun folgten, sind nebensächlich. Meldungen; Anfragen und Einsprüche wurden von einem Offizier zum nächsten getragen, und den ganzen Tag lang schaffte es niemand, den Kinder Essen und Trinken zu bringen. Erst abends gegen acht Uhr brachte jemand Wasser und Brot vorbei. Am nächsten Morgen entschied der Generalfeldmarschall von Reichenau, dass die Kinder sterben müssten. Die gottesfürchtigen Offiziere von Hermanns Division schüttelten den SS-Männern der Einsatzgruppe zum Abschied die Hand. Der Ton war freundschaftlich. Auch wenn Groscurth nebenbei fallenließ, dass er lieber an der Front verrecken würde, als auch nur einen Tag mit den Henkern zu tauschen.

***

Es war Nachmittag, gegen vier Uhr. Der Tag hatte trüb begonnen, mit Regen, der bis in den Nachmittag angehalten hatte. An den Rändern eines Waldes hatte die Wehrmacht einen schlammigen Graben ausgehoben. Die Ukrainer, welche die Kinder erschießen sollten, zitterten, als der Lkw ankam. Sie hoben die Kleinkinder und Babys von den Lastwagen und stellten sie an den Rand der Grube. Der SS-Offizier, der dabei war, sagte bei seiner Vernehmung im Jahr 1965, als Kriminalbeamte aus Darmstadt ihn bei Coca-Cola und Zigarettenqualm verhörten, dass ein blondes Mädchen nach seiner Hand gegriffen habe, bevor sie an den Rand der Grube gestellt wurde, was er, wie er betonte, nie ganz vergessen konnte.

Die Ukrainer legten ihre Gewehre an.

Und die desorientierte, tagelange, schwarze Angst,

»Wo sie gerade getroffen wurden, wurden sie eben getroffen,«

der Hunger, der Durst,

»sie fielen in die Grube.«

die Einsamkeit

»Manche Kinder wurden vier, fünf Mal getroffen bevor sie tot waren.

waren fast am Ende

»Es war«

und wären noch schneller vorbeigegangen,

»ein unbeschreiblicher Jammer.«

hätten die Henker nicht so sehr gezittert.

Helmut
In Strümpfen musste der Gefangene

Hans-Joachim
Wie oft denke ich an Dich

Helmut
sein Grab schaufeln

Hans-Joachim
Abends im Bett kommen mir manchmal die Tränen,

Helmut
sich zur Probe,

Hans-Joachim
so verlassen komme ich mir vor.

Helmut
für die Länge und Breite

Hans-Joachim
Hauptsache, wir behalten einander lieb

Helmut
hinlegen,

Hans-Joachim
und werden nach dem Krieg

Helmut
und als es fertig war,

Hans-Joachim
nie wieder eine Uniform anziehen.

Helmut
sich wieder hinlegen

Am zweiten Tag in Belaja Zerkow wachte er ausgeruht auf. Der Regen prasselte auf seine Zeltplane. Es hörte den ganzen Tag nicht auf. Er kam komplett durchnässt vom Scheißen im Maisfeld zurück. Sein Stuhlgang war flüssig wie der Boden. Sie machten sich auf den Weg. Er sattelte sich ein Pferd, das sofort ausrutschte und ihn in den Dreck warf. Er hatte Glück, dass er sich nicht bereits am zweiten Tag das Genick brach. Am nächsten Tag hörte sein Durchfall auf. Es gab Pfannkuchen mit 20 Eiern zum Abendessen und das Dach einer ukrainischen Familie über dem Kopf. In Stenografie schrieb er ihr: »Keine Angst, keine Angst, Anna Marie!«

***

Sie gingen mehr als 50 Kilometer am Tag, immer in tiefster Nacht. Die Dörfer, durch die sie kamen, waren arm. Die Wände der Hütten waren aus Holz, die Dächer aus Stroh. Wildrosen wuchsen auf den Wiesen. Am Wegrand standen dunkle Birn-, Apfel- und Zwetschgenbäume, deren Äste sich unter der Last der Früchte nach unten bogen. Es gab Früchte zum Frühstück, zum Mittag und zum Abend, mit Kartoffeln, als Kompott und zur Feier des Leutnants einen selbstgebackenen Kuchen. Auf den Feldern stand der ungeerntete, überreife Weizen. Die Maiskolben vertrockneten in ihren Hüllblättern, und die Wälder waren voller Steinpilze, zu denen sich niemand hinaustraute.

Wenn sie im ersten Morgenlicht ihre Zelte aufbauten, schien ihnen die Landschaft ganz friedlich, unberührt. Sie sonnten sich in Badehosen auf den Wiesen oder schliefen in Zelten, in denen die letzte Hitze des Sommers stand. Sie schissen in Plumpsklos, wenn es gut lief, und in Maisfelder, wenn nicht. Sie wuschen sich und ihre Kleider in Fluss- und Brunnenwasser, das in Kübeln herangeschafft wurde, was zumindest einige Stunden half gegen den Schweißgestank und die Läuse. Sie lernten die Hüllen der Sonnenblumenkerne zwischen ihren Schneidezähnen zu knacken und das Essbare mit der Zunge herauszuziehen. Auf ihren Armen fanden sie Anopheles-Mücken, die sie an den eigenartig abgespreizten Körpern beim Blutsaugen erkannten. Sie schluckten Atebrin gegen die Malaria. Die Pillen machten ihren Kopf schwer. Hermann gab seine Bedenken gegen Zigaretten auf und rauchte Kette. Hermanns Kompanie adoptierte einen Mischlingshund, mit hellem Fell, der ihnen zugelaufen war, den sie »Schnüffel« nannten. Sie fielen in eine mehrere Wochen dauernde Routine: Mit dem Sonnenuntergang schnallten sie sich ihre Tornister auf und gingen wieder in die Nacht hinein, durch die bereits ein kalter Wind ging. »Und wenn die Sterne leuchten, sind wir wieder unterwegs«, schrieb er ihr.

In den Dörfern standen an den Straßen manchmal zahnlose Frauen mit Kopftüchern, die darauf hofften, die Gesichter ihrer Söhne unter den vorbeiziehenden Kolonnen der Kriegsgefangenen zu erblicken. Sie ließen Tausende Gesichter an sich vorbeiziehen, bis der Staub der Straße ihre Kleider eindeckte. Dann gingen sie nach Hause, ohne ihr Kind gefunden zu haben.

Nach zwei Wochen erreichten sie den Dnjepr, der breit war wie ein kleines Meer. Sie nutzten die letzten warmen Strahlen des September, um schwimmen zu gehen. Abends blitzte und donnerte es über dem Wasser. Am nächsten Tag überquerten sie den Fluss über eine wacklige Pontonbrücke. 14 Stunden dauerte es, bis die gesamte Division auf der anderen Seite war. Sie waren unausgeschlafen und erschöpft, als sie das erste Mal seit Wochen ganz deutlich ein Wummern in der Ferne hörten, das kein Gewittergrollen war.

***

Er hat versucht, ein letztes Mal dem zu entkommen, was ihn ganz vorne flimmernd erwartete. Hat gemacht, was jemand machen konnte, dem zum Deserteur sowohl der Mut als auch der Eigensinn fehlte.

Am Tag, nachdem sie die Pontonbrücke über den Dnjepr überquert hatten; als er das erste Mal das Grollen der sowjetischen Artillerie gehört hatte; als er wusste, dass er seinen Mut nicht beweisen wollte im Angesicht dieser Mächte – bewarb er sich auf eine Stelle als Beamter.

Er träumte diesen ganz und gar unprätentiösen Traum vom Zahlmeister-Dasein: ein Schulzimmer an der Heeresfachschule für Verwaltung und Wirtschaft in München: saubere, gepflasterte Straßen vor dem Kasernen-Karrée in der Winzerstraße. Helle Frühlingstage und in der Ferne weißes Alpenschimmern.

Danach: das Infanterie-Ersatzbataillon in Celle, jedes Heroismus unverdächtig, lauter Verletzte und Alte. Ein sauberes Arbeitszimmer mit Schreibtisch, hellem Papier, Schreibmaschine und der schweren Metallkassette, in der das Geld aufbewahrt wurde. Eine Heizung und Zimmertemperatur zu jeder Tageszeit. Die Buchstaben HV auf den Offiziersschulterklappen. Das monotone Dahinfließen der Zeit. Lange Tage mit Papier und Zahlenreihen, in denen Additionsrechnungen kontrolliert, Belege abgeheftet und Zahlungen bestätigt würden. Der langsame, schlendernde Gang eines Mannes, der nach getaner Arbeit durch eine blinzelnde Dunkelheit vorbei an den Schatten der jungen Ahornbäume im Französischen Garten ginge.

Ein Paar, das die Sessel im Wohnzimmer einer kleinen Wohnung ganz dicht zusammenrücken würde. Von Blicken, von Berührungen, vom Schweigen, von etwas, das Glück hätte sein können.

Von seinen Bemühungen schrieb er ihr erst Wochen später, nachdem eine kühle, sachliche Absage den Traum beendet hatte.

***

Sie kaufte währenddessen neue Polstermöbel: ein Sofa und zwei Sessel.

***

Die schwarze Lotterie begann am anderen Ufer, noch bevor sie die Front erreicht hatten. Eine Vollblut-Araberstute trat mit Reiter auf eine Mine. Das Tier war das schönste weit und breit gewesen, schlank und schnell, aber auch immer schon nervös und etwas fehl am Platz, wenn es zu krachen begann. Ein Hauptmann hatte sie in Frankreich erbeutet und behalten dürfen. In jener Nacht ritt der Hauptmann einen Wallach. Sein Obergefreiter ritt den Araber. Die Nacht war ganz hell vom Mond, »der das Land in weiches Licht tauchte«, wie sich ein Soldat erinnerte. Das Mondlicht half weder Pferd noch Reiter. Die Stute zerriss es unter dem Obergefreiten. Sie war sofort tot. Das Blut von Tier und Mensch war im Mondlicht schwarz und glänzend. Einige Tage später starb auch der Gefreite im Lazarett.

Die sowjetischen Flieger fanden sie nun und warfen ihre Bomben auf die Straßen, auf denen sie liefen, und feuerten ihre Maschinengewehre auf die Zelte, in denen sie schliefen. Ein Unteroffizier, zwei Gefreite und zwei Pferde starben. Ein Spähtrupp fand einen abgestürzten

deutschen Bomber, der Pilot tot, die drei anderen am Leben, auf einem Feld.

Und Hermann bekam einen kleinen getrockneten Strauß Heideblüten von Anny.

***

19. April: »Mein liebes Herzchen«
20. April: »Mein liebes Annchen«
4. Mai: »Mein gutes Frauchen«
9. Mai: »Mein herzensgutes Annchen«
11. Mai: »Mein liebes Maihäschen«
13. Mai: »Mein Engelchen«
18. Juni: »Mein Annchen«
23. August: »Mein goldig' Herz«
8. September: »Mein braves Herzchen«
11. September: »Mein liebes Frauchen«
14. September: »Mein liebes Herz«

Man kann ihm nicht vorwerfen, dass er sich nicht um Abwechslung bemüht hätte.

Hermann
Beide Beine durchschossen

Willy
Wir beteten nicht um unser Leben,

Hermann
der linke Oberschenkel zertrümmert,

Willy
wir wollten nur Mut,

Hermann
Aus der Einschussöffnung, die erweitert werden muss,

Willy
nur jene Tapferkeit,

Hermann
hole ich viele Teile seines Schlüsselbundes

Willy
die uns Stolz und Kraft bewahren ließ,

Hermann
und seines Messers heraus

Willy
um nicht feige zu sein.

Hermann
Dünn- und Dickdarmdurchschüsse

Willy
auch ich,

Hermann
Schwerer Lungenschuss

Willy
verachtete jeden, der um sein Leben zitterte

Hermann
So geht es Stunden weiter

Kiew war eingekreist, seit einigen Tagen schon, als Hermann irgendwo östlich von Poltawa, in der Dneprtiefebene, zwischen großen freien Flächen und dunklen Wäldern, wo sie nicht wussten, ob sie die Ungeschütztheit der offenen Fläche mehr fürchten sollten oder die Undurchsichtigkeit des Waldes, das erste Mal auf den Feind traf.

Sie machten eine Pause mitten auf der Straße. Nirgendwo war Schutz. Alles war offen. Die Luft war klar. Sie konnten weit sehen und die anderen auch. Hermann stand an einer Feldküche und wartete auf sein Schmalzbrötchen. Die ersten Granaten kamen ungenau. Große Erdfontänen in einiger Entfernung, die hochflogen und sich niederlegten. Dann veränderte sich das Geräusch. Das Hissen der Granaten kurz vor dem Einschlag war auf einmal laut und klar, als würde jemand ganz dicht an ihren Ohren laut einatmen. Die Explosion, keine zehn Meter neben der Straße. Sie schmissen sich auf den Boden, in den Straßengraben, den Dreck. Die nächste Granate riss die Straße dort auf, wo sie Sekunden vorher noch gestanden hatten. Dann hörte es auch schon wieder auf. Es war auf einmal ganz still. In Eile packten sie ihre Sachen zusammen und gingen weiter.

Sie liefen durch eine Lücke in den Stellungen der Roten Armee, in der ihnen aus unerklärlichen Gründen niemand entgegentrat. Das Einzige, was sie vom Gegner sahen, waren die Bomber, die in den klaren Nächten über ihnen auftauchten. Sie konnten die Bomben zählen, die aus den Bäuchen herausfielen, mal drei, mal vier, mal zwölf – so mondhell war es. Sie trafen sie nicht. »Der vom Himmel herabfallende Stahl störte uns kaum. Die Flieger warfen zu ungenau«, schrieb Hermann.

Sie wunderten sich, als die Silhouette einer Stadt vor ihnen auftauchte und der Widerstand so schwach war.

Nur einige Männer der Stadtmiliz mit veralteten Gewehren. Die Reste des alten zaristischen Forts, mit Gras und Moos überwachsen, verteidigte an diesem Tag niemand. Wie in einem eigenartig bedrohlichen Traum gingen sie nahezu unbehelligt zum Bahnhof von Krasnograd, der roten Stadt. Lenin stand auf seinem Sockel, die Hände in den Taschen, und schaute zu. Am Bahnhof fand die Vorausabteilung der Division die Jungen und Mädchen des Krasnograder Kinderheimes, welche nicht mehr in den letzten Zug gepasst hatten, der die Stadt nur wenige Minuten zuvor verlassen hatte. Die Bahnlinie, die sonst Moskau mit Sebastopol verband, lag still vor ihnen.

Auf dem Weg zum Fluss kamen sie an großen Hafersilos vorbei, die rechts am Straßenrand standen, 10 Stockwerke hoch. Aus den Fenstern fielen in Halbparabeln Schläuche zu Boden, die aussahen wie Tentakel. Neben den Silos lag das Getreide in großen Haufen in der kalten Luft und dampfte. Die Gebäude sahen aus, als hätten sie es nur fast nicht geschafft zum Leben zu erwachen.

Die Berestova lag ruhig vor ihnen, schien zu stehen, nicht zu fließen. Links und rechts flüsterte das Schilf im Wind und die Brücke war heile und nicht wie sonst längst im Wasser versenkt. Sie nahmen das andere Ufer in Besitz und trauten ihrem eigenen Mut nicht ganz. In diesem Krieg wurde jeder übermütige Meter genauestens abgegolten, in unwiederbringbarer Währung.

Und vielleicht wäre ihnen noch etwas mulmiger zumute gewesen, wenn sie gewusst hätten, wie weit nach vorne sie sich bereits gewagt hatten: Sie waren in dem Moment der östlichste Punkt der Wehrmacht zwischen »Asow-Meer bis zum Ladoga-See«.

***

Schon am Morgen hatte ein Flugzeug eine Panzerkolonne gesehen, die lange Staubwolken hinter sich herzog, auf dem Weg zu ihnen. Mittags sah ein anderes Flugzeug einen Panzerzug, der 40 Kilometer entfernt war und in ihre Richtung rollte. Um halb zwei sahen sie die langen Staubfahnen der Tanks im Norden. Um zwei Uhr tauchte der gepanzerte Zug auf einer Anhöhe im Osten auf, wie ein Nilpferd, das aus einem Sumpf an Land steigt: grau und schwer und schnell, mit dicker Haut. Die Stahlkuppeln, auf denen sich die Geschützrohre reihten, wellten den Horizont in der Ferne, und die Mündungen der Rohre zeichneten kleine, graue Wölkchen in den Himmel. Um halb drei Uhr begannen die Panzer ihren ersten halbherzigen Angriff. Sie fuhren in nervösen Kurven vor der Stadt hin und her.

In den Stellungen lagen sie und warteten darauf, bis die Panzer dicht genug herangekommen waren. So dicht, dass sie Abgase riechen konnten, dass sie vielleicht sogar die sowjetischen Offiziere hörten, wie sie Befehle riefen, und das Rattern der Ketten auf sandigem Boden. Dann feuerten sie die Geschütze ab, die sie am Wegesrand versteckt hatten.

Der ganze Tag wurde nun zerteilt durch den grausamen Rhythmus der Granaten, Abschuss, *Ratsch*, Sausen, *Ihhhhhuuu*, Explosion, *BUM*. Als es Nacht wurde, waren sie glücklich, dass nur zehn von ihnen gestorben waren und 40 verletzt.

Es wurde ruhiger, als die Nacht kam, aber ihre Situation verbesserte sich nicht. Über den Fluss, bei der Ziegelei, wo niemand Wache stand, kamen in der Dunkelheit sowjetische Soldaten hinüber. Und als sie aufwachten, war die Straße, auf der sie gegangen waren, auf dem Weg zu ihrer Eroberung, besetzt. Wo immer sie sich nun hindrehten, kam ihnen Metall entgegengeflogen. Man hatte ihnen den Rückweg abgesperrt.

Sie waren, das erste Mal, eingeschlossen.

***

Die Angriffe dauerten acht Tage lang. Sie hörten auch in der Nacht nicht auf. Hermann rettete der Zufall.

Erst schlug eine Artilleriegranate auf dem Dach des Hauses ein, das er Augenblicke vorher verlassen hatte. Der Raum, in dem er eben einen kurzen Brief an Anny beendet hatte, kollabierte. Eine große Lehmwolke stieg auf. Das Dach war weggeblasen. Nur ein einziger Raum hatte die Explosion überstanden. Dort zogen sie ein.

Kurz darauf, als er gerade den Befehlsstand verließ, schlug eine Granate drei Meter neben ihm ein. Die Splitter flogen sternförmig in alle Richtungen. Das Glas klirrte noch einige Sekunden weiter und sang ein geisterhaftes Lied. Er schaute an sich hinab und fand keinen Kratzer. Aus dem Schutt des Einschlags stand eine Gestalt auf, die über und über mit Staub bedeckt war, als hätte die Lehmerde selbst sie gerade geboren. Sie hielt eine Brotscheibe mit Schmalz in der Hand, »die kein Salz mehr brauchte«. Er schien seine Unversehrtheit nicht als das Wunder wahrgenommen zu haben, das sie war.

Die sowjetischen Panzer wagten den entscheidenden, vernichtenden Vorstoß nicht. Sie kreisten vor den Toren der Stadt. Fuhren hin und her. In den deutschen Stellungen lagen die zerquetschten Leichen, derjenigen, die von den Panzern überfahren worden waren. Der Sohn eines Celler Pastors wurde vor Hermanns Augen unter starken Schmerzen mit einem restlos zerquetschten Bein ins Lazarett gebracht.

Manchmal half Hermanns Regiment nur das Missgeschick der Panzerfahrer: Zwei schnelle, wendige T-34 – der Stolz der Sowjets, der Schrecken der Landser – fuhren sich fest. Die Panzerbesatzungen saßen fest. Die Kommandeure ergaben sich nicht. Sie verschossen ihre Granaten und ihre Maschinengewehrmunition und zum Schluss feuerten sie noch mit ihren Pistolen aus der Dachluke heraus. Die Deutschen packten 18 Kilogramm Sprengstoff zwischen die Laufräder und jagten den Panzer samt Besatzung in die Luft. Beim anderen schmissen sie eine Handgranate ins Innere.

Die Besatzung eines 52 Tonnen schweren Woroschilow-Panzers fuhr mit Vollgas einmal quer durch die besetzte Stadt hindurch, ohne einen einzigen Schuss abzugeben. Eine Demonstration von gleichzeitiger Stärke und Ziellosigkeit, die lächerlich gewesen wäre, wenn sie nicht so ernste Konsequenzen gehabt hätte. Der Panzer rumpelte am Bahnhof vorbei, an den Fabriken und den kleinen Häusern der Vorstadt bis an die Brücke am Fluss. Die Deutschen schauten ihm mit Panik und Unglauben hinterher.

Am Fluss zögerte er kurz, als müsste der Kommandant nach dieser erfolgreichen, euphorischen Geisterfahrt erst einmal überdenken, was er eigentlich wollte. Dann kehrte er um und fuhr zurück. Auf dem Rückweg wartete ein Sturmgeschütz auf ihn, dessen Granate die konfuse Fahrt beendete. Die Besatzung starb am Rand einer staubigen Ausfallstraße.

Eine Messerschmidt stürzte von Kugeln getroffen vor ihren Stellungen ab, glitt glatt und langsam zu Boden. Der Pilot stieg aus und rannte auf die deutschen Linien zu, die er entgegen aller Wahrscheinlichkeit unverletzt erreichte.

Ein Funker fing eine Mitteilung der Roten Armee ab, bei dem ihm dann doch etwas anders wurde: »Tun sie *alles*, um Krasnograd wieder in ihren Besitz zu nehmen«, sagte die Stimme.

***

Am dritten Tag waren sie immer noch eingekesselt. Im Süden war der Rest der deutschen Armee 25 Kilometer entfernt von ihnen. Im Westen waren es 23 Kilometer. Ein zweiter sowjetischer Panzerzug war hinzugekommen, der den ganzen Tag Granaten auf sie regnen ließ, die Menschen und Pferde zerfetzten und Häuser zum Einstürzen brachten. Zweimal flogen Flugzeuge über der Stadt und warfen Bomben ab. Am Nachmittag tauchten 150 Kavalleristen mit gezogenen Säbeln vor ihnen auf, wie Geister der längst untergegangenen Reiterarmeen, die hier einst durchgezogen waren. Sie waren einfache Ziele.

***

Am Mittwoch schrieb er ihr einen Brief, morgens um sieben Uhr, in dem er mit keinem Wort erwähnt, dass gerade die Welt um ihn herum in Flammen stand.

»Das russische Brot schmeckt ganz herrlich, das Du mir zudachtest. Auch kamen die Zigaretten zur rechten Zeit. Dessen mangelt es mir. Wenn möglich, dann schicke mir doch bitte mehr. Haufenweise habe ich vor wenigen Tagen Post von Dir erhalten. Ich danke Dir für Deine so liebevollen Grüße und Küsse. Leider kann ich nicht alles beantworten. (...) Mir geht es sonst gut. In großer Eile küsse ich Dich.«

Diese Selbstkontrolle, mit der er sie für ihre Pakete und Briefe lobt; die Abwesenheit von Emotionen wie

Angst, Wut, Erregung, die er gefühlt haben muss; der Gleichmut, mit dem er weiterhin die gleichen Belanglosigkeiten übermittelte, die er in den Wochen zuvor auch schon zu Papier gebracht hatte, um ihre Tendenz zu sorgevollen, dunklen Vorahnungen nicht zu erregen: Ist das Stärke oder Schwäche? Wie kamen sie um die Dialektik der Auslassung herum, nach der gerade das Schweigen dazu führt, dass man umso obsessiver Bedeutung in scheinbare Nichtigkeiten hineinliest?

Die Frage nach den Zigaretten zum Beispiel: Waren die nicht ein eindeutiger Hinweis auf große Nervosität, die Linderung suchte? Wieso konnte er nicht alles beantworten? Was hielt ihn davon ab? Und die Abschlussformel – »in großer Eile« –, ja, was verursachte denn die Hektik?

***

Am letzten Morgen der Kämpfe in Krasnograd hatten sie im Bahnhof zwei Dampflokomotiven befeuert. Es waren schwere Maschinen, die sonst lange Güterzüge zogen. Man hatte die Weichen im Bahnhof mit Brecheisen umgebogen. Und dann hatte man die Lokomotiven unter vollem Dampf losfahren lassen. Die Lokführer waren noch im Bahnhof abgesprungen. Die Maschinen rasten blind aus der Stadt heraus in Richtung Osten, wobei sie dunkle, dichte Wolken in den Himmel stießen. Den Panzerzug, in den sie hineinrasen sollten, erreichten sie nie. Sie kollidierten nach kurzer Strecke mit einem Güterwaggon, der Bahnschwellen geladen hatte, und verendeten umgekippt unter jämmerlichem Pfeifen und Zischen in einer großen Dampfwolke als Metallschrott im Gleisbett.

***

Am Samstag zogen sich die Einheiten der Roten Armee langsam zurück. Die Schlinge, die sich um sie gelegt hatte, war zerschnitten. Es gibt ein Bild von diesem Tag, das Hermann zeigt, wie er sich auf etwas vorbereitet, von dem er glaubte, dass es ein Angriff würde. Der Stahlhelm legt ihm einen Schatten über die Augen. Das Einzige, was zu sehen ist, ist sein Mund, zu einer kleinen Klage verzogen, wie man es macht, wenn man bei großer Hitze in die Sonne schaut. Eine Stielhandgranate hängt an seinem Gürtel. Das schwarze Sprengstoffköpfchen drückte sich in seinen Bauch, dort wo die Milz sitzt.

»Minuten vor dem Vorgehen mit Sturmgeschützen«, hat meine Großmutter darunter geschrieben, in ihrer sauber geschwungenen Handschrift, mit kaum unterdrücktem Stolz.

Das Sturmgeschütz steht hinter ihm wie ein schlafender, einäugiger Käfer. Und dahinter die dünnen Halbgestalten zersauster Birken im Wind.

Als sie sich vorwagten, fanden sie die Gegend verlassen, die Stellungen leer. Im Norden der Stadt blieb alles ruhig. Die Panzer waren verschwommen. Die kleinen Hügel, die vor ihnen lagen, hatten die Soldaten der Roten Armee aufgegeben und gegen Orte getauscht, die besser zu verteidigen waren.

Das Bild mochte nach Mut und Kampf aussehen. Der Tag selbst war es nicht. Sie stießen in einen verlassenen Raum vor, wie ein Tennisspieler, der am Ball vorbeischlägt. Weg waren die anderen aber nicht. Sie lagen versteckt, außerhalb ihrer Sicht, hinter den Hügeln und in den Schluchten, die das Land um sie herum durchzogen.

Das Ereignisreichste an diesem Tag war der sowjetische Bomber, der am Morgen weithin sichtbar über der Stadt abstürzte.

***

Die Nacht war still. Nichts störte ihre kurze Ruhe. Es war noch dunkel, als Hermann und die anderen sich fertig machten. Um sie herum die Geräusche von mehreren Tausend Männern, die sich ohne Licht bereit machten, um in den Kampf zu ziehen: das Klackern der Schlagbolzen an den Gewehren, das Tasten nach Stahlhelmen, Granaten und Tornistern im Nieselregen, gezischte Flüche derjenigen, die mit ihren Gewehren an Zeltschnüren hängen geblieben waren, die sich mit ihren Rucksäcken in Ästen verhakten, und das Knallen, wenn jemand auf dem matschigen Boden ausgerutscht war.

Er war zwanzig vor 3 Uhr in der Nacht, als er ihr schlaflos, mit tauben Fingern im ersten Nachtfrost einen Brief schrieb: »Es geht etwas in großer Hast.« Er blieb, noch mehr als sonst, vage. Auf ihre Fragen fand er keine Antworten. Sie hatte ihn gebeten, Ideen beizutragen zur Einrichtung der gemeinsamen Wohnung. Aber ihm versagten in dieser dunklen Falte in der endlosen Ebene die Worte. Es war, als hätten die Gedanken an ihr Zuhause jede Kontur verloren, jede Farbe, jeden Geschmack. Er wäre in diesem Moment auf Knien dankend und ohne jedes Zögern in eine Wohnung zurückgekehrt, in der die Sofas pink, die Sessel grün, die Stühle blau und die Wände lehmigbraun wie die durchweichte Erde vor ihm gewesen wären.

»Auf den Hauskauf kann ich Dir noch nicht recht antworten. Wie du es machst, ist es recht.«

Als ein Schimmer am Horizont erschien, gingen sie los, während in der Stadt, die sie verließen, die ersten Granaten des Tages einschlugen, die ersten Feuer aufloderten, die ersten Menschen sich im Schmerz wanden.

Sie gingen auf eine kleine, von Bäumen umstandene Schlucht zu, die kaum mehr als eine kleine Falte im Gewand der Landschaft war. Die Sonne war gerade aufgegangen, als sie ihren Rand erreichten. Sie kamen schnell voran. Ab und an kamen sowjetische Soldaten, mit erhobenen Händen aus ihren Stellungen hervor.

Nach etwas mehr als zwei Stunden, in denen es sehr einfach zu gehen schien, standen auf einmal in der Mitte der Schlucht zwei leichte Panzer, die sich nach kurzem Zögern mit lautem Röhren in Bewegung setzten. Aus den Büschen tackerten Maschinengewehre.

Sie gruben sich flache Löcher in den nassen Boden und schossen, bis die Gewehrläufe heiß waren. Aber weiter kamen sie in den nächsten Stunden nicht, auch wenn 68 Leben hingegeben wurden, für ein paar Meter eines trockenen Flussbettes. Und der Boden der Senke füllte sich mit den Farben dunkler Dahlien an einem regnerischen Tag.

Am nächsten Tag ergaben sich die wenigen Rotarmisten, welche die undankbare Aufgabe bekommen hatten, als Nachhut den nächtlichen Abzug zu decken. Die Panzer lagen ausgebrannt, ihre Eisenhaut durchschlagen, am Wegesrand.

***

Als Hermanns Division den Kampf um Krasnograd gewonnen hatte, versammelten sich die Mitglieder der jüdischen Gemeinde, um die deutschen Soldaten zu begrüßen. Sie brachten Brot und Salz mit. Sie schienen zu glauben, es mit kultivierten Menschen zu tun zu haben, die eine solche Begrüßung verdient hätten. Es war nicht zu ihnen durchgedrungen, welcher Geist mit den grauen Uniformen in ihre Stadt marschiert war. Oder vielleicht dachten sie einfach, dass es nun, da die Deutschen da waren, besser wäre, den Gerüchten nicht zu vertrauen und eine Geste des guten Willens zu übermitteln. Die deutschen Soldaten waren von dieser Arglosigkeit ganz überfordert, fast peinlich berührt. Schließlich hielt ein Offizier eine Ansprache vor der jüdischen Gemeinde, in der er versprach, dass »der Führer die freundliche Begrüßung durch die Juden von Krasnograd nicht vergessen« werde.

Etwa neun Monate später kam eine kleine Gruppe Deutscher in offenen Autos vorgefahren. Sie trugen Uniformen aus demselben grauen Stoff, wie die Soldaten aus Hermanns Division, aber aufgestickte Totenköpfe auf ihren Schirmmützen. Sie hatten lange, umständliche Umwege genommen, über kleine Dörfer und Städte, seit sie in Belaja Zerkow aufgebrochen waren. Leichtfertig gegebene Versprechen galten ihnen nichts.

Sie fuhren 90 Mitglieder der ursprünglich 150 Menschen zählenden jüdischen Gemeinde von Krasnograd in einen Wald vor der Stadt. Dort, in der Nähe einer kleinen Schlucht, wurde eine Grube ausgehoben, an der alle, ohne Ausnahme, erschossen wurden.

***

Für die Eroberung der Stadt empfing die Division:
Ein etwas umständliches Glückwunschtelegramm von General Stülpnagel

»Ich habe schon wiederholt der Division meine Anerkennung aussprechen können und freue mich, sie heute im vollsten Maße für die Leistungen der letzten Tage wiederholen zu können.«

Einen als Bericht verkleideten Lobgesang in den Tagesmeldungen des Oberkommandos der 17. Armee,

»ohne Rücksicht auf Flankenbedrohung tief in den Feind hineinstoßend in kühnem Angriff« etc., »sieben Tage gegen überlegenen Feind in härtestem Kampf unter blutigen Verlusten für den Gegner« etc., »27 Angriffe unterstützt von zahlreichen Panzern, zwei feindlichen Panzerzügen, schwerer Artillerie und rollenden Angriffen aus der Luft abgeschlagen« etc., »2.241 Gefangene«, »vernichtete 38 feindliche Panzer«, schoss drei feindliche Flugzeuge ab«

den die Division dann auch noch in einem Akt grenzenloser Pedanterie korrigierte.

Tatsächlich seien sogar 41 sowjetische Panzer vernichtet worden, aber lediglich 2.236 Gefangene gemacht worden, zwei davon Politkommissare; die an einem abgelegenen, von Blicken geschützten Ort unter Aufsicht eines Offiziers erschossen wurden.

Eine kleine Runde durch die große Jubelmaschine zu Hause, bei der ein Radiosprecher mit großem, mundfeuchtem Eifer verkündete, dass »eine deutsche Division ungeachtet der zahlenmäßigen Übermacht der Bolschewisten tief in die feindlichen Linien« hineingestoßen sei. »Sie eroberte eine kleine Stadt und bildete einen Brückenkopf.«

Das war all der Ruhm, der für acht Tage Zerstörungsarbeit zu bekommen war.

Dafür hatten sie die unglaubliche Menge von 346 Tonnen Munition in die ukrainische Landschaft gefeuert, welche den Boden in den Schluchten und Feldern zerwühlt hatte, welche Bäume gefällt und Häuser bis auf das letzte Stück Holz und Stroh hinweggefegt hatte, welche die Flüsse von ihren Fischen befreit hatte, die mit gerissenen Schwimmblasen im Wasser trieben, und die leeren Storchennester von den Dächern geblasen hatte, und dazwischen lagen die zerstörten Körper der Menschen, die ebenfalls nicht dafür gemacht waren, sich solchen Gewalten auszusetzen.

***

Am nächsten Tag, es war der 30. September, begann es gegen Nachmittag in dicken, feuchten Flocken zu schneien. Nachts ging der Schneefall in eisigen Regen über, der sie auf den Wegen trippeln und schwanken ließ, wie von Albträumen beladene Schlafwandler.

Hermann
Es sind wilde, kalte Tage.

Paulheinz
Das Jahr wendet sich in

Hermann
Wie oft sehe ich

Paulheinz
frostigem Schwarz.

Hermann
fassungslos um mich,

Paulheinz
Die ist anders, ganz anders

Hermann
stehe bis in die Gründe erschüttert

Paulheinz
wir wenigen, die noch da sind,

Hermann
vor diesem Leben,

Paulheinz
bedürfen des Trostes.

Hermann
als gehörte ich nicht dazu.

Paulheinz
Wir fragen in dieser bitteren Nachtstunde

Hermann
ich fühle

Paulheinz
nach dem Sinn.

Hermann
den großen Sprung in mir

Hat der Schnee bei Hermann Erinnerungen wachgerufen, an jenen Winter, acht Jahre zuvor, an den er – damals noch ein alleinstehender, manchmal etwas einsamer, frisch beförderter Feldwebel – so zarte Erinnerungen hatte? Jenen Winter nach der Machtergreifung, in dem die Tannenzweige im Dezember schwer waren vom Schnee und in dem er sich so frei und unbeschwert fühlte. In dem die Starrheit und Distanz zwischen den Männern abzufallen schien?

***

Härte war für viele Jahre sein Beruf. Die Rolle des Feldwebels war weder in der Reichswehr noch später in der Wehrmacht eine, die mit Zimperlichkeit ausgeführt wurde. Er war es, der die Rekruten in den ersten Tagen zusammenbrüllte, bis ihnen in die Ohren klingelten. Er trieb sie durchs Gelände, bis sie kotzten. Er ließ sie ihre Gewehre putzen, bis sie von der Mechanik träumten. Er schmiss sie morgens aus dem Bett mit dem Stakkato seiner Stimme. Er schrie auf sie ein, wenn sie morgens beim Fahnenappell den Spind nicht aufgeräumt, das Bett nicht gemacht oder das Gesicht nicht ordentlich rasiert hatten. Sein kleines Notizbuch nannten sie das »Gebetsbuch«, weil er dort die Details notierte, die er zum Anlass nahm, ihnen die Leviten zu lesen. Sie lernten von ihm eine neue Sprache, einen rauen, sarkastischen Witz. Er nannte sie *Fußlappenindianer*. Der lange Feldspaten war der *Kniekehlenheinrich,* wenn er sie durch Gelände trieb, nannte er das *Bimsen,* und wenn er sie ganz ohne Grund ihre Spinde ein- und ausräumen ließ, ihre gemachten Betten zerwühlte und auseinanderriss, dann war das *Ringelpietz*. Er war es, vor dem sie ihre weiße Bettwäsche ausbreiten mussten, damit er sehen konnte, ob sie sauber war. Wenn er etwas fand – einen Fingerabdruck Staub; einen nur in Mittagssonne zu sehenden Umriss, den der Stiefelmatsch hinterlassen hatte; oder den nicht auswaschbaren Blutfleck eines aufgekratzten Mückenstich – schmiss er die Laken in den Dreck und ließ sie neu waschen. Er veranstaltete *Maskenbälle* mit ihnen; befahl ihnen, ihre Klamotten zu wechseln wie bei einer sadistischen Modenschau: Uniform, Turnkleidung, den vollen Feldanzug mit gepacktem Tornister, den grauen Ausgehanzug, und wehe, der Stoff war in der Hast zerknittert worden. Er marschierte mit ihnen durch den Regen, bis sie ohnmächtig wurden. Er zwang sie stundenlang über den Boden des Exerzierplatzes zu robben, als wäre es ein plausibles Szenario, dass sie das Gehen verlernten. Er übte Parademärsche in hart geschnittenen Vierecksformationen. Er beargwöhnte den Rhythmus ihrer knallenden Stiefel mit der Pedanterie eines Provinzorchesterdirigenten. Er übte mit ihnen die gänzlich anachronistische Bewegung in engen Formationen, die abgedreht und eingedreht wurden in perfekten, rechten Winkeln. Er schickte sie hinaus im Regen und im Schnee und ließ sie draußen übernachten. Sie mussten Toiletten putzen und Fußböden schrubben, bis man sie guten Gewissens ablecken konnte. Er schleifte sie,

bis sie ihr altes Selbst im Schlamm vergessen hatten. Bis ihnen das Gehorchen ganz und gar zur Gewohnheit geworden war. Bis er sich so sicher war, wie es eben ging, dass diese Männer seinen Befehlen auch gehorchen würden, wenn sie Leichen sahen und abgerissene Gliedmaßen, wenn Granaten neben ihnen krepierten, wenn sie Dinge sahen, die sie bis an ihr Lebensende in Träumen verfolgen würden. Für die ganz und gar nicht gesicherte Annahme, dass sie dann in der entscheidenden Stunde nicht weglaufen würden.

Aber in Wahrheit hatte er die Einsamkeit des Feldwebels satt. Er sehnte sich nach mehr Wärme. Nach Zuneigung und einem spontaneren, leichteren, weniger distanzierten Umgang.

***

Im Winter nach der Machtübernahme trainierte er einige Wochen Männer von der SA. Er zeigte ihnen, wie sie sich im Wald bewegen mussten. Wie sie sich versteckten, mit grüner Farbe im Gesicht, im Dunkel der Büsche. Er ging mit ihnen auf langen Wegen durchs Gelände. Er nannte sie die Untrainierten, die so viel schneller an den Anstrengungen der Märsche versagten als er, »seine Krücken«. Er half ihnen Orientierung zu finden im verschneiten Wald. Und wenn sie sich dennoch verliefen, schnauzte er sie an, dass es gut sei, »dass Dummheit nicht wehtut«, was sie witzig fanden.

Er nannte sie seine »Schnüffel«. Und morgens brüllte er durch die Stube 49, die kleine Holzhütte, in der sie im Munsterlager schliefen: »Antritt marsch! Ihr Russen- und Pappköpfe!« Seine neuen Schüler schätzten die Derbheit. Unterwürfig wurden sie nicht. Sie blieben ihm ebenbürtige.

Er hatte *Spaß* mit ihnen. Sie streckten auf den Fotos die Zungen raus, warfen sich übereinander wie Fußballer beim Torjubel, während er danebenstand und lachte – was hätte er seine Rekruten für solche Disziplinlosigkeiten zusammengefaltet. Aber hier durfte er nachgiebiger sein.

Jeden Tag zog er ein hellbraunes Hemd und eine schwarze Krawatte unter die schwarze Uniformjacke. Er fand, in der Anwesenheit dieser Männer eine Freude an der Foto-Pose – am schwermütigen Blicke in die Ferne, an napoleonischen Griffen vor die Brust, am breitbeinigen Stand –, die er im grauen Waffenrock der Reichswehr unterdrückt hatte. Auf den Gruppenfotos hakte er sich bei seinen Schülern unter – eine Fraternisierung, die er sich bei seinen Rekruten nie erlaubt hätte. Er fühlte sich in ihrer Anwesenheit weniger alleine.

Drei Monate lang trug Hermann die Hakenkreuzbinde. Obwohl andere Ausbilder, welche die Reichswehr abgestellt hatte, um die SA und SS zu trainieren, weiterhin ihre grauen Armeeuniformen trugen – es also absolut keinen Zwang gab – entschied er sich dafür, den Übungsanzug der SA anzuziehen. *Er beschloss, einer von ihnen zu werden*, wenn nicht offiziell, so doch im Geiste.

***

In der Bibel heißt es über das Monster, welches das Land beherrschte und es mit ständiger, durch nichts Einhalt gebietender Gewalt überzog: »Siehe da den Behemoth, den ich geschaffen habe wie auch dich! Er frisst Gras wie ein Rind. Siehe, welch eine Kraft ist in seinen Lenden und welch eine Stärke in den Muskeln seines Bauchs! Sein Schwanz streckt sich wie eine Zeder; die Sehnen seiner Schenkel sind dicht geflochten. Seine Knochen sind wie eherne Röhren, seine Gebeine wie eiserne Stäbe. Er ist das erste der Werke Gottes; der ihn gemacht hat, gab ihm sein Schwert. Denn die Berge bringen ihm Tribut, und alle wilden Tiere spielen dort. Er liegt unter Lotosbüschen, im Rohr und im Schlamm verborgen. Lotosbüsche bedecken ihn mit Schatten, und die Bachweiden umgeben ihn. Siehe, der Strom schwillt gewaltig an: er dünkt sich sicher, auch wenn ihm der Jordan ins Maul dringt.«

In der Bibel wird dann diese Frage gestellt: »Kann man ihn fangen Auge in Auge und ihm einen Strick durch seine Nase ziehen?«

Und die Antwort war: Nein. Die Berührung mit dem Behemoth hinterlässt, egal wie kurz, egal wie flüchtig, eine Wunde. »Lege deine Hand an ihn! An diesen Kampf wirst du denken, und es nicht wieder tun.«

***

Viele seiner Schüler waren keine jungen Männer mehr. Ihre Körper, die sich nur bedingt für lange Geländemärsche eigneten. Es waren kleine verhutzelte Gestalten darunter, dürr, mit eingefallenen Wangen, abstehenden Ohren und dunklen, ernsten Blicken. Andere pressten gut gefüllte Wirtshausfiguren in die Uniformen. Manchen war das Haar schon weiß geworden, und nur das Hitlerbärtchen verriet noch, dass sie einst Schuhcreme-dunkles Haar gehabt hatten. Die Älteren hatten sich ihre Eisernen Kreuze aus dem Ersten Weltkrieg an die Uniformen geheftet.

Über allem lag eine eigenartige Mischung aus mühsam unterdrücktem Chaos, aus Triumphalismus, der sich mit Wut mischte, und noch etwas anderem, das schwerer zu fassen war und das mit der Spannung zu tun hatte, unter der ihre Körper zu stehen schienen.

Die Göttinger, die Hermann trainierte, fanden aus dem Wald nicht ohne seine Hilfe hinaus, aber in Fragen der Gewalt hatten sie längst ein tieferes Verständnis als er. Sie wussten, wie man Schaufenster mit Kohleschwärze so verunstaltete, dass die Besitzer Tage brauchten, um sie abzuwaschen. Sie hatten sich mit der Benutzung von Glasschneidern an den Fenstern jüdischer Geschäfte vertraut gemacht. Sie kannten die Rauschhaftigkeit einer Gewaltnacht, mit Pflastersteinen, Hydrantendeckeln, Bierflaschen und Eisenstangen. In ihren Köpfen wohnte immer noch die Freude über die Demütigung des Herrenausstatters, des Viehhändlers und des Schuhhändlers, auf einer Kutsche in den engen Göttinger Gassen; ein Spaß, der zu ihrem großen Bedauern durch die Polizei vorzeitig beendet worden war. Sie kannten das Geräusch, das Ochsenziemer auf freigelegter Menschenhaut machten, und wie Schreie klangen, die aus Kellern in verlassene Straßen hochhallten.

Die Männer aus Bad Segeberg hatten verstecktere Leistungen, mit denen sie prahlen konnten: Sie hatten drei Monate lang auf einem von Moor und Sumpf umgebenen Gutshof in einer länglichen Baracke 189 Häftlinge gefangen gehalten. Sie hatten sie jeden Morgen mit Gewehrkolben und Gummiknüppeln hinausgetrieben auf die Felder und Torfgruben. Und nur weil man ihr kleines Lager nach drei Monaten bereits wieder geschlossen hatte, waren sie nicht schon zu Mördern geworden.

Unter sie mischten sich harmlose, schüchterne Gestalten mit Versicherungs- und Bankangestelltengesichtern, die hinter ihren kleinen Brillen hervorblinzelten. Jene ganz normalen Männer, die zu tausenden im Frühling und Sommer 1933 in die SA gedrängt waren, mit großen und kleinen Hoffnungen.

Und versteckt inmitten dieser Uniformen, für das Auge unsichtbar und nicht zu unterscheiden von den Landsknechtsfiguren, waren einige, die wenige Monate zuvor noch in der SPD und der KPD gewesen waren; die um ihre Haut braunen Stoff legten, um sie zu retten.

Die kurze Zeit der Lehrgänge an der SA-Sportschule im Munsterlager endete nach drei Monaten. Er wurde dort nicht mehr gebraucht, erst recht nicht, nachdem in der Nacht vom 30. Juni auf den 1. Juli dunkle Limousinen durch deutsche Städte gefahren waren, in denen Männer in braunen Hemden verschwunden waren, die nie wieder auftauchen sollten.

Er wurde wieder Soldat. Zog erneut den grauen Waffenrock an. Was blieb, waren die Fotos dieses kurzen Winters, auf denen die Männer, die ihn so gemocht hatten, mit ihren Namen unterschrieben hatten, und die er in sein Fotoalbum klebte, als teure Erinnerung: Gerhard Hofmann (Hannoversch Münden), Fritz Seidel (Göttingen), Fritz Stümpel, Fritz Schröder (Osterode), B. Maus, H. Precht (Göttingen), Richard Becker, W. Keller, H. Bartels, F. Rehbock, Heinz Maatz, G. Plinke, H. Rose, Zimmermann, Westphal, R. Blumenberg, E. Ernst, sowie ein SA-Mann mit einem entrückt-schönen Nachnamen, der wie ein grausamer Witz klang: Dieter Himmelshang.

***

Es gab auch weiterhin Anzeichen dafür, dass die Berührung mit dem Behemoth nicht folgenlos geblieben war. Seinen Schreibtisch in der Kaserne etwa, den er mit großer Mühe hergerichtet hatte. Er hatte ein gesticktes Tischtüchlein aufgelegt, einen silbernen Wecker darauf platziert, der unter dem Kerzenständer stand, dessen zerlaufener Wachs in geisterhaften Stalaktiten herunterlief. In der Mitte stand die Bronzestatue eines Steinadlers mit geöffneten Schwingen, die den Schreibtisch in ein Links und ein Rechts zerteilten. Und an der Wand darüber hatte er eine große Fahne in den Farben des alten Kaiserreiches an die Wand geheftet, neben dem Bild eines

kleinen Kindes im Sonntagsanzug, den dunklen Schablonen zweier Kavalleristen, und um den Hals des Adlers hing ein Wimpel mit dem Hakenkreuz.

Selbst in seinen Liebesbriefen unterschrieb er bis zum Schluss immer wieder mit der auch für die Zeit ungewöhnlich eifrigen Kombination:
»Dein Hermann
Heil Hitler!«

Was den Führer auf merkwürdige Art als gedachten Dritten in diese Liebe zu implizieren schien. Als wäre die körperliche Unversehrtheit des Diktators ihre Bedingung.

***

Irgendwo in einem Schrank in ihrer gemeinsamen Wohnung muss noch Jahre später die SA-Uniform gehangen haben, die Anny wahrscheinlich heimlich und effizient entsorgt hat, als sie zu einem nicht ganz ungefährlichen Haushaltsgegenstand geworden war.

***

Er hat Hitler nur einmal gesehen. Es war auf einem offenen Feld bei Grossenenglis im September 1936 an einem hellen, sonnigen Tag. Im Hintergrund wellten sich sanft die Kasseler Berge. Die dunklen Stahlhelme wurden mit geometrischer Präzision in langen Perlenketten aufgereiht. Kavallerieformationen ritten Linien ab. Tausende Menschen, die sich bewegten, als hätten sie alle ihre Körper an einen Willen mit pathologischem Ordnungszwang abgegeben.

Hermann marschierte ganz rechts außen, ganz vorne, derjenige, der am dichtesten und als Erster die Loge passierte, auf der Hitler mit seinen Generälen stand. Die Klinge ruhte auf seiner rechten Schulter. Sie hatten die Gesichter nach rechts eingedreht, das Kinn leicht angehoben und die Beine wurden gestreckt nach vorne geschmissen, als hätten sie allesamt vergessen, dass sie Kniegelenke besaßen. Eine Bewegung, die im Kollektiv den Eindruck einer ewig brechenden Welle machte.

Sie waren das dritte Regiment, das vorbeiparadierte. Er hatte vielleicht fünf, sechs Sekunden, in denen er ihn aus nächster Nähe sehen konnte. Hitler trug eine Sommeruniform, Reiterstiefel, weißes Hemd, mit schwarzer Krawatte und eine Hakenkreuzbinde. Die Hose, die er in seinen Stiefel gestopft hatte, plusterte und warf Falten im Wind.

»Es war ein Bild, das man gar nicht so wiedergeben kann«, schrieb er ihr am Abend. »Der Führer, wie er dastand. Die Hand zum Gruße ausgestreckt, den Blick nach den Soldaten, auf uns gerichtet. Nichts, gar nichts rührte sich an ihm. Ganz schlicht in seiner Uniform stand er da, rechts und links von ihm einige Generäle.« Dann konnte sich Hermanns Nacken nicht mehr weiterdrehen, und er wendete seinen Blick nach vorne.

Das Bild des Mannes, der ihn an die Wolga schicken sollte, bewahrte er auf in seiner Erinnerung; als Vorstellung von Sonnenschein, klimpernden, silbernen Achselschnüren auf der Brust und großer Erhabenheit, die selbst Hunger, Kälte, Schlamm, Schnee und das Krabbeln der Läuse auf warmer Haut nicht ganz tilgen konnten.

***

Ich habe meine Großväter nie gekannt. Ich habe das Wort Opa nie so gesagt, wie es gesagt werden sollte. Die Männer in meiner Familie wurden nicht alt genug. Sie starben Jahrzehnte vor meiner Geburt.

Einer von ihnen, der Vater meiner Mutter, war einarmig gewesen. Ein Unfall in Budapest mit einem zurückfahrenden Truppen-Lkw kostete ihn 1944 den Arm und rettete ihm wahrscheinlich das Leben. Er starb sechzehn Jahre vor meiner Geburt an einem Herzinfarkt im Urlaub in Dubrovnik. Einarmigkeit schien mir als Kind ein rätselhaftes Schicksal zu sein. Ich konnte mir nicht vorstellen, wie ein Stumpf aussehen würde. Und wie es sich anfühlen mochte, noch die Erinnerung eines Körperteils zu haben, das längst nicht mehr da war.

Der andere, Karl, war bereits ein sterbender, alter Mann, als meine Geburt noch 20 Jahre entfernt war. Sein eigenes Geburtsjahr erschien wie der Übertragungsfehler eines übermüdeten Beamten: 1890 in Hildesheim im Kreis Weststernberg. 97 Jahre lagen zwischen ihm und mir.

Sie waren weit weg, alle beide. Die Melancholie derer, die sie gekannt hatten, übertrug sich nicht mehr. Niemand schien noch große Sehnsucht nach ihnen zu empfinden. Die Frauen kamen ohne sie klar. Sie hatten sich mit ihrer Abwesenheit längst arrangiert. Es wurde auf ihre Geburts- und Sterbetage nicht hingewiesen. Wir sind, so weit ich mich erinnern kann, nie zu ihren Gräbern gefahren.

Ihre Gesichter waren da auf Fotos, aber es fiel mir schwer, eine Verbindung zwischen ihnen und mir herzustellen. Der eine hatte ein weiches, fast weibliches Gesicht, blonde Haare, helle Augen, eine feingeschnittene Nase und dünne Lippen, die ich an mir nicht entdecken konnte. Der andere hatte eine große Nase, dicke Ohren, schwarzgefärbtes Haar und schwermütige Augen. Keiner von beiden ähnelte mir.

Hermann passte gut in die Reihe dieser längst verlorenen Männer. Er war nur derjenige, der es nicht ganz geschafft hatte, mein Großvater zu werden. Es erübrigte sich also, nach Ähnlichkeiten zu suchen. Er war einfach einer mehr, der langsam entrückte, bis er wohl ganz verschwunden wäre, wenn sie tatsächlich seine Briefe in den Ofen gekippt hätte.

***

Ich hatte mir einen interessanteren Mann gewünscht. Nicht, dass ich ihr einen Vorwurf daraus machen möchte, dass sie dem Glanz einer Ausgehuniform erlag. Er war eine nachvollziehbare Wahl für eine blasse, träumerische, ängstliche junge Frau.

Aber er war kein guter Erzähler, im Krieg nicht und vorher erst recht nicht. Er war weder Lakoniker noch Schwärmer. Er war weder gut darin zu beschreiben, was er sah.

Noch fand er Worte für die Erschütterungen und Gefühlsregungen in seinem Innersten. Wenn er einen eigenwilligen Blick auf die Dinge fand, schien es eher Zufall zu sein.

Seine Gedankenwelt war einfach, aber nicht einfältig. Er war ein unfanatischer Nationalsozialist, ein reflexhafter Antisemit, ein Anhänger militärischer Tugenden, schon weil es die einzigen waren, die er wirklich verinnerlicht hatte. Er mag mutig gewesen sein, aber den Heldentod herbeigesehnt hat er nicht. In den Krieg ging er dennoch mit großer Selbstverständlichkeit. Er nahm ihn hin, wie ein Schiffbrüchiger die Wellen hinnimmt, die über ihm brechen.

***

Seit ich ihn kenne, seit ich seine Gedanken lese, seine Wünsche, Hoffnungen, Ängste, passiert es mir, dass ich in der U-Bahn meine Mitfahrer angucke und mir vorstelle, wie einfach es wäre, sie zu verwandeln. Dass es gar nicht so schwer wäre, sie von der Nützlichkeit eines Stahlhelmes zu überzeugen, vom Sinn eines Kampfes bis aufs Letzte, von der Notwendigkeit einer Exekution.

Und ich stelle mir manchmal vor, ohne es zu wollen, an seinem Platz zu sein: diese Uniformen zu tragen, dieses Fichtengrün an der Grenze zum Grau, weiße Infanteristen-Epauletten auf den Schultern und einen Tornister, der an den Schultern zieht. Ich stelle mir vor, wie Todesangst sich anfühlen mag, wenn eine wahllos tötende Maschinerie um einen wütet. Und wie es ist, wenn man selbst diese Maschinerie ist.

Es ist eine der merkwürdigeren menschlichen Eigenschaften, dass wir es nicht schaffen, ganz bei uns zu bleiben, wenn uns jemand sein Leben erzählt. Dass unsere Vorstellungskraft sich entwindet und mitgeht, egal, wohin die Erzähler uns führen. Dass wir uns immer, zumindest für einige Momente, vorstellen, wie es wäre, so zu sein wie sie. Wir entschuldigen es damit, dass es nur unsere Fantasie ist, die wir hergeben. Etwas, das wir, so meinen wir zumindest, jederzeit schadlos zurückfordern können.

Hans
Bilder dunkler als das dunkelste des Goya

H.
Panzer, die wie Gespenster

Hans
das vergisst man nie,

H.
an uns vorbeifliegen.

Hans
wenn's man auch möchte.

H.
Noch kann ich denken

Hans
Es sind irgendwie alles Selbstbildnisse,

H.
hier muss ich also sterben.

Hans
die hier am Wege liegen

H.
Alles steht ganz klar, ja so klar vor mir.

Hans
Kein Gedicht fand ich

H.
Nur noch einmal Luft atmen können.

Hans
das alles das fasst, was hier geschieht

H.
Nur einmal noch.

Hans
Es ist etwas, das vor jeder Verklärung flieht,

H.
Wie sinnlos dies alles.

Hans
was dunkel und rätselvoll bleibt

Der Herbst kam mit nassem Schnee. Nur wenige Tage zuvor hatten sie noch in Unterwäsche im Gras gelegen, während die Pferde um sie grasten, und die Sonne hatte auf ihre schlanken, nackten Rücken geschienen, unter denen sich die Muskeln abzeichneten.

Nun standen sie in dünnen Jäckchen im Schneegestöber und zitterten, während sich das weiße Eis fingerdick auf den Helmen und Schultern schichtete. Und dann begann der Schnee zu schmelzen: »Wir waren nass, als hätten wir im Teich gelegen«, schrieb Hermann.

Im Matsch blieb alles stecken. Es kam kein Essen mehr, kein Benzin, keine frischen, jungen Männer, um zu sterben. Die Lkws blieben ohne Sprit liegen, genauso wie die dreirädrigen Motorräder der Kradschützen und die gepanzerten Sturmgeschütze.

Und dann krepierten die Pferde. Die kräftigen, großen niedersächsischen Pferde als Erste. Sie fanden in der kargen, verschneiten Landschaft nicht mehr genug zu essen. Das Steppengras hatte mit den saftigen Wiesen, die sie von zu Hause kannten, nichts zu tun. Sie zogen tonnenschwere Waffen, die Öfen der Bäcker und die Essensvorräte der Truppen. Die Pferde knickten irgendwann

einfach ein. Fielen tot um. Und die Pferdepfleger saßen neben den leblosen Körpern und weinten.

Die einzigen Tiere, denen die Strapazen nichts auszumachen schienen, waren die kleinen, russischen Panjepferde, die das dürre, harte Gras aus Schnee und Schlamm zupften und denen die Kraft nicht auszugehen schien.

***

»Deine lieben Zigaretten habe ich besonders warm begrüßt. Ja, man fühlt sich glücklich, wenn man Zigaretten hat. Darum schick mir nur noch Zigaretten.« Er rauchte sie, neben dem Radio sitzend. Es lief eine Rede Hitlers im Berliner Sportpalast, in der dieser den Witz machte, dass »die Russen« sich vielleicht nur deshalb so weit zurückgezogen hätten, »um uns in die Tiefe des Raumes zu locken«. Das Publikum lachte. Hermann stellte sich vor, dass Anny gerade im gleichen Moment die gleichen Worte hörte, und fühlte sich etwas weniger einsam und etwas weniger verzweifelt, als es die Situation eigentlich erfordert hätte.

***

Sie sammelten Ungeziefer; schienen es anzuziehen wie ein Magnet den Eisenstaub.

Die Mäuse krochen überall hin. Sie krabbelten in die Betten, unter Decken, sie zerbissen die Kabel der Maschinen und fraßen Löcher in die Brote. Selbst die Bleistifte, mit denen sie ihre Briefe schrieben, waren angenagt.

Läuse und Bettwanzen schienen auf einmal überall zu sitzen. In jeder Unterhose, jedem Hemd, jedem Bett. Ihre Körper wurden überzogen von kleinen, roten Bissen. Und wenn die Läuse nachts, unter den warmen Decken zum Leben erwachten, nahm ihnen das Jucken und Krabbeln das letzte bisschen unruhigen Schlaf.

Am schlimmsten war es im Lazarett, wo die verwundeten Männer von Läuseschwärmen gequält wurden, die sich auf ihren Körpern widerstandslos ausbreiteten, unter den Augen der überforderten Chirurgen, die kein Mittel dagegen fanden.

***

Die Kleiderlaus ist eine missgestaltete, sensible, fast weinerliche Kreatur. Sie friert leicht und schnell. Man muss sich ihr Leben als verzweifelte Suche nach einem Schutzort vorstellen, der sie aufnimmt, bevor sie unterkühlt und verendet. Sie mag Temperaturen zwischen 29 und 30 Grad. Bei 27 Grad fängt für sie die Kälte an. Für sie kam in der zugigen ukrainischen Herbstlandschaft vor allem ein Zuhause in Frage: der menschliche Körper, in seiner untersten Kleiderschicht; in Unterhosen, Schlüpfern, Feinripphemden, T-Shirts, Bettdecken und Laken.

Lange Zeit dachten die Menschen, dass die Laus aus dem Dreck selbst entstehe, dass sie die Erweckung des Schmutzes – von Schweiß, Staub und Exkrementen – zum Leben sei. Aber tatsächlich schlüpft sie aus Eiern. Sie hat spezielle Drüsen, aus denen sie einen Klebstoff herausdrückt, mit dem sie ihre Eier am Stoff befestigt, sodass kein Kratzen, Schütteln, Schwingen sie je herausbekommt.

Sie ist ein langsames, träges Ding, wie ein schwer gepanzerter Ritter ohne Pferd. Sie schafft auf ihren sechs Beinchen, die selbst für ihren Miniaturkörper zu klein aussehen, im besten Fall fünf Meter in der Stunde.

Sie ist so hässlich, dass es eine glückliche Fügung ist, dass sie lediglich die Größe eines Nadelkopfes hat. Ihr

Körper ist mit kleinen Härchen bedeckt, die besonders um ihren Mund herum und auf ihren Beinen wachsen. Ihre Augen sitzen als dunkle Wölbung an den Seiten ihres Kopfes und starren für immer nach links und rechts, aber nie nach vorne. Ihre Brust ist starr, klobig, unförmig, wie ein von Tumoren verunstaltetes Michelin-Männchen. Ihr Abdomen ist länglich und gepanzert. Wenn sie sich in Bewegung setzt, fangen ihre Fühler an, auf dem Weg vor sich hin und her zu fegen, wie eine Radarstation. Sie geht kreisend, tastend, ein ständiges Links und Rechts und Vor und Zurück. Nur in Momenten größten Unbehagens marschiert sie geradeaus.

Sie kann Menschen riechen, ihren Schweiß, ihre Ausdünstungen, wenn auch nicht besonders gut. Sie ist nahezu blind. Sie kann hell und dunkel unterscheiden. Und sucht immer die Dunkelheit.

Die Laus ist konservativ. Sie zieht nicht gerne um. Am liebsten bleibt sie, wo sie ist. Nur wenn der Körper, an den sie sich bindet, in stärkstem Fieber deliriert oder nach dem letzten Herzschlag erkaltet, setzt sie sich in Bewegung.

Sie hat immer Durst, schrecklichen Durst. Der Durst ist, neben der Kälte, ihr größter Feind. Sie kann das Wasser des Regens oder die Feuchte des Schweißes nicht schlucken. Nur Blut hält sie am Leben. Die Welt ist für sie eine kalte Wüste.

Wenn sie trinkt, trinkt sie langsam. In Hektik saufen mag sie nicht. Das Blut ist ihr zu dick dafür. Sie saugt es in kleinen, regelmäßigen Mahlzeiten. Hinterher scheißt sie ein trockenes Pulver aus, dessen Geruch andere Läuse so sehr lieben, dass sie dafür sogar bereit sind, ihre natürliche Trägheit aufzugeben und sich auf große Reisen zu begeben.

Ihr Körper ist nach einigen Hungertagen luzide, durchscheinend, wie sich lichtender Nebel. Mit jeder Mahlzeit wärmt sich das Zentrum auf, in ein rostfarbenes Rot. Wenn sie zu viel trinkt oder sie krank wird, kann es sein, dass ihr Darm den energischen Schlucken nicht standhält und einreißt. Dann fängt ihr ganzer Körper an sich mit Röte anzufüllen wie der Himmel in den letzten Minuten vor der Nacht und sie stirbt.

Sie liebt all jene, die sich nicht regelmäßig waschen können: Menschen auf der Flucht, ohne Obdach, die Bewohner von Armutssiedlungen ohne Wasseranschluss. Nichts aber ist für sie ein größeres Fest als der Krieg. Nirgendwo fand sie je bessere Opfer als die ungewaschenen Männer, denen das Waschen ihrer Kleidung so wunderbar egal war. Die sich so eng zusammendrängten, zu tausenden und abertausenden Körpern.

***

Sie lernten alle Aggregatszustände des Schlammes kennen. Sie mochten die leicht angeweichte Erde nach einem kurzen Regenschauer, die den Staub des Sommers aufsaugte. Aber die Erleichterung war nie von langer Dauer. Sobald der Regen stärker fiel und länger dauerte, begann das Wasser in große Senken zu fließen, an deren Rändern der Boden, der in der Trockenheit des Sommers fahl und gräulich ausgesehen hatte, schwarz wurde. Als Erstes versanken die Wege. Die Dorfstraßen und Überlandstraßen, von denen fast keine asphaltiert war, lösten sich mit jedem Lkw-Reifen, jedem Kutschenrad, jeder Stiefelsohle ein Stückchen auf. Sie wichen aus, umgingen die Schlammseen. Und verbreiterten sie nur, bis aus einem Schlammbächlein ein Fluss und aus einem Fluss ein Meer geworden war. Mit jedem dunklen Regentag löste sich der Untergrund weiter auf. Der Himmel war wochenlang grau. Jeder Schritt war nun ein Schmatzen. Bis es nichts mehr gab außer diesem schwarzen, schleimigen, fruchtbaren Dreck, der ihnen bis an die Kniekehlen leckte und kalt in ihre Stiefel hineinlief.

Die Füße wurden ihnen schwer. Der Dreck klebte in großen Brocken an ihren Stiefeln. Sie schliefen in ihren Schuhen und wenn sie morgens aufwachten, dann war der Schlamm zu einer hellgrauen Masse getrocknet, die sie abschlugen, um Platz zu machen für neue Erde.

Schließlich bildeten sich Pfützen groß wie Alpenseen. In einigen Orten glichen die Dorfstraßen Flüssen, deren Wellen schäumend gegen die Häuser am Ufer liefen. Die Landstraßen waren Furchen im Schlamm, die sich entlang der Telegrafenmasten in die Landschaft gruben und immer breiter und breiter wurden, bis sie wie die großen, trägen russischen Flüsse waren. Sie waren glücklich, wenn sie einige Kilometer lang auf einem Bahndamm den Schienen folgen konnten.

Sie entwickelten ein eigenes Vokabular für den Matsch: Brühe, Dreck, Patsche, Modder, Morast, Pampe, Suppe, Lehm, Schlick. Es gab Pfützen, die hätte man Tümpel, Pfuhl, Weiher nennen können. Sie waren tief genug, dass Pferde, die im Geschirr ihrer Gespanne gefangen waren, darin ertranken.

Morgens standen sie zitternd um drei, vier Uhr auf. Sie wuschen sich nur selten und marschierten den ganzen Tag. Erst in der Dunkelheit hielten sie an, fütterten die Pferde, aßen faden Eintopf aus der Feldküche und sammelten die Läuse aus ihren dreckigen Kleidern. Sie schliefen selten mehr als vier, fünf Stunden.

Glücklich waren sie, wenn es nachts fror. Dann war der Boden für einige Stunden fest. Sie fielen lieber drei Mal auf harten, eisigen Boden, als weiter durch diese Auflösung zu marschieren. Und nichts war schlimmer als milde, warme Luft auf ihrer Haut, in ihren Lungen: schmelzende Erde und frischer Regen, der nicht mehr aufhören wollte zu fallen.

»Bei uns hier herrscht ein derartiges Tauwetter, das gar nicht zu beschreiben ist. Es ist wirklich zum Verzweifeln«, schrieb er ihr. »Für dieses Wetter gibt es wirklich auch bei gutem Willen keine Steigerungsstufe. Das hier ist ein Sau-Drecks-Wetter.«

Vier Wochen lang wateten sie mit unerträglicher Langsamkeit in Richtung Donbass.

***

Anny schickte ihm währenddessen einen ganzen Packen Zeitungen zu, was gewisse falsche, arg romantische oder harmlose Vorstellungen verriet, die sie sich von seinem Alltag machte. Das Letzte, was er in Klammheit und Nässe haben wollte, waren Zeitungen: »Weißt Du, liebes Annchen, man stellt sich wohl in den Regen und wartet auf Dich, doch nicht aber zum Lesen einer Zeitung.«

***

Es verlor sich selbst in jenen Tagen. Er fand es zunehmend schwer, die Disziplin aufzubringen, ihr Briefe zu schreiben. Immer länger wurden die Unterbrechungen. Er schrieb ihr im Oktober nur vier Briefe.

»Viele Tage wirst Du ohne ein Lebenszeichen von mir gewesen sein. Es ist auch nicht verwunderlich, denn wenn man nicht schreibt, kannst Du auch nichts erhalten. Es geht immer vorwärts, und da fehlt die Zeit.«

Er entschuldigte sich dafür immer und immer wieder. Er fasste den Vorsatz, nun jeden Tag etwas zu Papier zu bringen.

Er *schrieb* ihr von seinem Vorsatz. Er schaffte es nicht. Er entschuldigte sich aufs Neue. »Es ließ sich nicht durchsetzen.«

Er wiederholte die immer gleichen Phrasen: »Es geht immer vorwärts und da fehlt die Zeit« taucht gleich zweimal in weniger als 14 Tagen auf. »Du musst das schon verstehen, mein Herzchen.«

Und er deutete an, dass seine Schreibfaulheit nicht nur mit der Hektik des Krieges zu tun hatte, sondern auch mit der Atmosphäre, die ihn umgab. Mit dem Gefühl einer großen, müden Taubheit, die sich breitmachte, einer alles eindeckenden Apathie.

»Ich kann dir, trotzdem heute Sonntag ist, keine großen Zeilen schreiben. Übrigens kann ich das auch nicht mehr, ich bin nämlich vollkommen abgestumpft. Das tägliche Schreiben ist vollkommen sinnlos.«

Er vergaß ihren vierten Hochzeitstag und erinnerte sich erst drei Wochen später, als sie ihn etwas pikiert drauf hinwies. »Ich habe gar nicht daran gedacht. Es ist doch traurig von mir. Ist es mir die Jahre vorher doch nie untergegangen. Aber da kannst Du mal sehen, was das hier für ein Laden ist.«

Aus dieser Stimmung erwachte er erst wieder, als der erste starke, anhaltende Frost kam. Der Schleier löste sich in der kalten, trockenen Luft wie Atemwölkchen vor dem Gesicht.

***

Der Herbst waren die abgekämpften, müden Gesichter der russischen Gefangenen, die mit erhobenen Händen aus den Wäldern strömten. Am ersten Oktobermontag waren es 259, Dienstag 263, Mittwoch 302, Donnerstag 831, Freitag 312, Samstag 591, als es morgens regnete, mittags schneite und kurz darauf wieder zu regnen begann, und Sonntag 381.

Sie zogen vorbei in langen, schweigenden Kolonnen, die behandelt wurden wie etwas Flüchtiges, nicht vollständig Reales; wie Geister, die den Anspruch der Lebenden auf Empathie verwirkt hatten. Die zwar um Essen bitten konnten, aber keines bekamen. Die ihre Wunden zeigen mochten, aber von keinem Arzt behandelt wurden. Die auf gefrorenen Böden schliefen, ohne dass ihnen jemand ein Dach anbot oder auch nur eine Decke.

Wie Schimären wirkten auch die Reiter, die wie aus dem Nichts in ihrem Rücken auftauchten und mit gezogenen Säbeln und ungeladenen Gewehren angriffen. Die Wehrmachtsoffiziere waren zu gleichen Teilen entsetzt und begeistert von derart altmodischer Todesverachtung. »Schneidig« nannten sie es in ihren Berichten.

Es gab Tage, welche die Struktur eines Albtraums hatten: die langsame Entdeckung der Machtlosigkeit, durchsetzt von fantastischen, unwahrscheinlichsten Handlungen. Sie schossen einen Mittag lang auf drei T-34 Panzer, deren Haut so dick war, dass keines ihrer Geschosse sie durchdringen konnte. Die Ungetüme zitterten und staubten nur, wenn sie getroffen wurden und fuhren weiter. In Schlangenlinien kurvten die Panzer durch ihre Reihen, mit röhrenden Motoren und quietschenden Ketten und dem Knacken und Brechen der überfahrenen Körper. Sie umtanzten die Panzer, und es war nicht mehr klar, ob das Mut war oder Geisteskrankheit. Sie versuchten Granaten ins Fahrgestell zu klemmen. Sie schossen mit Gewehren und Pistolen auf die Luken. Ihre Kugeln prallten ab. Erst am Abend stoppte die große Flakkanone das Treiben. Die Mannschaften verbrannten in den Metallhüllen vor ihren Augen.

Bei ihren Sturzangriffen stießen die sowjetischen Flugzeuge so tief hinunter, dass sie die Gesichter der Piloten erkennen konnten, als sie vorbeirauschten und Garben in die Landschaft spritzten. 17 tote Pferde lagen im Matsch und 11 schreiende Männer.

Der Führer eines Bataillons erlitt einen Nervenzusammenbruch, als er mit seinen Männern in das Feuer der sowjetischen Artillerie geriet.

Ein Gefreiter lief mitten in ein Minenfeld hinein, das sie selbst gelegt hatten, und wurde von der Explosion zerfetzt.

Eine stetig wachsende Desorientierung machte sich breit. Ihre Karten waren ungenau und ihre Augen nicht daran gewöhnt, in der flachen, gleichförmigen Landschaft Orientierungspunkte zu finden. Sie verirrten sich, sobald es dunkel wurde. Das Marschieren in der Nacht wurde aufgegeben.

Es gab Tage, an denen sie traumtänzerisches Glück hatten. Ein Kommandeur konnte den Befehl zum Anhalten nicht lesen. Er griff weiter an. Bei ihrem einsamen, ungedeckten Angriff fanden die Soldaten verwaiste Bunker, leere Schützengräben und eine unbeschädigte Brücke über einen kleinen Fluss.

Sie gingen durch Orte, die niemand mehr verteidigen wollte und in denen die Bevölkerung mit verheulten Augen am Straßenrand stand. Oft hatte ihnen niemand gesagt, dass die Deutschen vor ihren Dörfern standen. Einige Soldaten kamen in ein Haus, in dem ein Telefon klingelte. Sie gingen ran. Am anderen Ende war eine aufgeregte Stimme, die in Fassungslosigkeit verstummte, als ihr auf Deutsch geantwortet wurde.

Einmal kamen einige Männer der Division am Abend in eine kleine Stadt. Als ihre Augen sich an die Dunkelheit gewöhnt hatten, sahen sie die Schatten einiger Männer in Uniformen und Gewehren. Als sie näher kamen, hörten sie, dass sie russisch sprachen. Es gab einen kurzen Augenblick, in dem sie glaubten, dass ihre Blicke sich trafen. Dann verschwanden die Rotarmisten in der Dunkelheit, mit langsamen, vorsichtigen Bewegungen.

Ein Sturmtrupp unter der Führung des Stabsfeldwebels Hermann Bartens erschoss die sowjetischen Soldaten, die als letzte Nachhut die Scheunen und Ställe eines Bauernhofes verteidigten. Seine stolze Ehefrau notierte in ihrem Bilderalbum: »Dieser Kolchos wurde von meinem Mann als Stosstruppführer von den letzten Russen gesäubert.« Das Foto ist von aufreizender Friedlichkeit: Der weiße Hund, den sie Schnüffel nannten, legt seine Pfoten auf die Knie des Gefreiten Stahl. Eine mit Stroh beladene Kutsche, zwei Pferde, ein flaches Backsteingebäude verschwiegen das, was dort geschehen war.

Es starben selten mehr als 10 von ihnen an einem Tag.

Sie stießen von Krasnograd weiter nach Osten über Petrowka, Dalnje, Alexandrowka, Blisnjuki und Barwenkowo nach Slawjansk. 200 Kilometer waren es alles in allem.

Sie sagten, dass der Oktober ein ruhiger Monat gewesen sei.

***

In jenen Wochen ergab sich eine eigenartige Symmetrie, wie in einem Vexierbild. Zwei Bewegungen gab es, die sich an der Front spiegelten: die der deutschen Soldaten und die der sowjetischen Kriegsgefangenen. Die Fahrt der Gefangenen endete dort, wo die andere, von Hermanns Division, mehrere Monate zuvor begonnen hatte, in der Heide bei Bergen, am Lauf der kleinen Meiße, die im Großen Moor bei Becklingen in der Nähe von Wietzendorf entspringt, unter den schwingenden Ästen hoher Kiefern und schlanker Birken, wo Fliegenpilze wuchsen, auf den sandigen Böden, die mit Heidekraut und Rentierflechten bedeckt waren, wo Hermann und all die anderen den Krieg geübt hatten.

Hinter einem Zaun war die Erde unter den Bäumen befreit von jedem Kraut, roh und sandig. In den Boden waren Löcher gebuddelt worden, über die kleine Zelte aus Zweigen, Blättern und Erde errichtet worden waren. Die Landschaft war über und über mit diesen Erdhügeln bedeckt. Die Gefangenen lagen darunter, in kleinen, selbstgebauten Höhlen. Der Boden war sandig und bröckelig. Er hielt dem Herbstregen nicht stand. Die Höhlen kollabierten über den schlafenden Menschen und begruben sie.

Die sowjetischen Gefangenen bekamen morgens ein kleines Stück Brot, in das Stroh, Laub und Zellmehl gemischt war, und abends etwas dünne Steckrübensuppe. Sie aßen die Kräuter, die Pilze, das Gras. Sie kratzten die Rinde von den Kiefern und lutschten sie aus. Sie aßen die Toten. Die Wärter veranstalteten Kämpfe bis auf den Tod zwischen den Gefangenen und gaben dem Sieger ein gefülltes Tischgeschirr.

Man gab ihnen Holzschuhe ohne Socken. Sie liefen barfuß im Winter. Sie arbeiteten 12 Stunden am Tag.

Erst wurden die Läuse in ihren abgerissenen Kleidern krank; liefen rot an und platzten. Dann wurden sie es. Die

Haut der Männer fing zu glühen an. Sie zitterten unkontrolliert, eine Kälte erfasste ihren Körper, die sie nicht lindern konnten. Sie husteten trocken und starrten stundenlang in den Wald, hinter Zaun und Hund und Wachen und murmelten Wörter, die der Wind verwehte. Einige schrien Namen, die niemand kannte, erlebten Erinnerungen noch einmal, die niemand entschlüsseln konnte, sahen Teufel, Engel, Geister und ihre Eltern. маḿа! маḿа! маḿа!, verstanden sogar die auf der anderen Seite des Zaunes.

Als das Sterben begann, bekam noch jeder Toter ein Holzkreuz und einen Sarg. Dann wurden die Gräben immer tiefer, breiter und länger. Die Toten wurden nun aus dem billigen Holzsarg hineingekippt, man nahm ihn wieder mit, um ihn erneut zu benutzen. Auf das Kreuz kam nun eine Nummer, keine Namen. Schließlich benutzte man einen Fleischwagen, auf den man zehn Leichen auf einmal lud. Die abgemergelten Toten fielen tief, auf hart gefrorenen Boden, und die Wachmänner wunderten sich, dass die Schädel auf den Hälsen blieben, so laut krachten sie.

Wenn der Wind richtig stand in jenem Herbst, dann trug er zu den Bauern auf der Landstraße, die von Celle nach Bergen führte, leise das Stöhnen und Wimmern. Und wenn man sich nur wenige Schritte von der Straße nach Munster entfernte, dann sah man die riesigen Aufreißungen der Erde, ein Grab, das jeden Tag neu geöffnet wurde und am Ende 13.000 Körpern Platz bot.

***

Er hat im Herbst 1941 wochenlang nicht mehr als das Wetter ausgemalt. (»in der glühenden Sonnenhitze vor meinem Zelt …«; »Die Sonne meint es recht gut tagsüber, nachts ist es dafür schon etwas unangenehm«; »Am 7. Oktober hatten wir wieder Schnee. Man war schon herrlich weiß von den Flocken«; »Heute Nachmittag war ein recht Altweiberwetter, wenn nur der unmögliche Dreck nicht wäre«) Er schrieb, ohne zu beschreiben.

»Viel gibt es nicht zu berichten, aber es ist für Dich die Gewähr, dass es mich noch gibt auf der Welt.« Er bemühte sich nicht einmal die Inhaltsleere seiner Briefe zu kaschieren. Er verweigerte alles, was die Sorge und die Neugier Hand in Hand verlangten.

Was unerwähnt blieb:

Die unglaubliche, den ganzen Körper erfassenden Erregung, die ihn überkam, als er das erste Mal das Gewehr anlegte und schoss.

Die Unfähigkeit zu Schießen, um zu töten, welche viele in den ersten Minuten ihrer Feuertaufe dazu verleitete, zu hoch oder zu niedrig zu zielen oder den Abzug erst gar nicht anzurühren.

Das Gefühl der Konfusion, wenn das Knallen und Tosen begann, aber kein Mensch zu sehen war, weit und breit; kein Ziel, keine Ursache, nur eine Welt, die sich aufzulösen schien.

Die Angst eines stillen Waldes.

Die Angst eines hohen Weizenfeldes, durch das der Wind geht.

Die Panik beim Pfeifen der Gewehrkugeln.

Die Scheißangst, wenn ein Maschinengewehr lostackerte und sich alles auf den Bauch warf.

Das Gefühl, wenn in der Ferne ein leises Knallen eine Artilleriesalve ankündigte, und dann das leise Pfeifen in der Luft; das Gefühl der Zeit in den Sekunden dazwischen.

Die Laute, welche die Schwerverletzten machten, wenn sie im Dreck lagen und das Blut aus ihnen herausfloss in den Schlamm, in rhythmischen Spritzern.

Die Übelkeit.

Das Kotzen und Würgen an irgendwelchen Straßenrändern.

Die Gesichter der ersten sowjetischen Soldaten, die er als Gefangene abführte, die Hände hoch gestreckt über ihren Köpfen.

Nach vier Monaten schickte er ihr das Eiserne Kreuz zweiter Klasse zu, das er bekommen hatte, das schwer in ihrer Hand gelegen haben muss, als sie seinen Brief las.

Er bemerkte nur lapidar: »Dass wir schon viele Russen (Soldaten) gesehen haben, dafür beiliegenden Beweis.«

***

In Celle versuchte sie sich abzulenken. Sie ging ins Theater. Sah Lessings »Minna von Barnhelm«, die Geschichte einer glücklichen Wiedervereinigung zweier Liebender nach einem anderen, unnötigen, wenn auch deutlich harmloseren Krieg.

Sie schlug Eiweiß zu Schnee, vermengte es mit Kakao, Zucker und Mehl, formte kleine Buchstaben daraus, die sie im Backofen zu Russischbrot trocknete. Die süßen, braunen Buchstaben schickte sie ihm als Packet zu, sodass er ihre Worte und Hoffnungen nicht nur las, sondern sich einverleibte.

Sie lud ihre Eltern und deren Bekannte und Freunde – alles Leute, die zwanzig, dreißig Jahre älter waren als sie – zu Kaffee und Kuchen ein in ihre kleine Wohnung, die sie vorher mit manischer Gründlichkeit geputzt hatte.

Nach der Arbeit ging sie beim Schneider vorbei und gab einen Mantel in Auftrag, damit er etwas Warmes zum Anziehen hätte bei seinem nächsten Besuch: französischer Stoff, zwei Knopfreihen auf der Brust, aufgesetzte Taschen.

Sie las seine Beschwörungen einer schicksalhaften Neigung zum guten Glück, die mit jedem Tag etwas instabiler erschienen und deren Garant ihr wohl niemals besonders real erschienen war: »Mit mir, mit uns war doch immer der liebe Gott. Er möge uns auch ferner nicht vergessen. Einmal ist auch dieser böse Krieg vorbei, und dann haben wir unserer Pflicht genügt, Du, mein liebes Goldchen wie ich. Alles Wehklagen, was die Menschen machen, hilft ihnen nicht. Jeder muss sich seinem Schicksal beugen. Viele werden da sein, die fragen: Warum wir? Es gibt wirklich Höheres.«

Aber das Schauspiel fiel ihr mit jedem Tag schwerer. Sie taugte nicht zur Stoikerin. Die Rolle der »tapferen Soldatenfrau« hielt sie in Wahrheit kaum aus.

Manchmal brachte sie sich tagelang nicht dazu, einen Brief zu schreiben, und war dann von schlechtem Gewissen zerfressen, wenn sie den Füller das nächste Mal aufs weiße Papier setzte. Die Briefe waren dann so überreizt, dass er bemerkte, dass sie nicht ganz bei sich war: »Das Heruntersein mit Deinen Nerven spricht direkt aus dem Brief.« Es schade doch gar nichts, schrieb er, »wenn ich mal vergessen werde. Weiß ich doch, dass unsere Gedanken sich immer auf halbem Wege kreuzen.«

Am Ende des Herbstes aßen die Motten sich durch die neuen Bezüge der Polstermöbel, die sie gerade erst angeschafft hatte. Sie flatterten klein und gräulich durch das sinkende Herbstlicht, wie fliegendes Gelächter.

***

Ich habe mir beim Lesen seiner Kriegsbriefe aus den ersten Monaten nichts sehnlicher gewünscht, als endlich eine Zeile zu lesen, in der etwas *passiert*. Ich habe mich gefragt, wie jemand es aushält, nicht der Versuchung nachzugeben, von der Erschütterung zu erzählen.

Die anderen Soldaten taten es regelmäßig. Sie beschrieben das Glimmen am Horizont, wo die Dörfer brannten, tote Babys am Wegesrand, den Zorn, der sie erfasste, wenn Männer, die sie geliebt hatten, starben, und schwärmten von einer siegestrunkenen, euphorischen Grausamkeit.

Aber Hermann hielt sich die ersten vier Monate penibel und ohne merkbare Zeichen der Schwäche an die Vorgaben, die er bekommen hatte: »Ich könnte Dir so vieles erzählen von meinen Erlebnissen, wo ich bin oder was ich mache, kann doch aber das Postgeheimnis nicht verletzen. Du, mein Goldchen siehst das gewiss ein. Euch irgendwelche Andeutungen zu machen, ist strengstens untersagt. Es ist auch ganz recht so. Du versteht es ja als Soldatenfrau.«

Es war zum Haareraufen.

***

Und dann verriet er ihr doch noch etwas, am 14. November, als sie am Donez angekommen waren: Dass er sich die letzten Wochen freiwillig als Spähtruppführer gemeldet habe. Und er verband es mit einer Lüge: Sein Spähtrupp sei immer »so stark« gewesen, erzählte er, »dass uns kein Russe etwas antun konnte«. Vielleicht hoffte er so dem Eindruck zu entgehen, er habe sein Leben allzu leichtfertig aufs Spiel gesetzt, wenn er in mondlosen Nächten mit einer kleinen Gruppe hinausgegangen war, um zu sehen, wo der Feind war, den sie in der Weite aus den Augen verloren hatten.

Wenn sie sich im Schutze des ersten Herbstnebels hinausgewagt hatten und die Welt nur noch Geräusch war: das An- und Abschwellen des Windes. Das Rascheln der kleinen Tiere im Gras, von dem sie manchmal nicht wussten, ob sie es sich nur eingebildet hatten. Das Geräusch seines eigenen Blutes, das in kräftigen, schnellen Zügen durch den Kopf schoss. *Da-dum, da-dum, da-dum.*

Sie gingen hintereinander, als hätte man sie an einer unsichtbaren Nylonschnur aufgereiht. Sie hielten sich eng an kleinen Mulden, an Hügeln und Gräben. Hermann ging als Anführer vorneweg, eine Maschinenpistole in der Hand, hinter ihm der Maschinengewehrschütze, mit seinem riesigen Gewehr auf den Schultern. Dahinter der Rest mit gezogenen Karabinern und aufgesetzten Bajonetten.

Das Knirschen der Erde unter ihren Stiefeln, das Schmatzen feuchter Erde, das Knacken trockner Zweige, das Knistern, das trockenes Gras macht, all der unglaubliche Lärm ihrer Bewegungen. Die Angst vor dem Mond, der durch die Wolken brach, wenn sie auf offenem Feld standen. Die Angst vor dem Rand der Wälder, an den sie sich vorsichtig, in gebückter Haltung heranschlichen. Die Erregung, die aufkam, wenn der Wind Stimmen zu ihnen trug.

Jedes Hinausgehen ein kleines Sterben.

Es kam vor, dass ganze Trupps ohne eine Spur verschwanden und nie wiedergesehen wurden. Ihre Leichen verschluckt von Kiefernwäldern und hohem Steppengras.

Jede Wiederkehr eine kleine Geburt.

***

Den Donez erreichte Hermann, kurz bevor es zu frieren begann. Er floss langsam. Das Wasser schien die Farbe von Kiefernadeln zu haben. Er war kaum 70 Meter breit. An vielen Stellen war er so flach, dass Panzer ihn ohne Probleme durchfahren konnten.

Am 14. November sanken die Temperaturen in der Nacht auf minus 20 Grad. Fahrzeuge, die sich im Schlamm festgefahren hatten, konnten nur mit Eishacken befreit werden. Das Marschieren war vorbei. Sie gruben sich hastig entlang des Ufers ein, bevor der Boden hart fror. Die ersten Eisschollen trieben auf dem Fluss vorbei. Und da wussten sie, dass dieses Hindernis sie nicht lange schützen würde.

Sie belegten Häuser in den Dörfern und Städten entlang des Flusses, richteten sich ein bei den Familien der Bauern und Bergleute, verdrängten sie aus ihren Zimmern, in Slawjansk, in Sakitne, Majaki, Jama und Dronivka, wo die Bachmutkowa zwischen Hügeln, Schluchten und Wäldern in den Donez mündet.

Am Ufer des Flusses standen alte Bäume, Kreidekiefern, Winterlinden, Stieleichen, und kleiner tartarischer Steppenahorn, zwischen Eschen und Schwarz-Erlen, die in den Mooren mit ihren Wurzeln im frierenden Wasser standen.

Die Landschaft in ihrem Rücken war baumlos, strauchlos, flach wie das Meer. Die Reste des schwingenden Federgrases, das sich im Wind kräuselte wie schaumiges Wasser, verschwanden nach wenigen Tagen unter dem ersten Schnee.

Nur das, was der Mensch selbst gebaut hatte, bot dem Auge Halt: die Schornsteine der Fabriken, die aus Holz gezimmerten Eingänge in die Bergwerksschächte, die winzigen in die Erde gegrabenen Hütten, in denen die Bergleute lebten, die aus Fichtenholz gezimmerten Häuser der Bauern, die Telegrafenmasten.

Sie fanden geplünderte Fleischkombinate, Getreidemühlen, Kleidungs- und Lebensmittelgeschäfte. In den Bergwerken waren die Schachtgerüste, die Fördermaschinen, Turbinen, Ventilatoren und Loren demoliert, die Gebäude abgebrannt, die Werkstätten bis zur absoluten Unbrauchbarkeit verwüstet, und an einigen Stellen waren selbst die Schienenstränge abgebaut und mitgenommen worden.

Die Luft war rußig. Der ganze Horizont schien zu glimmen.

Die Getreidesilos, die Chemiefabriken, Kraftwerke und Stahlwerke schwelten noch. Selbst aus den Bäuchen der Kohleschächte kam dichter Rauch, der nachts zu einem roten Glühen wurde. Ein diesiger Schleier legte sich auf ihre Augen. Die Sonnenuntergänge aber leuchteten intensiver als anderswo, in Lila, Purpur, und einem zarten Pink.

***

Während der optimistischen ersten Tage am Donez, als die Erde sich wieder fest anfühlte, stellte einer der Offiziere der Division eine Kriegsstatistik zusammen.

83 Kampftage, 43 Marschtage und 21 Ruhetage zählte er seit dem Junitag, an dem sie die Grenze zur Sowjetunion überquert hatten.

Wobei nicht ganz klar ist, ab wie vielen Toten ein Marschtag zu einem Kampftag wird? Einer? Zehn? Oder wird ein Marschtag zu einem Kampftag in dem Moment, wo auch nur eine Kugel verschossen wird? Es gibt in der Logik ein berühmtes Problem: Die Frage, wie viele Sandkörner es für einen Sandhaufen braucht. Ein Sandkorn ist sicher kein Haufen. Zwei auch nicht, bei 100 fängt man an darüber nachzudenken, es ein Häuflein zu nennen, und denkt dann doch: Nein.

Es gibt keine Eindeutigkeit in schwammigen Wörtern. Und doch meint man zu wissen, wann etwas ein Haufen ist, wenn man ihn sieht.

Präziser waren da schon die durchschnittlichen täglichen Arbeitsstunden des Funktrupps: 16,2. Die Zahl der gefangenen sowjetischen Soldaten: 80 Offiziere und zwei Politkommissare, sowie 16.633 Unteroffiziere und Mannschaften.

Von der die Mehrheit in deutschen Lagern sterben sollte. Die Politkommissare erschossen sie an Ort und Stelle, meist außer Sichtweite in irgendeinem Waldstück, unter Aufsicht eines Offiziers.

Das Gewicht der Frischwurst, welche die Schlachterkompanie gepresst hatte: 6.727 Kilogramm. Es wurden die Waffen aufgelistet, die sie erbeutet hatten: 81 Panzerkampfwagen, sieben Panzerspähwagen, sieben Lokomotiven und 202 Geschütze. Wobei aus irgendeinem unerfindlichen Grund die abgeschossenen – und ja kaum wiederherzustellenden – Flugzeuge ebenfalls in dieser Liste Platz fanden: 9. Es wurde außerdem vermerkt, dass »ungezählte« Granatwerfer, Maschinengewehre, Maschinenpistolen und Handfeuerwaffen erbeutet worden seien, genauso wie 10 Traktoren, 110 Sättel sowie 173.000 Liter Benzin.

Außerdem hatten sie die unglaubliche Zahl von 2.713.600 Patronen verschossen

Was etwa 170 Kugeln pro Mann macht und ein Gefühl dafür gibt, wie unterscheidungslos in den Wochen zuvor in die Gegend geballert worden war.

sowie 36.043 genauestens abgezählte Artilleriegranaten mit einem Gesamtgewicht von 985,41 Tonnen,

Die nicht nur Brutalität ausdrückten, sondern auch eine gewisse Tendenz zur Überreaktion. Wassili Grossmann, der russische Kriegsberichterstatter, schrieb in seinen Kriegsnotizen: »Bevor die Deutschen in ein Waldstück einfahren, feuern sie, was das Zeug hält. Dann jagen sie mit Höchstgeschwindigkeit hindurch.« Das Verhalten der Deutschen, so Grossmann, habe manchmal den Anschein von Geistesgestörtheit: »Plötzlich Rennen und wildes Geschrei. Dutzende Leuchtkugeln steigen auf, die Artillerie beginnt ziellos zu donnern, Maschinengewehre rattern, Maschinenpistolen ballern ins Leere.«

deren ungeheure Wirkung für sie nur winzige, schwarze Fontänen am Horizont waren.

Wie harmlos schien dagegen die Zahl der Pferde, die eine veterinäre Behandlung bekamen (1.596), die Zahl der Brote, welche die Bäckerkompanie buk (1.185.228), die Tiere, welche die Schlachterkompanie schlachtete (385), die Postsäcke, die angekommen waren (7.017) und die man weggeschickt hatte (1.193) – die Angehörigen zu Hause wollten mehr von ihnen, als sie zurückgeben konnten – sowie die Zahl der Gottesdienste (25), Messen (22) und Begräbnisse (193) der Divisionspfarrer.

Was entweder hieß, dass die Pfarrer keine Zeit hatten, allen Soldaten eine Totenfeier zu organisieren, oder dass sie oft zwanzig oder mehr Tote in einer Zeremonie abhandelten. Die Zahl der Toten der Division hatte manchmal in nur einer Woche 193 Mann überschritten.

Und bei all dieser Präzision, die manchmal die Grenze des Glaubwürdigen dehnte,

Hatten die Bäcker wirklich jedes Brot gezählt? Die Schützen jede Artilleriegranate?

fiel fast nicht auf, dass der Autor sich geweigert hatte, die alles entscheidende Zahl zu addieren: Wie viele gestorben waren, wie viele verwundet worden waren, wie viele sich ohne jede Spur in der Weite der Landschaft verloren hatten.

Reinhold
Der Tag ist so kurz und

Willy
Wir zündeten große Feuer an,

Reinhold
die Nacht so unbarmherzig lang.

Willy
liefen um die Flammen

Reinhold
Wann wohl die Stunde kommen wird,

Willy
und erwarteten den Tag.

Reinhold
da wir Mensch sein dürfen,

Willy
Blutrot erleuchtet war die Nacht

Reinhold
da unsere Eisenstiefel nicht mehr so vieles zertreten

Willy
von brennenden Dörfern umher,

Reinhold
da wir wieder Freude haben können, wie die Blumen blühen

Willy
und Hügel hallten dunkel

Reinhold
Wälder friedlich schweigen,

Willy
vom Donner der Sprengungen

Reinhold
Ehrfurcht und Liebe hin und her geht zwischen uns

Der Winter machte sie müde. Ihre Beine waren schwer. Ihre Füße voller Blasen. Sie froren, wenn sie hinausgingen, in ihren leichten Sommermänteln. Ihre Stiefel kamen ihnen dünn wie Papier vor.

Sie wollten am liebsten in diesen Häusern die Türe zumachen und vergessen, was draußen war, unter warmen Decken, bei heißen, gekachelten Öfen, im Licht der Petroleumlampen.

Hermann hatte weder Handschuhe noch Mütze bekommen. Draußen fingen seine Ohren nach kurzer Zeit zu schmerzen an, als hätte jemand feine Nadeln hineingestochen. Seine Hände liefen rot an.

Die ersten Nächte waren mondlos und dunkel, was sie als bedrohlich empfanden – »eine angstmachende Dunkelheit« sei das, schrieb Hermann.

Beim Schreiben fielen ihm die Augen zu. »Angestrengt muss ich auf dieses Papier blicken. Das macht mich noch müder, als ich schon bin. Aber ich muss schreiben«, schrieb er, »denn wer weiß, was morgen ist«. Im Hintergrund donnerten die deutschen Geschütze, die über den Fluss schossen.

Er schlief im Sitzen ein, auf dem Bock der Kutsche, auf Bänken, Stühlen, schlief in seiner Uniform auf seinem Bett aus Stroh. Er rauchte Kette. Er hoffte, dass die auf der anderen Seite des Flusses ein ähnliches Ruhebedürfnis hatten wie er. Er träumte von einem Zug mit Speisewagen, der ihn nach Westen brachte.

***

Es grummelte in der Ferne, als er endlich den Brief in der Hand hielt, auf den er gewartet hatte. »Der Donner unserer Geschütze ist bis hierher zu hören. Es gibt uns ein Gefühl der Sicherheit«, schrieb er. Er riss den Umschlag auf. Vor sich hatte er ein dünnes, durchscheinendes Papier, das er schnell überflogen hatte, mit hektischen Augen und leichtem Schwindel. »Nun ist alles wieder aus. Verloschen jede Freude«, schrieb er ihr, nachdem er fertiggelesen hatte.

»Der Berufssoldat ist nicht entlassen«, stand da. Eine Versetzung in den Beamtendienst sei »nicht möglich«.

Anny ging nach der Arbeit durch die dunkle Dezembernacht, in der keine Straßenlaterne die Stadt erhellte, die Fenster dunkel und abgeklebt, als wäre das Leben hier schon aufgegeben, als hätten die Nachbarn sich der Resignation bereits hingegeben. Und vielleicht hat sie sich in der Dunkelheit einige heimliche Tränen erlaubt, nachdem sie diese Worte gelesen hatte.

Hermanns Beschwichtigungen, »nicht zu verzweifeln«, weil »Gott im Himmel« es sicher »besser noch« einzurichten wisse, wird sie jedenfalls ohne rechten Glauben gelesen haben.

Einen einfachen Weg nach Hause gab es nun nicht mehr.

***

Der Fluss begann Eis an den Flussbiegungen zu sammeln, das sich auftürmte, wie die Dolomit-Kristalle, die nur wenige Kilometer entfernt aus den Bergwerken geholt wurden. An den flachen Stellen bildete sich als Erstes eine durchgehende Eisschicht, die erst ganz hell war, wie der Morgennebel, und dann immer dunkler und fester wurde. Die Tage waren klar. Schnee lag nur in einer ganz feinen pudrigen Schicht am Boden.

Nachts saßen die deutschen Posten im Freien in ihren Stellungen, die man mit Sandsäcken und Baumstämmen verstärkt hatten, und zitterten, obwohl sie jedes Kleidungsstück am Körper trugen, das sie mitgenommen hatten. In der Dunkelheit horchten sie auf Paddelschläge im Fluss, auf das Zerbrechen eines Astes unter Filzstiefeln, auf das Klappern eines Karabiners.

Das Gelände am Fluss, das sie zu bewachen hatten, war zu lang, zu hügelig, zu waldig. Es hatte eine Undurchdringlichkeit, die sie nie ganz in den Griff bekamen. Sie waren zu wenige.

Manchmal wanderten Überläufer, die sich ergeben wollten, unbehelligt durch Lücken in ihren Linien und tauchten mitten in den Dörfern auf, ohne dass jemand bemerkt hätte, wie diese Männer mehrere Verteidigungslinien umlaufen hatten.

Sie nutzten die letzten Tage, an denen milde Luft den Boden auftaute, um die Dörfer, in denen sie schliefen, mit Gräben zu umziehen und kleine Unterstände in die Erde zu buddeln, wie Waben in der Erde.

In der Mitte, zwischen den Armeen, war eine ganz und gar verlassene Landschaft. Sie starrten manchmal stundenlang hinaus in die Leere und sahen doch keine Bewegung, kein Leben.

Dabei hatte die Landschaft ein geheimes Leben, Hunderte Augenpaare, die mit gereizter Bindehaut hinüberstarrten und versuchten eine Bewegung wahrzunehmen, einen raschelnden Ast, herunterfallenden Schnee, den Moment, in dem sich ein Metallhelm an einer Kante zeigte und verriet, wohin die Granaten fliegen würden. In den Lindenbäumen saßen die Beobachter der Artillerie, die von Weitem wie fette Mistelzweige aussahen, in den kahlen Ästen.

***

Die Erfrierungen kündigten sich mit Wellen an, die durch ihre Körper liefen. Ihre Arme und Beine wurden erst blutleer, kalt und blass. Die Adern in ihrem Körper verengten sich, zogen sich zu, wie Pupillen im Licht einer Taschenlampe. Kurz darauf öffneten sie sich pulsierend, und das Blut strömte in starken, hektischen Zügen durch sie hindurch. Die Arme wurden heiß und rot, und ein starker Schmerz machte jeden Handgriff zur Qual.

Kurz darauf wurden die Zehen und Finger, die Ohrläppchen und Nasenspitzen, die Mittelhände, Fersenbeine und Knöchel blass, dann wurden sie grau. Sie fühlten sich taub an, jedes Gefühl schien aus ihnen gewichen zu sein. Sie schwollen in unregelmäßigen Hubbeln an, durch welche die Körper aussahen, als hätte eine zittrige, unsichere Hand sie gezeichnet. Schließlich bildeten sich unter der Haut winzige Eiskristalle. Das Blut verklumpte und gefror. Die Haut wurde hart, wie die eines Schaufenstermannequins aus Gummi. Jedes Gefühl verschwand, sodass sie den genauen Moment nicht mitbekamen, an dem die Körperteile abstarben.

Die Lazarette sahen wie Farblabore aus. Blasen in Altrosa und Karminrot. Ganze Füße, welche die Farbe von blühendem Lavendel hatten. Finger in Auberginenlila, Ohren mit der Farbe zerquetschter Brombeeren, teerschwarze Nasen. Zehen, die geschrumpft waren und so trocken, dass sie sich anfühlten und aussahen wie dunkles Leder.

Die Maschinengewehrschützen erkannte man daran, dass immer die rechte Hand erfroren war, die sie über Stunden nicht vom Abzug genommen hatten. Es gab Infanteristen, denen das Wasser in ihren Stiefeln zu einer festen Eisschicht gefroren war. An den kältesten Tagen erfroren ihre Gliedmaßen durch Stiefel und Handschuhe und Ohrenschützer hindurch, während sie ausgehungert, durstig und müde, mehrere Tage durch die Landschaft irrten.

***

An einem Dienstag im Dezember setzte dichter Nebel ein. Die Nebenflüsse des Donez führten bereits eine durchgehende Eisschicht.

Am Mittwoch waren es minus zwölf Grad. Als Vergeltung für Artillerieangriffe schoss die deutsche Artillerie den Kirchturm des kleinen Örtchens Schtschurowo in Brand. Es gab keine Toten in Hermanns Division.

Am Donnerstag bemerkten ihre Spähtrupps, dass auf dem anderen Ufer Truppen zusammengezogen wurden. Ihnen wurde eingeschärft, in der Nacht besonders wachsam zu sein.

Den ganzen Tag über hatte es Granaten geregnet, deren Abschüsse sie in der Stille des Nebels lange, quälende Sekunden vor dem Einschlag hörten. Die kleinen Flussdörfer Sakotnoje (70 Schuss) und Majaki (67 Schuss) waren am Abend Trümmerlandschaften. Es war ein kleines Wunder, dass nur zwei Männer aus der 295. Infanteriedivision gestorben waren.

Am Freitagmorgen wurden die deutschen Soldaten in den Dörfern am Ufer um vier Uhr durch das einsetzende Artilleriefeuer geweckt, das mehrere Stunden andauerte. Um 12 Uhr mittags setzten die ersten Boote der Roten Armee über den Donez. Ein kleiner Trupp zunächst nur, kaum 30 Soldaten, die keine Chance hatten. Am Nachmittag kamen 400 über das Wasser, an einer Stelle, an welcher der Fluss enge Schleifen zieht und eine kleine Insel den Weg verkürzt. Die sowjetischen Soldaten brachen ab, als zu viele im Kugelhagel starben. Die Leichen ließen sie im trockenen Schilf zurück. Das Wetter war kalt, die Wolken hingen tief.

Am Samstag begann der sowjetische Angriff in der Nacht. Und die zwei deutschen Kompanien, die bei den Höfen in Platonowka Wache und im Dorf Dronowka, das gleich nebenan lag, überkam die Angst. Vielleicht sahen sie die Männer zu spät, die auf ihre Stellungen zukamen. Sie flüchteten, wichen zurück, das erste Mal seit Monaten. Die sowjetischen Angreifer legten noch im Schutze der Dunkelheit eine Pontonbrücke über den Fluss, die in schnellem Lauf von zwei Bataillonen überquert wurde. Mehr als 1000 Angreifer standen jetzt auf ihrer Seite des Ufers. Einige Kilometer weiter nach Westen setzten um halb sechs Uhr morgens mehrere Hundert Rotarmisten Boote ins kalte Wasser und paddelten an einer ungedeckten Stelle hinüber. Den Deutschen gelang es erst mit dem Sonnenuntergang, sie wieder auf die andere Seite zurückzutreiben. In Hermanns Division starben neun, 46 wurden verwundet.

Am Sonntag schliefen sie wieder nicht, weil die sowjetische Artillerie die Nacht hindurch auf sie feuerte, die Abschüsse rötliche Blitze in der Ferne. Sie griffen mit dem Sonnenaufgang an und gewannen einige Hundert Meter Gelände zurück, was acht Männer das Leben kostete und 49 Verwundete zurückließ, vier waren nicht mehr aufzufinden. Sie lernten die sowjetischen Mörser zu fürchten, die ohne jedes Geräusch vom Himmel fielen.

Am Montag versuchte Hermanns Regiment die Stelle zu erreichen, wo die Pontonbrücke über den Fluss gelegt worden war. Sie schafften es nicht und lieferten sich erbitterte Schießereien in einem Waldstück. Den Donez bedeckte jetzt an einigen Stellen eine durchgehende Eisschicht. Es starben zehn, 56 wurden verwundet.

Am Dienstag bauten die sowjetischen Truppen ihre Pontonbrücke wieder ab. Zwei Tote, neun Verwundete.

Der Mittwoch begann mit dem sich langsam steigernden Feuer der sowjetischen Artillerie, die alleine 500 Granaten auf die Dörfer Dronowka, Kriwaja Luka, Sakotnoje und Lugowaja schoss, 136 Schuss auf Majazkoje, 65 auf Majaki. Dem sowjetischen Angriff mit 600 Mann und mehreren Panzern, der am Nachmittag auf das Trommelfeuer folgte, konnte die Ausbildungseinheit, die erst am Tag zuvor eingerückt war, nicht standhalten. Auf der Flucht irrten die Überlebenden stundenlang durch die verschneite Landschaft, bis sie an einem Bahnhof ankamen, an dem deutsche Soldaten warteten, die schon nicht mehr zu ihrer Division gehörten. Es war minus 15 Grad kalt. Lediglich zwei Tote konnten bestätigt werden, 19 weitere wurden vermisst, die meisten von ihnen starben auf der Flucht, in Schluchten und Wäldern, wo niemand sie fand.

Am Donnerstag griffen fünf Doppeldecker an, die Bomben abwarfen und im Sturzflug ihre Maschinengewehre entluden. Der Seitenarm des Donez, die Bachmutka war bereits zugefroren. Sechs Tote, sechs Verwundete.

Am Freitag sahen sie morgens um zwei Uhr einige Schatten über den Fluss rudern, die wieder umdrehten, als sie anfingen zu feuern. Es wehte ein kalter Wind, der unter ihre Mäntel kroch. Die Maschinengewehrschützen bemerkten, dass ihre Waffen einfroren. Sie führten nun Kerzen mit sich, die sie unter das Waffenschloss hielten, um die Maschinengewehre zum Feuern zu bringen. Zwei Tote, zwölf Verwundete.

Am Samstag geriet ein sowjetischer Spähtrupp nachts in ein Minenfeld vor den deutschen Stellungen. Sie hörten die Explosionen und Schreie in der Ferne und waren zufrieden. Es starben sieben Deutsche, wer weiß woran.

Sonntagnacht wieder die Explosionen der Artilleriegranaten. Kämpfe gegen ein Maschinengewehrnest auf einer kleinen, 80 Meter langsam ansteigenden Anhöhe. Es war warm, das Eis auf dem Fluss schmolz ein wenig. Ein Toter, ein Vermisster, fünf Verwundete.

Montag und Dienstag beschossen sich beide Seiten ohne große Entschlossenheit.

Mittwoch ging ab 10 Uhr heftiges Artilleriefeuer auf Hermanns Kompanie nieder, die sich auf einem Hügel am Fluss in die Erde gegraben hatte und hinter Erdhügeln auf den Feind wartete. Sie waren blind und taub vor Schnee, als die Granaten durch den Vorhang rissen. Das Blut der drei Toten und 11 Verletzten tropfte auf die weiße, weiche Unterlage, wo es nach einigen Minuten bereits von einer neuen Schicht verdeckt war, die nichts ahnte von den Gewalten, die sie bedeckte.

Den Hügel, den sie verteidigten, nannten sie »Sternchenhügel«. Und wenn sie nachts in den Himmel schauten, dann sahen sie an klaren Nächten den kleinen, minimalen Teil aus Licht und Staub, den der Mensch mit bloßem Auge von der Milchstraße sehen kann, und davor die Flugbahnen der Nachtbomber.

Am Donnerstag schneite es so stark und die Sicht war so schlecht, dass sie sich selbst tagsüber in der formlosen, weißen Gegend verliefen. Die Blindheit machte sie friedfertig, wenn auch nur für ein paar Stunden. Es starb kein Einziger.

Der Freitag war bitterkalt, als sich um halb vier Uhr die ersten Rotarmisten auf das noch zerbrechliche dünne Eis des Donez trauten. Der Fluss war ein weißes Band zwischen zwei Baumreihen. Sie wurden auf der offenen

Fläche zusammengeschossen. Um vier Uhr wurden acht Männer eines Spähtrupps gefangen genommen, die in ihrer Angst Dinge erzählten, die sie lieber für sich behalten hätten: Dass auf dem anderen Ufer des Flusses, einige Kilometer vom Dorf Sakotnoje um die 1000 Mann bereitstünden, die in wenigen Stunden angreifen sollten. Die deutschen Kanonen legten ein hastig befohlenes Trommelfeuer auf die andere Flussseite. Der Angriff blieb aus. Und niemand konnte sagen, ob auf dem anderen Ufer gerade ein Massaker stattgefunden hatte oder die ganz und gar unsinnige Bombardierung eines leeren Waldgebietes. Einen Toten und einen Verletzten gab es.

In den frühen Morgenstunden des Samstags stürmten 70 Angreifer auf die Sternchenhöhe hinauf. Hermanns Kompanie leerte die Magazine in der Dunkelheit. Um besser sehen zu können, schossen sie Leuchtgranaten in den Himmel, die ein geisterhaftes Licht über das Vorfeld legten. Dann kamen die Granaten der Artillerie geflogen, die spritzende, schwarze Drecksfontänen in die Landschaft legten. Eine Stunde später griffen 200 an, deren Sturm ebenfalls im Granatenhagel auf dem Vorfeld endete. Es war selbst tagsüber minus 28 Grad kalt. Die Männer lagen in selbstgegrabenen Höhlen, in Strohmieten, überall, wo es ein klein wenig Wärme zu holen gab. Fünf Deutsche starben bei den Angriffen, zwei wurden verwundet. Den Donez bedeckte nun eine Eisfläche, die dick genug war, einen erwachsenen Menschen zu tragen. 35 Männer aus Hermanns Regiments erlitten schwere Erfrierungen an den Füßen, den Händen und den Ohren.

Zum Sonntag erschoss Hermanns Regiment zwölf Menschen, die sie für Partisanen hielten, ohne Zögern, ohne Gerichtsverfahren. Flugzeuge ohne Hoheitszeichen warfen Bomben ab auf der anderen Seite des Flusses. Sie hatten Durchfall, Erkältungen und Hautausschläge. Es roch nach flüssiger Scheiße und Schweiß in den Stellungen. Die Geruchlosigkeit der kalten Luft machte es erträglich.

Am Montag wären sie beinahe untergegangen. Noch vor Sonnenaufgang sahen sie in der Ferne hunderte Schatten in Bewegung. Mit dem ersten Licht griffen mehrere tausend Mann an, gedeckt vom Tal der gefrorenen Bachmutka. Vor Mittag hatte die sowjetische Angriffswelle den ersten Hügel überwunden. Die Posten waren geflohen. Und mittags, exakt 18 Minuten nach zwölf Uhr, verlor die Division ihren Kopf: Dem Kommandeur Herbert Geitner rissen die Splitter einer Granate den Hals auf. Der Generalleutnant ging blutüberströmt zu Boden. Er rang noch einige Wochen mit dem Tod, bevor er schließlich in einer Freiburger Klinik starb.

Kurz darauf verließ Hermanns Kompanie die Sternchenhöhe und floh, nur um eine Stunde später umzukehren und die eben verlorenen Posten, Gräben, Stellungen wieder einzunehmen. Tiefflieger bedeckten das Feld mit Maschinengewehrgarben. Die sowjetischen Truppen umgingen die deutschen Stellungen und zogen weiter nach Westen, tief hinein in ihre Verteidigungslinien. Sie forderten Verstärkungen und warteten. Dann sahen sie gegen Nachmittag, wie in der Ebene vor ihnen die Rote Armee zurückwich. Kleine, biografielose Punkte in der Distanz, von denen sie nicht wussten, dass sie aus Nowomoskowsk kamen, einer kleinen Stadt am rechten Ufer der Samara, unweit von Dnipropetrowsk. Sie wussten nichts von der Verzweiflung, der Wut, der Trauer dieser Männer, von denen viele das weite Flussdelta, die tausend Flüsse und Seen und Sümpfe am Lauf des Dnepr, an denen ihre Geburtsorte standen, nie wiedersehen würden.

Im Laufe des Tages setzte Tauwetter ein. Um die Leichen, die zu Hunderten vor den deutschen Stellungen lagen, bildeten sich kleine Pfützen. Am Abend war die Katastrophe ausgeblieben. Um halb vier Uhr nachts folgte der nächste Angriff auf die Anhöhe, etwa 60 Angreifer, die im Vorfeld liegenblieben und sich schließlich mit ihren Verwundeten in die Dunkelheit zurückzogen. Die Kugeln der Maschinengewehre leuchteten rosarot in der Dunkelheit, bevor sie trafen. Wilde Schießereien zerrissen den ganzen nächsten Tag, den Dienstag, bis die letzten Reste der sowjetischen Truppen eingekesselt waren oder in der einsetzenden Nacht über den Donez entkommen waren. Die Division zählte 62 Tote, 18 Vermisste und 136 Verwundete in zwei Tagen.

Am Mittwoch schlug der Kommandeur von Hermanns Regiment vor, die Verteidigungslinie nach hinten zu ziehen, etwas Raum aufzugeben: zurückzuweichen. Der Vorschlag wurde abgelehnt. Später am Tag griff ein ganzes sowjetisches Bataillon die Sternchenhöhe an, die im Hagel der Maschinengewehrsalven, Artilleriegranaten, Karabinerkugeln doch nicht an die Spitze herankamen, wo die schwindende Zahl der deutschen Verteidiger sich eingegraben hatte. 14 Tote, 47 Verwundete, Sonnenschein.

Am Donnerstag meinten die Deutschen Motorengeräusche in der Ferne zu hören: das Brummen von Panzern. Die Panzerjagdabteilung machte sich bereit. Aber in den Abendstunden fanden die Spähtrupps keine Spur der Maschinen. Sie hatten sich die Geräusche in ihrer Nervosität wohl eingebildet. Auf die Sternchenhöhe prasselten Artilleriegranaten. Ein Toter, 11 Verwundete, warmes, windiges, diesiges Wetter.

Am Freitagmorgen waren die getauten Wege zu Matsch geworden, in dem die schweren Geschütze nicht bewegt werden konnten. Um die Mittagszeit begann ein weiterer sowjetischer Angriff mit mehr als eintausend Mann, die für einige Zeit direkt auf Hermanns Kompanie zuzuhalten schienen. Sie brachen schließlich an einer anderen Stelle durch die deutschen Linien, einige Kilometer entfernt. Der deutsche Bataillonskommandeur schmiss sein letztes Aufgebot in den Kampf: seine Schreiber, Pferdepfleger, Schuster, Schmiede, Bäcker und Schlachter. Kurze Zeit später hielten auch die Posten von Hermanns Kompanie dem Ansturm nicht mehr stand. Die sowjetischen Truppen brachen auf einem Hügel, den die deutschen Soldaten »Bärentatzenhöhe« getauft hatten, durch die Verteidigungen. Die Rotarmisten, die aus der Gegend um Stalingrad kamen, gruben sich Löcher am Hang des Hügels und wichen in den nächsten Stunden keinen Meter zurück.

Fast 200 Männer hatte die Kompanie wenige Wochen zuvor noch gezählt. Hermann hatte gesehen, wie man einen nach dem anderen weggetragen hatte. Hatte Blut gesehen, dickes schwarzes und helles rotes, hatte Hirn gesehen, Knochen, Sehnen, die gesamte entblößte Mechanik des Körpers. Hatte die letzten Blicke, Bemerkungen, die letzten Gesten, alltäglichen Handgriffe derjenigen aufgenommen, die kurz darauf im Chaos verloren gingen. Hatte so oft Abschied genommen, so viele verloren, dass die Idee der Freundschaft, ja der Zuneigung selbst, innerhalb weniger Tage lachhaft und einfältig geworden war. 26 waren an diesem Freitag noch übrig.

Die Kriegsbewegungen der Armeen wurden schwerfälliger, weniger ausholend, wie die Arme eines Schwergewichtsboxers in der Erschöpfung der letzten Runden. Die nächsten vier Tage folgte eine Angriffswelle auf die andere. Einige Meter ukrainische Erde gingen zurück an ihre ursprünglichen Besitzer, was wenig änderte und sehr teuer bezahlt wurde. Vor den deutschen Stellungen stapelten sich die Leichen zu 50 bis 100 Erschossenen. Die Deutschen starben nun in einem etwas langsameren, stolpernden Rhytmus: Samstag 17, Sonntag einer, Montag fünf. Dienstag acht und zwei, die vermisst wurden, Mittwoch vier, Donnerstag zwei, als es erneut zu frieren begann, Freitag ebenfalls, Samstag drei, am Sonntag, dem vierten Advent, keiner, am Montag zwei, am Dienstag zehn, am Mittwoch, Heiligabend, sieben, bei heller Morgensonne, Windstille und klarer Luft. Die Schönheit und Grausamkeit dieses Tages waren zu viel für einen Leutnant, der darüber seinen Verstand verlor.

Gegen Abend, als das Licht verlosch und die Konturen der Bauernhöfe verschwanden, wurde Hermanns Kompanie ein letztes Mal nach vorne geschickt, wo sie in ihren primitiven Unterständen mit kleinem Ofen saßen und sich abwechselten, draußen in den Löchern und Gräben Wache zu stehen, in der kalten Nacht.

Ihre Körper rochen nach der Angst wilder Tiere, nach Urin, nach Schweiß, nach den pudrigen Ausscheidungen der Läuse. Sie hatten ihre Unter- und Feldhemden, die Mäntel, die lange Unterwäsche, die Socken, und Unterhosen seit sechs Wochen nicht ausgezogen, nicht gewechselt, nicht gewaschen. Und vielleicht hat er es trotzdem geschafft, für kurze Momente das Bild vom letzten Jahr vor seinem inneren Auge heraufzubeschwören, als sie kurz vor Weihnachten die Tanne gemeinsam ausgesucht hatten. Er versprach es ihr in einem Brief. »Wolle Gott, ich kann Dir wieder gerecht werden.«

Als um drei Uhr morgens am zweiten Weihnachtstag die Ablösung kam, war er durchgefroren, aber unversehrt. Es schien ein fantastischer Zufall zu sein, der ausgerechnet ihn am Leben erhalten hatte.

Hermann
Es war eine süße Stimmung am Himmel.

Alexander
ich hatte das bestimmte Gefühl:

Hermann
Weißer Mond mit Wolken

Alexander
Jetzt bist du an der Reihe.

Hermann
und viel Wind.

Alexander
So kam ich schließlich an eine Lichtung

Hermann
Gleich darauf ging eine schwere Granate,

Alexander
der Maschinengewehrschütze hat mich

Hermann
neben uns nieder.

Alexander
noch eine Strecke in die Lichtung hineingehen lassen

Hermann
Die Splitter klatschten an die Hauswand

Alexander
und schoss dann.

Hermann
und ich lachte

Alexander
der zweite Feuerstoß traf mich

Hermann
In einiger Ferne hörte ich einen grausigen Schrei

Es gibt ein Bild von ihm nach diesen Tagen. Es zeigt einen gealterten Mann. Neue Falten laufen an der Nasenwurzel entlang. Er scheint Haare verloren zu haben. Unter seinen Augen haben sich Polster gebildet, die Augen sind klein, als sei die Welt zu grell, als könne er die Helligkeit nur noch blinzelnd ertragen. Er trägt einen Bart, der aussieht, als habe er sich eine gute Woche nicht rasiert. Seine Grübchen verziehen sich, als wollten sie lächeln, aber sein Mund bleibt geschlossen. Er schmunzelt, als wenn es ein grausamer Witz wäre, dass er überhaupt noch da sei. Grimm war die Welt geworden. Sie hatten sie so gemacht.

***

Anny schickte ihm Praktisches: Zigaretten für die Nerven, Wurst, Kekse, Bonbons, Kekse und Pralinen gegen den Hunger, Läusemittel gegen das Jucken, Bleistifte für die Worte und einen Kamm für die dünner werdenden Haare. Mehr war nicht zu tun.

***

Als er ihr schrieb, dass sie nun unterwegs »nach etwas weiter hinten oder in einen ruhigeren Abschnitt« seien – »Ich weiß nicht, wie ich es recht nennen soll.« Und dann noch hinzufügte: »Aber Du brauchst keine Angst um mich zu haben.« Die Wahrheit konnte er ihr nicht schreiben. Dass man sie verheizt hatte, fast bis auf den letzten Mann, und dass es fantastischer Zufälle bedurft hatte, damit er mitteilen konnte, dass er »noch ganz munter« sei.

***

Die Soldaten kehrten in diesen Wochen zum Aberglauben zurück. Alles war Zeichen, Vorhersehung, Rettung. Die Welt verzauberte sich vor ihren Augen.

Es gab einen Oberleutnant, der sich auch an den letzten Novemberabenden weigerte, in einem Haus zu schlafen, weil er sich vor den Läusen so ekelte. Während der ersten eisigen Schneenächten schlief er lieber in einem Zelt im Garten. Schließlich wurde es so kalt, dass auch er es nicht mehr aushielt. Er ging abends ins Haus. Nachts wachte er auf, als eine Granate explodierte. Sein Zelt war von den Splittern vollständig durchlöchert worden.

Eine Gruppe Artilleristen verlor den Schlüssel zu dem kleinen Haus, in dem sie auf ihren Einsatz an den großen Kanonen warten sollten. Sie suchten sich eine andere Unterkunft. In der gleichen Nacht krepierte eine schwere Granate auf dem Dach des Hauses und legte es in Schutt und Asche.

Ein Unteroffizier führte als Talisman eine Eierhandgranate mit sich. Er hatte sie in der Manteltasche getragen, als er von einer Gewehrkugel getroffen worden war. Die Kugel prallte an der Handgranate ab und verfehlte die Sprengladung dabei um wenige Zentimeter. Den Einschusskanal zeigte der Mann stolz herum.

Ein Soldat starb am Abend eines besonders heftigen Kampftages ganz friedlich in der Kammer, die er von einer geflüchteten ukrainischen Familie übernommen hatte. Der Ofen, den er für die Nacht mit Kohlen vollgestopft hatte, bekam keinen Zug. Das Kohlenmonoxid kroch in den Raum und erstickte ihn sanft und unbemerkt. Sein Offizier sagte bei der Beerdigung, dass er ein Soldat gewesen sei, der »dem Krieg völlig hilflos gegenüberstand. Man hätte ihn nicht hinausschicken dürfen. Aber er war nun mal hier draußen, bei uns, und wir hätten besser auf ihn aufpassen müssen.« Sie gruben ihm in einem schneebedeckten Garten ein flaches Grab und stellten ein Holzkreuz drüber.

***

Der Winter in Celle begann mit einer Kälte, wie man sie lange nicht erlebt hatte. Die Teiche und Seen überfroren schon an Weihnachten. Frost legte sich über die Trauerweiden an der Aller. Und das Gefühl, dass etwas nicht nach Plan lief, begann sich breitzumachen.

Nach den Feiertagen sammelte die Bevölkerung der Stadt warme Kleidung für die Wehrmacht. Bergeweise Kleidung stapelten sie auf: Jacken, Hosen, Mützen, Socken. Und während sie ihre Sachen abgaben, sprach niemand aus, was alle wussten: Dass etwas versagt hatte. Dass sonst niemand den alten Nerz durch die Stadt tragen müsste.

Dann kamen die ersten Züge mit Verwundeten am Güterbahnhof an. Die Rotkreuzschwestern, die Ärzte, die Eisenbahner erzählten davon, was sie da gesehen hatten. Die Amputierten, die schwarzgefrorenen Zehen, verbrannte Haut, die Zugabteile, die nach Aussonderungen der Bakterien rochen, die in den Wunden lebten; die hastig angelegten Notverbände, die auf den tagelangen Reisen nie gewechselt worden waren; »ausgemergelt, todernst und zum Umfallen müde«, sahen die Männer aus.

***

An einem klaren Januarabend beleuchtete eine halbe Mondsichel die britische Bomberstaffel, die nach Hannover flog. Annys Vater kam gerade von der Arbeit nach Hause, als die Alarmsirenen losheulten. Er ging weiter auf den verlassenen Straßen. Er vertraute darauf, dass es, wie bisher, gut gehen würde.

Am Horizont sah er rote Feuerkugeln hinabsinken, die über der Zementfabrik in Misburg orangene Lichtringe erzeugten. Das Brummen der Motoren war erst leise und weit entfernt. Dann wurde es lauter, der Ton höher.

Vier Explosionen gab es. Und eine von ihnen schleuderte eine Nähmaschine durch die Luft, die mit lautem Krachen auf einem Vordach zerschellte und auf der Straße vor den Füßen meines Urgroßvaters landete, der nur sehr knapp vor der Demütigung bewahrt wurde, durch ein Haushaltsgerät zu sterben.

Ein Mädchen stand vor den Trümmern eines Hauses mit zwei Mänteln, dem Sonntagshut der Mutter, einem Strumpf und den zerfetzten Resten der Küchengardine auf der Straße. Überall lagen Glassplitter auf dem Boden, die mit dem Schnee um die Wette funkelten.

Der tote Vierjährige wurde einige Tage später vom Gauleiter in der Celleschen Zeitung als »der Front der Heimat Vorbild« gelobt. Das Sterben allein war in den Rang einer Tugend erhoben worden.

Und als der Winter in der überfrorenen Heide seinen Höhepunkt erreichte, war auch Anny das Gefühl der Sicherheit endgültig entglitten.

***

Es war kurz vor Neujahr, als Hermann ein Lied in den Kopf kam, ein Trostlied. Eine Melodie, die sank und fiel wie ein schwerer Atem oder eine schwingende Schaukel:

Das Jahr geht still zu Ende,

nun sei auch still mein Herz
Und es kam ihm auf einmal vor, als würde er diese Musik das erste Mal in seinem Leben wirklich verstehen.
In Gottes treue Hände
leg ich nun Freud und Schmerz.
Dieser wiegende Aufstieg zum hohen C, das Hinabsinken zum A, ein Prickeln im Nacken, ein Schauer, ein Loslassen.
die Tränen, die geflossen,
Der Trost des Zyklischen, in alten Gedanken, mehr gefühlt als gewusst,
die Wunden brennend heiß.
die wisperten, dass er ankommen werde,
So manches Aug gebrochen,
dass die Unbehaustheit ein Ende finden werde.
und mancher Mund nun stumm
Und die behaupteten, dass der Tod nichts weiter sei
der erst noch hold gesprochen
als der Gang zur Himmelsfreude.
Und ist es uns hienieden,
Bilder schwirrten vor seinem Auge:
Hier gehen wir und streuen
der rote Backstein der Garnisonkirche im Wildgarten, das helle Ziffernblatt der Uhr,
die Tränensaat ins Feld
die glatten Treppenstufen, die er mit Anny hinaufgestiegen war, der graue, glatte Stoff der Ausgehuniform auf der Haut;
Und ist es uns hienieden so öde, so allein,
der Geruch nach altem Holz, kühlen Steinen und brennenden Kerzen,
o lass in Deinem Frieden
das Kristallgeschirr mit der schweren, süßen Bowle.

uns hier schon selig sein.

Einsamkeit umfing ihn. »Es ist doch etwas Überwältigendes, vor einem großen Erleben wie Silvester allein in der Welt zu stehen«, schrieb er ihr. »Ich werde dich im Geiste umarmen.«

***

Am Silvesterabend um Punkt null Uhr, Berliner Zeit, feuerten sie Artilleriesalven hinüber in die Stellungen der Roten Armee. Sekt und Weißwein wurde ausgegeben, die Hermann »flaschenweise an den Rest der Kompanie« austeilte. Sie waren so wenige, dass sich jeder ordentlich einen antrinken konnte. Sie rauchten, aßen Schokolade, bejubelten das ratschende Krachen beim Abschuss der Artilleriegranaten und die rot leuchtenden Einschläge in der Ferne und gaben sich ganz dem Kitsch hin, zweifelhaften Bildern von Sorge, Zuneigung, Pflichterfüllung, welche die Maßlosigkeit ihres Unternehmens unterschlugen: »Ich gedenke auch unserer lieben Eltern«, schrieb Hermann und meinte ihre damit genauso wie seine Mutter, »sie werden gewiss schon schlafen. Sie sollen es, wir halten Wacht.«

***

Wie unglaublich wenig sie wussten. Wie blind sie hindurchgingen durch dieses Land. Es blieb ihnen ein flaches, weißes Rätsel. Selbst der gebildete, kühle Oberst Otto Korfes, der Hermanns Regiment befehligte, verzweifelte in jenen Tagen an diesem »furchtbaren Land mit der furchtbaren Seelenlosigkeit, mit dem Geist und Leben, an dem jeder Versuch der Deutung mit unserem Werkzeug scheitert. Cäsars Legionen haben niemals gegen solche Fremdheit kämpfen müssen.« Der Oberst hatte große Ohren und ein flaches Gesicht mit Mundwinkeln, die immer nach unten zeigten, wie ein Rochen. Auch er wusste, mit all seiner Klugheit, nicht weiter. Ihre Krise war nicht nur eine des Leidens, sondern auch der Erkenntnis.

***

Die nächsten Tage schrieb Hermann an einem kleinen Tisch in Nikolajew bei Slawjansk, im Zuhause einer ängstlichen ukrainischen Familie Kondolenzschreiben. Das Sterben der vergangenen Wochen musste auf Papier abgearbeitet, nachbereitet werden. Erst dann war es wirklich vorbei. Das Häuschen, in dem er schrieb, hatte Fensterläden aus hellem Holz mit geschnitzten Verzierungen, weiße Wände, eine kleine Veranda, die von Holzpfeilern abgestützt wurde. Es war umstanden von Obstbäumen und stand am Fuße einer Anhöhe, von deren Spitze man die Rauchsäulen der Front sehen konnte. Die Fenster waren aus dünnem Glas. Als die Temperaturen auf 37 Grad unter null sanken, überwucherten Eisblumen die Scheiben und machten sie blind. Der Boden war ungefliest, aus festem Lehm, der sich in den Tagen des Tauwetters, wenn sie mit nassen Stiefeln hereinkamen, aufzulösen begann. Hermann schlief mit zwei anderen in einem Raum, auf einem Bett aus Stroh.

Die ukrainische Familie sei »friedlich und gefällig«, sagte Hermann, auch wenn er ahnte, dass diese Gefälligkeit nicht ganz zwanglos erbracht wurde – »Was sollen sie auch machen?«. Reden konnte er mit ihnen nicht. Er verstand, dass sie große Angst hatten. Dass der Krieg ihnen den Schlaf raubte. Sie wiederholten einen Satz immer wieder, ein Mantra aus drei Sprachen: »Germans Du Soldat harascho.«

Sie zwangen sie dazu, ihnen beim Kochen zu helfen, beim Waschen der Kleidung, sie zwangen sie dazu, in der Kälte Gräben auszuheben, zur Verteidigung des Dorfes. Hermann wusste so gut wie nichts über seine Gastgeber, hatte keine Vorstellung von der Geschichte ihres Leids, ahnte nur sehr vage, dass die Landser nicht die Ersten waren, die Vernichtung und Gewalt in ihr Leben gebracht hatten, und hatte sicher nicht die Fantasie, sich vorzustellen, dass sie, wie wir heute wissen, nicht die Letzten sein würden. Er misstraute ihren Sympathiebekundungen. Er redete sich ein, dass er sie »gerecht« behandelte. Er blendete ihre störende, undurchdringliche Anwesenheit aus, während er die Briefe schrieb, welche die Postboten in Deutschland mit gesenktem Blick austeilten und zitternde Hände aus den Briefkästen zogen.

»Sehr geehrte Frau«, »Sehr geehrte Familie«, »mir fällt die schwere Aufgabe zu« etc., »traurige Mitteilung« etc., »Heldentod für Führer, Volk und Vaterland« etc., »Am Ortsrand von Jama« etc., »schwere Kämpfe« etc., »Panzer« etc., »getötet durch Kopfschuss«/»Herzschuss«/»Granatenvolltreffer«/»Scharfschütze« etc., »sofort tot« etc., »hat nicht leiden müssen« etc., »erlag kurz darauf seinen Verletzungen« etc., »auf dem Heldenfriedhof in Nikolajewka beigesetzt« etc., »immer geschätzt« etc., »bei allen beliebt« etc., »einer der besten Kameraden« etc., »fröhliches Wesen«/»Gewissenhaftigkeit«/»Mut«/»unerschütterlicher Glaube an die Heiligkeit des Kampfes« etc., »wird uns immer ein Vorbild sein« etc., »Großdeutschland« etc., »gab stolz sein junges Leben« etc., »starb in Erfüllung seiner soldatischen Pflicht« etc., »Trost in dem schweren Leid, das Sie getroffen hat« etc., »unersetzlicher Verlust« etc., »aufrichtiges Mitgefühl« etc., »ehrendes Andenken bewahren« etc., »Heil Hitler« etc.

Der Kompaniechef unterschrieb nur noch.

Mittags fuhr er mit einem Fotoapparat hinaus auf den Friedhof und machte Bilder von den Gräbern. Die Fotos bekamen die Familien. Anstatt des Körpers, anstatt einer Beerdigung, anstatt eines letzten Kusses auf eine kalte Stirn, gab es Schwarz-Weiß-Aufnahmen, von menschleeren Landschaften; einer verschneiten Ebene, in der nichts höher als schulterhoch wuchs und in die unsichtbare Hände Kreuze gestellt hatten und schwarze Rechtecke gebuddelt worden waren.

Feldwebel August Sackmann bekam ein Tatzenkreuz aus Holz, der Oberschütze Karl Hubinger lediglich zwei zusammengenagelte Balken, Wilhelm Bösch, Paul Bolosch und Heinz Daniel ebenfalls. Aber davor hatte jemand zum Ausgleich der Schlichtheit grüne Tannenzweige und frische, weiße Nelken gelegt. Einige Monate später, im Frühling, ersetzte man das Holz mit Steinen. Und in die Mitte jedes Steines kam ein Hakenkreuz.

***

Über ihre Briefe schrieb er: »Es tut mir leid, sie zu vernichten. Ist doch jeder ein Erleben mit Dir. Sie wurden von allen Sachen am sorglichsten verwahrt. Es fehlt bislang nicht einer. Es wäre doch schön, wenn mal alles später noch mal an sich vorüberziehen lassen könnte.« Einige

Tage später schickt er ihre Briefe in einem Bündel zurück. Es gibt diese Briefe nicht mehr. Sie hat ihre eigenen fast ausnahmslos vernichtet. Sie hat ihren eigenen Worten keinen Wert beigemessen. Sie scheint sich dafür nicht genug gemocht zu haben.

Scham und Schmerz waren bei ihr immer schwer zu trennen gewesen.

***

Anny hatte immer eine Tendenz zur Lüge, zur Halbwahrheit, zur Retusche, dazu, Dinge, die nicht passten, wegzuschneiden. Hat sie wirklich alle Briefe aufbewahrt? Hat sie sich als Hüterin aller seiner Worte gefühlt? Oder hat sie Angst gehabt vor unserem Urteil über ihre Liebe? Hat sie doch einige Seiten in ihrem Ofen verbrannt, die sie zu sehr gequält haben oder die vielleicht Rückschlüsse auf gewisse Grausamkeiten zuließen oder auf Haltungen, die spätestens ab den 1970ern nicht mehr tragbar waren?

Und wie ist es mit Hermann: Kann ich seinen Beobachtungen trauen? Was lässt er aus? Wo hat er Anny vor allzu grausamen Details verschont?

Und ganz abgesehen von den beiden: Die Größe der Räume, in dem das Geschehen stattfindet, schafft ganz eigene Probleme. Die einzigen Zeugen, die aufgeschrieben haben, was sie erlebten, waren oft weit weg von Hermann, nur lose dadurch verbunden, dass sie in der gleichen Division waren, einer Gruppierung, die zumindest anfangs mehr als 15.000 Leute umfasste, die manchmal 80 Kilometer weit in der Landschaft verteilt waren. Ihre Erfahrungen bleiben nur eine grobe Annäherung an das, was er erlebte.

Es gibt die offiziellen Dokumente, die Gefechtsberichte und Tagebücher, welche die Infanteriedivision nach Berlin schickte. Dort war der Krieg eine Kräftebewegung, die aus großer Höhe gesehen wurde, ein ständiges Vorgehen, Zurückweichen und die nackten Zahlen der Toten, Vermissten und Gefangenen. Ein detailloser Blick, der das Wichtigste nicht beantworten kann.

Und die Briefe, die ich habe, lösen eine eigene Art der Blindheit aus: Ich kann sie nicht lesen. Das Sütterlin, in dem sie geschrieben sind, ist für mich nichts als Spitzen, Kringel und Schleifen, die auf frustrierende Art und Weise vertraut aussehen und sich doch als hoffnungslos fremd erweisen. Sie wurden einer nach dem anderen von meinem Vater und einigen sehr freundlichen Rentnern der Arbeiterwohlfahrt in Konstanz transkribiert, die äußerst zügig und sorgfältig gearbeitet haben. Ihnen sind dennoch Fehler unterlaufen. Es waren harmlose Fehler dabei, wie die Schreibweise von Orten (aus Rhüden, das bei Goslar am Rande des Harzes liegt, wurde zum Beispiel Pfüden); weniger harmlose Fehler in der Datierung der Briefe (der Mai 1941 wurde mit dem Juni 1941 verwechselt, weswegen ich einige Monate lang dachte, er wäre am 22. Juni 1941 mit in die Sowjetunion einmarschiert und hätte dies einfach nur mit unglaublich kühler Nonchalance in seinen Briefen nicht einmal angedeutet), und Wortneuschöpfungen, wie jene nicht ganz triviale meines Vaters, der in einem der ersten Briefe den Satz zu lesen meinte: »Ja, Anny, es heißt: Das Unglück *schreibt* schnell.« Wir haben wochenlang gerätselt, woher Hermann diese Metapher hervorgeholt hatte. Ich mochte den Klang dieses etwas eigensinnigen Sprachbildes. Und so enthielt der Arbeitstitel des Manuskriptes für einige Monate einen Transkriptionsfehler. Die Wendung stammt tatsächlich aus dem *Lied von der Glocke*. Da heißt es:

Fest, wie der Erde Grund,
Gegen des Unglücks Macht
Steht mir des Hauses Pracht!
Doch mit des Geschickes Mächten
Ist kein ewger Bund zu flechten,
Und das Unglück schreitet schnell.

Hermann wird das Gedicht in der Schule auswendig gelernt haben, Anny ebenfalls. Sie wussten, dass das Unglück *schreitet*.

Wolfgang
Ich liege in meinem Bunker

Johannes
Hier baumeln

Wolfgang
Es ist still

Johannes
sieben Partisanen am Galgen

Wolfgang
Nur das Feuer brodelt unruhig,

Johannes
Als man sie hing,

Wolfgang
und meine Taschenuhr,

Johannes
riss bei allen der Strick.

Wolfgang
tickt stetig und beruhigend,

Johannes
Jetzt pendeln sie steif und blau

Wolfgang
Es ist mir,

Johannes
im Wind hin und her.

Wolfang
als läge ich im Grabe.

Dass man Hermanns Kompanie so frühzeitig so gründlich zusammengeschossen hatte, verschonte ihn vom Schlimmsten dieses Winters.

Hermann schlief in seinem warmen, kleinen Häuschen in Nikolajew, während wenige Kilometer entfernt die Stellung, in der er einige Tage vorher noch gesessen hatte, in den dunklen Morgenstunden vor den heranstürmenden Panzern der Roten Armee aufgegeben wurde.

Von den mehr als einhundert Männern, die in diesen Stunden vergessen wurden, die einfach verschwanden ohne jede Spur und von denen wohl einige auf einmal, wie in einem Albtraum, alleine dastanden und keine Menschenseele mehr erblicken konnten, fanden sie im Frühling einige Körper, als der Schnee sie freigab.

***

Im Laufe des Winters kam die Rote Armee nur noch bis in den Nachbarort. Er spürte immer noch jeden Tag das Beben der Einschläge, er sah die Rauchwolken, die sich über der Landschaft auffächerten, er wurde von der Angst erfasst, die sie alle ergriff, als die Panzer von ihrem Hügel aus sichtbar bis auf wenige Kilometer an sie heranrückten. Panik lag in der Luft und ein schnelles Ende. Aber dann erstarrte der Kampf. Er verbrachte den restlichen Winter in nervöser Ruhe, lebte wie ein Beamter, schrieb bei Kerzenlicht, organisierte Essen, Munition und Heizkohle, versuchte erfolglos Hafer für die Pferde zu bekommen und verabredete sich am Telefon mit seinem Leutnant zum Skat. Es gab weder Strom noch Petroleumlampen, sodass der kleine Ort nachts in totaler Dunkelheit lag, die nur ab und zu durch das geisterhafte, grüne Licht der Leuchtgranaten über dem Schlachtfeld erhellt wurde. Es war kalt im Haus. Die Tinte fror nachts im Glas ein. Er schrieb mit dem Rücken an einem kleinen Ofen, dessen Wärme sein Gesicht nie erreichte. Seine Nasenspitze blieb immer kalt. Auf einem Tischchen stellte er ein Foto von ihr auf. Sie lächelte auf dem Bild. Er hatte den Eindruck, dass sich ihr Blick veränderte, sobald er sich zu ihr setzte, als würde sie dann etwas sanfter, weicher schauen. Er stellte sich vor, wie er sie »immerzu und immerzu« küsste, und vielleicht noch einiges mehr. Er genoss die Abendstunden, wenn die anderen beiden, mit denen er sich das Schlafzimmer teilte, schon schliefen und er ihren ruhigen Atem hörte. Auf seinem Tisch brannte dann eine Kerze. Und er hatte Zeit zum Träumen: »Draußen ist heller Mondschein. Es ist derselbe Mond, es sind dieselben Sterne, die auch die Heimat erleuchten. Komisch ist es doch, wenn ich darüber nachdenke, schreibe von Dir entfernt, und doch scheint uns beiden das gleiche Licht.« Sein Bett war aus Stroh, das jeden Abend ausgeschüttelt wurde, um es weicher zu machen. Jede Nacht ärgerte er sich darüber, wie schnell es sich hart gelegen hatte und wie sehr ihm der Nacken beim Aufstehen schmerzte. Waschen tat er sich wochenlang nicht. Seine Morgentoilette bestand darin, etwas *4711* und Haarwasser aufzutragen. Wenn er nach draußen ging, dann zog er so viele Schichten unter den dünnen Mantel, dass er aussah wie eine übergewichtige Puppe. Er gewöhnte sich an einen Rhythmus, der durch das Knirschen des Schnees unter den Kufen der Schlitten vorgegeben wurde, die Befehle und Briefe, Essen und Kleidung brachten. Er hatte viel Zeit. Er rauchte selbstgedrehte Zigaretten und Zigarren, die sie ihm geschickt hatte, bis der Raum neblig war. Er aß mit großem Appetit, was sein Gefreiter ihm kochte: Braunkohl, gehackte Klopse,

Rinderbraten, Kartoffelpuffer in Sonnenblumenöl. Er sah nichts Falsches darin, dass er mehr aß als seine ukrainischen Gastgeber, die vor seinen Augen dünner und dünner wurden. Er verzweifelte am Schreiben; an der Aufgabe seiner prekären Langeweile jede Woche ein paar Worte abzupressen: »Dass ich Dich lieb habe, Dich nie vergessen werde, Dir ewig dankbar bin, sehr stolz auf Dich bin *usw.* versteht sich von selbst. Du weißt es ja. Es wäre eintönig, es stets in jedem Brief zu betonen. Viel schöner wäre, das Beisammensein und die tägliche Freude am Dasein, oder die Schwere des Alltags gemeinsam zu teilen und zu tragen.« Von seinem Fenster aus beobachtete er die Natur: das große Frieren, die Tage des Eises, wo sie 40 Grad unter null maßen und sich die Schneewehen hoch wie Pferde in der Landschaft türmten. Er spürte die kalten Windstöße, wenn er an seinem Schreibtisch saß. Sie kamen durch die Ritzen in den Fenstern und unter der Tür herein. Er sah die Frauen auf den verschneiten Wegen, die mit ihren Handschlitten herumzogen, auf der Suche nach etwas zu essen, die auf langen, manchmal mehr als 100 Kilometer weiten Wanderungen über die Dörfer waren. Ab und zu blieb eine von ihnen erschöpft am Wegesrand liegen und stand nicht wieder auf. Er starrte nachts auf den Hügel, der sich direkt hinter seinem Häuschen aus der Landschaft erhob: »Um diese Stunde sieht es aus, als umgeben uns Gletscher wie im Hochgebirge. An den Hängen liegt der Schnee wie festgewalzt, der Mondschein spiegelt sich darauf wider, und bei dem Anblick kommt einem das Frieren.« Die kurzen Unterbrechungen der Kälte, in denen alles zu tauen anfing und das geschmolzene Wasser um sie herum gluckste, machten ihn nachdenklich. »Gestern lauschte ich in den Westwind und bildete mir ein, zu spüren, dass er dich umgeben hatte.« Er glaubte sie in den warmen Böen zu hören, zu riechen, zu schmecken. Als der Wind drehte und wieder kalt und scharf aus Osten kam, verschwand das Gefühl. Er hörte Stimmen, die ihm Trost spendeten. »Das Gemurmel ist dem der Aller gleich. Und dieses klare Wasser fließt den Hang hinab, vereinigt sich mit dem Don und erreicht dann das Schwarze Meer. Von dort im weiteren Lauf verfolgt das Mittelmeer den Ozean und hilft unsere Schiffe, Kreuzer und U-Boote zu tragen, wie die der Gegner.« Ihn erfüllte plötzlich ein Gefühl der Verbundenheit. War er nicht wie ein Wassertröpfchen, von einem kleinen Hang herabgeflossen in einen großen Fluss? Aber zur entscheidenden Einsicht gelangte er nicht.

Das Bild der Wassertropfen verschwand wieder aus seinem Geist und wurde ersetzt durch das Bild des Matsches. »Ist das Wasser verschwunden, dann geht es mit dem Dreck, dem Matsch wieder los. Es ist ein ewiger Kampf, der den Menschen auferlegt ist. Der Führer sagt ja: Wer nicht kämpfen will, verdient das Leben nicht. Also kämpfen wir.« Er sah von seinem Hügel aus zu, wie die zwei Hallen des Flugplatzes in Flammen aufgingen und nichts als die Gerippe der Flugzeuge übrig blieben. Sie erhängten zehn Geiseln aus dem Ort, als man die Saboteure nicht fand.

***

Es gibt Fragmente, Andeutungen, Vignetten in seinen Briefen, die für mich unentschlüsselbar sind. Das Personal dieser Miniaturen ist vergessen. Ihr Unglück hat sich aufgelöst. Es bleiben nur kleine Krümel an der Oberfläche von etwas Großem und Schwerem, das endgültig auf den Meeresgrund gesunken ist.

Über einen kleinen Jungen wissen wir nur, dass er starb: »Mit dem kleinen Wolf, das tut mir auch bitter leid. Recht schade um den kleinen Mann. So hat der eine dies, der andere das.«

Über einen Gefallenen war etwas mehr zu erfahren: »Aber erschütternd ist es mit R. Habermann. Ist es also wahr. Es tut mir aufrichtig leid. Ja, es ist traurig! Aber, mein liebes Annchen, Tatsachen sind nicht zu ändern. Jeder nimmt es aus Gottes Hand, wie er es verdient.« Ein Soldat, der in Hermanns Division war, schrieb zur gleichen Zeit: »Mit Rudolf Habermann ist es ja ein sehr trauriger Fall, zuerst wird er verwundet im Polenfeldzug, und hier muss er jetzt noch sein Leben lassen.« Eine Todesanzeige für einen Rudolf Habermann meldete, dass dieser am 01.01.1942 in Malojaroslawez, 120 Kilometer von Moskau entfernt, starb.

Manchmal wusste er selbst nicht mehr: »Unter den Verwundeten ist leider auch mein Fredener Heimatkamerad. Es hat ihn gewiss etwas erheblich erwischt. Liebes Annchen, Du darfst aber gegenüber den Fredenern nichts laut werden lassen. Ich habe ihn nicht mehr sprechen können, er ließ mich schön grüßen und sagen, ich dürfte nichts davon nach Freden schreiben.«

Eine Frau hinterließ nur ihre Insignie als Spur in seinen Briefen – Waldtraut? Wiebke? Wilma? Wilhemine? »Die W. hat wohl mehr zu leiden als unsere neuen Soldaten hier? Oder es kommt ihre ungesunde Natur zutage. Oder es soll jeder sofort ihr ansehen können, dass sie die Frau eines tapferen, sich Stunde für Stunde mit dem Feinde herumschlagenden Frontsoldaten ist. Ihr Gesicht soll sagen, und zwar jedem: Ich leide für Dich.«

Die Sorge selbst schien ihm manchmal zuwider zu sein. Als erinnerte derjenige, der weder ein noch aus wusste vor

Kummer, ihn zu stark an etwas, das er mit aller Kraft unterdrückte.

»Bei uns soll das anders sein, mein Herz. Mache nur nicht solch ein Gesicht, auch wenn sich mein Geschick mal wenden sollte. Erst dann möchte ich, dass Du besonders stolz bist. Bin ich erst bei Dir, erzähle ich Dir von Menschen, die viel mehr gaben, nicht für sich, sondern fürs Vaterland. Du weißt, wie ich es meine, mein blondes Kind. Nur Mut, ich komme durch.«

Ich erinnere mich an die Art und Weise, wie sie manchmal ihr Kinn gehalten hat, wenn sie wütend war. Dieses Eindrehen des Kopfes, das Vorstrecken des Kinns, dieser Versuch, eine Fassade des Stolzes hochzuziehen. Und ich frage mich, ob das Bild, das er für sie entworfen hatte – das eines Paares, das im Schmerz keine Miene verzog –, weitergelebt hat als quälende, fixe Idee.

***

Das Ausbleiben der Katastrophe in den letzten Wochen des Winters verstanden sie nicht. Nicht richtig. Sie hielten es für etwas, das es nicht war: eine Bestätigung. Ihre optimistischen Gewohnheiten gaben sie nicht auf. Sie gehorchten den Befehlen, die sie hinausschickten in die Kälte. Die Leichenberge vor ihren Stellungen hielten sie für ein Zeichen der kommenden Siege. Sie glaubten mit jeder überstandenen Panzerattacke noch mehr daran, dass etwas in ihnen nicht zu brechen war. Dass ihre Überlegenheit vollkommen war.

Sie hielten fest an dem Glauben, dass die Verletzung ihrer Pflichten einer unverzeihlichen Selbstaufgabe gleichkäme. Dass es besser sei zu sterben, als sich zu ergeben.

Die Geschichten, die sie sich erzählten aus diesen letzten Wochen, handelten von wundersamen Rettungen: die Bäckereikompanie etwa, die direkt aus der Backstube nach vorne geschickt wurde, wo aus dem Waldrand Männer in weißen Tarnanzügen auf sie zustürmten. Die Bäcker machten das, was ihnen am vernünftigsten schien: Sie rannten. Nur ein 19-Jähriger blieb zurück, der sich an die Vierlingsflak stellte, eine Maschine, eigentlich dafür gedacht, auf Flugzeuge zu schießen, und mit der er unter den bereits dicht herangelaufenen Gegnern ein Massaker anrichtete.

Eine Einheit ließ die Motoren ihrer Maschinen nachts in der Kälte laufen, damit sie nicht einfroren. Sie waren schwach, längst so dezimiert, dass der Offizier ahnte, dass sie einen Angriff nicht überstehen würden. Aber der Angriff, mit dem sie alle fest rechneten, blieb aus. Sie erklärten sich ihr Überleben mit dem bedrohlichen Brummen. In den Köpfen der Gegner sei das Bild schwerer, wartender Panzer entstanden, so glaubten sie.

Die drei, die überlebten, weil sie eine weiße Plane über ihre Körper gezogen hatten, als eine sibirische Kompanie im Schnee vorbeistapfte. Sie hörten das Knirschen der Stiefel im Schnee. Sie rochen im Wind den Alkohol im Atem der Männer. Sie hörten die Stimme eines Mannes, die immer wieder auf Deutsch rief »Ihr Schweine, ergebt euch!« Sie wurden übersehen in der Dunkelheit.

Zwei Soldaten zogen einen blutenden Mann über einen gefrorenen See. Sie hatten ihn auf den Stoff ihres Zeltes gelegt. Sie wussten nicht, ob die Eisdecke, die durch Granateneinschläge durchlöchert war, sie halten würde. Sie wagten es nicht, anzuhalten und nach unten zu sehen. Als sie am Ufer ankamen, starb der Blutende auf ihrer Zeltplane.

Sie nahmen Verwundungen und Verstümmelungen hin, wie Spieler einen schlechten Tag im Casino: Sie beklagten ihr Schicksal, sie verdammten ihr Unglück, und sie dachten überhaupt nicht daran aufzuhören. Es gab jene, die ohne Zögern in der Februarkälte durch einen Bach hindurchwateten und denen es nicht einmal in den Sinn kam, den Befehl zu verweigern, der sie unweigerlich ihre Zehen kostete.

An einem ganz und gar normalen Tag wurde einem Gefreiten der linke Oberarm und die Brust von einem Geschütz durchschossen; einem anderen Obergefreiten der linke Arm von Granatsplittern durchschlagen, die ebenfalls in der Brust stecken blieben; wurden sechs Gefreite und Schützen mit blutenden Wunden behandelt, weil die eigene Flak zwischen sie geschossen hatte; wurde ein Gefreiter unter den Trümmern gefunden, die eine Artilleriesalve hinterlassen hatte, mit zertrümmertem Oberkiefer und blutender Nase; wurde ein Gefreiter von einigen kleineren Splittern in der linke Schulter gespickt, die zu seinem großen Unglück nicht einmal ausreichten für ein paar Lazaretttage; blieben einem Unteroffizier Splitter in der Hand, dem Hals und dem linken Unterschenkel stecken, die ebenso harmlos waren; fand der Schneidermeister auf der offenen Dorfstraße die Deckung nicht rechtzeitig, als das Grollen in der Ferne begann. Die Splitter durchlöcherten ihm den linken Lungenflügel, der zusammenklappte wie eine gerissene Hüpfburg, woran er drei Wochen später starb.

Sie waren bald so wenige, dass die Wachposten nachts alleine in ihren Stellungen saßen, und sie sprachen vor sich hin:

Verzage nicht, oh Häuflein klein

in ihrer Finsternis,

obschon die Feinde willens sein
der Wind und der kalte Abzug des Maschinengewehrs,
dich gänzlich zu verstören
das Glitzern des Mondlichts in den Schneewehen,
und suchen deinen Untergang,
die Zeilen eines alten Kirchenliedes,
davor dir wird recht angst und bang;
damit sie nicht den Verstand verloren.
Es wird nicht lange währen.

Es funktionierte gut.

Sie waren frei von Scham, wenn sie über die Wunden sprachen, die sie den anderen beibrachten. Sie redeten davon, wie sie Flüchtende in den Rücken schossen; wie sie ahnungslose Männer in hellen Mondnächten dicht an ihre Maschinengewehre herankommen ließen, um sie über den Haufen zu ballern; wie sie Munitionslager in der Ferne mit riesigem, dunklem Rauchpilz in die Luft gehen sahen; sie fühlten kein Mitleid.

Dort, wo sich die Brüchigkeit der Übereinkünfte offenbarte, wurde geschwiegen.

Die zwei Leutnants redeten nie wieder über jenen Tag, als sie in einer Mulde saßen, um sie herum die stöhnenden Verletzten eines schiefgegangenen Angriffs, an dem sie ihre Pistolen aus den Halftern gezogen und entsichert hatten. Das Wort »Feigling« war gefallen.

Sie hatten die Waffen aufeinander gerichtet.

Aber abgedrückt hatte keiner von ihnen.

Der Klügere hatte den Rückzug befohlen, und die Männer hatten gehorcht und ihren Mund gehalten.

Ein sowjetischer Doppeldecker warf in einer sternenklaren Nacht statt einer Bombe einen Postsack über einer deutschen Stellung ab. Als die Soldaten den Sack öffneten fanden sie Briefe, auf denen ihre Namen standen. Es waren die Weihnachtsbriefe, die ihre Eltern, Geschwister, Freunde, Ehefrauen ihnen geschrieben hatten und die nie angekommen waren. Sie lasen sie mit einem dunklen, ertappten Gefühl. Sie guckten für einige Tage noch misstrauischer in die weiße Ebene hinaus und verdrängten ihr Gruseln wenig später.

Als der Schnee im April schließlich schmolz, legte sich ein Friede über die Landschaft, der die Unwirklichkeit eines Halbschlafes hatte. Die Erde selbst schien angesteckt von der Fäule der auftauenden Körper. Jegliche Anstrengung erlahmte im strömenden, sickernden Wasser.

In gewissen Augenblicken schien die Ordnung der Dinge sich aufzuweichen. Zwischen zwei Schützengräben floss ein sauberes, kleines Bächlein. Beide Seiten gingen nachts, im Schutze der Dunkelheit hinab, weil sie durstig waren. Sie trafen sich dort unten. In der Dunkelheit bewegten sie sich mit langsamen, tastenden Bewegungen. Kein Griff ging ruckartig nach dem Pistolenhalfter. Sie tauschten Zucker und Zigaretten und kommunizierten mit den langsamen, vorsichtigen Gesten von Dompteuren.

Die Männer sahen ihren eigenen Pferden beim Verhungern zu. Der Anblick der Tiere deprimierte sie. Die Offiziere erzählten ihnen, dass es nun mal so sei. Dass sie nicht genug Nachschub bekämen. Man hielt diejenigen, die fragten, wieso man sich freiwillig in eine Lage begebe, in der man die Pferde nicht mehr füttern könne, für einfältig. Man behandelte sie wie Idioten, die etwas Wichtiges und Offensichtliches nicht verstanden hatten.

***

Wittgenstein meinte, dass die Gesetze der Logik uns »nicht wie die Gleise den Zug zwingen, das und das zu reden oder zu schreiben«. Wenn man sage, dass jemand nicht denken könne, die Übergänge nicht machen könne, die Verbindungen nicht ziehen, die man von ihm erwarte, dann sei das Hinweis auf etwas anderes. »Man will etwa sagen: Er kann es nicht mit persönlichem Inhalt erfüllen: Er kann nicht wirklich *mitgehen* – mit seinem Verstand, mit seiner Person. Es ist ähnlich, wie man sagt: Diese Tonfolgen geben keinen Sinn, ich kann sie nicht mit Ausdruck singen. Ich kann nicht *mitschwingen.*«

Aber noch schwangen sie zusammen, wie die Schallwellen einer Blaskapelle, die den *Hohenfriedberger* auf der Amputiertenstation eines Krankenhauses bläst.

***

Gibt es etwas Niederschlagenderes als den *Hohenfriedberger*, den alten Ruhmesmarsch der preußischen Armee? Ein Militärmarsch, der auf ganz eigenartige Weise mehr sein will als Metronom für Soldatenstiefel, der freier, größer, schöner sein möchte, als Märsche es sein dürfen. Er hat die Rührigkeit einer alten Aufziehuhr, die man mit stehengebliebenem Zeiger in einer Schublade findet, das Objekt einer längst korrumpierten Tugend.

Ein preuß'scher Dragoner
tut niemals nicht fliehn

Was weiß der Marsch auch schon von bleichen Knochen im Steppengras, über die seit 75 Jahren der Wind hinweggeht?

***

In Debalzewe hatte man die Mitglieder der jüdischen Gemeinde auf dem Rathausplatz mit Panzern überrollt.

In Artemowsk waren die jüdischen Kinder vergiftet worden, die Erwachsenen dagegen waren erschossen worden – als wäre das Vergiften eine Vorzugsbehandlung, die man nur besonders Schutzbedürftigen angedeihen lassen konnte.

In Kramatorsk rekutierte man 250 Komsomolzen und andere Mitglieder der Kommunistischen Partei, die man nackt durch den Schnee zu einem Steinbruch trieb, wo sie vor ein MG gestellt wurden. Die Juden der Stadt wurden ebenfalls erschossen, bevor man ihre Leichen in eine Mine in Krasnodon hinabwarf.

In Slawjansk erzählte das Sonderkommando den Juden, dass sie umgesiedelt würden. Sie packten ihre Sachen in Koffer und stiegen in Lkws, die sie zu ihrer Hinrichtung brachten. Sie starben in einer Kiesgrube außerhalb der Stadt.

In Donezk zwangen die Männer des Sonderkommandos jüdische Familien, in Lkws zu steigen, die sich während der Fahrt mit giftigen Abgasen aus dem Motor füllten. Zwischen Kindern und Erwachsenen wurde nicht unterschieden. Am Ende der Fahrt wurden die Leichen in einen Schacht im Bergwerk Kalinowka am Südrand der Stadt geworfen. Erschossen wurde dort ebenfalls. Man führte die Menschen einzeln an den Rand des Bergwerkschachts. Sie mussten sich am Rand des schwarzen Lochs niederknien. Die Kugeln trafen sie von hinten. Manche kippten von selbst vornüber hinab in die Tiefe. Andere blieben liegen und mussten mit einem Stiefeltritt hinabgestoßen werden.

Als die sowjetischen Truppen das Donbass zurückeroberten, fanden sie den Schacht 4–4-bis fast komplett mit

Leichen gefüllt. Genau zählen konnte die Toten niemand. Aber sie schätzten aufgrund der Höhe des Schachtes, dass etwa 75.000 Leichen darin lagen, eine Zahl, welche Historiker vielleicht für zu hoch gegriffen, aber nicht unrealistisch halten.

***

Es war Palmsonntag, der Schnee hatte endgültig zu schmelzen begonnen, und Hermann war »alles, alles nur Erinnerung«. Weit weg schien ihm die Zeit, als sie »die harten Lose noch nicht kannten« oder »nur aus Erzählungen der Alten«. Und ebenso weit weg erschien ihm diese kleine Utopie: »Möge der liebe Gott die Zukunft so herrlich gestalten, dass diejenigen, die heute den Schritt ins Leben wagen, aller Ernst und alles Schwere erspart bleibt.« Er ahnte ja nicht, wie präzise er die Zukunft beschrieb. Noch weniger wusste er davon, welche Bedingungen an das Erscheinen dieser kommenden Zeit geknüpft waren.

Ingeborg
Ein Kornblaumsträußlein würde ich Dir anstecken

Ursula
Kann nichts tun,

Ingeborg
und all die roten Beeren in Deinen Mund pflücken.

Ursula
nichts denken.

Ingeborg
Man könnte traurig werden,

Ursula
Heute seine Anzeige in der Zeitung

Ingeborg
wenn man über dies prächtige Sommerland blickt

Ursula
Das Kreuz über seinem Namen.

Anny wuchs mit dem Geruch verbrannter Kohlen in den Kleidern des Vaters auf, mit dem Ruß auf seiner Kleidung, in seinem Gesicht, seinen Bartstoppeln, dem Dreck unter seinen Fingernägeln. Weiße und schwarze Dampfsäulen in der Ferne verkündeten seine Rückkehr. Es zischte, pfiff und stampfte, brauste, schnaubte, hisste und fauchte, wenn er auf die Heimgrade einbog. Sein kantiger Kopf im Wind, die Seiten raspelkurz rasiert unter der dunkelblauen Schiebermütze, die aus dem Fenster der schweren preußischen Dampflokomotive herausblickte.

Er sah aus, als hätte man für die Lokomotiven eine neue Gattung Mensch erfunden. Er war schwer und groß. Seine fleischigen Ohren schienen wie für eine laute Welt gemacht. Seine riesigen, rauen Hände hätten statt einer Schaufel die Kohlen ins Feuer schütten können. Er hatte die Silhouette eines Kastens. Er war kräftig, wie ein Findling, der aufgestanden war und zu atmen begonnen hatte. Man konnte sich beinahe vorstellen, dass sein Körper auch eine Kesselexplosion unbeschadet überstanden hätte. Aber um seinen Mund legten sich zweireihige Grübchen, die seine Weichheit verrieten.

Heinrich, ihr Papa, war »der Heilemacher«, wie sie einmal unter ein Foto von ihm schrieb. Er war nur so selten da. Weggerauscht in einer Lokomotive, die schnurgerade Hasenbahn entlang nach Hannover, die Kessel pfeifend vor Druck, der Rauch grau wie die Aschewolke eines Vulkans, die Räder, Stangen, Schieber und Kolben hektisch wie erschreckte Insektenbeine. Er gehörte immer ein bisschen den Schienen, den Bahnhöfen in Dollbergen, Dedenhausen und Gifhorn, den Haltestellen in Burgwedel Hasenwechsel, in Radbruch, Winsen, Ashausen, Maschen, Jeversen, Celle, Bockelskamp, Offensen, Flettmar und Bokelberge und Verden. Wäre er nur länger auf ihrer Seite der Flüsse geblieben; hätte er nur nicht so oft bei Calberlah den Mittellandkanal überquert, bei Harburg die Süderelbe, bei Großwudicke die Havel, bei Bienenbüttel die Ilmenau und hinter Watenbüttel die Oker. Hätte er nur nicht Kohle nach Hamburg, Geflügel nach Braunschweig und Post nach Berlin gebracht. Wäre er nicht so müde gewesen Zuhause, von all der Raserei auf den Schienen und hätte er nicht so tief geschlafen in seinem kleinen Zimmer, während die Mutter ihre Aufmerksamkeit dem verwöhnten Bruder schenkte, dann wäre ihre Kindheit eine andere gewesen.

***

Ihre Mutter hatte als junge Frau bei einer alten, reichen Hannoveraner Dame gelebt, sie hatte ihr Kaffee gekocht, Kuchen serviert, den Staub von den Sesseln gefegt. Sie hatte still im Hintergrund gestanden und gelauscht, während die Kaffeegesellschaften sich über die Zeit beklagten, die ihren gleichförmigen Rhythmus verloren hatte und die auf einmal schnell und rasend geworden war. Irgendwann war die alte Dame gestorben. Sie, das Dienstmädchen, heiratete den Lokführer, der sich an einem hellen, warmen Sommertag an ihren Tisch in der Gastwirtschaft gesetzt hatte und in den sie sich verliebt hatte, obwohl er einen entscheidenden Makel hatte: Er war als uneheliches Kind geboren worden.

Sie zog mit ihm aus der Stadt hinaus in eine kleine Wohnung am Eisenbahnkreuz in Lehrte, wo die Welt zusammenlief, ohne dass sie jemals durch die Haustür hereinkam. Drei gepolsterte Sessel, ein Sofa und einen dunklen, runden Wohnzimmertisch brachte sie mit in die kleine Eisenbahnerwohnung, alle im Stil von Louis Philippe;

Hartholz mit Seidenbezug, die Bergère mit geschwungenen, geschnitzten Füßen und keine Kante nirgends. Möbel, die an den leichten Schwung einer Schlingpflanze in einem Palastpark erinnerten. Die alte Frau hatte sie ihr vermacht. Und unter den niedrigen Decken der Wohnung, an diesem deplatzierten Ort, befeuerten sie in meiner Urgroßmutter eine wütende Nostalgie.

Sie saß stundenlang vor dem Radio in der kleinen Küche der Eisenbahnerwohnung. Sie schnitt das Gemüse neben dem Radio, sie kochte Suppe zu den Stimmen, sie nähte und strickte zur Musik, sie wusch das Geschirr ab, sie legte Kohle und Brennholz im Herd nach, und sie machte ihren Mittagsschlaf neben dem Apparat, auf einem Liegestuhl, den sie sich in die Küche geschoben hatte.

Nach und nach gab sie die stumme Dienstmädchen-Zurückhaltung auf. Sie holte all die Worte nach, die ihr nicht zugestanden hatten. Sie krähte von nun an bis an ihr Lebensende von Ordnung und Disziplin und ihrem Glauben an den Österreicher, der versprochen hatte, sie herzustellen.

Und an einem Februartag stand sie ganz verliebt in ihrer Küche und lauschte das erste Mal *seiner* Stimme im Radio. Langsam redete er und düster; eine Schamanenstimme, die jedes Zauberwort ausrollte, wie einen schweren Teppich. Die von *Ehre* und *Freiheit* redete, die sie *dahinsinken* ließ und ihnen *befahl*, wieder aufzustehen, die etwas *zerriss* und dann verlangte, es wieder zu *verbinden,* die so schwer von *Sorgen* sprach, so hell von *Disziplin*, die sagte, was sein *durfte* und was nicht. Die von *Stürmen* sprach, *Wetterleuchten*, von *Trümmern* und *Aufblühen*, von *Liebe, Waffen, Symbole, Schuld, Blut*, *Reich, Leben* und *Heiligen*. Sie dachte: Ja! Ja! Ja!

Ihr Mann wollte es nicht hören. Er sagte, er sei zu müde, und schlürfte das letzte bisschen Milchkaffee der Untertasse, bevor er ins Schlafzimmer verschwand.

Sie aber saß mit ihren Kindern um den Radioapparat herum und glühte.

***

Anny hat die Zurücksetzungen dieser Zeit nicht vergessen. Sie hat nicht vergessen, dass sie Heinz, ihrem Bruder, so viel Spielzeug schenkten und bei ihr so knauserig waren. Dass er mehr Platz bekam in der kleinen Wohnung. Dass sie sich ständige Ermahnungen anhören musste, was man als Mädchen tat und nicht tat, während er nichts falsch machen konnte. Dass sie abwusch und schrubbte, kochte und nähte, walkte und ausschlug, während er im Hof spielte. Dass die Mutter an seine Talente glaubte und ihre übersah. Dass niemand wahrnahm, wie gut sie schreiben konnte, wie fehlerlos ihre Diktate waren und wie gut ihr Gedächtnis. Dass niemand sah, dass sie diejenige war, die durch ihre Intelligenz zu größeren Hoffnungen Anlass gab. Dass sie viel zu alt gewesen war, als sie endlich die Puppe bekam, die sie sich so sehr gewünscht hatte. Dass es auch keinen Unterschied mehr gemacht hatte, dass die Puppe ein wunderschönes Einzelstück gewesen war: Die puppenlosen Jahre holte das nicht zurück.

***

Ihre beste Kindheitsfreundin hieß Erika, und das Einzige, was ich über sie weiß, ist, wie sie starb.

Erika fasste in einen Stacheldraht, das rostige Metall schnitt in ihren Finger, wo das Blut in kleinen roten Tropfen aus ihrer weißen Haut herausquoll. Sie mag noch an der Wunde gesaugt haben, damit das Blut nicht auf ihre

Kleidung tropfte. Der Schnitt war nicht groß. Sie hatte ihn kurz darauf schon wieder vergessen.

Anny sah ihre Freundin an einem der nächsten Tage, und nichts verriet das Ungleichgewicht in Erikas Körper, die Vermehrung der Tetanusbakterien in der Wunde. Kurz darauf fingen ihre Muskeln zu schmerzen an. Sie konnte ihren Mund nicht mehr richtig öffnen, das Schlucken schien nicht mehr zu funktionieren, sie hatte das Gefühl, keine Luft mehr zu bekommen. Muskelkrämpfe fuhren durch sie hindurch, als wäre ein fremder Wille in ihren Körper gefahren. Sie ballte ihre Fäuste, streckte ihre Zunge raus und ihre Augen waren weit geöffnet. Ein merkwürdiges Grinsen legte sich auf ihr Gesicht, das nicht mehr verschwand. Sie zog ihre Augenbrauen nach oben, als wäre die Welt zu einer einzigen großen Frage geworden. Sie schwitzte ständig. Sie schwitzte wie eine Erwachsene, nicht wie ein Kind. Ihre Atmung wurde schwer und ihr Herzschlag langsam, bis er schließlich stoppte, und kein Hauch ging mehr über ihre Lippen.

Als man sie begrub, in einem Kindersarg, und Anny hinter der Holzkiste herging, da hatte sich bereits etwas geändert. Es schien Anny eine Botschaft darin zu liegen, dass der Mensch sich die Welt mit *Clostridium tetani* teilen musste. Dass es kleine Wesen gab, die überall lebten, in jedem Stückchen Erde, in der Kleidung, in Nägeln und Zäunen, im Holz und Metall, und die nur die dünne, verletzliche Haut überwinden mussten, um den Menschen zu vergiften. Es schien etwas Wichtiges über die Beschaffenheit der Welt auszusagen. Eine schreckliche Wahrheit hatte sich offenbart. Dass Dinge plötzlich außer Kontrolle gerieten, dass Ursache und Wirkung oft nur durch einen feinen, kaum sichtbaren Faden verbunden waren, dass die Welt nicht so war, wie sie schien. Sie beschloss nie so sorglos zu sein, wie ihre Freundin es gewesen war. Nie nachzulassen in ihrer Vorsicht. Sie gab der Angst ihren Platz, *weil sie ihr Recht hatte*.

Sie zog sich zurück. Sie verbrachte viel Zeit in der kleinen Wohnung der Eltern, wo sie den Launen ihrer herrischen Mutter ausgeliefert war, was unerklärlicherweise besser erschien, als hinauszugehen. Sie wurde eine Stubenhockerin. Ein schüchternes, fast durchscheinend blasses Mädchen, mit dunklen Locken und vollen Lippen, von Einsamkeit umfangen.

Als sie von Lehrte nach Celle umzogen, in die Hattendorfstraße, die wieder einmal nur zwei Querstraßen von den Bahngleisen entfernt lag, kannte sie niemanden dort. Und erst als sie nach einiger Zeit einem jungen Soldaten begegnete, löste sich ihre Erstarrung.

***

Die dreistöckige Celler Mietskaserne, in die sie zogen, als Anny 17 oder 18 Jahre alt war, hat sich bis heute kaum verändert: der bräunlichgraue Putz, das Ziegeldach, die baumlosen Gemeinschaftsgärten, in denen auch heute noch die Wäsche weiß auf den Leinen flattert. Und wenn man in den Horizont guckt, die Hattendorfstraße entlang, dann reiht sich eine Kaserne an die andere, das Bild einer immer gleichbleibenden Tristesse, die schon dem suizidalen Goldfisch meines Vaters den Rest gegeben hatte.

Die Wohnung war klein, eng und dunkel. Und entgegen aller Vernunft beschlossen ihre Eltern, das größte und hellste Zimmer dieser Wohnung zu *schonen*. Sie stellten die kostbaren Louis-Philippe-Möbel der alten Dame aus Hannover hinein, und außer bei besonderen Anlässen – an

Geburtstagen, Feiertagen und hohem Besuch – wurde es nur betreten, um den Staub von den Oberflächen zu wischen. Annys Eltern schliefen lieber im Durchgang, aßen in der Küche, ruhten sich auf Gartenliegen aus, als die Reinheit und Ordnung ihres Stübchens zu stören und die purpurroten Bezüge der Sessel unnötig abzuwetzen.

An einem Sommertag stellten Annys Eltern das Glas mit dem Goldfisch auf die Fensterbank. Es war warm und sie hatten das Fenster geöffnet. Und der Fisch sprang aus seinem Glas heraus durchs geöffnete Küchenfenster und fiel in einem schillernden Bogen drei Stockwerke tief, wo er kaum hörbar auf den Sand des Hinterhofes klatschte.

***

Wie viel schöner war der Ort, an dem sie sich später mit Hermann traf: die Ziegeninsel am Magnusgraben, Seerosen in der Stille des Wassers, Ebereschen in der Böschung, die Silhouetten der Nadelbäume in der Dämmerung, der Geruch nach warmem Wasser und schattiger Erde. In der Ferne das Klatschen der Ruder auf dem Wasser in gleichmäßigem Zug, wie ein leicht erregter Atem.

***

Der Ausgleich ihrer Eltern zur Enge der Wohnung war die Parzelle Schrebergarten direkt an den Gleisen: ein kleiner Schuppen mit Werkzeugen, einige Obstbäume gab es, Apfel, Birne und Pflaume. Es gab Gemüsebeete, in denen Kohl wuchs, Möhren und Rhabarber. Und einen Sandweg, der mit umgedrehten Steinhägerflaschen markiert wurde. Immer wenn der letzte Tropfen Wacholderschnaps eine Eisenbahnerkehle hinabgesaust war, wurde die leere Flasche in den Boden gerammt. Es waren viele Flaschen dort. Wenn ein Zug vorbeifuhr, kam der Dampf der Lokomotiven stinkend durch die Büsche hindurch und nebelte sie ein, was ihnen nichts ausmachte. Die dunklen Wolken der anfahrenden Maschinen stiegen über ihnen in den Himmel und rußten die weiße Wäsche auf den Leinen der Nachbarschaft ein. Es waren ihre Wolken, die sie mit wissendem, zärtlichen Stolz betrachteten. Die Männer saßen im Sommer die ganze Nacht im Schein einer Petroleumlampe vor dem Werkzeugschuppen, soffen und kloppten Skat, bis es hell wurde. Ihre Frauen schimpften, wenn sie nach Hause kamen. Ihre Töchter wuschen im Morgenlicht über großen Bottichen ihre Kleidung aus, die nach mehreren Sorten Rauch stank.

***

Stand Anny damals in der Menschenmenge vor dem Rathaus, als die Flaggen gewechselt wurden? An dem Tag, als sie vom Stahlhelm zusammen mit denen von der SA und der SS vor dem Rathaus aufmarschierten, als ihre Stiefel auf das grobe Steinpflaster knallten ließen und aus dem Fenster des Sitzungssaales jemand herunterrief: »Ein neues, lebensstarkes Deutschland ist erstanden!« Als schwarz-rot-gold herabgelassen wurde und die alte Fahne des Kaiserreichs hinaufgezogen wurde, sowie die rote Fahne, die einen weißen Spiegel in der Mitte hatte und ein schwarzes Hakenkreuz in der Mitte. Eine Kapelle spielte das Horst-Wessel-Lied. Und die Menschen auf dem Platz jubelten. War sie eine von ihnen?

***

Und wie verhielt es sich mit ihren Gedanken und Gefühlen, als kurz darauf SA Männer mit ihren Schildern vor den jüdischen Geschäften auftauchten?

Was hielt sie davon, als die Fenster des Schuhgeschäftes einige Jahre später eingeschlagen wurden und der Mob die Lederschuhe auf den Gleisen der Eisenbahn verteilte? Als im Herrenmodengeschäft Hasall die Schaufensterpuppen auf den Gehweg geschmissen wurden, wo sie in der Dämmerung bleich, steif und verdreckt herumlagen, wie Vorboten dessen, was da folgen würde.

Hat sie vielleicht die Todesanzeige für die Geschwister Müller in der Celleschen Zeitung gelesen, in der es hieß, sie seien »von Gott heimgerufen« worden, obwohl es mit Gott nichts zu tun hatte, sondern nur mit der Gestapo, die sie nachts aus ihrer ärmlichen Wohnung, in der sie mit ihren Katzen gelebt hatten, abgeholt hatte?

***

Die Indizien einer frühen Begeisterung hat Anny immer versteckt, wenn auch nicht besonders gut. In ihrem Keller stand ein alter, hölzerner Fliegenschrank. Es hatte ein durchsichtiges Gitter, das früher einen Luftzug hereinließ, der die Butter und das Fleisch kühlen sollte, die dort lagerten. Und ausgerechnet hinter dem durchsichtigen Draht hatte sie all das abgelegt, was mit Tabus belegt worden war: Bücher, die nach dem Krieg niemand mehr im Wohnzimmer stehen hatte, Soldatenbildchen, schwarzweiß Aufnahmen von Militärparaden, von Kriegsschiffen, Panzern, Flugzeugen und Adolf Hitler. Eine Ausgabe aus den 1930er Jahren von *Mein Kampf*, sowie die vier Bände des 1300 Seiten langen Romans *Volk ohne Raum* von Hans Grimm, der dort von den schlanken, hochgewachsenen Bauernkindern schwärmte, die für ihn aussahen, als seien sie »im Wald zwischen Buchen gewachsen«, und denen er glaubte anzusehen, »dass nicht Kelte noch Slawe, Welscher oder Jude ihr niedersächsisches Blut versetzt hatte«. Grimm war versessen auf die merkwürdige mittelalterliche Idee des Raumes, der freien Fläche, des Feldes. Er schrieb von der »Sklavennot der Enge« und vom »Griff hinein in die leere Welt«, eine Bewegung, die er mit der Idee verband, dass die Deutschen nur dann wieder »frei leben und frei atmen« könnten; einen Gedanken, den andere dann in ihrer logischen Konsequenz weitergedacht hatten und mit der Vorstellungen von schwarzer ukrainischer Erde und weiten russischen Horizonten verknüpft hatten. Und neben diesen Schriften, die sie wohl nicht aus Sentimentalität, sondern aus Überzeugung aufbewahrt hatte, lag dort auch, zu einem Dreieck zusammengefaltet, eine große schwarz-weiß-rote Fahne, als hätte sie heimlich damit gerechnet, dass irgendwann eine Zeit käme, sie wieder herauszuhängen.

***

Die Demütigungen, die ihre Eltern ihr beibrachten, hörten nicht auf, als sie erwachsen war, was niemals deutlicher wurde als während des Krieges. Ihre Mutter hielt in dieser Zeit immer ein Zimmer für Heinz frei, mit einem gemachten Bettchen und einem kleinen Tischchen. In den Tagen des Zusammenbruchs, als der Krieg zu Ende ging, bevorzugten sie ihn so offensichtlich wie nie zuvor. Anny durfte nur provisorisch einziehen, als sie von der britischen Besatzungsmacht aus ihrer Wohnung bei der Kaserne geschmissen worden war. Das freie Zimmer gehörte weiterhin Heinz. Sie bekam es nur geliehen, bis er zurückkam. Als er, irgendwann im Jahr 1949 oder 1950 aus einem sowjetischen Gefangenenlager heimkehrte, musste sie ausziehen. Das Wissen darum, wie die Dinge wirklich standen, hat sie nie wieder verlassen.

Ihrem Bruder half der Überschuss an Zuneigung, den man ihr entzogen hatte, kein bisschen. Heinz bekam Magengeschwüre vom Stress, den Traumata, dem Essen, das er nicht vertrug. In seinem Trenchcoat, seiner hoffnungslos unmodischen Kleidung, der ewig mageren Gestalt, wirkte er wie einer, den man vergessen hatte zu benachrichtigen über den Fortgang der Zeit. Er hatte zu viele Freundinnen in zu kurzer Zeit.

Heinz versuchte sich tapfer an etwas Hedonismus, schweißte sich selbst ein Cabriolet zusammen – schwarzer Kühler, beige Türen, Ersatzrad auf dem Kofferraum –, fuhr einige Wochen mit offenem Verdeck und jungen Freundinnen durch Celle, bis der Wagen irreparabel verreckte. Und weil er danach so ein Häuflein Elend war, schenkte Onkel August ihm einen VW-Käfer.

Ihr dagegen hatte nie jemand irgendetwas geschenkt, keine Waschmaschine, keinen Kühlschrank, schon gar kein Auto.

Heinz eröffnete eine unprofitable Schlosserwerkstatt, in der er sein und ihr Erbe versenkte. Die tausend Mark, die sie bekommen sollte, als ihr Vater starb, zahlte ihre Mutter an Heinz aus. Weder Mutter noch Sohn hatten dabei ein schlechtes Gewissen. Er brauchte das Geld, so dachte er, viel dringender, als sie. Fast fünf Jahre lang kam sie mit kalter Wut von jedem Essen, jedem Sonntagsspaziergang, jeder Geburtstagsfeier nach Hause, bis man sie endlich ausbezahlte.

Aber auch mit dem Geld auf ihrem Konto kam sie über das Offensichtliche, viel Wichtigere nicht hinweg:

Das über die Jahrzehnte seit dem Beginn ihres Kinderdenkens in tausend Andeutungen und Gesten, in Sätzen, im Schweigen, in Großzügigkeit und Geiz ausgedrückte – und durch nichts gerechtfertigte Urteil – der Minderwertigkeit, das über sie gefällt worden war, ab dem Moment, in dem die Hebamme ihr Geschlecht in die Welt gerufen hatte.

Als Heinz dann doch noch heiratete, stand er schon mit einem Bein im Grab. Ein Kind hat er nie gezeugt. Sein Geld hatte er nahezu restlos verprasst. Und ihre Mutter verklärte ihn dennoch, wie nur Mütter es können: Das Leben habe ihm ohne jede Schuld böse mitgespielt.

Elena
Und plötzlich wurde es ganz still.

Bernhard
Es stinkt aus allen Getreidefeldern.

Elena
Die Sonne neigte sich schon dem Westen zu.

Bernhard
In Massengräbern

Elena
Der Himmel war klar,

Bernhard
werden sie eingebuddelt,

Elena
so tiefblau am Morgen.

Bernhard
die Frauen haben sich Tücher

Elena
Bloß in der Luft hing Rauch.

Bernhard
um Mund und Nase gebunden

Elena
nicht einmal die Blätter raschelten,

Bernhard
und erbrechen sich trotzdem.

Elena
man hörte weder Vögel noch Insekten.

Bernhard
Was ist schon so eine kleine,

Elena
Als habe ein Unwetter getobt

Bernhard
zusammengeschrumpfte Leiche

Elena
und alles ausgelöscht

Bernhard
mitten in der unendlich weiten

Elena
das Dröhnen eines herannahenden Panzers

Bernhard
und blumigen Steppe

Elena
Soldaten saßen darauf,

Bernhard
Sie ist bald vergessen,

Elena
die Waffen schussbereit.

Bernhard
verschwunden,

Elena
Die untergehende Sonne beschien

Bernhard
überwuchert.

Elena
das schwarze Eiserne Kreuz.

Der Sommer begann in der Steppe mit Gewittern, die sie staunend und ängstlich von ihrer Veranda aus heranziehen sahen. Die Wolken schienen mit Asche über dem hellen Gras gemalt. Die Luft war schwül und machte einen drückenden, melancholischen Kopfschmerz. Sie ließ die Milch sauer werden. Die Blitze waren helle Geäste in der Ferne. Dann kamen die ersten Windstöße, und »die Zeit war uns genommen«, schrieb Hermann. »Annchen, man konnte nichts sehen. Die gewaltigen Donner erfüllten die Luft. Die scharfen, zackigen Blitze zerrissen die Finsternis und erleuchteten die Erde, dann plötzlich ein Sturzregen, bei dem das Wasser in Strömen floss. Es stand säulenartig gen Himmel. Ein komisches Naturschauspiel.« Es schauderte sie unter dem kleinen Vordach. Sie suchten nach Worten für die Überwältigung. Sie leugneten, wie klein sie sich fühlten. Als das Gewitter abgezogen war, gingen sie zurück ins Haus und stellten fest, dass es durch das Dach hereingeregnet hatte.

***

Hermann entschied sich zu ignorieren, dass seine Anstrengungen in den Wochen vor dem Vormarsch keine Zukunft hatten. Er kümmerte sich um Dinge, die bald weit hinter ihm liegen würden, an Orten, die er nie wiedersehen würde. Er arbeitete sich ab an der Errichtung einer Ordnung, die keinen Bestand haben würde. Er lernte ein rudimentäres, aus wenigen Worten bestehendes Russisch, das ausreichte, um mit den Bauern zu verhandeln und ihnen zu drohen.

Er half bei der Geburt eines Kälbchens, dessen schleimiger Körper und lange, zittrige Beine ohne Probleme aus der Kuh herausglitten. Mit überraschtem, verwirrtem

Blick schaute das Kalb ihn an, und er erinnerte sich daran, in was für eine merkwürdige Welt dieses Tier geboren wurde.

Er lieh den ukrainischen Landwirten seine Armeepferde, um die Erde zu pflügen. Die Bauern boten ihm als Bezahlung Eier und Milch an, die er nicht annahm. Er war stolz auf diese Selbstlosigkeit. Er sah darin eine Lektion, über die Größe der deutschen Herzen, deren Freizügigkeit im Winter noch darin bestanden hatte, den hungernden Einwohnern von Slawjansk pro Kopf und Tag lediglich eine Handvoll Getreide zuzuteilen und den Rest an Brot, Kartoffeln, Fleisch, Butter, Gemüse für die Ernährung der eigenen Truppen einzubehalten.

Er stand früh auf, mit dem ersten Sonnenlicht, und genoss die Einsamkeit und den Geruch des Flieders, der durch das offene Fenster hereinkam.

Er legte einen Garten an um das kleine helle Haus in Nikolajew, in dem er lebte. Und weil er ein wenig eitel war, legte er besonderen Wert auf den Vorgarten, den die Nachbarn bei ihren Sonntagsspaziergängen bestaunten. Er baute einen kleinen niedrigen Holzzaun um das Grundstück herum. Er pflanzte Tulpen in den Beeten und einen Rosenstrauch. Er legte mit Backsteinen einen Fußweg zum Haus und mit gelbem Sand und Schiefertafeln einen Pfad zum Brunnen hinterm Haus. Eine Holzbank zimmerte er zusammen, die er vor das Haus stellte. An den Sonntagen setzte er sich dort in die Sonne und rauchte in einer weißen Sommeruniform. Es war ein fleckenloser Waffenrock, mit blinkenden, silbernen Knöpfen, zu dem er eine weiße Hose mit Bügelfalte trug.

Er wollte sich selbst versichern, dass noch etwas von dem Mann übrig war, der einige Jahre zuvor in Ausgehuniform durch den Französischen Garten in Celle unter den Maulbeerbäumen spazierte, mit seiner Frau in einem weißen Kostüm an seiner Seite.

Als Hermann mit dem Garten fertig war, blieben seine ukrainischen Nachbarn vor seinem Werk stehen, etwas erstaunt über diesen unpraktischen, zeitfressenden Aufwand für etwas flüchtige Ästhetik, und lobten ihn für seine *Kul'tura*, was er ihnen nicht zum Vorteil auslegte: »Es ist ganz traurig, die haben von so was nicht die geringste Vorstellung. Für mich ist es eine Musterarbeit, die mal Anwendung finden soll bei unserem Häuschen mit Vorgarten.«

Die Tulpen wuchsen am Ende nicht richtig. Der Rosenstrauch ging ein. Und es ist mehr als unsicher, ob die Deutschen auf ihrem Rückzug einige Zeit später nicht das gesamte Haus mit Garten niederbrannten, um der Roten Armee keinen Rückzugsraum vor der Kälte zu lassen. Nur ein winziges Wildröslein, das er mit Blättern, Dornen, Fruchtstiel und Blüte pflückte, zwischen zwei Buch-

deckeln trocken presste und Anny schickte, hat unwahrscheinlicherweise die letzten 76 Jahre in einer kleinen Papiertüte überdauert, dessen Blätter dünn, spröde und zerbrechlich geworden sind. Sie zerbröseln bei der kleinsten Berührung in kleine, hauchzarte Krümel.

***

Am meisten schmerzten die Abende, weil sie so schön waren, so sanft und mild. Sie saßen in ihren Unterhemden vor der Tür unter einem gleißenden, silbernen Mond, der ihnen doppelt so groß wie zu Hause erschien.

***

Anny hat zwei Briefe von sich selbst aus dieser Zeit aufbewahrt. Im ersten schrieb sie Hermann davon, dass sie sich jetzt jedes Wochenende in die Sonne legen wolle, »damit ich auch schön gesund aussehe, wenn Du auf Urlaub kommst«. Im zweiten teilte sie ihm mit, dass Herr Martens gestorben war, ein Freund ihres Vaters, der ebenfalls Lokführer gewesen war. »Nun hat er es geschafft«, schrieb sie über sein Sterben. »Vater und Mutter und auch ich wollen ihn, den alten, treuen Herrn, nun morgen auf seinem letzten Weg begleiten. Die Eltern nehmen ihm einen Kranz und ich einen frischen Blumenstrauß (Osterglocken) mit.«

Im gleichen Brief berichtete sie, dass den ganzen Tag über Salutschüsse in der Kaserne abgefeuert wurden, zum Wehrmachtstag. Und obwohl dort kein Metall die Mündungen verließ, obwohl die Wachkommandos nur Platzpatronen verschossen und die Kanoniere nur Schießpulver verpuffen ließen, obwohl nur Lärm und Rauch gemacht wurde, schrieb sie: »Ich möchte dieses grausame Spiel gar nicht hören.«

Sie hatte ein merkwürdiges Verhältnis zu Tod und Gewalt, hypersensibel und taub zugleich. Als dürfe man die Möglichkeit des Todes, wenn er sich mit Donner ankündigte, nicht in die Gedanken lassen; als würde man dadurch etwas herausfordern, was sonst vorbeiginge. Und doch schien sie ihn gelegentlich *zu leicht* zu nehmen. Als wäre er nicht mehr als ein Sonntagsspaziergang, den es hinter sich zu bringen gelte.

***

Ich bedauere nichts so sehr wie die Tatsache, dass sie ihre eigenen Briefe vernichtet hat. Ihre Briefe waren klarer, aufgeräumter, präziser als seine. Sie war die bessere Beobachterin. Sie vermochte es, ihre Gefühle zu offenbaren, ohne lediglich den dafür gegebenen Konventionen zu vertrauen. Sie redete offen über ihre Ängste und ihr Unwohlsein. Sie machte seitenlang nicht einen einzigen Rechtschreibfehler.

***

Der 9. Juli war ein heißer Tag. Sie schwitzten selbst in der Kühle des Morgens bereits unter ihren Feldhemden, als sie sich ein letztes Mal auf den Weg machten. Sie packten ihre Sachen: Die Verpflegung kam auf die Gespanne, die Tornister auf den Rücken und die Geschütze hinter die Pferde.

Es waren viele Neue dazugekommen, in den Wochen zuvor. Die meisten waren sehr jung, die Körper schlank, die Schultern und Hüften noch schmal, und ihre Haut leuchtete, faltenlos und ohne Augenringe, wie frisch gemalte Puppengesichter. Das Haar lag ihnen in dichten Scheiteln auf der Stirn. Die Seiten trugen sie kurzrasiert, was sie noch jünger aussehen ließ. Die Jüngsten von ihnen waren 17 Jahre alt.

Sie waren eingeschüchtert, als sie auf die Frühgealterten trafen, die den Winter überlebt hatten; die Haut uneben, schwere, melancholische Falten unter den Augen, geplatzte Adern in den Augäpfeln, die der Schlaflosigkeit nicht standgehalten hatten, die groben, wunden Hände, an denen manchmal die Kuppen fehlten, das dünne, schüttere Haar, die ernsten, finsteren Gesichter, und in ihrer Körperhaltung, der Art und Weise, wie sie sich hielten und bewegten, ein Wissen von Brutalität.

Die Jungen sahen neben den Veteranen dieses Krieges aus, als gehörten sie einer anderen Spezies an. Als hätte sich eine zartere, feinere, zerbrechlichere Form des Menschen entwickelt, die nicht mehr nur auf Kraft vertraute. Sie waren nur kurz ausgebildet worden, acht Wochen lang. Sie wusste nicht, was sie taten.

Die Alten schauten sie aus den Augenwinkeln an, als sie sich im Morgengrauen das schwere Gepäck auf die schmalen Rücken hievten, und bekamen Angst. Nicht um diese Kinder, die man ihnen als Nachschub geschickt hatte, sondern um sich selbst.

***

Am ersten Tag badeten sie im Donez. Sie ritten mit ihren Pferden hinein in das kühle Wasser des Flusses, welches sie wochenlang am Horizont schimmern gesehen hatten, als unerreichbare Idee einer Abkühlung, hinter der die sowjetischen Maschinengewehrstellungen warteten. Aber nun war die Rote Armee weg. Sie hatte ihre Sachen gepackt und war zurückgegangen. Die Spitzen der angreifenden deutschen Panzerdivisionen waren längst am Horizont verschwunden, als sie sich auf den Weg machten.

Als sie den Fluss überquert hatten, tauchten Kirschplantagen am Wegesrand auf, mit Früchten, die nur wenige Tage von der Reife entfernt. Es gab Gewitter, die keine Abkühlung brachten. Das Wasser verdunstete sofort in der Hitze und legte sich wie ein heißer Atem auf ihre Haut. Vor ihnen breitete sich die Steppe aus, in der sich die Gräser in unheimlichen, wie von Magneten bewegten Bewegungen im Wind umbogen. Die Soldaten klagten über die Monotonie. Die Vielfalt sahen sie nicht, die Dutzenden Gräsersorten, die hier wuchsen: das Reiherfedergras, der Steppenhafer, das Eurasisches Nadelgras, der Schafschwingel, das zierliche Schillergras und die Kammquecke. Ihnen blieb es alles eins. Tagsüber war es 40 Grad heiß. Man erlaubte ihnen in einer großmütigen Geste, die obersten zwei Knöpfe ihrer Feldblusen aufzumachen. Nachts aber kondensierte ihr Atem, und sie froren in ihren dicksten Decken.

Hermann schrieb Anny aus Debalzewe, wo sie sich einen Tag lang ausruhten. »Es ist heute ganz besonders heiß. Die Glut ist kaum zu ertragen. Ein großes Glück, dass wir nicht marschieren. Morgen in der Frühe soll es aber weitergehen.«

Sie begannen ihre Märsche nachts um 1 Uhr und machten Stop als die Sonne an ihrem Zenit stand. Tagsüber gingen sie in weit geöffneter Gefechtsformation, in riesige Räume auseinandergezogen nebeneinander und hintereinander. Sie verteilten sich über das weite Grasland, und das andere Ende des Regimentes war nichts weiter als einige Punkte am Horizont. Die Landschaft erschien ihnen leer. Die wenigen Höfe, an denen sie vorbeikamen, waren verlassen und die Brunnen, so nahmen sie an, vergiftet.

Das Wasser wurde knapp. Jeder Soldat bekam nur zwei Feldflaschen voll Wasser am Tag: 1,6 Liter. Sie stürzten sich auf die Wassermelonen, die sie auf den Feldern fanden. Viele behaupteten hinterher, sie hätten noch nie etwas so Köstliches gegessen, wie diese Melonen. Andere fanden den Geschmack widerlich. Sie saugten den Saft trotzdem gierig heraus. Alle waren sich einig, dass sie ohne die Melonen verdurstet wären.

Die gleichen Körperstellen, die einige Monate zuvor noch bleichgefroren waren, leuchteten nun feuerrot: Die Nasen, Ohren und Wangen. Ihre Haut pellte sich wieder und wieder vom Sonnenbrand, obwohl sie sich mit fettiger Nivea-Creme einrieben.

Nach einer Woche gerieten sie das erste Mal in einen sowjetischen Luftangriff. Beim Nachbarregiment traf eine Bombe den Funkwagen. Der Regimentskommandeur heulte vor dem ausgebrannten Wrack, in dem eben noch seine acht Funker gesessen hatten.

In einer Marschpause heiratete ein Soldat seine Verlobte. Die Braut war nicht da. Man schickte ihr die Papiere und ein Foto ihres Bräutigams beim Ja-Wort mit einem Brief nach Deutschland. Er trug Stahlhelm bei der Zeremonie unter freiem Himmel. Der Bataillonskommandeur übergab ihm zu seiner Geistervermählung feierlich einen Strauß weißer Feldblumen.

Sie gingen am Donez entlang bis Lissitschansk, wo sie dicht hinter den Panzern hergehen sollten. Auf den engen Straßen, die voller Schlaglöcher waren, kamen acht Divisionen, die dicht an dicht gingen, nur langsam voran. Sie gingen in Richtung Luhansk, das damals noch Woroschilowgrad hieß. Kurz bevor sie die Stadt erreichten, drehten sie nach Süden ab, in Richtung des Kaukasus und Rostow am Don, als Reserve für die Panzer. Dann änderten die Kommandeure, die in diesen Wochen alles gleichzeitig wollten, erneut den Plan, und sie gingen zurück nach Woroschilowgrad. Hermann war noch dabei, als die Schornsteine der Fabriken vor ihnen auftauchten. Die Stadt stand voller Obstbäume. Sie pflückten Kirschen und Pflaumen von den Ästen. Und aus den Gärten stahlen sie fette, rote Tomaten, Gurken und süße Paprika. Sie schliefen unter freiem Himmel. Sie trauten den Häusern nicht. Sie vermuteten in ihnen Wanzen und Läuse. Sie wachten nass vom Tau auf, mit den Mückenstichen an Armen und Beinen.

Es ging weiter nach Osten. Es war nicht schwer, das Ziel zu erraten. Ein kurzer Blick auf die Karte hätte gereicht, um zu erraten, wohin ihr Tross strebte. Die Männer begannen von Stalingrad zu reden, wie von einer fernen Verheißung. Sie glaubten dort am Ende des Sommers etwas Ruhe zu finden. Den meisten von ihnen erschien die Idee der Steppe furchteinflößender als die der Stadt.

Hermann hat einige Tage des Vormarsches noch mitgemacht, hat die Birkenwälder hinter Woroschilowgrad noch gesehen, die Getreidefelder, die Ähren dick und reif und dann wieder die offene Steppe. Er hat sich noch mitgeärgert, über die nutzlosen Karten, die man ihnen gegeben hatte, die keine Hilfe waren, wenn sie sich im wogenden Meer der Halme verloren. Die Karten waren noch aus der Zeit des Ersten Weltkriegs. Sie zeigte Schluchten an, die es nicht mehr gab, und verschwieg solche, die der Regen inzwischen in die Landschaft gefressen hatte. Dörfer waren verschwunden und neu gegründet worden. Sie fanden es unmöglich die Landschaft vor ihren Augen mit der, die ihre Karten vorhersagte, zusammenzubringen. Die Männer trugen bunte Tücher vor den Gesichtern.

Sie suchten mit nervösen, gereizten Augen den Horizont ab. Tagelang sahen sie keine sowjetischen Soldaten, bis es plötzlich zu knallen begann, aus einem Gebüsch, einem Wald, aus Weizenfeldern, von Hügeln hinab und aus Schluchten und Gräben.

Und irgendwann in dieser Zeit, am Ende des »Rosenmonates«, wie Hermann den Juli nannte, am Höhepunkt des Sommers, fuhr er ein letztes Mal nach Hause. Er hatte Urlaub bekommen. Und wieder einmal, wie mehr als ein Jahr zuvor, fuhr er genau in dem Moment ab, als der wirklich schreckliche Teil des Sommers Konturen annahm.

Otto
Die Sonne schien

Karl
die Schwerverwundeten auf Tragen

Otto
die Helme blitzten

Karl
offen in der Hitze der Steppe

Otto
Dann schossen wir zu zweit die ganze Gegend ab.

Karl
Die Verbände wurden von Fliegen umschwärmt

Otto
Von fern sahen die Massen der Russen aus wie schwarze Wolken;

Karl
Der Oberfeldwebel sah sich den Verwundeten an

Otto
wenn man da reinhielt,

Karl
und sagte

Otto
dann fielen

Karl
»Nee, den lasst liegen«

Otto
so viele.

Ab wann begann er die Erleichterung zu spüren? Begann es schon, als man es ihm mitteilte? Was fühlte er, als auf den Ladeflächen der Lkws saß und den Kutschböcken und Richtung Slawjansk fuhr? Spürte er so etwas wie Vertrautheit, als er bei Nikolajew den Donez wiedersah? Oder war da nur erschöpfte Leere? Wovon hat er geträumt in den unruhigen, schaukelnden Nächten im Zug nach Westen? Ließ das Knirschen des Zuges, das Quietschen der Reifen, das Pfeifen der Dampflokomotive ihn mit Schrecken aus dunklen Träumen hochfahren? Wachte er auf, als der Zug in Warschau hielt? Hielt er den Kopf aus dem Fenster? Und hörte er vielleicht den allzu vertrauten Klang, das hohe Hämmern deutscher Maschinenpistolen und Stielhandgranatenexplosionen in der nur wenige Meter vom Bahnhof entfernten Ulica Nowolipie, wo in der Hausnummer 30 zwischen herumfliegenden Federn aus zerfetzten Daunendecken, zerbrochenen Tellern und Tassen, aufgeplatzten Koffern und Beuteln, 300 Leichen auf dem Boden lagen und wo niemand, kein Greis, kein Kind, verschont worden war? Und wie schnell vergaß er all das, als die Heidelandschaft sich vor seinem Fenster auszubreiten begann und er wusste, dass er nun bald zu Hause sei?

***

Sie hat ihn nicht erwartet. Zu kurzfristig war seine Abreise. Sein Kommen hat er nicht mehr ankündigen können. Die Briefe wären ohnehin langsamer gereist als er. Er stand eines Tages einfach bei ihr vor der Tür, die Haut salzig vom Schweiß der langen Tage in heißen Zügen, weiße Krusten auf dem Stoff der Uniform, mit neuen Falten auf der Stirn und müden Augen; ein anderer Mann. Und wenn die Freude sie nicht zu sehr überwältigt hat, dürfte sie ihm als Allererstes ein warmes Bad eingelassen haben, mit viel Seife im Wasser.

***

Was er verpasste:
Das klare Wasser des Tschir, kalt und flach.
Die ersten sowjetischen Panzerangriffe, T-34, die wie indifferente, außer Kontrolle geratene Kreisel auf den Schützenlöchern wendeten und die Männer darin zerquetschten.
Die Bombe, die aus der Stuka ausgeklinkt wurde und sich in einem sanften Kurvenflug von dem kreischenden Flugzeug löste.
Die Hülle des Panzers, der von einer Flamme gänzlich verschlungen wurde, und alles, zurückblieb war Asche und fremde, filigrane Formen aus gebogenem Metall, wie die Kunstwerke einer fremden Intelligenz.
Den Verladebahnhof, über dem die weiße Wolke einer Dampflokomotive unter Druck stand, und ein verängstigter, von seinem Heizer verlassener Lokführer, der sie besänftigen wollte, indem er zeigte, was er geladen hatte: Wodka.
Der klare Alkohol in großen Kochgeschirren, mit dem sie sich bis zum Selbstvergessen besoffen.
Die Konfusion der sturzbetrunkenen deutschen Offiziere beim Gegenangriff der Roten Armee, die genau wie ihre ebenfalls sturzbetrunkenen Mannschaften den Ernst der Lage nicht begriffen.
Denen im Suff alles eins war.
Und die dann doch irgendwie und im letzten Moment den Angriff abwehrten.
Die finsteren, ablehnenden, sorgenvollen Gesichter der Wolgadeutschen, deren Kirchen und Häuser eine Ver-

trautheit und Verbundenheit suggerierten, die nicht bestand. Die sie dazu zwangen, ihre besten Gänse für ein Festmahl zu rupfen. Die wussten, dass ihr Leben nun für immer die Richtung geändert hatte, so oder so. Wie die Gänsedaunen, die der Wind mitnahm.
Die heißen Tage, als bei Surowikino, an den Ufern der kleinen Dobraja, als mehr als 50.000 sowjetische Soldaten in einem Kessel »wie Tiere zusammengetrieben« wurden, wie ein Überlebender sich erinnerte.
Die roten Gesichter der Männer in der Hitze, denen der Schweiß an den Schläfen in Bächlein hinablief.
Die Ohnmächtigen, die Dehydrierten, im trockenen Gras.
Den Geruch von Zehntausenden, denen das Wasser ausgegangen war.
Das Flehen der Verletzten, die nicht mehr gehen konnten und die vergeblich bei den Landsern um Gnade baten.
Die Schüsse auf Menschen am Boden.
Die Überlebenden, die in großen Gruppen im Gras saßen und an Zigaretten zogen.
Und über ihnen junge Deutsche, die Uniformblusen geöffnet, die Hände in den Hosentaschen, die Ärmel hochgekrempelt, und Gesichter, die sich sichtbar bemühten, kein Mitgefühl zu zeigen.
Den Tag, an dem sie 58 Grad maßen und ein Sandsturm über sie hinwegging und einige sich fragten, ob sie vielleicht einfach so in der Hitze eingehen würden.
Langeweile, Anspannung, schwitzende Männer im Schatten der Bäume am Don, die auf den Übergang warteten.
Auf der Donhöhenstraße mehr als einhundert ausgebrannte Panzer, aus denen in der Hitze ein süßlicher Geruch drang, der sich auf das Denken legte.
Unter einem Panzer zwei Beine, schwarz wie Kohle, die noch in ihren Stiefeln steckten.

Die Angst der Panzerfahrer, die halb blind und halb taub in der Enge ihrer Eisenhüllen schwitzten.
Die Inseln im Strom, die dunkel im Mondlicht vor ihnen lagen.
Die Schluchten, die zum Ufer hinabführten, in denen sie sich zwischen Eichen, Buchen und Aspen tarnten.
Das erste Lila eines neuen Morgens.
Und Nebelschleier über dem Fluss.
Die 150 Meter zum Ufer, Vollsprint, das Klackern der Waffen und Schaufeln, brennende Lungen, dann hinein in die Sturmboote, deren Motoren in der stillen Nacht aufheulten.
Das warme Wasser, das dazu einlud hinabzusinken ins Dunkel.
Was drei von ihnen taten.
Das Brummen der Motoren, das weit hallte und den Maschinengewehrposten weckte.
Die steil abfallenden Kreidefelsen am Ufer, die im Mondlicht eine »leichenhafte Blässe« hatten, wie ein Kriegsreporter bemerkte.
Brombeeren im Unterholz, Silberweiden am Ufer, dann weiter aufwärts vorbei an Schwarzpappeln, Flatterulmen und Purpurweiden und am Boden, die feinen Halme der wehrlosen Trespe.
Rotes Blut, das aus grauem und braunem Uniformstoff quoll und zwischen den Sträuchern versickerte.
Die roten und grünen Leuchtpatronen, die aus dem Wald aufstiegen und sich mit dem Licht des aufsteigenden Morgens vermischten. Grelle Lichter, welche die Überquerung des Don ankündigten.
Die brennende Steppe, das trockene Gras durch explodierende Bomben in Brand gesetzt, ein Knacken und Brausen, ein dunkler Himmel, Flammenwände.

Die Minenfelder, durch die sie hindurchgingen und die mit flatternden, weißen Bändern von den Pionieren markiert worden waren.
Die Holzkastenminen, die mit den Suchgeräten der Pioniere nicht zu entdecken waren.
Die abgerissenen Beine.
Das Kreischen der Katjuscha-Raketenwerfer in der Ferne; etwas, das klang wie der gequälte Schrei einer intelligenten Maschine; ein Ton, der nicht mehr ganz von dieser Welt zu sein schien.
Die Körperlichkeit der Angst, die sich nicht überlisten ließ: das Zittern, Zucken, nervöse Blinzeln, die Appetitlosigkeit, der zusammengezogene Magen, durch den keine Erbse gepasst hätte.
Die Rationalisierungen, die der Kriegsberichterstatter nach einer Nacht notierte, in der er starr vor Furcht in seinem Bett gelegen hatte und den Einschlägen gelauscht hatte: »Angst – vielleicht ist es eine Definition, sie Überschätzung der Gefahr zu nennen?«
Gesprungene, trockene, verstaubte Lippen.
Das Pissen in ihre Hosen mitten im Marsch, weil sie keine Kraft mehr hatten, wieder aufzuschließen, wenn sie einmal zurückgefallen waren.
Männer, die nach einigen Tagen das Pfeifen der Geschosse vermissten; denen danach alles lasch und grau und halb tot vorkam; die nie schönere Nächte erlebt hatten als die im Krieg.
Die kleinen Löcher, die sie in den *Balki* gruben, den Sickerschluchten, bis sie auf ein wenig braunes, schlammiges Wasser stießen, das sie mit Löffeln wie Suppe schlürften.
Die Tümpel, aus denen sie Wasser in ihre Feldflaschen füllten, obwohl in ihnen die Leichen ihrer Gegner schwammen.

Die drei Tage, die sie um ein Wasserloch kämpften, wie wilde Tiere.
Der Wind, der durch die Gräser ging, was bei den Soldaten eine eigenartige Melancholie auslöste und sie verstummen ließ, »eine Melodie, die nach Heimweh klang«, so beschrieb es einer.
Die Panzertürme, welche die Rote Armee in den Steppenboden gegraben hatte, die sie oft zu spät sahen, um dem Unglück noch zu entgehen.
Die Hitze der Flammenwerfer, die auch in großer Entfernung noch zu spüren war, wenn die glühende Flüssigkeit in die Sehschlitze der Türme gespritzt wurde.
Die gedämpften, merkwürdig entrückt klingenden Schmerzensschreie der Verteidiger; wie ein Geräusch, das aus der Realität in den Traum eines Schlafenden einbricht.
Und das erste Zeichen der Stadt: Die schwarzen Rauchsäulen, die Kilometerweit in den Himmel stiegen, wie ein Vulkanausbruch in der Ferne, der Ort einer Detonation, die nicht mehr menschlichen Dimensionen gehorchte, dort wo die Ölraffinerien brannten und der große Fluss selbst in Flammen stand.

Hubertus
Die Zeit war überhaupt

Udo
die breiten Wasserflächen der Wolga,

Hubertus
sehr unübersichtlich.

Udo
die Türme von Býkowo,

Hubertus
und dann kommt Stalingrad.

Udo
ein brennender Ort mit lombardischen Pappeln,

Hubertus
Was soll man darüber schreiben und reden.

Udo
eine weiße Kuppelkirche

Hubertus
Darüber soll man schweigen,

Udo
wie ein Trugbild

Hubertus
Vielleicht wird man über Stalingrad noch einmal

Udo
von einer schwarzen Rauchpinie überwölbt.

Hubertus
sehr gern schweigen.

Es war mitten in der Nacht, als ich auf dem Flughafen in Gumrak landete. Ich flüsterte den Namen leise vor mich hin und konnte nicht sagen, dass ich ihn außergewöhnlich hässlich fand. Einige der Stalingradveteranen hatten nach dem Krieg darüber geschrieben. Heinrich Gerlach meinte, dass der Name »den weichen, schwingenden, schmeichelnden Namen der russischen Dörfer« fremd gewesen sei. »Welch qualvoller Zusammenklang von dumpfer Hoffnungslosigkeit und grausamer Vernichtung! Gum-rak! (...) Hört ihr nicht das Knirschen des Schnees, das Knacken des Frostes in den Hauswänden, das Krachen und Bersten der Bomben, das Splittern der Bretter und Balken, das Krächzen der schwarzen Vögel, die von hart gefrorenen Menschenbündeln auffliegen? Gum-rak! Gum-rak!«

Was ich sah, war ein Bild großer Friedlichkeit. Die Straßen in Gumrak waren verlassen. Das gelbe Licht der Straßenlaternen beleuchtete den Schnee auf der vereisten Fahrbahn. Ein Güterzug stand unter der Brücke und wartete auf den Tag. Kalt war mir. Ich hatte noch nie eine solche Kälte gespürt. Sie stach in die Haut und fand ihren Weg durch die Öffnungen der Jacken, durch den Stoff der Hosen, in die Ohren, Nasenlöcher, den Mund. Sie stach in der Lunge. Eine Träne floss meine Wange herab.

Der Mond schien hell. Und der Schnee schien aus dem gleichen Material gemacht wie er. Der Wind, der aus dem Osten kam, trieb ihn vor sich her. Helle Wellen, die über die dunkle Steppe hinwegzogen. Die Landschaft schien halb fest, halb flüssig zu sein. Als würde sie sich vor meinen Augen auflösen. Der Wind kannte keine Böen. Er strich dahin ohne Unterbrechung und Pause, ohne Ab- und Anschwellen, als hätte er eine starrhalsige Wut.

Und ich wusste, dass irgendwo dort rechts in der Dunkelheit das hellblau gestrichene Bahnhofsgebäude stand, von dem die Farbe abblätterte, die Gitter vor den Fenstern schon lange rosteten und die weißen Fensterrahmen mit ihren Zierleisten langsam ergrauten.

Es gibt ein 76 Jahre altes Bild von dem Bahnhofsgebäude. Es ist unverändert geblieben in all der Zeit, bis auf die Fenstergitter, die damals hinausgebrochen und durch Backsteine ersetzt worden waren, die zwar kein Licht hereinließen, aber auch Granatsplitter abhielten. Und noch ein zweites Foto aus der Zeit der Schlacht um die Stadt gibt es. Es zeigt einen riesigen Haufen Gürtel, Seile, Kleidungsstücke, Stahlhelme, der von einer Schneeschicht bedeckt, gleich neben den Gleisen aufgeschichtet wurde. Die Kleidung liegt da dunkel, wie Algenwälder, in einer Mondnacht. Wovon niemand ein Bild gemacht hatte, waren die »Berge amputierter Gliedmaßen«, die aus dem Lazarett hinausgeschmissen wurden, wie sich ein Soldat erinnerte, und weiß gepudert wurden, mit mehreren Zentnern Chlorkalk. Schon weit vor dem Gebäude hörte man das Schreien und Toben der Versehrten.

Die Straße, die ich in die Stadt hinein nahm, führte parallel zu dem alten Bahndamm, den Hermanns Kompanie überquert hatte, um auf Stalingrad vorzustoßen. Am Rand des Weges ragten die Äste des tatarischen Steppenahorns. Der Wind hatte die struppigen, merkwürdig kümmerlich aussehenden Bäume verbogen und gebeugt, aber nicht weggeweht. Die Straße führte Kilometerlang nur geradeaus. Einstöckige Häuser standen hier, umgeben von Gärten mit Obstbäumen, eine kleine Apotheke, eine überdachte Bushaltestelle mit zwei Cola-Automaten. Die Fenster einer alten Kaserne waren zerbrochen. Die Witterung schien alles schneller altern zu lassen. Sie setzte dem Lack, der Farbe, dem Holz und den Metallen zu. Die Erde war gelb und sandig, dort wo sie durch den Schnee hindurchguckte.

Und ich dachte, etwas naiv, irgendwo hier, irgendwo in diesem weiten, flachen Gebiet, musste er liegen, vielleicht nur einige Zentimeter tief in der Erde. Vielleicht gleich hier, unter dem Supermarkt Magnit, unter der Filiale der russischen Post, unter der Garage der Kfz-Werkstatt oder der Fabrik des Wasserflaschenherstellers.

***

Hermann saß bereits im Zug zwischen Slawjansk und Konstantinowka, als der Krieg hierher kam. Sein Urlaub war nach zwei, vielleicht drei Wochen schon wieder vorbei. Aus Slawjansk hatte er ihr einen Brief geschickt, in dem er ihr für »die schöne Zeit, gute Pflege und das freundliche Gesicht« dankte. Die Tage waren noch heiß, die Nächte aber schon kühl, was ihm einen Schauer den Rücken hinabjagte. »Es erinnert so an den Winter.«

***

Am 7. September 1942 lagen die Soldaten der 295. Infanteriedivision genau hier in Gumrak, dicht an die Erde gepresst und schauten in den Himmel. Die Sonne ging gerade auf, als die Flugzeuge im Westen auftauchten, Geschwader in dichten Formationen. Das Brummen der Motoren in der Stille. Schließlich die gleichzeitige Explosion der Bomben und das Abfeuern der Artilleriegeschütze, bis all das »ein einziger nicht mehr verrollender Donner war«, wie ein deutscher Kriegsberichterstatter schrieb. Sie hatten so etwas im ganzen Krieg noch nicht gesehen, nicht gehört, nicht gespürt, eine solche Konzentration der Zerstörungskraft. Sie spürten die Druckwellen der Explosionen auf ihren Brustkörben, und ein dunkler, warmer Hauch legte sich auf ihre Gesichter.

An »das scharfe Zerreißen der Luft durch die Geschossbahnen«, erinnerte sich der Propagandist, »der trockene Einschlag, das Bersten, das so bösartig ins Ohr und ins Gesicht schlägt. Das dunkle Rauschen und Fauchen der Sturmgeschützgranaten«, deren Leuchtspur sie nachsahen, mit sehnsüchtigen Hoffnungen.

Eingegrabene Panzertürme loderten auf und verbrannten. Maschinenpistolen wurden blind in Öffnungen gefeuert. Vor ihnen standen die Gebäude einer Kaserne in Flammen: Das Offizierscasino, die Krankenstation und die Schlafsäle, in denen am Ende nur noch verkohlte Bettgestelle übrig blieben. Und überall am Boden lagen die Toten, über die sie ohne große Regung hinüberstiegen. Nur die Leiche einer Krankenschwester vermochte so etwas wie Melancholie hervorzurufen. Sie hatte den Kopf zur Seite gedreht, eine Wange im trockenen Gras, als würde sie schlafen. Der Wind spielte mit ihren blonden Haaren. Und einige kamen kaum drüber hinweg: über das Haar im Wind.

Sie fanden zwei Fässer, eines voll mit Tomatensaft, eines mit Wodka. Sie tranken im Leichenfeld.

***

Nachdem Hermann den letzten Bahnhof in Lissitschansk hinter sich gelassen hatte, fuhr er in Autos, Lkws, Pferdegespannen und auf gepanzerten Fahrzeugen mit. Wenn er abends in irgendeinem kleinen Dorf ankam, dann hatte niemand einen Schlafplatz für ihn, und meistens übernachtete er unter freiem Himmel. In den kalten Morgenstunden in der Steppe reichten alle seine Klamotten nicht, um ihn warm zu halten. Zum Waschen kam er so gut wie nie. Morgens suchte er sich nach Läusen ab. Die erste fand er irgendwo hinter Kalatsch, als er schon den Don überquert hatte und Stalingrad nicht mehr weit war, nach etwas mehr als einer Woche. Der Versorgungswagen der Division war gerade abgefahren. Der nächste wurde erst in drei Tagen erwartet. Er schlief schlecht und aß gut. Zum Abendessen machte er sich sein Kochgeschirr gleich zwei Mal voll. Er verbrachte Stunden damit, in den blauen Himmel zu starren, wo die Geschwader der Luftwaffe dahinzogen in Wellen von 70, 80 Maschinen auf einmal. Sie flogen nicht besonders hoch. Er konnte die Glaskuppeln der Junkers und Heinkel-Bomber erkennen, die wie Libellenköpfe vorne auf den schlanken Rümpfen saßen. Er beobachtete kurz nach dem Frühstück, wie ein sowjetischer Bomber abgeschossen wurde, der in einer großen Staubwolke zu Boden krachte. Ein zweiter wurde am Nachmittag vor seinen Augen vom Himmel geholt. »Das hat uns alle freudig bewegt«, schrieb er ihr. »Der Russe ist sehr hartnäckig auf der Erde und in der Luft. Dennoch wird er den stärkeren Schlägen unserer Soldaten nicht standhalten können. Es wird dem feigen Mut der Bolschewisten ein Ende sein.«

Der feige Mut.

***

Er kam am Abend bei seiner Kompanie an. Am nächsten Tag begann der Angriff auf den Flughafen von Stalingradski und die Vororte der Stadt. Aber er schrieb ihr lieber davon, wie glücklich alle gewesen wären, ihn wiederzusehen: Dem Unteroffizier Fiedler hätten die Augen

»besonders hell« geleuchtet, »trotzdem es schon dunkel war, konnte ich das sehen«. Er schrieb ihr davon, dass man ihm seine Post übergab, all die Briefe und Pakete, die sich in seinem Urlaub angesammelt hatten, darunter auch eine ganze Mettwurst, die seine Mutter ihm zusammen mit Dosenfleisch und Zigaretten übersandt hatte. Man hätte meinen können, dass der Tag seiner Ankunft voller ungetrübter Freude gewesen wäre. Von den Rauchwolken, den Gerüchen, die aus der Stadt herüberzogen, von den schreienden Verletzten, die an ihm vorbeigetragen wurden, von den langen Kolonnen der Kriegsgefangenen, die abgeführt wurden, von den düsteren Vorahnungen, die sich breitmachten, schrieb er ihr nichts.

***

Als sie den Flughafen von Stalingradski eingenommen hatten, waren der Hangar und fast alle Gebäude abgebrannt. Zurück blieben Stahlstreben, wie das Gerippe eines riesigen, urzeitlichen Wesens und die Backsteingebäude, deren rote Mauern intakt standen, deren Inneres jedoch schwarz und blank und restlos abgefackelt war. Vom Flughafen aus sahen sie bereits die Anhöhe, den Majew-Hügel, weniger als zwei Kilometer entfernt, von Steppengras bedeckt, eine sanfte, keineswegs bemerkenswerte Steigung, die niemandem beim ersten Anblick besondere Ehrfurcht eingeflößt hatte. Es war nur ein weiterer Hügel, den es zu erobern galt.

Zwei Kasernengebäude sind vom Flugplatz in Stalingradski übrig geblieben. In der Fassade meinte ich kleine Löcher im Backstein zu erkennen, die Pockennarben von Kugeln, aus Gewehren und Infanteriegeschützen, die dort eingeschlagen waren. Die Bewohner haben sich Erker angebaut und Klimaanlagen installiert, gegen die heißen Sommer. Gleich nebenan waren das Grillrestaurant »Meat-House«, ein Autoreifengeschäft und ein Plattenbau mit elf Stockwerken. Die freie, flache Grasfläche, auf der erst die sowjetischen Flugschüler zu Übungsflügen aufbrachen und später die Luftwaffe mit ihren Transportmaschinen landete, wurde mit Häusern überbaut. Das Gelände ging damals zur Steppe hinaus. Die Aussicht wurde bereits vor Jahrzehnten von der Stadt geschluckt.

***

In den Vororten der Stadt schlichen sie mit gezogenen Waffen an hell gestrichenen Häuschen vorbei, Holzdächer, Lattenzäune, kleine Gemüsegärten mit Kürbissen, Tomaten und Paprikaschoten. Ab und zu standen Pappeln, Winterlinden und Flatterulmen in den Gärten. Es gibt diese Häuser immer noch. Sie vermitteln das Bild einer großen Idylle. Nur dass damals im Hintergrund riesige Feuer brannten, deren schwarzer Rauch das helle Band der Wolga verdeckte.

Ein Soldat versprach den anderen, das Lied von der Wolga zu singen, sobald sie den Fluss sähen, jene todtraurige Melodie, aus Franz Lehárs Operette *Der Zarewitsch*.

Allein, wieder allein.

Sie gingen

Einsam wie immer.

durch eine zerstörte Siedlung hindurch,

Vorüber rauscht die Jugendzeit

an einer ausgebrannten Ziegelei vorbei,

in langer, banger Einsamkeit

eine Anhöhe hoch

Es steht ein Soldat am Wolgastrand,

und als sie das breite Band des Flusses endlich vor sich sahen,

hält Wache für sein Vaterland.

begann er zu singen,

In dunkler Nacht allein und fern,

alle wurden still, und dem einen oder anderen

es leuchtet ihm kein Mond, kein Stern.

fiel es schwer,

Regungslos die Steppe schweigt,

das Schluchzen zu unterdrücken.

eine Träne ihm ins Auge steigt,
und er fragt:
Hast du dort oben vergessen auch mich?

Links von ihnen stand der Mamajew-Hügel, rechts die Schornsteine der Stadt

Es sehnt doch mein Herz auch nach Liebe sich.

und das Ruinenmeer,

Du hast im Himmel viel Engel bei dir.

aus dem Rauchsäulen schwarz in den Himmel stiegen.

Schick doch einen davon auch zu mir.

Der Sänger starb wenige Stunden später durch eine Gewehrkugel.

***

Als Hermann zwei Tage in Stalingrad war, begann es zu regnen. Der Stoff seiner Uniform klebte nass auf seiner Haut. Er hatte zwei Nächte kaum geschlafen, so viel gab er zu. Mit müden Augen sah er, wie deutsche Bomber 856 Brandsätze über der Stadt abwarfen. Sie machten sich bereit für den Angriff auf das Stadtzentrum.

Sie gingen durch Schrebergärten hindurch, in denen reifes Gemüse wuchs. Dann stiegen sie hinab in eine Schlucht, wo ein kleiner, schmutziger Bach floss, der zur

Wolga hinabsickerte. Ihnen kamen die vertriebenen Bewohner der Stadt entgegen. Sie zogen Handkarren hinter sich her, die über und über gepackt waren mit Beuteln und Koffern. Die Frauen hatten sich rote und gelbe Tücher gegen Sonne und Staub um die Köpfe gebunden. Viele von ihnen lächelten starr, als sie die Deutschen sahen. Ein deutscher Kriegsberichterstatter beschrieb es als »Lächeln der Todesangst«. Es drückte keine Sympathie aus. Es war eine Bitte. Es war die letzte Option derer, die sich auf kein Recht mehr berufen konnten, deren Leben ganz und gar in den Händen dieser fremden Soldaten lag.

Der Boden war schlammig und aufgeweicht nach dem Regen. In die Wände der Schlucht hatten sich Menschen eingegraben, um unter der dicken Erdschicht den Bomben der Deutschen zu entgehen. Die Soldaten aus Hermanns Regiment fühlten sich an die Nisthöhlen erinnert, die Schwalben in Steilwände bauen, dort, wo niemand sie erreichen kann.

Sie traten aus dem Schutz der Schlucht hinaus und gingen auf die ersten Häuser der Vororte zu. Neben ihnen gruben sich die schweren Metallketten der Panzer in Schutt und Schlamm. Der Geruch der Dieselabgase umfing sie und das Pfeifen der Geschosse.

Im Häusermeer der Stadt begann ihnen bald die Übersicht abhandenzukommen. Die Kugeln und Geschosse kamen aus unklaren Winkeln und Himmelsrichtungen. Jeder Versuch, sich Orientierung zu verschaffen, war mit unkalkulierbaren Risiken verbunden: Den Kommandanten einer Sturmgeschützbatterie traf eine Kugel von hinten ins Herz, als er sich aus der Luke seines Panzers hinausstreckte, um besser sehen zu können.

Als Hermanns Regiment am Bahndamm ankam, der mitten durch die Stadt schnitt und zum Hauptbahnhof führte, sahen sie nur wenige Hundert Meter entfernt in den Straßen am Wolgaufer Lkws, Panzer, Geschütze, die kurz zwischen den Häusern auftauchten und dann wieder vom Häusermeer verschluckt wurden. Die Wolga war nur noch einen Kilometer entfernt.

Auf dem Fluss gingen zwei Fähren in Flammen auf, während die Dämmerung langsam einsetzte. Sie sahen die gespenstischen metallenen Schornsteine, die aus der Asche der verbrannten Stadt herausguckten wie Teleskope aus einem U-Boot-Grab. Die Schornsteine waren das Einzige, was von den Holzhäusern übrig geblieben war, nachdem die Brandbomben ihre Viertel in Brand gesetzt hatten.

Und für einige Stunden schien es ihnen, als wäre der Kampf um diese Stadt bald zu Ende, als ob das Trümmerfeld schon in wenigen Tagen ganz ihnen gehören würde. Als ob der Krieg sich fortsetzte, wie sie es kannten: als Bewegung, mal zögerlicher, mal gehetzter, nach Osten.

Hermann schrieb Anny einen wie üblich, kryptischen, nicht zu dechiffrierenden Satz: »Es regnet alle Nacht lang, heute ein kleiner Schauer. Bei meiner Tätigkeit gerade nicht sehr willkommen. Danach freuen wir uns, weil der Staub seinen Herrn darin findet.« Welcher Tätigkeit er nachging, sagte er nicht. In diesem Fall kann ich es guten Gewissens und unter Hinnahme eines kleinen Restes faktischer Unbestimmtheit für ihn tun: Es war das Töten.

***

Noch in den letzten Stunden jenes Nachmittags setzte das erste Bataillon der 13. Garde-Schützen-Division der Roten Armee vom anderen Ufer der Wolga über. Es kam weniger als die Hälfte an. In der Nacht folgte ihnen der

Rest. Die wenigen Überlebenden dieser Division – von mehr als 10.000 blieben am Ende der Schlacht lediglich 320 Männer und Frauen übrig – erinnerten später an die Silhouette der brennenden Stadt, auf die sie zufuhren, an das Schattenspiel der Gebäude am Ufer in den Flammen, an die fließenden, grotesken Formen des verbogenen Metalls und die traurigen Bullaugen der gestrandeten Flussfähren, an die Funken, die weit in den Nachthimmel flogen und schließlich verglühten. Ihr Kommandeur hatte sie vor dem Übersetzen schwören lassen, dass es für sie »kein Land hinter der Wolga« mehr gebe.

Grete
nur ein kurzer Abschied und

Hilde
Weißt Du noch, vor 7 Jahren

Grete
die undurchdringliche Nacht

Hilde
haben wir uns Weihnachten verlobt.

Grete
hatte ihn verschluckt

Hilde
In der Wäschetruhe lag weißer Flieder.

Grete
Otto und ich standen in der Kälte draußen und

Hilde
Es folgten Stunden des Alleinseins,

Grete
Lauschten seinen raschen, festen und

Hilde
weißt Du noch,

Grete
so ruhig gleichmäßigen Schritten

Hilde
wo ich mich ganz Dir schenken durfte.

Grete
in den schweren Stiefeln

Hilde
Ich hab Dich, seit wir uns gesehen,

Grete
bis kein Laut uns mehr erreichte.

Hilde
schon immer so geliebt wie heute,

Grete
Dann gingen wir fröstelnd ins Haus zurück

Hilde
wenn ich Dir auch manchmal weh tat.

Grete
Und es war wieder leer um uns

Die ersten Briefe, die er aus Stalingrad schrieb, waren kurz. Viel kürzer als alle, die er in den Monaten davor geschrieben hatte. Sie enthielten kein Wort darüber, was er sah, fühlte, spürte.

Am 17. September schrieb er:

Mein liebes Herzchen!

Viele herzliche Grüße und 1000 innige Küsse.

Auf Wiedersehen!

Herzlichst,

Dein Hermann

Am 19. September:

Mein liebes Herzchen!

Vom 19. 9. 42, um 15 Uhr grüßt Dich recht herzlich und mit 10.000.000 Küssen bin ich

Dein Hermann

Auf Wiedersehen!

Gott mit Dir!

Am 24. September:

Mein Annchen!

Der heutige 24. um 10.30 Uhr soll dir die herzlichsten Grüße und innigsten Küsse bringen.

Ich hoffe, du bist wohlauf und diese meine Zeilen treffen Dich munter an, wie sie mich verlassen. Gottes Hilfe sei dir stets nahe.

Auf ein freudiges Wiedersehen!

Nochmals herzinnige Küsse u. Wünsche

Dein Hermann

Und weitere fünf Tage später:

Mein liebes Herzchen!

Vom 29. 9. 1942 um 5.00 Uhr früh Dir die herzigsten Grüße.

Bei mir scheint es, als wollten Deine lieben Grüße und Küsse mich überschütten.

1000 Dank!

Ich küsse Dich herzinnig.
Auf Wiedersehen!
Dein Hermann

Erst einen Tag später deutete er das erste Mal an, dass sich die Welt dort, wo er war, in Auflösung befand. Er schrieb: »Mein liebes Annchen! Heute soll ja wohl Montag sein. Ich weiß es nicht so genau.« Nach zwei Wochen in der Stadt war ihm der Sinn für Zeit abhanden gekommen.

***

Was er wahrnahm in jenen Tagen, war die Verwandlung der Welt, das Entstehen einer Umgebung, die wie ein Albtraum das Vertraute mit dem Unheimlichen mischte: In den Wohnungen der geflohenen Menschen fanden sie die Hausaufgaben der Schüler aufgeschlagen auf den Schreibtischen, in den Läden Puppen, Bücher, zerstörte Kioske, in denen kurz zuvor noch Mineralwasser mit Sirup verkauft worden war, herabgefallene Ziegelsteine, eingestürzte Mauern und Decken. Durch die Straßen der Stadt liefen Kinder, die ihre Eltern verloren hatten.

Wenn sie zum Mamajew-Hügel herübersahen, dann erstreckte sich vor ihnen ein ganzes Viertel, in dem die Holzhäuser fast ohne Ausnahme verbrannt waren. Ein schwarzes Feld und auf den Hängen die Krater der Artillerieeinschläge, die aus großer Höhe aussahen wie die Narben eines dunklen Mondes. In den Straßenzügen lagen tote Menschen und Pferde und Geröll.

Es gab Tage, an denen es in den Straßen der Innenstadt den Anschein hatte, als sei die Stadt bereits aufgegeben worden, wie der Ort einer unbekannten Seuche, wo sich über Stunden nichts bewegte, außer den Augen der Scharfschützen und Artilleriebeobachter, die geduldig warteten.

Nicht wenige empfanden mitten in Stalingrad eine große Einsamkeit. Einem deutschen Oberleutnant kamen beim Anblick eines blassen, halben Mondes über der Stadt, die Worte eines Gedichts von Sappho in den Sinn:

Der Mond und die Siebensterne
Sind untergegangen. Mitternacht
Ist es; die Stunden verrinnen,
Ich aber, ich liege einsam.

Nur in gewissen Teilen der Krutoi-Schlucht, welche südlich des Mamai-Hügels in Richtung Wolga lief, gingen die Männer noch aufrecht im hellen Tageslicht. Hier konnten sie gelegentlich sogar einige Minuten blinzelnd in die noch warme Sonne des Spätherbstes schauen. Sie vertrauten auf die Stochastik der Artilleriegranaten; darauf, dass die Flugkurve der vom anderen Ufer abgeschossenen Granaten, Raketen, Geschosse einem unwahrscheinlichen, wenn auch nicht unmöglichen Winkel folgen musste, um das Leben am Boden zu verwüsten.

Sie verzweifelten an den vielen Ebenen der Innenstadt mit ihren hohen Häusern aus Stein, die oft trotz wochenlangen Beschusses nicht einstürzten, sondern mit den durchlöcherten Wänden und zersprungenen Fenstern aussahen, wie weinende Riesen. Spätestens wenn die Sonne sich am späten Nachmittag senkte, fanden sie es unmöglich abzuschätzen, was sich im Schatten der Räume versteckt hielt oder in den Kellerräumen auf den richtigen Moment wartete.

Sie stellten fest, dass ihre Idee einer »Hauptkampflinie«, einer Grenze zwischen ihnen und den anderen nicht mehr bestand. Wenn sie vorstürzten, in Stoßtrupps zu zehnt, mit Maschinengewehren, Flammenwerfern und

Granaten in den Händen, dann stellten sie fest, dass Straßenzüge, die sie längst erobert glaubten, mit dem langsamen Tackern eines Maxim-Maschinengewehrs in ihrem Rücken zum Leben erwachten. Granaten kamen aus den Kellern gänzlich zerstörter Häuser geflogen.

Die Berge kaputten Metalls, all die Panzer, Sturmgeschütze, Panzerabwehrkanonen, Geschütze, Straßenbahnen, Lkws, kaputten Autos, die verbogen, verkeilt und halb geschmolzen in der Landschaft standen, machten es nur noch wahrscheinlicher, dass die Soldaten das entscheidende Stück – den Gewehrlauf, der auf sie gerichtet war – übersahen.

In die harte Erde des Stadtbodens waren lange Gräben gezogen worden, in denen die Männer mit eingezogenen Köpfen und schnellen Schrittes hin und her huschten. Jeden Tag legten die Explosionen der Granaten und Bomben einen Staubfilm über die Männer, die in den vordersten Linien lagen, sodass sie unterschiedslos wie graue Staubwesen aussahen.

Nachts wurden Barrikaden aus Holz in den Straßen aufgeschichtet, die am nächsten Morgen, sobald es hell wurde zerschossen wurden.

Durch die Kanalisation der Stadt, unter ihren Füßen, zogen kleine Trupps, mit Gewehren, Messern und Spaten, die geschliffen wurden, bis sie scharfe Kanten hatten.

In Hermanns Kompanie lernten sie wichtige, längst überfällige Lektionen über die Unmöglichkeit des Raumes. Nach zwei Wochen in der Stadt waren sie nur noch 40 Meter von der Wolga entfernt und kamen doch nicht weiter. Die Erde fiel zum Fluss hin steil ab. Die sowjetischen Verteidiger hatten sich gut geschützte Höhlen in die Uferböschung gegraben, wo sie jede Bombardierung überstanden. Und von der Seite des Ufers schickte die sowjetische Artillerie den deutschen Angreifern ein unglaubliches, tosendes Trommelfeuer hinüber, sobald sie versuchten die Eisenbahngleise, die entlang des Ufers liefen, zu überqueren.

Wo sie nicht weiterkamen, saßen sie tagelang hinter abgedichteten Fenstern, in dunklen Räumen und blickten durch winzige Öffnungen in die Welt nach draußen. Diejenigen, die für kurze Zeit mit freiem Blick hinausschauten auf den breiten, langsamen Fluss und auf das Spiel des Steppenwindes an der Oberfläche, fanden es eine unhaltbare, ja suizidale Aussicht, die sie nur wenige Sekunden genießen mochten, bevor ihr Überlebensinstinkt sie zwang, sich zurückzuziehen in die Dunkelheit des Ruinenmeers.

***

Ende September schrieb Hermann diesen Brief an Anny, der mich immer noch etwas ratlos zurücklässt.

> *Mein Annchen!*
> *Ich freue mich und danke Dir für die lieben Grüße. Besonders freue ich mich über Deine herzlichen Grüße vom Steinhuder Meer. Recht schade, dass ich nicht dabei war! Hoffentlich bald für immer und ewig.*
> *Dein Hermann*

Hat er sich wirklich über Erzählungen von ihrem Sonntagsausflug ans Wasser gefreut? Konnte er das noch abrufen, die Erinnerungen an das Wasser, das im Sommerlicht die Farbe von trübem Apfelsaft hatte, die dünne Linie des anderen Ufers, die Pappeln auf der Badeinsel, deren Blätter sich im Wind schüttelten? Oder war es längst verblasst, die Worte nur die Simulation einer einst lebhaften Erinnerung?

Er schrieb diesen Brief aus dem Zentrum der Stadt, irgendwo aus einem Keller in den niedergebrannten Vierteln, die sich an den Mamajew-Hügel schmiegten, hinter dem Bahndamm, südlich der Krutoi-Schlucht, vor der Grudinin-Mühle und dem Pawlow-Haus, deren dicke Mauern aus rotem Backstein sie nie einnehmen sollten.

***

Die Stadt schien entweder zu flüstern oder zu schreien. Manchmal war sie für lange, endlose Stunden von einem solchen Tosen und Brausen und Heulen erfüllt, dass die Männer sich nur schreiend unterhalten konnten und schließlich das Sprechen ganz aufgaben im Kreischen der Sturzkampfbomber, im Donnern der Explosionen, im Rattern der Maschinengewehre, im Lärm kollabierender Wände und Häuser und dem Knistern, Knacken und Prasseln des Feuers. Am unerträglichsten aber waren die Schreie eines Verletzten, der irgendwo im Niemandsland lag; nach einigen Stunden schienen die Laute nicht mehr menschlich zu sein, sondern heiser und ohne Sprache.

Nachts raubte das Tackern der sowjetischen Nachtbomber ihnen den Schlaf. Es waren einfache einmotorige Doppeldecker, die oft von Frauen geflogen wurden. Es war ein grobes Geräusch, wie der eines Traktorenmotors. Es wurde kilometerweit über den Fluss und die flache Graslandschaft bis hinein in die Schluchten getragen. Die Landser nannten das Flugzeug: Nähmaschine oder Nervensäge. Ihnen fiel es schwer zu hören, wie weit es weg war. Sie meinten immer wieder, es flöge direkt über ihrem Kopf, wenn es Kilometerweit weg war. Am nervenraubendsten war nicht der Motor, sondern die Stille danach: Die Pilotinnen und Piloten schalteten vor dem Bombenabwurf ihre Motoren aus und glitten die letzten Meter lautlos heran. Nur ein leises, kaum hörbares Pfeifen – der Wind an den Tragflächen und Rudern – verriet sie vor dem Abwurf der 400 Kilogramm schweren Bombe.

Sowieso war ihnen die Stille oft schwerer erträglich als der Lärm, gerade wenn sie nachts in den Stellungen saßen und auf die leeren Straßen starrten. Jedes Rascheln eines Blattes oder das Zittern eines Drahtes im Wind, ließ sie den Finger krümmen und schickte blinde, ängstliche Maschinengewehrgarben hinaus in die Nacht.

Unterbrochen wurde die Stille nur von den rauen Stimmen, die russisch und deutsch mit schwerem Akzent sprachen, die Essen versprachen und warme Betten und ein Ende des Kampfes, wenn man nur hinüberginge, auf die eine oder die andere Seite. Und manchmal ließen die Sowjets mitten in der Nacht den Hohenfriedberger Marsch durch die Lautsprecher plärren, dessen geisterhafte Interferenzen von den Fassaden der zerstörten Gebäude widerhallten.

Josef
Er trug nur zwei Pflaster

Paul
Da will einer

Josef
Die Kugel sei ihm zwischen Auge und Nase eingedrungen

Paul
zugedeckt, eingepackt werden.

Josef
und am Hinterkopf wieder ausgetreten.

Paul
Hier wimmert einer in Schmerzen und

Josef
So ein Glück beim

Paul
bekommt eine Spritze.

Josef
sonst absolut tödlichen Kopfschuss

Paul
Und dann muss ich

Otto
Ich habe einen Oberleutnant nie vergessen,

Paul
fieberheiße Lippen kühlen und

Otto
dem das Geschlechtsteil

Paul
streiche wohl dabei

Otto
abgeschossen war.

Paul
einem Jungen

Otto
Er fand Trost darin,

Paul
mit der Hand über die Stirn

Otto
laut Gebete

Paul
Ach, es ist so wenig,

Otto
vor sich hin zu sprechen.

Paul
so bitter wenig.

In diesen Herbsttagen fing Anny in Celle an, das Akkordeon zu spielen. Sie schrieb Hermann wieder und wieder davon. Abends nach der Arbeit muss sie oft alleine dagesessen haben und stundenlang versucht haben, dem Blasebalg, wehmütige Töne zu entlocken, »scharf und sanft zugleich«, wie der Komponist Hector Berlioz den Klang des Akkordeons einmal beschrieben hat, *à la fois mordant et doux*.

Und sie versuchte sich wohl auch an jenem Lied des Soldatensenders Belgrad, das zu dieser Zeit in allen Köpfen war und dessen Refrain wiederholt wurde, in Bürogesprächen, Liebesbriefen, der gesummt und gepfiffen wurde, wie eine heilende Beschwörungsformel:

Es geht alles vorüber, es geht alles vorbei,
Auf jeden Dezember folgt wieder ein Mai
Es geht alles vorüber, es geht alles vorbei,
Doch zwei, die sich lieben, die bleiben sich treu.

Es war der Klang mit dem ihr Realitätssinn endgültig abhandenkam und sie sich an diese unglaubliche Idee klammerte: dass das Lieben nach dem Krieg einfach weitergehen werde wie zuvor. Ja, dass es sogar noch stärker und intensiver sein werde, wenn die Prüfungen überstanden, wenn die Willens- und Leidensfähigkeit endgültig bewiesen wäre. Dass sich *nichts* fundamental verschoben hatte. Dass all die Zerstörungen wundersamerweise folgenlos bleiben könnten; die in den Landschaften genauso wie die in den Köpfen.

Auf jeden Dezember folgt wieder ein Mai, und mit jeder Wiederholung schien der Satz wahrer. Und so sang sie schief und ohne Takt – denn musikalisch war sie nie – und beruhigte sich für einige Zeit.

***

Hermann schrieb ihr am 13. Oktober: »Sollte es so sein, dass »auf jeden Dezember folgt wieder ein Mai« für uns einschlagen soll?«

Am 24. Oktober dachte er an ihre Flitterwochen, fünf Jahre zuvor und an ihren Abschied am Bahnhof in Celle nur wenige Wochen zuvor und fragte sich, wann er sie wiedersehen würde. Er schrieb: »Wollte Gott, es ist nicht so fern! Auf jeden Dezember folgt wieder ein Mai.«

Am 7. November schrieb er von seiner Schlaflosigkeit. »Ist es doch ach so manche Nacht, die ich nicht schlafe, und müde bin ich zum Umfallen. Du weißt ja, wie gern ich schlafe. Hier habe ich es mir abgewöhnt.« Und malte einige Noten aufs Papier und dazu den Satz: »Na, es geht alles vorüber«. Ja, auch die Müdigkeit hat ein Ende, auf die eine oder andere Weise.

Am 9. November schickte er ihr ein Bild von einem kleinen Jungen, der sich neben einem Hund, einem Scottish Terrier, niederkniet und dem etwas widerwilligen Tier etwas zu essen vor die Nase hält, von dem der Hund anscheinend nicht besonders begeistert ist. Er war von diesem Bild so verzückt, dass er *drollig* gleich zweimal in weniger als einer halben Seite benutzte:

»Der kleine Matz und der Teddy sind doch *drollig*. Ich weiß sehr wohl, dass Du solche Bildchen gerne hast.«

***

Viele, welche die Stadt das erste Mal betraten, bemerkten sofort den Geruch, der ihnen entgegenschlug und bei ihnen zunächst eine andauernde Übelkeit, einen kaum zu kontrollierenden Ekel auslöste, den sie jedoch bald kaum noch bemerkten.
Die Gerüche des Rauches, der immer anders roch, mal nach brennendem Öl, nach Holz, nach brennenden Menschen, nach heißem Metall, nach verbrannter Baumwolle, nach geschmolzenen Kabeln.
Der Geruch der Treibladungen in Gewehren und Geschützen, Schießpulverduft, scharf und brennend.
Der Gestank der Abfälle, Dinge, die vergammelten, die von Bakterien und Pilzen zersetzt wurden und die Fäule stehender Abwässer, in denen sich die Zahl der Erreger alle paar Stunden verdoppelte.
Der Duft von Sepsis und Wundbrand, nach Verwundung, nach Eiter, der süß war und kaum auszuhalten.
Die Ausdünstungen der Kranken, der Azetongeruch ihres Urins, der Geruch ihrer faulen Münder und der Schweiß der Fleckfieberkranken, von dem einige Ärzte sagten, dass er nach Mäusen rieche.
Der Totenduft der Körper, die überall auf den Straßen und in den Häusern lagen und die niemand begrub.

***

Das Akkordeon hat sie nach dem Krieg nie wieder gespielt. Das Instrument, eine Hohner-Club, die sie von Hermanns Sold gekauft hatte, verlieh sie an einen Bekannten und forderte es nie zurück. Ihre Begeisterung überlebte den Kriegswinter nicht. Es scheint, als habe sie die kalten Tasten, die Feinheit der Bassknöpfe, den Widerstand des Balges beim Spielen später nicht mehr ertragen. Aber warum hat sie später verschwiegen, dass sie sich überhaupt an dem Instrument versucht hatte? Warum hat sie es nie erwähnt, nie drüber geredet? Es war, als wäre die Erinnerung an die naiven Hoffnungen, die sie in diesen einsamen Stunden gehegt hatte, als sie es spielte, zu intensiv, zu süß gewesen, um sie erneut wachzurufen.

***

Blass war das Licht geworden. Die Sonne war von einem Schleier bedeckt, der das Licht milchig machte, wie durch eine Eisdecke hindurch, nachdem die Stadt mehr als acht Wochen lang gebrannt hatte und die Asche der Häuser, der Ölteppiche, der Schulbänke, Esstische, Blumensträuße, Weizensäcke, der Buchregale, Dachziegel und Kinderleichen in die Höhe gestiegen war und einen dunklen Rauchpilz über der Stadt geformt hatte.

Blass waren die Menschen. Die Helligkeit war ihnen zum Feind geworden. Sobald die Sonne aufging, wagte es niemand mehr, an die Fenster heranzutreten. Alles zog sich in die Schatten zurück, in die Keller, in zugemauerte Räume und Erdbunker. Die Sonnenuntergänge leuchteten wie gewaltige Feuer, die im Spiegel der Wolga reflektierten und schließlich in lila Wolken erstarrten.

Bei Einbruch der Nacht traten die Landser manchmal vor ihre Unterstände, um dem Feuerwerk der Flakgeschütze zuzusehen, die Feuer in den Himmel legten. Die Suchscheinwerfer jagten Flugzeuge, die, wenn sie im Lichtstrahl gefangen waren, aussahen »wie kleine silberne Fliegen«, wie sich ein Truppenarzt erinnerte.

Wenn sie nachts angriffen, dann sah man von Weitem die Funken, welche die Sprengladungen in die Nacht schickten, die einen Keller zum Einsturz gebracht oder die Hülle eines stehenden Panzers durchbrochen hatten und den Schein eines Flammenwerfers, der wieder verlosch, aber kurz darauf ein lichterloh brennendes Holzhaus hinterließ, und die Flammen schossen weit sichtbar in den Himmel.

Die leuchtenden Magnesiumbälle, die in Grün und Rot über dem Fluss standen, bevor sie zischend in den Fluten versanken wie verglühende Sonnen.

***

Er schrieb ihr aus einem Keller, im Ruinenfeld der Stadt, wo er sich einen Raum mit fünf anderen Soldaten teilte.

Um ihn herum war alles zerstört.

Und am 2. Oktober setzte er das erste Mal jene verhängnisvolle Ortsmarke oben rechts, in geschwungenen, eng gedrungenen Buchstaben in den Brief: Stalingrad.

»Dankbar blicke ich zu unserem Herrgott, der stets zur Liebe ging«, schrieb er ihr. »Ich bitte ihn, er möge auch fürhin so mit uns verfahren. Diese Zeilen nimm in diesem Jahr statt Blumen. Sie sollen heller und freundlicher leuchten als ein Rosensträußchen.«

Genau fünf Jahre vorher hatte er sie zum Herbstbeginn, vor der Kulisse gelber und roter Blätter, unter sehr viel glücklicheren Vorzeichen geheiratet. »Alles war damals doch ganz anders«, schrieb er, seufzte er.

Und niemand hätte es ihm als Schwäche auslegen können, wenn er bei dem Gedanken ein paar Minuten bitter geweint hätte, auch wenn sich auf dem brüchigen, vergilbten Papier keine Spur einer Träne finden lässt.

***

Sie schliefen nicht mehr. Die sowjetischen Angriffe hielten sie wach, Nacht für Nacht. Die Reserven waren aufgebraucht. Schon Anfang Oktober war von den Kompanien, die im Juli noch fast 200 Mann gezählt hatten, nur noch fünfzehn, manchmal zwanzig, ab und zu nur noch zehn Mann übrig. Leutnante und Hauptmänner schoben Wache in den Gräben, wie einfache Gefreite, weil niemand mehr übrig war, der sonst dort hätte liegen können. An die Regimentsleitung meldeten die Offiziere oft falsche, zu hohe Zahlen. Sie logen, erklärten, es wären noch doppelt so viele Männer übrig, damit sie zumindest genug zu essen bekamen. Und irgendwann, nach mehreren Tagen ohne Schlaf, verloren sie gänzlich das Bewusstsein für die Zeit. Die Tage schienen ihnen endlos lang zu sein. Und sie hätten überhaupt nicht mehr sagen können, welcher Wochentag es war, und manchmal nicht einmal, in welchem Monat sie sich befanden. Sie begannen zu halluzinieren vor Erschöpfung. Und manch einer nickte ein und fiel in einen tiefen, traumlosen Schlaf, in dem die Welt und die Zeit selbst zu verschwinden schienen. Die Unglücklichsten wachten erst dann wieder auf, als eine Klinge kalt an ihrer Kehle lag und sie den Ruck des Messers in ihrem Fleisch spürten.

***

Hermann begann in Stalingrad seine Briefe mit dem immer gleichen alten Schlachtruf zu beenden.
»Gott mit uns.«
»Gott mit uns!«
»Gott mit uns allen!«
Jener Ellipse also, die auch auf seinem Koppelschloss prangte; die auf den Lippen des unglücklichen Schwe-

denkönigs gelegen hatte, am Tag seines Todes bei Lützen; der Wahlspruch untergegangener Imperien; und von der man sich nie sicher sein konnte, ob sie Ausdruck einer Hoffnung oder Feststellung einer Tatsache sein sollte, aber deren stabilisierende, analgetische Wirkung gerade in Zeiten größter Angst ohne Zweifel war. Sie mussten es nur oft im Stillen sagen, im Schützenloch.

Und einige spürten noch etwas anderes, Dunkleres,

Und wenn sie winselnd auf den Knien liegen

das in den Kirchen nicht gepredigt wurde,

Und zitternd Gnade schrein

aber in Liedern von der Rache besungen wurde.

Lasst nicht des Mitleids feige Stimme siegen!
Stoßt ohn' Erbarmen drein!

Einen Grimm, eine Wut, eine Raserei

Ha! welche Lust, wenn an dem Lanzenknopfe
Ein Schurkenherz zerbebt,

und den kalten Mörderblick,

Und das Gehirn aus dem gespaltnen Kopfe
Am blut'gen Schwerte klebt.

der sich mit diesen drei Worten verband,

Gott ist mit uns! Der Hölle Nebel weichen.
Hinauf, du Stern, hinauf!
Wir türmen Dir die Hügel ihrer Leichen
Zur Pyramide auf.

***

Hermann begann sich in diesen Tagen mehr und mehr in Träumereien zu flüchten. Er sang alte Lieder vor sich hin, Volkslieder, Trostlieder, vielleicht sogar heimlich ein paar Kinderlieder, wenn er alleine war im Keller. »Dann vertiefe ich mich einen Augenblick in die Zeit, in der diese geknüpft wurden. Es ist alles so traumhaft und märchenhaft dann um mich«, schrieb er ihr.

In seiner Schlaflosigkeit, seiner Übermüdung, schrieb er ihr Briefe zu den komischsten Zeiten, alle säuberlich rechts oben in der Datumszeile vermerkt: 5 Uhr morgens, 1 Uhr nachts, 2 Uhr nachts. Er muss manchmal am Eingang des Kellers gestanden haben und den Vollmond angeschaut haben, ohne dass er artikulieren konnte, was die blasse, helle Scheibe in ihm auslöste.

Er träumte von lang vergangenen Nachmittagen, von großen Gesellschaften in der kleinen Wohnung in der Spichernstraße, mit Familie und Freunden, schweren Tortenstücken und versilberten Tortenhebern und zum Abschluss etwas Obstschnaps.

Er malte Blumen an die Ränder der Briefe, fantastische Tulpen, mit übergroßen Petalen, aus denen kleine Stamina und Stempel hervorgucken, die an feinen Ranken emporwuchsen. »Diese kleinen Sachen werfe ich in Sekunden hin«, schrieb er ihr. »Ja, dies schöne Blümelein soll Dich grüßen, Dir danken und viel Gutes bringen.«

Er zeichnete den Eingang zu ihrer Wohnung aus dem Gedächtnis nach: den Bürgersteig, die kleine Pforte mit den zwei Steinsäulen und dem niedrigen Vorgartenzaun, die zwei kleinen Nadelbäume, die rechts und links des Eingangs wuchsen, die quadratischen Fenster in der Haustür, die es bis heute gibt, nur dass in seiner Erinnerung sechs Quadrate da waren statt der tatsächlichen acht. Und dann im ersten Stock, links von der Tür, hatte er die zwei Fenster mit rotem Stift eingerahmt, welche zu ihrer Wohnung gehörten. Seine Zeichnung war so korrekt, so genau gezeichnet, dass man mit ihr auch heute noch problemlos die Wohnung finden könnte, selbst wenn man die Adresse verloren hätte.

Er muss diesen Anblick mit großer Exaktheit vor seinem inneren Auge gesehen haben, er muss immer wieder zurückgekehrt sein zu dieser Haustür. Zu jenem Moment also, der Sekunde, in welcher sein Herz zu rasen begann, wo die Euphorie aufstieg und die Erlösung nur noch fünf Schritte und einen zitternden Griff zur Türklingel entfernt war.

Eine Meditation über das Heimkommen, gleich einer Welle, die hochkam und zurückglitt, hochkam und zurückglitt, hochkam und zurückglitt.

***

Nichts am Sterben in Stalingrad war besonders. Nicht die Zahl der Toten, nicht die Geschwindigkeit oder die Art, wie sie starben. All das kannten sie bereits gut. Was neu war, war die Umgebung, in der sie krepierten; die fremder und verstörender war, als alles zuvor. Sie starben auf engerem Raum. Sie starben oft genug, ohne dass die Umstehenden auch nur die entfernteste Ahnung hatten, woher die Kugel, das Geschoss, die Rakete gekommen war, die den Nebenmann erwischt hatte. Die Kausalzusammenhänge, die sie sonst zogen, um das Grauen zu erklären, brachen zusammen. Die Gewohnheiten, die ihnen halfen, die Unsicherheiten des Krieges zu bewältigen, versagten. Stalingrad markierte nicht den Beginn einer neuen Grausamkeit. Es markierte den Beginn eines Verstehens. Etwas, was den einen oder anderen bereits umtrieben hatte, um dann schnell wieder vergessen zu werden, so lange ihre Armeen gierig und im Tempo von 30 oder 40 Kilometern am Tag durch die Ukraine gestürmt waren. Sie realisierten im kühlen Licht einer rauchverhangenen Sonne, in der Hunderte starben, um an einem Tag ein Haus, ein

Stockwerk, einige Meter zu erobern: die Absurdität ihres Tuns. Alle Erzählungen wurden ihnen hohl, die Sätze, die Phrasen, in die sie ihr Tun bis dahin gekleidet hatten, verloren nach und nach jeden Sinn. Denn was hat es schon mit *Heldentum* zu tun, wenn man sah, wie eine Granate einem Mann, der sich gerade vor seinem Bunker wusch, das halbe Gesicht fortriss? Was half ihnen das Gerede vom *geweihten deutschen Blut*, wenn es so großzügig und schwallartig aus dem abgerissenen Bein eines Kompanieführers floss, der mit seinem Pferd den Minendraht übersehen hatte? Wer würde nicht den Glauben an das Adjektiv verlieren, wenn jemand von der *heiligen Pflicht* erzählte, während die Pflicht eines Soldaten zum Beispiel alleine darin bestand, den ganzen Tag Holzkreuze zusammenzuzimmern für die Beerdigungen, die jeden Nachmittag ohne Ausnahme stattfanden?

Es grenzte an ein Wunder, dass die Ärzte weiterhin die Bauchschüsse operierten, dass sie Darmsektionen vornahmen, in Zelten und Bunkern, in denen die Fliegenschwärme sich in die offenen Bäuche setzten, obwohl sie wussten, dass ohnehin keiner dieser Patienten überleben würde.

Was wird der Unteroffizier gedacht haben, dem sein Unterarm derart zerfetzt am Körper hing, dass der Arzt im Lazarett meinte, es sehe aus, als gehöre »er schon nicht mehr zum Körper«, der ganz blass dasaß, die Lippen ohne Farbe vom Blutverlust und dem der Arzt sofort, als er nach der Amputation aus dem Koma erwachte, ein Eisernes Kreuz an die Brust heftete? Glaubte er noch an die Bedeutung dieser Auszeichnung?

Ein Bataillonskommandeur beklagte bitter, dass niemand zu Hause, dort, wo die Propagandaphrasen herkamen, verstehen könne, was es heiße, »dieses herniederhagelnde Granatwerfer-Feuer« – die heulenden Geschosse der Stalinorgeln – auszuhalten. Und er meinte damit nicht einmal den psychologischen Effekt der Waffe, »den Angriff oder den Lärm«, wie er es nannte, sondern eine sehr viel kühlere Abwägung: »Den inneren Zustand, in den der Infanterist gerät, wenn er aufgrund einer Durchschnittsrechnung glaubt, den spätesten Termin bestimmen zu können an dem er auch seinen möglich glimpflichen Splitter abbekommt.«

Die Frontfahrer, diejenigen, die mit Kutschen und Autos vom Tross in den Vororten mit Nachrichten und Essen hinein in die Stadt fuhren, wurden von ihren Kompaniefeldwebeln und Leutnants mit Handschlag verabschiedet und auf der anderen Seite mit Handschlag von den Kompaniechefs begrüßt. Es gehörte sich, dass man Totgeweihten die Ehre erwies. Kaum einer überstand mehr als vier, fünf Fahrten, ohne etwas abzukriegen.

Auf den Schlachtfeldern lagen die Leichen dicht und unterschiedslos durcheinander. Diejenigen, die in den Straßen und Wegen lagen, waren von Panzerketten in den Boden gedrückt worden, bis ihre plattgequetschten Körper nahezu zweidimensional geworden waren; nur noch flache, verzerrte Reliefs im Boden.

Sie versagten aus Gründen, die nichts mit Geschossen und Wunden zu tun hatten, sondern alleine daher kamen, dass der menschliche Geist dieser Umgebung nicht mehr gewachsen war. Ihre Nervensysteme kollabierten. Sie bekamen Magenblutungen, sie vertrugen das Essen nicht mehr, sie kotzten und schissen flüssig, und ihre Lebern kapitulierten vor der konstanten, nicht enden wollenden Ausschüttung von Stresshormonen.

Ihr Fanatismus verschwand nicht einfach. Er war immer noch da, wie bei dem Amputierten, der auf eine Mine getreten war und der selbst auf der Krankentrage mit abgerissenem Bein und Abschnürbinde am Oberschenkel noch ohne Unterlass darüber schimpfte, dass sie das verdammte Gebäude nicht eingenommen hatten.

Und es gab diejenigen, die jede Sentimentalität abgestreift hatten: Ein Mann, der beide Beine verloren hatte, sagte im Lazarett, dass er froh sei, »noch so gut davongekommen« zu sein.

***

Als Hermann seinen alten Oberleutnant besuchte, der in einen anderen Teil der Division versetzt worden war, schlachteten sie ein Huhn. Sie nahmen sich Spargel und Kartoffeln und ließen sich von einem Gefreiten ein Hühnerfrikassee kochen. Dann setzten sie sich zusammen und aßen und redeten, wobei sie die Zeit vergaßen. Der Oberleutnant war ein hagerer Mann, der Schnauzer trug – einen richtigen und kein Hitlerbärtchen – und eine skeptische Falte über der Nasenwurzel. Er war 31 Jahre alt, kam aus dem Harz und hatte vor dem Krieg in Rostock Philosophie studiert. Den Überfall auf die Sowjetunion hatte er seit den ersten Junitagen 1941 mitgemacht und ohne größere Verletzungen überstanden. Er hatte außerordentliches Glück gehabt. Auch wenn die Soldaten wohl gesagt hätten, dass der Oberleutnant schon immer einen untrüglichen Instinkt gehabt habe. Am dritten Kriegstag im Juni 1941, als alles Chaos und Blut war, als während eines ungeordneten Rückzuges innerhalb weniger Augenblicke 60 Männer des Bataillons gestorben waren, als sie in Panik nicht einmal die Verletzten mehr mitnahmen, war er vorneweg gegangen. Er hatte sie hinausgeführt aus dem Wald. Aber als er mit Hermann zusammensaß, wollte der Oberleutnant von der Liebe reden. Er erzählte ihm, dass er sich verlobt habe. Er fühlte, dass er kein junger Mann mehr war. Er spürte die Dringlichkeit. Er wollte nicht als Junggeselle sterben. Aber in den letzten Wochen hatte sich die Beziehung zu seiner Verlobten eingetrübt. »Es kränkelt mit dem Heiraten«, schrieb Hermann. Der Offizier hatte Liebeskummer. Ihm war nicht zu helfen an diesem Tag und auch danach nicht. Hermann hat ihn nie wiedergesehen.

***

In den Tagen, in denen ich in Wolgograd durch die Stadtviertel zog, mit einer sehr vagen, unklaren Idee, was ich eigentlich suchte, fiel der Schnee manchmal nahezu senkrecht auf die Wolga herab, und auf den Gehwegen bildeten sich immer neue Schichten eines unberechenbaren Gemischs, das mal matschig war, mal die Konsistenz festgetretenen Schnees hatte und das jeden Morgen glatte Eisflächen bildete. Über die Gehwege hinweg gingen alte Frauen schwer beladen mit Einkaufstüten. Sie wankten manchmal an den glattesten Stellen, aber selbst die gebrechlichsten und ältesten unter ihnen, die Rücken tief gebeugt, den Kopf unter einem bunten Kopftuch versteckt, schienen ein übersinnliches Gespür für die Fallen des Eises zu haben. Nie rutschte eine von ihnen aus.

Einige dieser alten, russischen Frauen guckten mir mit großer Intensität ins Gesicht, als würden sie darin etwas suchen. Manche blieben stehen und drehten ihre Köpfe. Ihren Weg nahmen sie erst wieder auf, sobald ich um eine Ecke bog und aus ihrem Gesichtsfeld verschwunden war.

Als die Bomber kamen, waren sie Kinder gewesen.

Valentina

Wir gingen hinunter und schlossen die Luke

Ljudmila
Wir liefen

Valentina
Dann kamen die Bomben

Ljudmila
wie über einen See aus Flammen

In den Befragungen, die mit den Kindern von Stalingrad gemacht wurden, lange nach dem Krieg, als sie schon alte Menschen waren, redeten sie alle, ohne Ausnahme, von dem überwältigenden Schrecken, von der Angst, welche die ersten Minuten der Luftangriffe bei ihnen ausgelöst hatten.

Valentina
Ich werde diese Nacht nie vergessen

Ljudmila
Meine Mutter mit einem Säugling im Arm

Valentina
als die Erde brannte

Ljudmila
Mein junger Bruder, der sich nicht traute den Rock loszulassen

Valentina
Und die Flammen groß wie die Sonne

Ljudmila
Ich hoffe nie mehr davon zu träumen, was als nächstes kam

Und nach einigen Tagen fragte ich mich, ob es etwas in meinem Gesicht gab, das sie an diesen Schrecken erinnerte. Ob sie da eine flüchtige Spur sahen, eine Ähnlichkeit zu den Gesichtern der Piloten, die in ihren Sturzkampfbombern so weit heruntergestoßen waren, dass einige meinten, sie hätten sie lächeln gesehen, als sie die Bomben ausklinkten. Oder an die bärtigen Gesichter der Landser, die in den Wohnungen ihrer Eltern Maschinengewehrnester eingerichtet hatten und die letzten Vorräte gefressen hatten.

***

Der russische Major a. D. sprach es aus, als er mich sah: »Ein richtig deutsches Gesicht« hätte ich. Ein derart deutsches Gesicht habe er schon lange nicht mehr gesehen. Er sagte es nicht, aber nun gut, der Vollständigkeit halber: eine Stahlhelm-Visage. Ich kann es ihm nicht verdenken, auch wenn es mich bis in diesem Moment, wo ich es aufschreibe, unangenehm berührt. Er zog die direkte Verbindung, die ich gerne verkompliziert hätte, die ich gerne unklarer, diffuser formuliert hätte: dass mein Körper in gewisser Weise ein Wiedergänger von *ihnen* ist. Wir standen in seinem Keller, durch den Katzen strichen, rote und schwarze und braune, die sich an den alten Uniformen rieben und auf alten Wehrmachtsöfen schliefen, die der Major aus dem Steppenboden ausgegraben hatte, und schwiegen. Dann erzählte er von den deutschen Öfen. Er hatte mehrere davon. Sie alle hatten 70 Jahre und mehr in der Erde gelegen, in verschütteten Bunkern, Unterständen und Kellern, im Steppenboden. Er hatte sie ausgegraben, und die meisten funktionierten noch wie am ersten Tag. Er sagte, er habe noch nie etwas so Zauberhaftes gesehen wie sie. In seinem Schuppen hatte er einen angefeuert, der eine strahlende Wärme ins Gesicht legte. Er steckte klammes, nasses Holz hinein und zeigte, wie herrlich es brannte. Dann zeigte er mir den Rest. In seinem Keller hatte der Major außerdem: Flak-Geschosse, die ein bisschen aussahen wie riesige Thermoskannen, auf dem Boden lag eine Anti-Panzer-Mine, von der er nicht so richtig sagen wollte, ob sie noch funktionstüchtig war, er hatte zwei alte Maschinengewehre, sechs verrostete Fleischwölfe, ein »Rauchsichtzeichen 80« für orangenen Qualm, eine Tüte helles »Läusepulver nach Professor Morell«, hergestellt von den Milo-Werken Chemnitz, drei nussbraune Mausergewehre, ein deutsches Schild »Wagen nicht fahrbereit«, eine »Weltmeister«-Mundharmonika, die etwas verrostet war, bei der sich die blauweiße Farbe des Lacks aber nahezu makellos erhalten hatte, ein Koppelschloss und kleine Gläser voller Jod, die nie auf eine Wunde gelegt worden waren, obwohl es von denen genug gegeben hatte. Ich hatte nicht damit gerechnet, dass die Objekte der Schlacht derart unbeschadet in der Erde überlebt hatten. Sie konnte man ausgraben und manchmal funktionierten sie noch wie damals. Die Menschen aber steckte der Major in blaue Plastiksäcke, wenn er sie fand. Er grub die Knochen aus, die oft dicht unter Oberfläche lagen. Flüchtig hatte man sie verscharrt. Dann brachte er sie zum Friedhof. Der Major war drei Jahre nach dem Ende der Schlacht geboren worden. Er war aufgewachsen in einer Stadt voller Ruinen und Brachen, in denen die Artefakte des Krieges offen herumlagen. Als Junge strich er durch die zerstören Gebäude im Stadtzentrum und sammelte Patronenhülsen in der Grudinin-Mühle auf. Und während seiner Streifzüge, so dachte ich mir, muss er irgendwann auch auf eine Spur gestoßen sein, die Hermann dort hinterlassen hatte: einen Becher, ein Kochgeschirr, Streichhölzer, einen Löffel, den er einst in den Mund gesteckt hatte, oder die Hülsen, die aus seiner Maschinenpistole ausgestoßen wurden, nachdem die Kugeln davongeflogen war, auf ihrem Weg zu einem Körper, mit dem sie begraben werden sollten.

***

Hermann war so müde, dass er oft, wenn er etwas Zeit hatte, über den Briefen einschlief, die plötzlich am Ende eines Satzes unterbrochen wurden, und die er woanders wieder aufnahm: »Da bin ich doch tatsächlich ungewollt eingeschlafen, mein Herzchen. Als ich wach wurde, konnte ich nichts sehen, es war dunkel um mich. Die Lampen waren verloschen. Ich legte mich schlafen. Dann erwache ich eben. Nun Dir, mein Goldchen, einen zuckersüßen Morgengruß.« Und über ihm heulten die ersten Salven des Tages, die von der anderen Seite des Flusses herüberkamen.

***

In der letzten Septemberwoche fühlten sie das erste Mal mit dem Nachtwind die Kälte von der anderen Seite des Flusses herüberkommen. Kälte, die aus der Tiefe des Kontinents kam, von den Weiten der asiatischen Steppe, aus Xinjiang und Sibirien. Ein erster Hauch der Buran-Winde, die im Winter riesige Schneewolken über die flachen Graslandschaften treiben, die ihren Weg durch Kirgisien und Kasachstan nehmen bis an den Unterlauf der Wolga.

Die ersten Soldaten bauten ihre Zelte ab und buddelten Erdbunker in die Hänge der Schluchten; kleine Kammern, groß wie Gefängniszellen, die sie mit Bretterwänden nach außen verkleideten. Sie lernten die Holzwände mit einem Gemisch aus Lehm, Stroh und Pferdemist abzudichten, damit der Wind nicht durch die Lücken pfiff. Sie hängten sich Bilder an die Wände von nackten Frauen, die sie in Frankreich gekauft hatten. Sie brachten Stoff als Tapete an. Sie zimmerten sich Nachttische, auf die sie Fotos ihrer Frauen, Verlobten, Freundinnen und Eltern stellten. Und hängten dazu Bilder von Adolf Hitler an die Wand, »damit wir nicht vergessen, wem wir es zu verdanken haben, dass wir hier sind«, wie ein Truppenarzt schrieb. Sie legten sich Kissen und Decken auf ihre Feldbetten und bauten sich gemauerte Öfen ein.

Die Flüchtlinge aus der Stadt gruben sich direkt neben den Deutschen ein, dort, wo noch Platz geblieben war. Sie fanden oft nicht genug Holz, um sie abzudecken, gegen den Wind. Sie hatten keine Betten, also schliefen sie auf der feuchten, kalten Erde. Einige der Frauen gingen morgens hinüber zu den Deutschen, sie wuschen die Wäsche der Offiziere, schälten Kartoffeln, Möhren und erzählten manchmal, wenn es eine gemeinsame Sprache gab, was ihnen widerfahren war. Die jungen Frauen redeten von ihren Männern, die irgendwo in der Ukraine oder Weißrussland, in den Kesseln der deutschen Panzertruppen, gestorben waren. Sie weinten um ihre toten Kinder, die in den Herbsttagen an Unterernährung und Krankheiten zu sterben begannen.

In den letzten Septembertagen verschwand die Kälte plötzlich wieder. Es wurde warm und sonnig, 23 Grad. Man hätte meinen können, dass es eine realistische Hoffnung sei, dass der Winter diesmal ausbleibe. Es blieb mild für zwei weitere Wochen.

Dann setzte Mitte Oktober der Herbstregen ein. Die Nachschubkolonnen voller neuer junger Männer, die in die Stadt zogen und die glaubten, dass sie den Kampf endlich entscheiden würden, waren komplett durchnässt. Sie hatten sich ihre Zeltbahnen über die Mäntel gezogen. Aber die Feuchtigkeit fand doch ihren Weg durch kleine Löcher hinein. Die Männer hatten ihre Stahlhelme aufgesetzt, und das Wasser lief ihnen in kleinen Rinnsalen den Nacken hinunter. Gegen Abend waren die Erdbunker mit Wasser vollgelaufen, und es fing zu schneien an, das erste Mal.

Aber der Winter kam noch nicht. Das Wetter unterbreitete ihnen noch ein letztes, wenige Tage dauerndes Geschenk: Der Regen hörte nach kurzer Zeit wieder auf. Der Schlamm trocknete. Die Sonne kam zurück. Und eine ungewöhnliche, fast bizarr anmutende Wärme kam auf, die es ihnen erlaubte, an geschützten Orten in der Sonne mit nichts als einem Unterhemd zu sitzen.

Am 6. November setzte schließlich abends ein kalter Regen ein, der in der Nacht zu Schnee wurde, und am 7. November waren die Temperaturen bereits bei 15 Grad unter null. Die Steppe war innerhalb weniger Stunden zu »einer weißen Tafel« geworden, wie ein Soldat sich erinnerte. Bald war das erste, dünne Eis auf der Wolga.

Erich
In der Morgendämmerung

Heinz
Unsere Kompanie ist nicht mehr,

Erich
hörten wir von der Donhöhe herunter

Heinz
und man kann nicht schreiben,

Erich
Kettengerassel

Heinz
wie gleichgültig wir allem gegenüberstehen.

Erich
das kein Ende nehmen wollte.

Heinz
Du schreibst, ich solle nicht verzagen

Erich
Es würde ein ungleicher Kampf werden,

Heinz
Ich wünschte Dir

Erich
den nur wenige

Heinz
mal einen Tag in meiner Lage,

Erich
überleben würden.

Heinz
dann würdest Du an allem zweifeln,

Erich
Gegen acht Uhr war es so weit.

Heinz
was noch auf der Welt ist.

Ihr Hochmut war weit wie die Landschaft und der Himmel über ihr; maßlos wie das Gras, über das der Sturm hinwegfegt, ohne einen einzigen Halm zu knicken. Am Tag, als die sowjetischen Panzerverbände hinter einer Feuerwalze her auf die rumänischen Verbände an den Flanken der sechsten Armee zurasten und ihr Schicksal besiegelten, lagen sie im Stadtzentrum von Stalingrad im dichten Nebel. Er zog in dichten Schwaden vom Fluss herüber und legte sich auf ihre Gesichter wie ein nasses Seidentuch. Er dämpfte alle Geräusche. Und für einige Momente lag eine merkwürdige Stille über der Stadt. Wenn der Nebel nicht gewesen wäre, dann hätten sie in der Ferne ein Grummeln gehört, wie tausend ferne Gewitter. In diesem Nebel schrieb Hermann seinen Brief, ahnungslos und blind.

Liebste!
Viel schreib ich Dir nie. Es ist heute auch wieder so. Ja, die kostbare Zeit saust dahin. Unaufhaltsam dreht sich das Weltenrad. Diese Zeilen sollen Dir nur ein Beweis sein, dass Du, mein liebes Herzchen, nicht vergessen bist.
Dein Hermann

Das Weltenrad hatte sich gedreht, und er hatte den Ruck nicht einmal bemerkt, mit dem sich die Kräfte verschoben hatten.

Nur die sowjetischen Soldaten waren übermütiger, leichtsinniger, unbedachter als sonst. Sie rannten im offenen Gelände von der Grudinin-Mühle auf das Eisenbahner-Haus zu, wo sie im deutschen Maschinengewehrfeuer zu Boden gingen. Die Überlebenden retteten sich hinter Trümmerteile, wo sie bis zur Nacht liegen blieben, um dann vorsichtig zurückzukriechen.

***

Es war ähnlich neblig als ich den Mamajew-Hügel hinaufging. Er zog von der Wolga hoch. Er ließ den Weg vor meinen Augen verschwinden, und gab da wieder für einige Sekunden den Blick frei auf die Hänge des Hügels, auf einen Abhang, an dem dunkle Kiefern wuchsen. Das Denkmal schien verlassen. Oft war es nahezu unmöglich, zu sehen, wo der verschneite Boden anfing und wo der nasse Himmel begann. Ich sah lange keinen Menschen. Nur einmal hörte ich eine Stimme. Jemand rief wieder und wieder einen Namen, ohne Antwort. Es war schwer auszumachen, woher die Stimme kam oder wie weit weg sie war. Erst nachdem ich eine Stunde umhergegangen war, tauchten auf einmal Schatten vor mir auf. Es waren vier Soldaten in schwarzen Mänteln. Sie trugen Karabiner über der Schulter mit aufgesetzten Bajonetten. Auf den Klingen kondensierte der Nebel und lief in kleinen Tröpfchen hinab, wie eine transparente Erinnerung an eine andere, dickere Flüssigkeit. Sie gingen in langsamen Stechschritt. Es war ein unsicherer Gang. Als wäre es nur eine Frage der Zeit, bis einer von ihnen das Gleichgewicht verlor. Einem von ihnen lief der Rotz die Nase runter, den er nicht zu bemerken schien. Sie gingen den Hügel hinab und verschwanden wieder im Nebel. Es waren weiche Gesichter, jung, mit hellen Augen, als wären die Minderjährigen, die hier in ihren Tod geschickt wurden, erneut zum Leben erwacht, um Dinge mit Würde zu Ende zu bringen, die einst nur in Dreck und Schmutz, in Blut und Durchfall zu erledigen waren.

Bäume gab es damals vor 75 Jahren keine hier. Die Kuppe war ein offenes Feld gewesen. Die Soldaten hatten auf ihren Einsatz in den Schluchten am Fuß des Hügels gewartet. Oft starben die ersten bereits dort. Ein deutscher Soldat sollte sich später daran erinnern, wie die Salve einer Stalinorgel 15 Mann tötete und 100 weitere verletzte, noch bevor der Angriff im offenen Gelände begonnen hatte, und dass die Getroffenen ohne Schmerzensschreie zu Boden gegangen waren. »Das nahezu stumme Verhalten verwundeter und sterbender Kameraden hatte mich nur am Anfang des Krieges beeindruckt, jetzt nicht mehr«, schrieb der Offizier.

Ein sowjetischer Hauptmann erinnerte sich, wie sie hier jeden Tag drei-, viermal angegriffen hatten. Einmal frühmorgens, einmal mittags, noch einmal in der Abenddämmerung und einmal in der Nacht. Sie testeten das Licht aus wie Bühnentechniker. Schummriges Halblicht, grelles Tageslicht, die Dunkelheit einer mondlosen Nacht. Das Ergebnis blieb das gleiche: Jedes Mal wurden 20 Soldaten losgeschickt. Und zurück kamen vier oder fünf.

Die Hänge waren mit Bombenkratern übersät, bis zu acht Meter tief und für Fahrzeuge unpassierbar. Den Überlebenden hatte sich der Hügel ins Gedächtnis gebrannt, als inkohärente Bilder, die nur schwer in einen Zusammenhang zu bringen waren, der ihnen Sinn verlieh. Die fünf sowjetischen Gefangenen, die aufrecht stehen blieben und nur mit den Köpfen schüttelten, als die Artilleriesalve kam und die Deutschen in die Gräben sprangen. Von denen keiner überlebte. Der Feldwebel, der in seinem Loch plötzlich von einem Knall zu Boden geworfen wurde, einen unglaublichen Druck im Gesicht spürte und dann in der langen Stille, als ihm das Blut aus seinen Ohren hinausfloss, merkte, dass seine Trommelfelle geplatzt waren. Die leuchtenden Funken der Phosphorbomben; ein Soldat, der am ganzen Körper mit hell leuchtenden Flecken bedeckt war und dessen Hände grell gebrannt hatten; der erst am ganzen Körper zu zittern begann und dann in Ohnmacht fiel; der schließlich starb, ohne je wieder das Bewusstsein zu erlangen.

Josef
Ich hielt ihm eine Feldflasche mit Tee an den Mund,

Alexander
Zwischen den gesplitterten Stämmen der Obstbäume

Josef
konnte aber nicht wahrnehmen, ob er schluckte.

Alexander
lagen Helme, Kartuschen, Granatsplitter.

Josef
Dann lallte er:

Alexander
Ich sah keine Toten, nur einen einzelnen, großen Kopf,

Josef
Schreib Mutter.

Alexander
der mit der Zeit schwarz geworden war

Josef
Jesus. Mutter. Jesus.

Alexander
und aus dem ein weißes Gebiss grinste.

Als ich dort herumirrte, flogen über den Hügel große Gruppen von Nebelkrähen. Sie saßen wie dunkle Schatten in den Bäumen, hockten auf den Gräbern und gingen die Wege ab. Es schien fast, als wäre bei ihnen der Mythos dieses Hügels ebenfalls weitergegeben worden, als Erinnerung an ein beispielloses Festmahl, an eine Fressorgie, wie sie es nur einmal alle hundert Jahre erleben. Und als schauten sie nun begierig herab auf die Menschen, die hier still umhergingen, im Schatten riesiger Betonimitationen ihrer selbst. Als hätten die Krähen sich über Generationen mitgeteilt, dass dieser Hügel im Winter Anlass zu besonderen Hoffnungen bot. Und sie nun darauf warteten, dass die Menschen ein weiteres Mal übereinander herfallen würden.

***

Als die Offiziere in Hermanns Division die ersten Funksprüche erhielten, die ihnen sagten, dass sie und die ganze Armee eingeschlossen seien, glaubten sie es nicht. Sie hielten es für die übertriebene Panik einiger Melder, für die Ausgeburt eines kurzzeitigen Wahnsinns, von Männern, die zu lange im Gefecht standen und ihre Nerven verloren hatten. Also schickten sie zwei Fahrer los, die aus der Stadt fahren sollten, um nachzusehen, was passiert war. Die Fahrer fuhren nach Süden in die verschneite Ebene, immer an den Bahngleisen entlang, wo zerschossene Panzer die Felder säumten wie in einem Elefantengrab. Sie fuhren an kleinen, verlassenen Bahnhöfen vorbei, und links von ihnen wand sich, umstanden von blassem Schilf, die Karpowka, die kalt und langsam dahinfloss. Alles schien ihnen ruhig und friedlich. Sie fuhren wohl mehr als zwei Stunden, als die Holzhäuser von Marinowka vor ihnen auftauchten und Tausende, dunkle Punkte am Horizont. Die Fahrer blieben stehen. Und dann bemerkten sie, dass sie ein Heer auf der Flucht sahen: Männer, in grauem Stoff, die um ihr Leben rannten. Sie drehten um und fuhren zurück.

In der Stadt saßen die Offiziere danach zusammen, sie schwiegen, es trat »eine gewisse Untergangsstimmung ein«, und dann beschlossen sie nur noch fester zu glauben. Sie redeten von Versetzungen nach Südfrankreich, wenn alles vorbei wäre. Sie nahmen sich aus den Lagern, die aufgegeben wurden, was sie mochten, nicht, was sie brauchten: Zigaretten, Cognac und Sekt. Sie veranstalteten Offiziersabende, bei denen die Einladungen darauf hinwiesen, dass auf den Ausgehanzug Wert gelegt werde. Sie dachten mit Schaudern an die armen Schweine, die nun in der offenen Steppe lagen, in flachen Gräben und Erdlöchern. Sie sprachen magische Wörter mit großer Überzeugung, die ihnen suggerierten, dass ihr Ausharren keinesfalls die Katastrophe darstellte, die es war: »Der Manstein«, der würde sie »raushauen«, es wurde von Panzerkorps fabuliert, von Hitlers Versprechen und von »Silberstreifen am Horizont«, wie ein Offizier sich erinnerte.

***

Hermann wurde stumm. Elf Tage lang schrieb er nicht.

Albrecht
Eines Tages stand der Gegner

Joachim
der Geschützdonner war schon gut zu hören

Albrecht
aus seinen Löchern auf

Joachim
und die Kameraden wurden schweigsam

Albrecht
Es sah aus wie eine schwarze gepunktete Insel

Joachim
An Granatrichtern vorbei ging es im Gänsemarsch

Albrecht
in der weiten schneebedeckten Steppe,

Joachim
Es war eigentümlich still

Albrecht
die sich auf uns zubewegte.

Joachim
Ich hatte keinen Schuss gehört

Albrecht
Ihr Anführer, hoch zu Ross

Joachim
Aber einen Schlag

Albrecht
Als unsere ganze Batterie schoss,

Joachim
wie mit einer Peitsche

Albrecht
blieben nur wenige übrig.

Joachim
am rechten Oberschenkel

Albrecht
Mit einer letzten Salve stürzte auch

Joachim
Stoffreste und Metallsplitter in der Wunde

Albrecht
der Reiter vom Pferd.

Joachim
Den Korkenzieher, den man in der Wunde fand,

Albrecht
Nichts rührte sich mehr,

Joachim
habe ich lange Zeit aufbewahrt

Albrecht
niemand stand mehr auf

Der Quartiermeister des Armeekorps rechnete am dritten Tag aus, dass noch »7 Tagessätze Mundverpflegung, 4 Tagessätze Brot und 3,5 Tagessätze Mehl« da seien.
Am fünften Tag im Kessel wurden die Brotrationen von 750 Gramm am Tag auf 300 Gramm gekürzt. Am siebten Tag wurde die Ration auf 200 Gramm Brot und einige Konserven gesenkt. Die Konserven mussten sie sich mit mehreren teilen. Bei dieser Menge blieb es für einige Zeit.
Erst Mitte Dezember wurde das Brot auf die Hungerration von 100 Gramm am Tag gekürzt. Am gleichen Tag wurde angeordnet, 4000 rumänische Pferde zu schlachten. Futter hatte man für sie ohnehin keines mehr.
Fünf Tage später gingen die Quartiermeister immer noch davon aus, dass sie von den 40.000 deutschen Pferden die Hälfte retten könnten. Die andere Hälfte allerdings sollte nun so zügig wie möglich getötet, zerlegt und in die dünnen Suppen geschmissen werden.
Am gleichen Tag meldete das Oberste Heereskommando, dass die Brotvorräte noch bis zum 24. Dezember reichen würden, dass der Brotaufstrich das Brot überdauern werde um genau einen Tag und dass aber immerhin die Zigaretten noch bis zum 28. Dezember hinhalten würden.
Zu diesem Zeitpunkt hatte es bereits »56 Todesfälle im Armeebereich« gegeben, »bei denen nach truppenärztlichem Urteil der Ernährungszustand eine wesentlich mitwirkende Rolle« gespielt hatte. Sie waren verhungert.
Am zweiten Weihnachtstag wurden die Brotrationen dann auf die gänzlich unzureichende Ausgabe von 50 Gramm gekürzt.
Nach Neujahr fingen sie an Hunde und Katzen zu schlachten.

***

Am elften Tag schickte er schließlich ein kleines Kärtchen, das nicht mehr enthielt als dies: »Nach Verstrich von Tagen muss ich Dir nun auch einige Kartengrüße senden. Wie immer geht es in Eile. Ich hoffe, es geht Dir auch gut.«

***

Es wurde bitterkalt. Ihre Gesichter waren rot vom Wind. Sie guckten nach Osten zum Ufer und versuchten nicht zu blinzeln, während die Böen ihnen einen feinen Schnee in die Augen trieb, bis die ganz rot und gereizt waren. Sie legten sich Tücher um den Kopf, um ihre Ohren zu schützen, und Zeitungspapier in die dünnen Lederstiefel. Sie zitterten von der ersten Minute ihres Wachdienstes an, unkontrolliert und heftig.

Je weniger sie aßen, desto schlechter vertrugen sie die Kälte. Schon die beheizten Keller hielten sie nur aus, solange sie sich alle Kleidung und Decken umwarfen, die sie hatten. Draußen wurde jede Minute zur Qual. Ihre Haut schien mit jedem Tag sensibler zu werden. Als würde die Kälte sie aufrauen, langsam abschmirgeln, bis sie gänzlich verschwinden würde.

Trotzdem legten sie sich erneut hinter Fensteröffnungen ohne Glas, in die Ruinen der Häuser, die einst die schönsten der Stadt gewesen waren. Dort, wo im Sommer zuvor noch Kinder auf den Balkonen gesessen hatten in sauberen Kleidern und Kuchen mit silbernen Gäbelchen zerteilt hatten. Sie versteckten sich in den Resten der Leben, die sie zerstört hatten, hinter den bröckelnden Backsteinmauern, die es umschlossen hatten. Und wenn sie eine Stunde oder zwei in der Kälte gelegen hatten, merkten sie, wie die Erschöpfung über sie kam, wie sie langsam die Kraft verließ, obwohl sie doch nur da lagen.

Sie sprachen nicht viel. Weder wenn sie gemeinsam Wache schoben noch in den Kellern. Sie lagen oft einfach da und warteten auf die dünne Suppe, die einmal am Tag ausgegeben wurde. Sie stritten sich um die kleinen Pferdefleischstückchen in der Brühe, um die Größe ihrer Portionen, darum, dass die Suppe zu kalt war und wer sich als Erstes den Teller vollmachen durfte. Sie wurden missmutig und reizbar. Sie schrien sich in größter Wut an, nur um kurz darauf wieder apathisch auf ihren Betten zu sitzen.

Manchmal verdrehte einer die Augen und kippte einfach um. Dann mussten sie ihn kurz hinlegen und die Beine hochklappen. Sie waren nur froh, wenn es im Keller passierte und nicht irgendwo in den Gräben. Die Männer schämten sich für ihre Ohnmachten und konnten sie doch nicht abstellen.

Sie dämmerten vor sich hin, bis ihr Spieß oder ihr Leutnant sie wieder an die Oberfläche trieb. Die Zeit verschwamm, die Grenzen zwischen Tag und Nacht lösten sich auf, und der einzige klar umrissene Gedanke, die einzige Idee, die sich nicht an den Rändern aufzulösen begann, war die des Essens.

***

Nach 20 Tagen im Kessel schrieb Hermann seinen ersten längeren Brief. Er machte keine Andeutungen über seine Lage, über die wachsende Verzweiflung oder den Hunger. Anny wusste zu diesem Zeitpunkt nichts von der Umzingelung. Sie ahnte auch nicht, dass der Brief, den sie in den Händen hielt, mit Flugzeugen transportiert werden musste, über die Linien der Roten Armee hinweg.

Aber wenn sie genau las, dann konnte sie einen neuen Ton feststellen – einen neuen Hang zum Pathos etwa: »Dankbar blickt man doch immer zur Mutter. Besonders tue ich das bei der Schwiegermutter, die Dich geboren hat, und dann zu Gott, der mich den Kampf um Dich gewinnen ließ. Ist er es nicht, der uns Menschen führt und leitet?«

Dabei hatte er doch ihr Herz gar nicht in einem schweren Kampf gewonnen. Es war doch eher ein Gewitter gewesen, das plötzlich über sie beide hereingebrochen worden war; etwas, das schnell und plötzlich kam und von Anfang an die Aura des Unvermeidlichen hatte.

Während er schrieb, verfeuerten sie in ihrem Keller die Möbel, die sie in den Stalingrader Wohnungen geraubt hatten. Sie taten es ohne Schuldgefühle: »So manche Stalinbude wandert in unseren Ofen und erwärmt unser fürstliches Heim.« Draußen in der Steppe erfroren die Bewohner, die einst in diesen Häusern gelebt hatten, in selbstgebuddelten Erdlöchern.

Inzwischen war dicker Schnee gefallen, der die verbrannte Erde bedeckte, die Krater und Ruinen, wie eine Decke, die eine Leiche weniger unappetitlich aussehen lässt. In der Nacht glitzerte die Erde im Mondlicht und ließ die Nächte hell und gefährlich werden.

Hermann führte Selbstgespräche, in denen er sich vorstellte, sie säße ihm gegenüber. Er redete hinein ins Leere und hoffte, dass seine Gedanken wie durch unsichtbare Drähte zu ihr zogen. Dass sie seine Worte erspüren würde, ohne sie zu hören.

***

Es gab noch eine andere Sache, die ihren Geist aufklaren ließ: Das war die Angst. Diejenigen, die wie Hermann, mehrere Wochen in Stalingrad überlebt hatten, brüsteten sich damit, dass bereits der kurze Klang des Abschusses ihnen verriet, ob die Granate sie treffen werde oder nicht. Dass sie spüren konnten, was hinter einer Hausecke lag, die sie nicht einsehen konnten. Dass ihnen die Haare in ihrem Nacken verrieten, sobald in den Trümmern Augen auf sie gerichtet waren. Die in jedem Raum instinktiv den Platz suchten, an dem sie vor herabfallenden Trümmern am sichersten waren. Die wussten, dass man sich für Stoßtrupps als Anführer melden musste, um dem Schicksal des zweiten Mannes zu entgehen: Beim zweiten Mann, der aus einem Graben sprang, um eine Ecke bog, in einen Raum hineinstürmte, hatten die Schützen Zeit zu zielen. Der Anführer überlebte öfter. Lauter Männer, die ihr unfassbares Glück zu erklären suchten, mit übersinnlichen Empfindungen, die ihnen den Weg wiesen. Eine Hypothese, deren Beweiskraft immer nur für die Vergangenheit galt.

Was all diese Männer mit ihrem untrüglichen Sinn für Gefahr nicht bemerkten: den Tunnel, den die Rote Armee nachts unter ihren Posten am alten Eisenbahnerhaus gegraben hatte. Der Tunnel war schmal. Aber breit genug, um 3000 Kilogramm Sprengstoff hindurchzuziehen. Der Schlag war gewaltig, die Erde öffnete sich zu einem Krater, Wände stürzten ein, und Steine wurden so weit in die Luft geschleudert, dass sie erst nach unendlich lang erscheinenden, stillen Sekunden zu Boden krachten. Das Einzige, was sie rettete, war die Angst der usbekischen Sturmtruppen, die es nicht wagten loszustürmen, als man ihnen den Befehl gab. Die einfach liegen blieben in ihren Schützenlöchern, starr vor Schreck, nach diesem gewaltigen Knall.

Die Soldaten, die um sechs Uhr morgens in eines ihrer Häuser eindrangen, still und leise, ohne einen Schuss abzufeuern, die mit einem Brecheisen ein Loch in die Kellerdecke schlugen und drei Flammenwerfer hineinhielten; als plötzlich der ganze Raum nichts als Feuer und Rauch war, der Sauerstoff hinausgesaugt wurde; Schreien, unglaubliches Schreien und dann Dunkelheit.

Das Trommelfeuer der Artillerie, bei dem irgendjemand gezählt hatte und auf 1570 Schuss gekommen war, das mitten in einer Dezembernacht die Erde beben ließ, ein Kometenhagel, der alles tötete, was nicht rechtzeitig am Boden lag, der die Schlafenden aus den Kellerbetten riss, der die Wachposten dazu brachte, ihre Gesichter hart in den kalten Boden der Schützengräben zu pressen und darauf zu warten, bis das Tosen zu Ende war.

***

Im Keller flüchtete Hermann sich in Zeichnungen, die er mit großer Genauigkeit auf die Briefe malte: Er zeichnete einen Tannenzweig, an dem jede der mehr als 300 Nadeln, einzeln gesetzt worden waren. Er malte drei Zapfen und vergaß dabei auch die Konturen der Samenschuppen nicht. Bei den zwei Kerzen ließ er flüssiges Wachs heruntertropfen, und um das Licht der brennenden Kerze deutete er einen roten Schein an.

Ich stelle mir vor, wie er diese Striche mit ruhiger Hand setzte, langsam und feierlich. Wie er das Blatt stolz herumzeigte, als es fertig war. Und dass die anderen zwanghaft lächelten und Dinge sagten wie:

»Ja, schön.«

Oder:

»Ist gut geworden.«

Und dann wieder in ihr Schweigen zurückfielen.

***

In all dieser Untergangsstimmung malte Hermann auch ein Bild, das in seiner Leichtigkeit vielleicht das Groteskeste ist, was er je geschickt hat. Einen Skispringer, der vor einer Bergkulisse abhebt. »Ski Heil«, schrieb er dazu. Der Springer ist mitten im Sprung, die Arme weit geöffnet. Nur das Gesicht ist merkwürdig verzerrt. Es hat etwas Geisterhaftes. Als wäre es ihm schwergefallen die Mimik eines lebenden Wesens zu fixieren. Es gibt keinen Hinweis darauf, dass die Landung glimpflich ausgehen wird. Es war wohl schlicht der Schnee, der ihm dieses Bild in den Sinn kommen ließ. Die Zeichnung legte er seinem Neujahrsbrief bei, den er am 12. Dezember geschrieben hatte, damit er rechtzeitig ankäme. Vielleicht hoffte er auch einfach nur, dass die Frivolität der Zeichnung sie schon beruhigen würde. Dass sie nie im Leben erriete, wie die Lage wirklich war, wenn er *so etwas* schickte. Dann

wäre dies tatsächlich eine kleine, wenn auch vergebliche, Heldentat gewesen.

***

Sechs Tage vor Weihnachten, um sieben Uhr morgens, schrieb er ihr: »Von Minute zu Minute wird es klarer, dass Du alleine an den Festtagen sein wirst. Dafür bin ich Dir im Geiste immer näher. Schon jetzt jedoch trotz allem Widerwärtigen, mein Herz: Einmal werde ich wieder bei Dir sein.«

Und wenn der Brief sie an einem bitteren Tag erreicht hat, in missmutiger Stimmung, muss sie sich gedacht haben:

Du Idiot, natürlich schaffst du es in sechs Tagen nicht nach Hause. Auf dem Hinweg hast du zwei Wochen gebraucht. Von wegen: »Minute zu Minute«. Es war doch längst entschieden, längst erledigt.

Sie wusste immer noch nicht, dass er eingeschlossen war. Zumindest hat er nie eine Andeutung über seine tatsächliche Lage hinterlassen. Was sie hörte, waren die ersten Gerüchte. Mit ernster Miene geflüsterte Worte, abgeleitet aus Briefen, die offener gewesen waren als Hermanns.

***

Am 21. Dezember schrieb er: »Es geht mir gut – ich bin munter. Ich möchte gerne, es bliebe so! Drum bitte ich den lieben Herrgott sehr. Ich glaube auch ganz fest, dass er uns nicht verlässt, sondern mit seiner unerschließlichen Hilfe nah ist.«

Nein, *Er* war nicht nah. Sie waren allein. Die Panzer, die sie retten sollten, steckten an der gefrorenen Myschkowa fest. Sie kehrten drei Tage später um.

Eitel-Heinz
Ich hatte nur ein helles, lilafarbenes Licht gesehen

Joachim
ich verlor das Gefühl für Tag und Nacht

Eitel-Heinz
Und einen lauten Knall gehört.

Joachim
weiß nur,

Eitel-Heinz
konnte nicht aufstehen

Joachim
dass plötzlich ein Kamerad begann

Eitel-Heinz
Es hatte 40 Grad minus

Joachim
Weihnachtslieder zu singen

Eitel-Heinz
Totenstille um mich herum

Joachim
ein seltsamer Kontrast

Eitel-Heinz
Von unserer Gruppe lebte nur noch einer,

Joachim
zum Fluchen und Schluchzen

Eitel-Heinz
der aber nicht mehr sprechen konnte.

Joachim
dem lauten Beten

Eitel-Heinz
Plötzlich hörte ich

Joachim
dem Stöhnen und Wimmern

Eitel-Heinz
leise Pferdekommandos

Joachim
ich heulte

Eitel-Heinz
Ein Schlitten

Joachim
hemmungslos

Der Heilige Abend war ein armes Fest. Sie hatten sich einen Kiefernzweig geschmückt mit dem Stanniolpapier der Zigarettenpackungen. Der Zweig steckte in einer restlos leer geleckten Konservendose, in die sie Sand gefüllt hatten. Er verschwand schon kurz darauf im Ofen des Kellers, aber für einige Stunden erfüllte er seinen Zweck als Abstraktion eines Weihnachtsbaumes. Hermann hatte einige Tage zuvor ein Paket mit einer Wurst, ein paar Keksen, Marzipankartoffeln und Zigaretten bekommen, das sie sich als Festmahl teilten. Sie saßen dicht gedrängt vor dem Ofen, während die Läuse in ihrer Kleidung in der Wärme zum Leben erwachten, und rauchten, bis das letzte bisschen Hungergefühl verschwunden war. Sie hatten eine »bescheidene, aber herzliche Bescherung« veranstaltet, wie er schrieb; hatten sich kleine selbstgebastelte Geschenke überreicht. Der Divisionspfarrer ging herum und las den Männer in ihrer Armseligkeit den Satz des Engels aus dem Evangelium vor: »Fürchtet euch nicht! Siehe, ich verkündige euch große Freude, die allem Volk widerfahren wird; denn euch ist heute der Heiland geboren.« Sie heulten offen und ohne Scham. Aber als Hermann Anny schrieb, hatte er sich voll und ganz im Griff. »Trotz der gewaltig erhöhten Zahl an Kilometern bin ich den Lieben Dir, mein Goldchen, so nahe – ja, das ist das Fest der »Liebe«, des ›Lichtes‹ und ›Erwachens‹. Die Festtage werden geschwind dahineilen und neue nach sich ziehen, auf die dann ein neues Jahr folgen wird, ein Jahr, dem wir all unsere Herzenswünsche zur ernstlichen Erfüllung«; nur vergaß er die Hoffnung mit einem Verb zu vollenden.

***

Nach Weihnachten vernichteten die meisten alles Unnötige, alles, was sie nicht brauchten. Einige schmissen selbst die Bilder ihrer Frauen in die Flammen. Sie betranken sich ein letztes Mal, leerten die Flaschen Sekt, französischen Cognac und Wein, die sie aufgehoben hatten. Der Alkohol machte ihre dünnen Körperlein erst sturzbetrunken; dann rebellierte ihr Innerstes. Sie hatten einige Stunden unkontrollierten Durchfall. Die Leichtsinnigsten unter ihnen wagten ab und zu einen Blick hinaus, aus dem Keller, um in den Winterhimmel zu schauen. Einer sollte später sagen, dass er so einen weiten Nachthimmel nie wieder gesehen habe wie den über Stalingrad in den Weihnachtstagen des Jahres 1942.

Christoph
Seit dem Morgengrauen marschieren wir

Hubertus
Ich verspreche mir nicht viel und

Christoph
Ich taumele dahin,

Hubertus
will alles,

Christoph
nur dem Rücken meines Vordermannes nach.

Hubertus
was über meine Erwartungen hinausgeht,

Christoph
Eiskristalle wirbeln wie tausend Nadeln

Hubertus
als Geschenk

Christoph
Die Stiefel sind steinhart gefroren.

Hubertus
annehmen.

Christoph
Sie reiben und drücken bei jedem Schritt.

Die Welt verengte sich, wurde klein und immer kleiner. Die Tage wurden lang wie Jahre. Sie legten sich Schnee in den Mund und meinten Kakao zu schmecken, Milch und Brühe. Sie begannen die dünne Suppe, die kleinen Brotstücke, die letzten Konserven in ausgedehnten Zeremonien zu essen. Sie versuchten jeden Bissen auszukosten. Sie nahmen sich für ihre kleinen Happen so viel Zeit wie sonst für mehrgängige Abendessen. Sie bewachten argwöhnisch ihre Krümel. Einige versteckten ihr Essen, sparten sich jeden Tag ein paar Brocken auf, mit denen sie an den Sonntagen ein Festessen veranstalteten.

Was sie aßen, das schmeckte besser als je zuvor. Es gab Brotkanten, die ihnen mehr Genuss brachten als die Gänsebraten in einem früheren, nur noch neblig erinnerten Leben.

Sie jagten Katzen, Ratten, Mäuse, Raben, aßen Würmer, alles eigentlich, was größer war als Läuse.

Ihre Körper begannen sich zu verändern. Die Muskeln verkümmerten. Ihre Rücken beugten sich, ihr Gang wurde unsicher und zittrig, ihre Haut faltig und trocken, wie krauses Papier, ihre Hoden schrumpften, und die Lust verschwand aus ihren Körpern, bis sie nur noch eine ferne Erinnerung war. Die Nacktbilder französischer Frauen verbrannten sie in den Öfen. Sie fühlten sowieso nichts mehr, wenn sie sie ansahen.

Mehr und mehr erinnerten sie an Greise, an Männer, die ein Fluch oder eine merkwürdige Krankheit in wenigen Monaten gealtert hatte. Sie selbst fühlten es. Wie sich der Fortgang der Zeit in ihren Körpern überschlug und der Verlauf der Welt eine quälende Langsamkeit annahm.

Nur ihre Sinne wurden nicht stumpfer. Ihr Gehör wurde sensibler. Schon die Stimmen der anderen Männer kamen ihnen oft unerträglich laut vor. Als wären die anderen plötzlich schwerhörig geworden und hätten zu schreien begonnen. Sie wurden schreckhaft und der Gefechtslärm zu einer solchen Tortur, dass einige von ihnen für den Wachdienst bald nicht mehr geeignet waren. Männer feuerten auf Gespenster, auf eingebildete Geräusche, sie beantworteten Feuerstöße, die weit entfernt in anderen Vierteln stattfanden und verschwendeten Munition.

Einige erlebten im Hunger Momente unerklärlicher Euphorie, die einige Stunden, manchmal sogar einige Tage anhielten. Nichts fürchteten die Mannschaften so sehr wie die Stunden des Hochgefühls ihrer Offiziere. Sie überkam dann ein dringendes Bedürfnis nach Aktion, nach Kampf, und Eroberung. Sie träumten von Heldentaten, die sie mit ihrer Truppe verhungerter Kellermenschen begehen wollten. Meistens blieb es bei großen Plänen, die durch die einsetzende Depression der Kommandeure eingestellt wurden, bevor es zu viele Tote gab.

Hermann muss in diesen Tagen gespürt haben, wie seine Rolle immer unmöglicher wurde. Er sollte schließlich diesen Haufen zerrütteter, streitsüchtiger Männer zusammenhalten. Er war ihr Stabsfeldwebel, der *Spieß*. Sie nannten ihn die *Mutter der Kompanie*. Er sollte ihnen Mut geben, wenn sie Angst hatten, ihnen Vertrauen einflößen, wo sie es verloren hatten, er sollte sie disziplinieren, wenn sie nachlässig wurden, und sie bestrafen, wenn sie Befehlen nicht gehorchten. Aber mit jedem Tag erschien die Ordnung, die er aufrechterhalten sollte, fragiler ihr Zusammenhalt brüchiger.

Ende Dezember war von dem Körper, den Anny geliebt hatte, von den Schatten der kräftigen Brustmuskeln, die einst beim Paddeln aus seinem Unterhemd hervorgeguckt hatten, von der Härte seines Oberarms unter dem

Druck ihrer Finger, von seiner breitschultrigen Silhouette nichts mehr übrig. Seine Wangen waren eingefallen. Die markanten Kieferknochen traten nun spitz und scharf hervor, und in seinen dunkel gewordenen Augen schimmerten Wildheit und Lethargie, wie bei einem Tier, das ahnt, dass es das letzte seiner Art ist.

***

Als man ihnen zu Ehren an Neujahr im Radio das Clausewitzsche Bekenntnis vorlas, dürften die wenigsten in der Lage gewesen sein, den Worten zu folgen. Die knarrende, rollende, eifernde Stimme des Schauspielers Heinrich George sprach es ihnen vor; einen einzigen, nicht enden wollenden Satz;

»Ich sage mich feierlich los von der leichtsinnigen Hoffnung einer Errettung durch die Hand des Zufalls; von der dumpfen Erwartung der Zukunft, die ein stumpfer Sinn nicht erkennen will; von der kindischen Hoffnung, den Zorn eines Tyrannen durch freiwillige Entwaffnung zu beschwören, durch niedrige Untertänigkeit und Schmeichelei sein Vertrauen zu gewinnen;

der versuchte Patina auf das Unglück zu legen,

von der falschen Resignation eines unterdrückten Geistesvermögens; von dem unvernünftigen Misstrauen in die uns von Gott gegebenen Kräfte; von der sündhaften Vergessenheit aller Pflichten für das allgemeine Beste;

und mit Feierlichkeit

von der schamlosen Aufopferung aller Ehre des Staates und Volkes, aller persönlichen und Menschenwürde.

Ich glaube und bekenne, dass ein Volk nichts höher zu achten hat als die Würde und Freiheit seines Daseins;

das Elend zu verdecken,

> dass es diese mit dem letzten Blutstropfen verteidigen soll;
> dass es keine heiligere Pflicht zu erfüllen, keinem höheren Gesetze zu gehorchen hat;

es Heldentum zu nennen;

> dass der Schandfleck einer feigen Unterwerfung nie zu verwischen ist;« (...)

als würde es sie noch interessieren.

Am Silvesterabend um 24 Uhr legte die sowjetische Artillerie erneut Sperrfeuer auf die Stadt. Panzer fuhren über die inzwischen mit dickem, dunklem Eis überfrorene Wolga hinüber zu einem feierlichen Neujahrsangriff durch den weiß funkelnden Neuschnee hindurch.

Die Rotarmisten in der Mühle hörten laut Lieder auf dem Grammophon, sie tranken und sangen. Die Töne schallten weit bis in die Stellungen von Hermanns Kompanie hinein. »Anschließend gingen wir raus und schossen mit allen unseren Waffen«, erinnerte sich ein sowjetischer Soldat.

Hermanns 518. Infanterieregiment feuerte zurück. Die Explosionen erfüllten die Stadt und die tief hängenden Schneewolken für eine Viertelstunde mit einem roten Leuchten, das im ganzen Kessel zu sehen war.

Und als das Feuer vorbei war, kam aus den sowjetischen Lautsprechern eine Melodie, die sie nur allzu gut kannten. Sie wurde ihnen mit schwerem, rollendem R vorgesungen.

Morgenrot,
Morgenrot,
morgen gibt es noch kein Brot.

Helwin
Libe Frau

Rudi
Mein Allerliebstes

Helwin
in anfank main schraiben teile ich dir mit

Rudi
Ich wünsche Dir

Helwin
das ich noch Gott sai dank gesunt und an leben bin

Rudi
dass falls ich nicht mehr sein sollte,

Helwin
Es wird sich amende Gott erbarmen

Rudi
Dein Leben Dich in eine recht glückliche

Helwin
und unz helfen

Rudi
Kurve führt.

Helwin
den so sint wir ferloren.

Rudi
Ich habe Dich viel zu lieb,

Helwin
erger dir nicht om mir

Rudi
um Dich einem anderen Mann zu gönnen,

Helwin
den der libe Gott

Rudi
weiß aber auch,

Helwin
is auch hir bai ons

Rudi
dass Du viel zu jung bist,

Helwin
in osten.

Rudi
um allein durchs Leben zu gehen.

Helwin
du solst wissen

Rudi
Wenn ich bewusst eine letzte Minute haben sollte,

Helwin
das ich noch am leben bin

Rudi
dann werde ich dankbar an den Tag denken,

Helwin
denkent tu ich an dich

Rudi
an dem ich Dich kennengelernt habe

Das Gebiet, in dem sich sein Kellerloch laut der militärischen Karten der Wehrmacht befunden hat, lässt sich nur ungefähr bestimmen. Es ist einige Hundert Meter breit, kaum mehr als zwei Kilometer lang. Man kann es bequem zu Fuß in etwas mehr als einer Stunde umrunden. Dies sind die Dimensionen der Unschärfe, die sich nicht auflösen läßt. Als ich mich von der Grudinin-Mühle auf den Weg machte, die immer noch steht – das Dach abgedeckt durch deutsche Bomben, die Fenster zerschossen durch deutsche Granaten, die Backsteine voller Narben durch deutsche Maschinengewehre –, begann es bereits zu dämmern. Das Wasser der Wolga war dunkel wie die Nordsee im Winter, undurchschaubar und tief. Auf dem Wasser brachen kleine Wellen, in weißem Schaum, die der Wind vor sich hertrieb. Ich ging hinein in die Stadt, in Richtung der riesigen Leninstatue am Lenina-Prospekt. Dorthin, wo damals die vordersten deutschen Stellungen lagen. Die Posten müssen den Geruch des Wassers schon in der Nase gehabt haben, in ihren langen Nächten. Vor sich hatten sie damals ein großes, stattliches Haus mit ausladenden Balkonen, die nach Norden und Süden hinausgingen und einst einen Blick auf den Fluss erlaubten. Das Haus wurde, wie alles hier, von Hermanns Regiment zur Ruine geschossen. Heute steht nur noch eine Backsteinmauer auf der Flussseite. In dem Haus wehrte sich wochenlang eine kleine Gruppe Rotarmisten gegen die deutsche Übermacht. So lange, bis sie keine Übermacht mehr war. Nach einem der Verteidiger, dem Feldwebel Jakow Fedotowitsch Pawlow, wurde das Haus schließlich benannt: das Pawlow-Haus. Vor dem Gebäude lagen frische, rote Nelken im Schnee. Ich ging über den großen Boulevard hinüber und weiter hinein in die Stadt. Hinter einem großen Stalin-Empire-Gebäude war ein kleiner Park. Bäume wuchsen wild durcheinander. Der Boden war auf eigenartige Art und Weise gewellt. Mitteltiefe Löcher waren über Jahrzehnte von den Füßen ausgetreten worden; und doch war noch sichtbar, dass man hier über die Überreste nie begradigter Krater ging.

Ich musste an die Geschichte des Soldaten denken, der irgendwo hier im Dezember bei einem Artillerieangriff Granatsplitter ins Auge bekommen hatte. Das Auge sah schlimm aus, angeschwollen und vollgelaufen mit Blut. Aber als der Arzt den Mann fragte, ob er noch sehen könne, sagte er die Wahrheit: Ja. Daraufhin schickte der Mediziner ihn zurück in den Schützengraben. Aber nicht, ohne ihm vorher noch zu eröffnen, dass man ihn aus dem Kessel geflogen hätte, wenn er diese eine Frage mit Nein beantwortet hätte. Die Angriffe, die dem Mann das Auge durchlöchert hatten, hinterließen Vertiefungen im Boden wie diese hier.

Die Sonne senkte sich endgültig hinter den Gebäuden. Die Kälte wurde scharf und unnachgiebig. Das Licht klar und blau. Ich ging eine Weile durch verlassene Straßen, versunken in Gedanken, als eine Panzerkolonne um die Ecke bog. Die Panzer fuhren langsam. Ihr Druck auf die Straße war so schwer, dass man die Erschütterungen in den Füßen spürte. Ihre Luken hatten sie geschlossen. Es war kein Mensch zu sehen. Die Ketten rollten auf den verschneiten Straßen, als hätten sie ihren eigenen, unabänderlichen Willen. Ich starrte ihnen lange nach und blieb noch eine Weile stehen, als sie längst wieder verschwunden waren. Für einen winzigen Moment meinte ich verstanden zu haben, was es hieße, vor einer solchen indifferenten Maschine zu stehen, in einem flachen Loch, mit nichts als einem Karabiner in der Hand; die Verlorenheit einer Kröte im Mittelstreifen, wo Springen und

Sitzenbleiben ähnlich suboptimale Handlungsmöglichkeiten sind.

***

Hermann fiel es immer schwerer, seine Briefe zu Papier zu bringen. Eigentlich hatte er ihr bereits am Silvesterabend schreiben wollen, noch vor Mitternacht, sich dann aber nicht aufraffen können. Dann begannen die Schießereien. Und als die Gewalt ausgestanden war, legte er sich schließlich völlig erschöpft hin und schlief einige Stunden. Frühmorgens wurde er wieder geweckt. Er sagte nicht wieso. Und dann lief der Tag einfach so an ihm vorbei, obwohl es relativ ruhige Stunden waren. »Ich habe es Stunde um Stunde hinausgezögert. Es soll nun aber am Neujahrstage doch noch geschehen. Du hast gewiss verspürt, wie nah ich Dir war, wie meine Gedanken trotz der gewaltigen Entfernung bei Dir waren.« Zwei Tage vorher hatte er jenen Brief von ihr erhalten, der wohl der letzte war, den er je bekam. Er war genau einen Monat unterwegs gewesen, mit Zügen durch Polen und die Ukraine gefahren, an einem Flugplatz in der Nähe der Front ausgeladen worden und dann unter Lebensgefahr vom Piloten in den Kessel hineingeflogen worden. Sie schrieb ihm davon, dass ihr Vater wieder begonnen habe zu arbeiten, nachdem er lange Zeit krank zu Hause geblieben war. »Wunderbare Gottesschickung!« nannte Hermann das. »Seine Lokomotive war ihm doch auch stets was Hohes.« Sie berichtete ihm außerdem davon, wer von den Männern aus dem Landratsamt nun für den Einsatz an der Ostfront eingezogen worden war. Und Hermann gab in seiner Verachtung für diese weichen, zivilen Bürokratenmänner preis, dass sie Rettung bitter nötig hatten: »Und E. ist auf nach Russland? Der soll uns wohl raushauen? Na dann alles Gute.«

***

Ludwig Wittgenstein notierte im Ersten Weltkrieg einmal in seinem Tagebuch: »Wurde gestern beschossen. War verzagt. Ich hatte Angst vor dem Tode. Solch einen Wunsch habe ich jetzt, zu leben! Und es ist schwer, auf das Leben zu verzichten, wenn man es einmal gernhat.« Und anschließend notierte er verwundert, dass selbst er »von Zeit zu Zeit zum Tier« werde. »Dann kann ich an nichts denken als an essen, trinken, schlafen. Furchtbar! Und dann leide ich auch wie ein Tier, ohne die Möglichkeit innerer Rettung. Ich bin dann meinen Gelüsten und meinen Abneigungen preisgegeben. Dann ist an ein wahres Leben nicht zu denken.« Der Krieg reduzierte den Geist, verengte ihn, machte ihn kleiner. Und je radikaler die Umstände, desto mehr zerfielen die Gebilde in ihren Köpfen, die sie bisher geleitet hatten: ihr Pflichtbewusstsein, ihr militärisches Selbstverständnis, ihre Überlegenheitsgefühle, die Gewohnheiten der Armee, ihre abstrusen Ideen von Blut, Nation und Raum. Bis nichts mehr da war außer dem einen Gedanken: zu überleben irgendwie. Die Männer waren »haarige Wilde in Steinzeithöhlen« geworden, wie Wassili Grossmann schrieb, »die Pferdefleisch verschlangen in Qualm und Düsternis, inmitten der Ruinen der wunderbaren Stadt, die sie zerstört hatten«.

***

Seinen letzten Brief, sein letztes Lebenszeichen, schrieb Hermann am 5. Januar, bevor er seinen Keller verließ, bevor er aufbrach, zu einem neuen Ort, den er wahrscheinlich selbst noch nicht kannte. Hinaus in den Schnee, die Steppe, die Dunkelheit. Es war halb zwölf Uhr nachts als er ihn schrieb. Auf die erste Seite hatte er alle Symbole des Glücks gemalt, die ihm einfielen: Neun vierblättrige Kleeblätter, ein nach unten gekipptes Hufeisen, ein rotes Herz, das für Anny stehen sollte, durch das die Kleeblätter sich hindurchrankten. Dazu hatte er notiert: Eine Million Mal Glück. Er schrieb:

Mein Allerliebstes!
Keine Angst Anny – Anny!
Denn Soldaten sind Soldaten, in Worten und in Taten usw.
Ich schreibe etwas in Eile. Wann war das auch nicht so? Aber habe Geduld, die Lage wird auch besser und neues Leben blühe nur den Ruinen.
Auch vom Silvesterabend steht Dein Bildchen vor mir, das ich nun morgen einpacke, um es mitzuhaben; und immer ist es das mutige, zarte Lächeln, der samtweiche Blick, an dem man nur Stärkung finden kann. So bist Du bei jeder Begebenheit zugegen, bei mir. Also mit Dir stets und für ewig!
Ich hoffe, Du bist wohlauf. Auch von mir kannst Du es nicht anders erwarten. Schöne Grüße den Lieben daheim allen.
Auf Wiedersehen!
Ich küsse Dich!
Dein Hermann

Sie hat danach nie wieder etwas von ihm gehört.

Gretel
Ich empfing die heiligen Sakramente

Grete
Ein Scheidender und Blumen,

Gretel
und bat

Grete
Das ist auch so schön.

Gretel
um den Frieden Deiner Seele.

Grete
Wenn er schon lange fort ist,

Gretel
Vor die Tumba legte ich einen

Grete
blüht und duftet und atmet es

Gretel
frischen Kranz,

Grete
noch so zart und still und süß

Gretel
von grünem Islandmoos

Grete
wie etwas Lebendes von ihm.

Gretel
mit einer weißen Schleife;

Grete
als wir schon lange nichts mehr von Sigfrid wussten,

Gretel
die in schwarzen Lettern

Grete
blühte hier immer noch die Azalee,

Gretel
Deinen Namen trug.

Grete
die er mir zum Muttertag schenkte.

Sie hat später vom Gefühl der Einsamkeit, der Verlassenheit geredet, das sie in den Monaten danach in ihrer Wohnung überfiel, zwischen all den Sachen, die nun mit einer unheilbaren Melancholie behaftet waren: dem Kuchenservice, den Kristallgläsern, den Eichenschränken, den Polstersesseln, Kissen, Decken und den bestickten Taschentüchern mit den Initialen AB und HB.

Sie schickte Briefe an die Wehrmachtsauskunftsstelle für Kriegsverlust und Kriegsgefangene in Berlin, die ihr nicht mehr zurückschickten als einen abgestempelten Vordruck und eine dürre Notiz: »Die Einheit 19 029 C gehörte zu den eingeschlossenen Truppen bei Stalingrad.« Sie erhielt Briefe vom Arbeitsstab Stalingrad, des elften Wehrkreiskommandos in Hannover, in denen es hieß, die Nachforschungen hätten ergeben, dass »die Einheit ihres Mannes, des Stabsfeldwebels Hermann Bartens, an den Kämpfen um Stalingrad beteiligt war. Nähere Nachricht liegt über ihn bis heute nicht vor.« Die Behörden antworteten immer auf die gleiche Art und Weise: mit Wissen, das sie ohnehin schon hatte. Im September 1943 bekam sie dann einen Brief vom Leiter des Arbeitsstabes Stalingrad und Tunis. Dort stand:

> »Ich bedauere tief, Ihnen mitteilen zu müssen, dass die Ermittlungen über das Schicksal Ihres Mannes, des
>
> `Stabsfeldw. Hermann Bartens`
> `F.P.Nr. 19 029 C`
>
> der zuletzt im Kampfraum Stalingrad eingesetzt war, keine restlose Klarheit ergeben haben und Ihr Mann deshalb als vermisst gelten muss, seit `5.1.43`.

Zu meinem größten Bedauern bin ich nicht in der Lage, Ihnen eine aufklärende Mitteilung und tröstende Gewissheit zukommen zu lassen.«

Sie hatte lange genug als Sekretärin gearbeitet, um auf einen Blick zu erkennen, wie viel aufrichtiges Bedauern und Mitgefühl in diesem Schreiben steckte; es war ein Vordruck, in dem nur die Lücken mit Schreibmaschine individualisiert worden waren. In Celle bekamen alle den gleichen Text.

Die Monate vergingen. Und während die mittelalterliche Innenstadt von Celle mit ihren Fachwerkhäusern an der Aller und der hölzernen Pfennigbrücke an den Dammaschwiesen ein Bild abgab, das die Kontinuität des Lebens behauptete, eine beruhigende Unabänderlichkeit, so müssen doch Dinge in ihr Blickfeld eingedrungen sein, die das Gegenteil verrieten.

Als Erstes war da das orangene Glimmen am Horizont im ersten Sommer nach Hermanns Verschwinden, als Hamburg in Flammen aufging.

Auch muss sie, wenn sie im Schrebergarten ihres Vaters an den Bahngleisen saß, erkannt haben, dass in den Viehwaggons keinesfalls Tiere transportiert wurden, sondern Menschen, unter denen sich im September auch ein Mädchen aus Amsterdam befand, die in einem Versteck im Hinterhaus der Prinsengracht 263 ein Tagebuch über ihre Einsamkeit geführt hatte.

Die Zwangsarbeiter, die in der Spinnhütte an Fallschirmseide strickten, bei Berkefeld Wasserfilter zusammensetzten und bei Luhmann & Harling im Sägewerk Holz zurechtschnitten, trugen einen großen Aufnäher mit den nicht zu übersehenden Buchstaben: OST. Sie gingen jeden Morgen in Gruppen zu ihren Arbeitsplätzen in den Fabriken. Aber weder ins Theater noch ins Kino ließ man sie hinein. Sie gingen immer zu Fuß. Die Straßenbahn hatte man ihnen genauso verboten wie das Fahrradfahren. Im Sommer gingen sie in der Aller schwimmen, und so sah man deutlich, dass sie nicht genug zu essen bekamen, für die schwere Arbeit, die sie taten.

Beim Bombenangriff auf den Güterbahnhof, kurz vor der Kapitulation, zersprangen die Scheiben in der Wohnung ihrer Eltern. Die Szenen jener Tage: der ausgebrannte Zug im Güterbahnhof mit den verkohlten Häftlingsleichen; als im Neustädter Holz, jenem idyllischen Waldstück, wo sie mit Hermann an den Sonntagen so gerne spazieren gegangen war, KZ-Häftlinge erschlagen und erschossen wurden, die aus dem brennenden Zug entkommen waren. Eine Nacht und einen Tag hörte man die Schüsse in der Stadt.

Die niedergeschlagene Erleichterung, die eigenartig gemischten Gefühle, als die ersten britischen Panzer durch die Straßen von Celle fuhren und der Krieg für sie vorbei war. Die Wehrmacht hatte gar nicht erst versucht die Stadt zu verteidigen. Und so blieb alles heile, alles intakt, nur an den Bewegungen der Menschen konnte man ablesen, wie sehr die Welt aus den Fugen geraten war: Flüchtlinge auf vollgepackten Kutschen, Menschen, die ihre Betten dabeihatten, aber keinen Bissen zu essen mehr; Ostpreußen, Schlesier und Pommern; die abgemagerten KZ-Häftlinge aus Bergen-Belsen, die für jeden gut sichtbar durch den Landkreis zogen, auf der Suche nach etwas zu essen, eine Internationale des Leids: Franzosen, Niederländer, Belgier, Polen, Ukrainer, Russen, Rumänen, Serben, Italiener, Kasachen, Usbeken, Kirgisen, Weißrussen, Georgier und Armenier; die Landser und SS-Männer, die noch wochenlang in zerschlissenen Uniformen durch die Heide und die Wälder irrten; die kanadischen, englischen, schottischen, walisischen, amerikanischen Soldaten, die sie suchten.

Aber solange die Welt ihre Ordnung noch nicht wiedergefunden hatte, gab es noch Hoffnung, dass er sich einfach nur im Chaos verloren hatte. Dass er am Leben war, irgendwo.

***

Man kann ihr nicht vorwerfen, dass sie vorschnell gewesen wäre. Sie hat gewartet, sieben Jahre lang. Erst im Frühjahr 1950 ließ sie ihn für tot erklären. Sein Tod wurde rechtskräftig am 5. Mai, ihrem Geburtstag und dem Tag, an dem Hermann und sie sich 13 Jahre zuvor verlobt hatten. Ich weiß nicht, ob diese Überschneidung, diese merkwürdige Symbolik über einer Unglückszahl, sie verstört hat. In jedem Fall hat sie für den Rest ihres Lebens eine eigenartige Beziehung zu ihrem Geburtstag gehabt. Sie hat immer versucht ihn zu verheimlichen, hat ihren Freunden nicht Bescheid gesagt, hat nie jemanden eingeladen und es generell vorgezogen, ihn alleine zu verbringen. Sie hat den Tag nie genießen können, sich nie über die Geschenke, die wir ihr später vorbeibrachten, freuen können; ja, es schien manchmal fast so, als *wollte* sie sich nicht freuen.

***

Nachdem sie sich selbst zur Witwe gemacht hatte, verzichtete sie auf eine ausgedehnte Trauerzeit.

Karl muss sie gleich bemerkt haben, an ihrem Sekretärinnen-Schreibtisch im Vorzimmer. Sie saß vor einem großen Fenster. Das Licht fiel schräg von oben auf sie herab. Es malte schönste Schatten in ihr scharf geschnittenes

Gesicht und unter die spitzen Lippen. Wenn sie sich über ein Schriftstück beugte, schien eine melancholische Feierlichkeit über dem Raum zu liegen.

Karl war zwar schon älter, sein Haar nicht mehr so dicht, groß war er auch nicht, seine Ohren standen ab und hatten etwas unter dem Kanonenlärm zweier Weltkriege gelitten; aber er war schlank, muskulös und hatte immer noch die bestimmte, selbstbewusste Ausstrahlung des Offiziers, der es gewohnt war, Befehle zu erteilen. Etwas, das sie bei Männern immer bewundert hatte, obwohl sie nie in ihrem Leben gerne gehorcht hat.

Bei einem Betriebsausflug gingen sie lange Seite an Seite. Er hatte in der ersten Wärme des Frühlings sein Jackett ausgezogen und über den Arm gelegt. Sie trug eine weiße Bluse und einen dunklen, langen Rock, und am Ende hakte sie sich das erste Mal bei ihm unter.

Karl zögerte nicht lange. Er fragte sie kurz darauf, ob sie ihn heiraten wolle. Und er war dabei so klug, das Entscheidende gleich vorneweg zu stellen: Er sagte ihr, dass er von der Ehe zurücktreten werde, wenn Hermann Bartens doch noch wiederkäme. Er werde ihrem Glück nicht im Wege stehen. Das wolle er auf keinen Fall.

Sie hat ihm das immer als Ehrenhaftigkeit ausgelegt, als Zeichen seiner charakterlichen Größe, seiner »Vornehmheit«, wie sie es ausdrückte. Aber natürlich wusste Karl sehr genau, dass er sich mit seinem Versprechen nicht sonderlich weit aus dem Fenster gelehnt hatte.

Sie sagte Ja zu meinem Großvater.

***

Und damit hörte die Suche nach Hermann auf. Erst sehr viel später, nach dem Tod meines Großvaters, fing sie an, einige Briefe zu schreiben an Überlebende der Division. Sie versuchte Menschen zu finden, die ihn gesehen hatten. Sie fuhr zu einem Herrn Lammers, der in Rodewald bei Nienburg an der Weser wohnte und der in der gleichen Kompanie gewesen war wie Hermann. Aber er wusste nichts. Er war bereits kurz vor Stalingrad verwundet worden und nie in der Stadt gewesen. Herr Lammers versicherte ihr trotzdem, dass die Kompanie »bis zur letzten Patrone« gekämpft habe, was sie entgegen aller Vernunft bereitwillig geglaubt hat. Und irgendwann stellte sie ihre Suche wieder ein, nachdem die alten Männer, denen sie geschrieben hatte, ihre Briefe nicht mehr beantworteten. Etwas Sicheres hat sie nicht herausgefunden.

***

Als 1962 die Serie »So weit die Füße tragen« im Fernsehen wiederholt wurde, saß sie mit ihrem Sohn davor. In der Serie gelingt einem deutschen Oberleutnant die Flucht aus einem Kriegsgefangenenlager in Ostsibirien. Zu Fuß schlägt er sich bis in den Iran durch. Am Ende der Serie drehte ihr elfjähriger Sohn sich zu ihr um und sagte:

»Dann kommt dein erster Mann ja vielleicht auch wieder.« Ihre Laune kippte. Sie wurde schmallippig. Sie sagte, dass dieser ganze Film »Unfug« sei. Dass kein deutscher Soldat das geschafft habe. Dass »zwischen Stalingrad und Stralsund« alles feindlich gewesen sei. Dann schickte sie ihn weg.

***

Sie hat nie Worte für ihn gefunden. Alles, was sie von Hermann erzählen konnte, waren die Bilder, die ihn begleiteten: wie das von ihm in der grauen Uniform und Säbel bei einer Parade durch die Straßen der Stadt; der dunkle Uniformstoff, die Fahnen und dieses Gefühl, dass sie vielleicht nie davor und nie danach etwas so Schönes gesehen hatte. Sie beharrte auf seiner Heldenhaftigkeit. Aber sie konnte oder wollte nie eine Erinnerung hervorholen, die auch nur vage die Konturen seines Wesens wachrief; keinen Satz, den er gesagt hatte, keine Vorliebe, die er gehabt hatte, nichts, was er getan hatte, während der langen Sommerausflüge mit dem Faltboot durch einsame Landschaften.

Als sie älter wurde, begann sie Verabredungen abzusagen, um in seinen Briefen zu lesen. Sie las obsessiv, immer und immer wieder. Aber Klarheit darüber, wer er gewesen war, erlangte sie dadurch nicht. Sie verklärte ihn mit großer Verbissenheit. Gespräche, die nicht zumindest implizit anerkannten, dass er als Held gestorben war, wurden ihr unerträglich.

Und hinten in das Fotoalbum mit seinen Kriegsbildern, das sie vervollständigt hatte, klebte sie einen Text, der mich

Wo wäre ich wohl herrlicher gefallen

ja, ich weiß es nicht

als kämpfend für mein Vaterland.
Fassungslosigkeit erscheint nicht genug,
Mein früher Tod, mein größtes Glück
wenn ihr Erfüllung *so* aussah.

***

Als das Vergessen über sie kam, war sie bereits eine alte Frau. Es begann irgendwann nach ihrem 80. Geburtstag. Ihre Handschrift wurde klein und krakelig. Die Einträge in ihrem Haushaltsbuch, in dem sie fünf Jahrzehnte alle ihre Ausgaben eingetragen hatte, hörten einfach auf. Der Gerichtsvollzieher musste im letzten Moment daran gehindert werden ihren Fernseher abzuholen. Sie hatte die Mahnungen der Handwerker einfach ignoriert. Sie fackelte mehr als einmal beinahe ihre Wohnung ab, weil sie den Herd nicht abgestellt hatte, was wir aus den schwarzen Verfärbungen am Lack schlossen. Ihre nasse Wäsche lag mehr als zwei Wochen in der Waschmaschine und roch danach wie ein Abwasserkanal im Hochsommer. Ihre Fußnägel verwuchsen und wurden so lang, dass sie nicht mehr in ihre Schuhe passten. Aber statt die Nägel zu schneiden, nahm sie eine Schere und stieß Löcher in ihre Schuhe hinein. Schließlich fiel sie hin, und das Einzige was sie dazu noch sagen konnte, war, das alles so komisch gewesen sei. Sie erzählte, dass sie nachts Lichter vor ihrem Fenster sah. Die Lichter schienen ihr keine Angst zu machen. Sie hatte das Gefühl, dass es lebende Wesen waren, die ihr etwas mitzuteilen hatten. Sie wusste aber nicht, was es war. Nachts geisterte sie durch das Haus, von einer nicht mehr artikulierbaren Unruhe erfasst. Und irgendwann hörte sie einfach mit dem Sprechen auf. Einer der letzten Halbsätze, die sie sagte, war »Oh, wie schön«, als jemand ihr im Mai Erdbeeren vorbeibrachte. Schließlich ging sie nur noch schweigend um ihr Bett herum, stundenlang. Und niemand drang mehr ein in ihre Gedankenwelt, in der eine Gedächtnisschicht nach der anderen verschwand.

Bis sie vielleicht für einige Tage wieder jenen Teil bewohnte,

In einem kühlen Grunde

in dem alte Melodien ihr im Ohr lagen,

Da geht ein Mühlenrad

die sie lange nicht mehr gehört hatte,

Mein' Liebste,

gemeinsam gesummte,

ist verschwunden

in Müden an der Oertze.

Das dort

Neben dem großen Mühlrad,

gewohnet hat.

Zum Rauschen des Wassers und

Ich möcht‹

dem Geruch des Flusses in der Sommerhitze,

als Reiter fliegen

die Schläge der Paddel auf dem Wasser, ruhig und gleichmäßig wie ihr Atem,

Wohl in die blut'ge Schlacht,

der Stoff ihres Sommerkleides auf der Haut, auf ihren Beinen, ihren Knöcheln, leicht

Um stille Feuer liegen

wie der Tau am Morgen,

Im Feld

seine kräftigen Züge durch das Wasser,

bei dunkler Nacht.

der Schatten der Trauerweiden,

Hör' ich das Mühlrad gehen:
eine Wiese am Ufer bei Wolthausen,
Ich weiß nicht, was ich will –
der Duft der Butterblumen in der Nacht
Ich möcht' am liebsten sterben,
seine Grübchen und
Da wär's
die Ader, die an seiner Schläfe pochte,
auf einmal still
die Wärme seiner Haut.

Bis das Vergessen auch ihn verschluckte.

Auf ihrem Totenbett war sie ganz klein geworden, abgemagert, mit eingefallenen Wangen. Man legte sie auf ihr Bett und zündete zwei Kerzen an. Als mein Vater zu ihr trat, dachte er, dass er sie so friedlich nie gesehen habe.

***

In seinem letzten Brief schrieb Hermann, dass er ihr Bild nun einpacken werde, damit er es immer bei sich habe. Er machte sich auf den Weg, ein letztes Mal noch, um irgendwo anders im Kessel etwas zu verteidigen, das nicht mehr zu halten war.

Einen letzten Hinweis gibt es noch. Ich glaube nicht, dass sie ihn jemals gesehen hat. Es ist ein kurzer Absatz in den Erinnerungen eines sowjetischen Generals. Konstantin Rokossowski beschrieb wie seine Truppen am 16. Januar 1943 auf ein deutsches Bataillon stießen, das zwei Anhöhen in der Nähe des kleinen Bahnhofs von Basargino verteidigte.

Es war ein kalter Tag. Es waren 30 Grad unter null. Das Wasser gefror ihnen in den Feldflaschen und das Schmieröl in ihren Maschinengewehren. Ihre Gesichter wurden taub, trotz der Tücher, die sie sich unter ihre Helme gebunden hatten, bis nur noch die Augen frei waren. Sie hatten sich Decken, Pelzmäntel, Uniformen übereinandergeworfen. Sie hatten sich Schicht um Schicht angezogen, bis sie aussahen wie misshandelte Stoffpuppen. Nur der Himmel hatte in der Steppe einen freundlichen, hellen Blauton. Etwas, das an Vergissmeinnicht erinnerte und vergilbte Schwimmbadkacheln.

Das zweite Bataillon des 518. Infanterieregiments hatte am Morgen jenes Tages noch aus 200 Männern bestanden. Dann griffen die sowjetischen Truppen an, mit Panzern und Artilleriesalven. In dieser flachen Landschaft, in der die Erde so hart gefroren war, dass die Spaten nicht hindurchkamen, waren sie ohne Deckung. Sie hatten keine Chance. 80 von ihnen starben in den ersten Angriffen. Und als der deutsche Bataillonskommandeur sah, wie jämmerlich seine Männer verreckten, ließ er eine weiße Fahne schwenken. Er ergab sich. Das Bataillon, das Rokossowski beschrieb, war Hermanns.

***

Wenn ich versuchen würde seine Knochen zu finden, dann würde ich dort anfangen zu graben; vielleicht an einem Tag im Mai, wenn der Boden weich wäre und die Hitze noch nicht zu stark. Ich würde versuchen die beiden namenlosen Anhöhen zu finden, die Rokossowski beschrieb. Die eine maß 136,1 Meter über dem Meeresspiegel, 156,1 Meter die andere; zwei sachte, nur sehr leicht ansteigende Hügel, von Federgras bedeckt. Zwischen ihnen würde ich suchen, ohne große Hoffnungen.

***

Dieses Buch ist ohne die Beschreibungen, Statistiken, Anekdoten und Zitate aus einer ganzen Reihe von Quellen nicht denkbar. Seine Lebhaftigkeit verdankt es der präzisen, gewissenhaften Arbeit anderer, die hier erwähnt werden sollen. Ganz besonders gilt dies für eine Quelle: die Rekonstruktion des Kriegstagebuchs der 295. Infanteriedivision durch Wolfgang Kirstein, der dafür die verbliebenen Notizen der Generalstabsoffiziere der Division gesammelt hat und Zeitzeugen gebeten hat, ihre Erfahrungen aufzuschreiben. Der strikt dokumentarische Ansatz des Buches war bei der Recherche von Hermann Bartens Weg nach Stalingrad ein großes Glück.

von Alvensleben, Udo: *Lauter Abschiede. Tagebuch im Kriege.* Darmstadt: Propyläen Verlag, 1984.

Baum, Wilhelm (Hg.): Ludwig Wittgenstein. *Geheime Tagebücher 1914–1916.* Wien: Turia und Kant, 1991.

Beevor Anthony und Luba Vinogradova: *Ein Schriftsteller im Krieg. Wassili Grossman und die Rote Armee 1941–45.* München: C. Bertelsmann Verlag, 2007.

Beevor, Antony: *Stalingrad.* New York: Viking Press, 1998.

Behrendt, Karl Philipp: »Die Kriegschirurgie von 1939–1945 aus der Sicht der Beratenden Chirurgen des deutschen Heeres im Zweiten Weltkrieg.« Dissertation zur Erlangung des Doktorgrades: Universität Freiburg, 2003.

Buber, Martin: *Die Erzählungen der Chassidim.* Zürich: Manesse Verlag, 1949.

Bucher, Peter: »Goebbels und die Deutsche Wochenschau: Nationalsozialistische Filmpropaganda im Zweiten Weltkrieg 1939–1945«. *Militärgeschichtliche Zeitschrift.* 40 (2): (1986), S. 53–70.

Buchmann, Bertrand Michael (2009): *Österreicher in der Deutschen Wehrmacht: Soldatenalltag im zweiten Weltkrieg.* Wien, Köln, Weimar: Böhlau Verlag.

Busch, Reinhold (Hg.): *Stalingrad: Der Untergang der 6. Armee – Überlebende berichten.* Graz: Ares Verlag, 2012.

Burgess, Ian F.: »Human Lice and their Management«, Eds: J. R. Baker, R. Muller, D. Rollinson. *Advances in Parasitology* 36 (1995): S. 271–342.

Carsten, Francis L. (2016): ›Volk ohne Raum‹: A Note on Hans Grimm«. *The Journal of Contemporary History.*

Christ, Michaela: *Die Dynamik des Tötens: Die Ermordung der Juden von Berditschew. Ukraine 1941–44.* Frankfurt am Main: Fischer Taschenbuch Verlag, 2011.

Dirks, Robert: »Social Responses during Severe Food Shortages and Famine«. *Current Anthropology* 21 (1): (1980), S. 21–44.

Dollinger, Hans (Hg.). *Kain, wo ist dein Bruder? Was der Mensch im Zweiten Weltkrieg erleiden mußte dokumentiert in Tagebüchern und Briefen.* Frankfurt am Main: Fischer Taschenbuch Verlag, 1987.

Dörr, Margarete (1998): *»Wer diese Zeit nicht miterlebt hat … «: Frauenerfahrungen im Zweiten Weltkrieg und in den Jahren danach.* Frankfurt am Main, New York: Campus Verlag.

Ebert, Jens (Hg.). *Feldpostbriefe aus Stalingrad, November 1942 bis Januar 1943.* Göttingen: Wallstein Verlag, 2003.

Eckhard, John: »Es geht alles vorüber, es geht alles vorbei. Geschichte eines Durchhalteschlagers«. *Lied und Populäre Kultur* 50/51 (2005): S. 163–222.

Ehrenburg, Ilja und Wassili Grossman: *Das Schwarzbuch: Der Genozid an den sowjetischen Juden.* Hamburg: Rowohlt.

Eickhoff, Frauke: »... *und die Wolga brannte« Überlebende aus Stalingrad erinnern sich.* Köln: Verein zur Förderung der Städtepartnerschaft Köln–Wolgograd e. V., 2002.

Ellis, Frank: »10th Rifle Division of Internal Troops NKVD: Profile and Combat Performance at Stalingrad«, *The Journal of Slavic Military Studies,* 19:3 (2006): S. 601–618.

Frieser, Karl-Heinz: *Blitzkrieg-Legende: Der Westfeldzug 1940.* München: R. Oldenbourg Verlag, 2005.

Gansel, Carsten (Hg.): Heinrich Gerlach. *Durchbruch bei Stalingrad.* Berlin: Galiani, 2016.

Glantz, David M.: *The Stalingrad Trilogy.* Lawrence, Kansas: University Press of Kansas, 2014.

Glantz, David M.: »The Red Army's Donbas Offensive (February-March 1942) Revisited: A Documentary Essay«. *The Journal of Slavic Military Studies*, 18:3 (2005) S. 369–503.

Golovchansky, Anatoly und Valentin Osipov, Anatoly Prokopenko, Ute Daniel, Jürgen Reulecke (Hg.): *»Ich will raus aus diesem Wahnsinn«: Deutsche Briefe von der Ostfront 1941–1945 aus sowjetischen Archiven.* Hamburg. Rowohlt Taschenbuch Verlag, 1993.

Gräbner, Paul: *Die Heide Norddeutschlands.* Leipzig: Verlag von Wilhelm Engelmann, 1901.

Hartmann, Christian. *Wehrmacht im Ostkrieg: Front und militärisches Hinterland 1941/42.* Oldenbourg: De Gruyter, 2010.

Heer, Hannes: *»Stets zu erschießen sind Frauen, die in der Roten Armee dienen« – Geständnisse deutscher Kriegsgefangener über ihren Einsatz an der Ostfront.* Hamburger Edition, Hamburg, 1995.

Hellbeck, Jochen: *Die Stalingradprotokolle: Sowjetische Augenzeugen berichten aus der Schlacht.* Frankfurt am Main: S. Fischer Verlag, 2012.

Hembera, Melanie: »Ermittlungsakten aufgeschlagen: Aufklarung und Strafverfolgung von NS-Verbrechen an den Häftlingen des jüdischen Zwangsarbeitslagers Pustków.« *Mitteilungen aus dem Bundesarchiv*, 3 (2008).

Holtfort, Werner und Norbert Kandel, Wilfried Köppen, Ulrich Vultejus (Hg.): *Hinter den Fassaden. Geschichten aus einer deutschen Stadt.* Göttingen: Steidl Verlag, 1988.

Hossbach, Friedrich: *Infanterie im Ostfeldzug 1941/42.* Osterode (Harz): Verlag Giebel & Oehlschlägel, 1951.

Jones, Michael K. *Stalingrad: How the Red Army triumphed.* Barnsley, Yorkshire: Pen & Sword Books, 2007

Jung, C. G. (1989): *Psychologie und Religion*. Zürich: Walter Verlag.

Jünger, Ernst: *Strahlungen I.* Stuttgart: Klett-Cotta, 2015.

Jurkovich, Gregory J. (2007): »Environmental Cold-Induced Injury«. *Surgical Clinics of North America* (87). Seattle, Washington.

Kempowski, Walter: *Das Echolot: Barbarossa '41 Ein kollektives Tagebuch.* München: Albert Knaus Verlag, 2002.

Kirstein, Wolfgang. *Rekonstruktion eines Tage-Buches: die 295. Infanterie-Division, von 1940 bis 1945.* Eigenverlag, 2004.

Keys, Ancel und Josef Brozek, Austin Henschel, Olaf Mickelsen, Henry Longstreet Taylor: *The Biology of Human Starvation.* Minneapolis: The University of Minnesota Press,1950

Klee, Ernst: *Die S. A. Jesu Christi: Die Kirche im Banne Hitlers.* Frankfurt: Fischer Taschenbuch Verlag, 1989.

Klee, Ernst und Willi Dreßen, Volker Rieß: *Schöne Zeiten: Judenmord aus Sicht der Täter und Gaffer.* Frankfurt am Main: S. Fischer Verlag, 1988.

Krausnick, Helmut, Harold C. Deutsch (Hg): 1970. *Helmuth Groscurth: Tagebücher eines Abwehroffiziers 1938–1940.* Stuttgart: Deutsche Verlags-Anstalt.

Kuromiya, Hiroaki. 1998. *Freedom and Terror in the Donbas: A Ukrainian-Russian Borderland, 1870s–1990s.* Cambridge: Cambridge University Press.

Lahne, Werner: *Unteroffiziere: gestern, heute, morgen.* Herford, Bonn: Verlag Offene Worte, 1974.

Lehnstaedt, Stephan: *Okkupation im Osten: Besatzeralltag in Warschau und Minsk 1939–1944.* München: R. Oldenbourg Verlag, 2010.

Longerich, Peter: *Die braunen Bataillone: Geschichte der SA.* München: C. H. Beck, 1989.

Maier, Robert (Hg.): *Akustisches Gedächtnis und Zweiter Weltkrieg.* Göttingen: V&R unipress, 2011.

Mallmann, Klaus-Michael und Andrej Angrick, Jürgen Matthäus, Martin Cüppers. *Deutsche Besatzungsherrschaft in der UdSSR 1941–1945. Dokumente der Einsatzgruppen in der Sowjetunion.* Darmstadt: Wissenschaftliche Buchgesellschaft.

Meacher, Simon: »It was shown in the way they stepped into the woods: nature in Hermann Löns and Edward Thomas.«, in: Catrin Gersdorf, Sylvia Mayer (Ed.): *Nature in Literary and Cultural Studies: Transatlantic Conversations on Ecocriticism.* 355–372. New York: Rodopi, 2006.

Mijndert, Bertram (1992): »Celles ausgefallene Jubiläumsfeier – Festplanung und Kriegswirklichkeit in den Jahren 1941/42«, in: *Celler Chronik* 5. S. 7–19.

MIRS (London Branch). *The SA of the NSDAP.* London: Supreme Headquarters, Allied Expeditionary Force Evaluation and Dissemination Section, G-2 (1945).

Museumsstiftung Post und Telekommunikation, *Konvolut Johannes Hamm*. Inventarnummer 3.2002.7184.

Museumsstiftung Post und Telekommunikation, *Konvolut Werner Leendertz*. Inventarnummer 3.2002.7247.

Museumsstiftung Post und Telekommunikation, *Konvolut Hans Albring*. Inventarnummer 3.2002.0211.

Museumsstiftung Post und Telekommunikation, *Konvolut Erwin Meyer*. Inventarnummer 3.2002.7278.

Museumsstiftung Post und Telekommunikation, *Konvolut Manfred von Plotho*. Inventarnummer 3.2008.2195.

Museumsstiftung Post und Telekommunikation, *Konvolut Klaus K.* Inventarnummer 3.2002.0817.

Museumsstiftung Post und Telekommunikation, *Konvolut Hans-Joachim S.* Inventarnummer 3.2002.1214.

Obenaus, Herbert und Sibylle Obenaus. *»Schreiben, wie es wirklich war!« Aufzeichnungen Karl Dürkefäldens aus den Jahren 1933–1945.«* Hannover: Fackelträger-Verlag, 1985.

Oldenburg, Manfred: *Ideologie und militärisches Kalkül. Die Besatzungspolitik der Wehrmacht in der Sowjetunion 1942.* Köln: Böhlau, 2004.

Overy, Richard: *The Bombing War: Europe, 1939–1945.* London: Allen Lane, 2009.

Penter, Tanja: »Die lokale Gesellschaft im Donbass unter deutscher Okkupation 1941–1943«, in: Christoph Dieckmann u. a. (Hg.): *Kooperation und Verbrechen*, S. 183–224, Göttingen: Wallstein Verlag, 2003.

Penter, Tanja: *Kohle für Stalin und Hitler: Arbeiten und Leben im Donbass, 1929 bis 1953.* Essen: Klartext, 2010.

Pieken, Gorch und Matthias Rogg, Jens Wehner (Hg.): *Stalingrad: Eine Ausstellung im Militärhistorischen Museum der Bundeswehr.* Dresden: Sandstein Verlag.

Polukhina, Elizaveta und Alexandrina Vanke: »Social Practices of Using War Memorials in Russia: A Comparison between Mamayev Kurgan in Volgograd and Poklonnaya Gora in Moscow«. *Russian Sociological Review*. 14 (4): (2015), 115–128.

Radchenko, Yuri: »We Shot Them All.: Collaboration and Holocaust in Krasnograd of Kharkiv Region, October 1941-June 1942.« *Aktual'nyi problemy*. 13 (2010).

Rass, Christoph: *»Menschenmaterial«: Deutsche Soldaten an der Ostfront. Innenansichten einer Infanteriedivision 1939–1945.* Paderborn: Schöningh, 2003.

Rohde, Reinhard und Tim Wegener: *Celle im Nationalsozialismus: Ein zeitgeschichtlicher Stadtführer.* Bielefeld: Verlag für Regionalgeschichte, 2012.

Rokossowski, Konstantin K.: *Velikaja pobeda na Volge.* Moskau: Voennoe izdatel'stvo Ministerstva oborony SSSR, 1965.

Römer, Felix: *Der Kommissarbefehl: Wehrmacht und NS-Verbrechen an der Ostfront 1941/42.* Paderborn: Ferdinand Schöningh, 2008.

Rutherford, Jeff: *Combat and Genocide on the Eastern Front: The German Infantry's War, 1941–1944.* Cambridge: Cambridge University Press, 2014.

Schulze, Rainer (Hg.): *Unruhige Zeiten: Erlebnisberichte aus dem Landkreis Celle 1945–1949.* München: R. Oldenbourg Verlag, 1990.

Hans-Walter Schmidt-Hannisa. »Jetzt eß ich das Buch. Szenarien der Einverleibung von Schrift«. *KulturPoetik* 3 (2): (2003), S. 226–245

Schmitz, Stefan (Hg.) Willy Peter Reese: *Mir selber seltsam fremd: Russland 1941–44.* Berlin: List Taschenbuch.

Schröder, Hans Joachim: *Die gestohlenen Jahre: Erzählgeschichten und Geschichtserzählungen im Interview, der zweite Weltkrieg aus der Sicht ehemaliger Mannschaftssoldaten.* Tübringen: Max Niemeyer Verlag, 1992.

Short, Neil: *The Stalin and Molotov lines: Soviet Western Defences 1928–1941.* Oxford: Osprey Publishing, 2008.

Smirnov, Nicolai. »The Impact of Conventional War on Natural Areas of the USSR«. *Environmental Conservation*. 16 (4) (1989).

Streit, Christian: *Keine Kameraden: Die Wehrmacht und die Sowjetischen Kriegsgefangenen, 1941–1945*. Bonn: Dietz, 1978,

Struve, Kai: *Deutsche Herrschaft, ukrainischer Nationalismus, antijüdische Gewalt. Der Sommer 1941 in der Westukraine.* Berlin, Boston: De Gruyter Oldenbourg, 2015.

Teichert, Olav und Martin Dodenhoeft, Maurice Bonkat (Hg): *Namen für Rossoschka. Schicksale aus Stalingrad.* Kassel: Volksbund Deutsche Kriegsgräberfürsorge e. V., 2007.

Tinina, Zola und Olga Rodionova: »The Battle of Stalingrad as told by the children of Stalingrad«. *Revista Espacios* 38, (2017) S. 42.

Tollmien, Cordula: »Nationalsozialismus in Göttingen, 1933–1945«, Dissertation zur Erlangung des Doktorgrades: Universität Göttingen, 1988.

Tschuikow, Wassili I.: *Die Schlacht des Jahrhunderts.* Berlin: Militärverlag der Deutschen Demokratischen Republik, 1980.

Vaughan, Victor: 1915. »History and Epidemiology of Typhus Fever.« *The Journal of the American Medical Association.* 64 (22). Chicago, Illinois.

Wegner-Korfes, Sigrid: *Weimar-Stalingrad-Berlin: Das Leben des Deutschen Generals Otto Korfes.* Berlin: Verlag der Nation, 1994.

Wette, Wolfram (Hg.): *Der Krieg des kleinen Mannes: Eine Militärgeschichte von unten.* München: Piper Verlag, 1998.

Weinstein, Frederick: *Aufzeichnungen aus dem Versteck: Erlebnisse eines polnischen Juden, 1936–1946.* Berlin: Lukas Verlag, 2006.

Wigglesworth, V. B.: »The sensory physiology of the human louse Pediculus humanus corporis de Geer (Anoplura)«. *Parasitology 33* (1) (1941): S. 67–109.

Wittgenstein, Ludwig: *Tractatus logico-philosophicus, Tagebücher 1914–1916, Philosophische Untersuchungen.* Frankfurt am Main: Suhrkamp, 1984.

Danksagung

Denen, die mitgelesen haben, für ihren genauen Blick und ihr Wohlwollen: Alfio, Jakob, Valentin, Henrike, meine Eltern – und natürlich: Linda.

Denen, die geholfen haben zu finden, was zu finden war, für ihre Hilfsbereitschaft: Den Mitarbeitern des Bundesarchivs und des Militärarchivs in Freiburg, des Stadtarchivs Celle, der Deutschen Dienststelle, des Suchdienstes des Deutschen Roten Kreuzes, der Museumsstiftung Post und Telekommunikation in Berlin, des Volksbundes, Dr. Elina Novikova von der Staatlichen Universität Wolgograd, Anton Artamonov vom Museum Pamyat in Wolgograd, Renate Brandt, die Freiwilligen der Sütterlin-Stube der Arbeiterwohlfahrt in Konstanz.

Ganz besonders: meinem Vater für viele Stunden, viele Kilometer, hunderte Briefseiten, stundenlange Gespräche; dafür, dass er mitgegangen ist, bis zum Schluss.

Besuchen Sie uns im Internet
www.ullstein-buchverlage.de

MIX
Papier
FSC FSC® C014496

Ullstein fünf ist ein Verlag der Ullstein Buchverlage GmbH, Berlin
www.ullstein-buchverlage.de

ISBN 978-3-96101-016-5

Umschlaggestaltung: Semper smile, München
Foto des Autors: Jakob Schmelz
Titelabbildung: © privat
Satz: LVD GmbH, Berlin
Gesetzt aus Granjon LT
Druck und Bindung: GGP Media GmbH, Pößneck
Printed in Germany